칼춤

제6회 김만중문학상
소설 부문 은상 수상작

칼춤

구양근 장편소설

책과나무

| 차례 |

징게맹개에 뜨는 태양

　백두대간의 큰 산줄기는 원산, 낭림산, 금강산을 거쳐서 태백산, 소백산, 속리산, 지리산까지 뻗어내려 조선의 등뼈를 이룬다. 그 중의 산줄기 하나가 오대산에서 갈라져서 서남쪽으로 뻗어 내리니 그 것이 차령산맥이다. 차령산맥은 백운산, 만뢰산, 차령, 칠갑산의 빼어난 경치를 일으키며 내륙으로 들어와 급격히 낮아진다.

　백두대간의 큰 줄기는 다시 단양 쯤 오다가 또 한줄기가 서쪽으로 비스듬히 방향을 틀어 소백산맥을 이룬다. 소백산맥의 추풍령 부근에서 다시 남서 방향으로 전주와 순창의 중간을 지나 웅령, 모악산, 내장산 등을 일으키고 무안반도를 거쳐 쌍자제도에 이르니 이것이 노령산맥이다. 차령산맥과 노령산맥 사이에 조선의 부의 절반을 생산한다는 호남평야가 질펀하게 누워있다.

금강은 웅진강이라고도 하고, 백마강, 백강 또는 호강이라고도 하는데, 호남이란 바로 호강의 남쪽이란 말로 전라우도와 전라좌도를 합해서 부르는 말이다. 서울 쪽에서 보았을 때 우측 평야지대가 전라우도요, 좌측 산간지대가 전라좌도이다. 평야가 없는 남쪽에도 같은 직선을 그어 좌수영을 순천에 두었고 우수영을 해남에 두었다.

지평선에서 해가 뜨고 지평선에서 해가 지는 망망 벌판의 서부평야지대에는 두 개의 큰 젓줄기가 흐르고 있으니 하나는 만경강이요 하나는 동진강이다. 만경강 하류 지역을 만경평야, 동진강 하류 지역을 김제평야라 불린다. 합하여 징게맹개(김제만경) 들, 또는 징게맹개 외에밋들(한 배미의 논처럼 탁 트인 너른 들판), 또는 그냥 만경평야 혹은 호남평야라고도 한다.

진봉반도의 북쪽에 만경강 하구가 있고 그 남쪽에 동진강 하구가 있어 반도 남북에서는 풍부한 호남평야의 산물이 수로를 이용하여 끊임없이 서울로 운반되었다. 서울의 마포나루는 항상 호남의 곡물을 실은 선박이 뱃머리를 비비며 붐비고 있었으니 그것은 나라를 살찌우는 원천이었다. 이 곡창지대는 서울의 양반집 자제라면 한 번쯤 벼슬살이를 해 볼만 하다고 민요, 가사까지 생겨나고 있었다. 그러나 가장 부유하기 때문에 또한 가렴주구가 가장 심했던 이 지역의 백성들은 언제부턴가 온순한 성격이 차츰 변해가고 있었다.

만경이니 만경강이니 하는 '경'의 뜻은 백 마지기의 땅이란 말이니 백마지기가 만 개, 즉 백만 마지기나 되는 넓은 들판이란 뜻이다. 만경강은 완주군 원정산에서 발원한 것인데, 본류인 고산천이 소양천과 전주천, 익산천과 합류하여 큰 줄기를 이루어 서해안의 만으로 빠져나간다. 같은 만으로는 또 탑천이 별도로 유입되고 있었다.

김제평야는 우리나라 최대의 평야이지만 이를 관류하는 동진강은 오히려 그다지 크지 않아 물줄기를 둘러싼 시비가 잦은 곳이다. 동진강은 정읍군 산외면 풍방산에서 발원하여 노령산맥을 횡단하고 신태안읍을 북서류하다가 정읍천과 합쳐져 진봉반도와 계화도 사이의 만으로 유입한다. 이 만으로는 고부천이 별도로 유입되고, 원평천과 두월천이 합쳐서 또 별개의 하천으로 유입한다. 조선시대 큰 저수지였던 눌제는 고부천 중상류의 고부군 관청리에 있었다. 고부는 바로 고부천 중상류의 두승산 기슭에 자리잡고 있다.

징게맹개를 또 벽골(碧骨)이라고도 하였는데 이는 '볏골' 즉 '벼의 고을'을 한문으로 음차 표기한 것이다. 백제시대에는 김제군을 벽골군이라 하고, 만경현을 두내산현(豆乃山縣)이라 하였다가 신라시대에 벽골군을 김제군으로, 두내산현을 만경현으로 개명하였다. 김제에는 원래 우리나라에서 가장 오래된 저수지 벽골제(堤)가 백제 비류왕 때 축조되었던 곳이다. 이곳은 산골짜기의 일반 저수지와는 달리 밀물 때 원평천의 하천을 따라 올라오는 바다의 조수를 막고 민물을 논에 가두어 두고 쓰던 수리시설이었다. 제방 근처에 '신털미산'이란 산이 있는데 그 산이 생겨난 유래는, 벽골제를 쌓으면서 수많은 인부들의 진흙이 묻어 헤어진 짚신을 버려서 쌓여진 산이란 뜻이다. 가히 그 둑의 크기를 짐작할 수 있고 어느 정도의 들판을 적시기 위한 공사였는지 짐작할 수 있다. 징게맹개 외에밋들은 원래 갯벌이었다. 갯벌이 굳어져서 농작지가 되었기 때문에 쌀이 그처럼 윤기가 흐르고 기름지며, 평야는 눈이 시도록 끝도 갓도 보이지 않는 수평선을 이루는 것이다. '전라도 개땅쇠'라 함은 바로 갯벌 땅에 사는 녀석이란 뜻이다. 이처럼 모든 명칭들이 우도 쪽을 위주로 생겨난 것도 바로 우도인 전주에 전라감영이 있었기 때문이다.

거대한 젖줄기 동진강을 타고 배들평야의 태인 산외면 동곡리 동골에는 전병호(전봉준)라는 세기의 야심찬 젊은이가 살고 있었고, 같은 마을 웃지금실에는 의기로 뭉친 그의 친구 김기범(김개남)이 살고 있었다. 김기범은 논을 45마지기나 짓는 부호였다. 동곡리는 동골과 아랫지금실, 웃지금실로 되어 있는데 이 세 자연부락을 하나의 리로 묶으면서 동골이라는 이름을 따서 동곡리라고 하였다. 그리고 동곡리에서 좀 떨어진 무장현 성송면 괴치리 사천마을에는 지략과 인품을 갖춘 손정식(손화중)이 살고 있었다. 손정식은 전에는 정읍의 음성골에서 살았는데 그곳은 전병호와 김기범의 거처와 그리 멀지 않은 곳이어서 그들은 그 때부터 서로 잘 알고 지내는 사이였다.

그런데 평화스럽기만 하던 호남평야 한 복판에는 예부터 반역의 기운이 맴돌고 있었으니 동양에서 가장 컸던 익산의 백제 미륵사지가 그 축이 되고 있었다. 미륵사지를 비스듬한 초승달 형으로 에워싼 노령산맥 모악산에 백제 부흥을 위해 저항운동을 벌인 미륵신앙의 본산 금산사가 자리를 잡고 있고, 금산사에서 십 여리 떨어진 제비산 일대는 16세기말 참위설을 부르짖으며 새 세상을 꿈꿨던 정여립이 세력을 키웠던 곳이다. 그리고 그 산맥의 한 끝자락에 똬리를 틀듯이 뭉뚝 앉아 있는 도솔산 중턱의 선운사 미륵마애불상은 난세를 예상하듯 아주 심상치 않게 아래 세상을 내려다보고 있었다.

신라의 화랑들이 당나라에 가서 아부를 떨어 자기 민족을 팔아먹은 후, 거대한 고조선 국토는 하루아침에 반도의 소국으로 전락했었다. 신라의 내응을 받아 침략해온 당나라는 신라의 길안내를 받아 우리 국토를 완전히 병탄해 버리고 말았다. 그리하여 고구려 고지에는 안동도호부를, 백제의 고지에는 웅진도독부를, 신라의 고지에는 계림도독부를 두고 신라의 왕은 계림도독에 임명하였다. 원래 우리 '배달나라 옛터'는 캄차카 반도와 요동반도와 남북만주와 서시베리아까지 아우르고 있었다. 그래서 동으로는 베링, 타타르 해협에 이르고, 서로는 청해, 몽골에 이르렀으며, 남은 제주도 모슬포에 닿고 북은 북빙양에 닿았다. 신라 화랑을 뼛속까지 미워했던 우리 민족은 그들의 배신행위를 가리켜 '화랑짓' 또는 '화낭짓', '화냥짓'이라고 하면서 그들에 대한 극도의 증오를 품고 살아왔고, 드디어 우리 민족을 '한(恨)'의 민족으로 만들어버리고 말았다.

미륵신앙은 바로 고지 탈환을 위한 반란의 기운이 짙게 깔린 혁명사상이었다. 도솔천이라는 천상세계에 계시다가 중생을 제도하러 현신한다는 미래불을 믿는 신앙인 것이다. 이 미륵신앙은 조선조로 내려와서는 불교뿐만 아니라 도교, 참위설, 풍수지리설까지 합하여 '정도령'이라는 구체적인 인물의 출현을 예고하였다. 정도령이 나타나서 이 세상을 구원한다는 희망과 함께, 세상이 완전히 뒤집힌다는 갖은 참언이 가세하였다.

계룡산 돌이 흰색으로 변할 것이며, 한강이 사흘간 붉게 물들고 그 남쪽 백리는 인적이 끊겨 개 짖는 소리도 들리지 않을 것이고, 열 여자가 한 남자를 모시고 살 것이며, 국왕의 말에는 뿔이 날 것이고, 흉년과 홍수가 겹쳐 열 집 중 한 집만 남을 것이라는 정감록의 요언이 크게 한몫을 하였다. 사람들은 누구나 그날을 준비하기 위한 무슨 일들을 하고 있었으니, 그 중의 가장 요긴한 일이 승지(勝地)를 미리서 살펴 두는 일이었다. 승지는 난리가 나도 아무런 피해가 없으며 인간사가 만사형통한다는 지상낙원의 피난처를 말한다. 혹은 국토의 지맥을 짚으며 십승지가 여기다 저기다고도 하며 입에서 입으로 전파되었지만 구체적으로는 일치되는 곳이 많지 않았다. 그러나 지리산 청학동만은 승지를 말하는 사람이면 거의가 일치하는 십승지 중의 하나였으니, 그래서 뜻있는 사람은 의례건 한 번쯤 그곳에 찾아들곤 하였다.

이십대 초반의 한 건장한 청년이 승지를 찾아 청학동 계곡물이 흐르는 험한 산속을 들어서고 있다. 생김새나 옷차림이 분명 양반가의 자제이다. 그가 산의 한 모퉁이를 돌아서자 갑자기 거대한 바위산이 우뚝 앞을 막아서며 이곳이 범상치 않은 지역임을 말해주는 듯했다. 모퉁이를 돌아서니 쪽쪽 쪽쪽쪽, 쪽쪽 쪽쪽쪽 두견이 울음소리가 이곳이 깊은 산중임을 말한다. 두견이 울음소리는 잘못 들으면 쪽박 바꿔줘, 쪽박 바꿔줘 라고도 들리는 슬픈 사연이 있다. 멀리서는 소쩍 소쩍, 소쩍다 소쩍다 하면서 소쩍새 울음소리가 온 산천을 울린다. 다시 쩍 쩍 쩍, 쩍 쩍 쩍 하며 쏙독새 울음소리가 귀를 간질인다.

"매형이십니까?"

"응, 용수냐? 나다."

두 사람이 큰 소리로 주고받는 응수가 끝나자, 바위산 모퉁이에서 기다리고 있던 유용수는 급히 산을 내려오고 손정식도 발걸음을 빨리 놓는다. 둘이는 손을 마주 잡고 오랜만의 해후를 나눈다. 때는 신록의 계절이라 하늘은 푸르고 우거진 숲 속의 흰줄배기 다람쥐가 장난기 어리게 소나무 등걸을 타고 달린다. 이제는 장끼 한 마리가 반대편 산 등걸로 꿩, 꿩! 날아가며 명쾌한 산울림을 선사한다. 갖은 산새가 지저귀는데 초료새 한 마리가 유난히 목청을 돋운다. 손정식은 이곳에서 공부를 하고 있는 처남 유용수를 찾아서 닷새 전에 무장을 출발하여 순창, 남원, 운봉을 지나 인월을 거쳐서 지리산으로 들어오는 길이었다.

"오래 기다렸느냐?"

"점심 먹고는 산세도 구경할 겸 나와서 기다리고 있었습니다."

"오래 기다리게 해서 미안하구나."

"아닙니다. 그런데 가시면 아시겠지만 지금 청학골에는 동학을 하는 사람들이 많이 와 있습니다."

"나도 오면서 아래 주막에서 말을 들었다."

"그런데 그들의 말이 터무니없는 말만은 아닌 듯합니다."

"동학이 무엇인데?"

"시천주(侍天主)랍니다. 사람이 하늘을 모시면 안 되는 일이 없답니다."

"처음 들어보는 말이구나. 유도에는 없는 말이고."

유용수는 여기서 공부는 하고 있지만 과거를 보아서 입신출세하기는 벌써 글렀다는 것을 감지하고 있었다. 매관매직이 공공연히 판을 치고 서구의 세력과 새로운 학문이 안전에 전개되는 이 판국에 공자 맹자가 시대에 따라갈 법이나 하는 말인가?

둘이는 그 동안 쌓였던 회포를 풀며 걸어가고 있었다. 도화원이란 이런 것일까. 첩첩 산중에 산적의 소굴과도 같은 조그마한 아늑한 마을이 나온다. 그들이 들어서는 집은 첫 눈에 한학을 하는 사람과 동학을 하는 사람을 구별할 수 있었다. 안채에서는 명심보감을 외는 소리, 논어 맹자를 외는 소리들이 어지럽게 피어오르는데, 바깥채에서는 조용히 누군가가 혼자 말을 하다가 일제히 같은 내용을 합창하는 경 외는 소리가 은은하게, 그러면서도 위협적으로 들리곤 한다. 손정식은 마루에 서서 바깥채의 거동에 주의를 쏟고 있다. 바깥채에서는 한참 침묵이 흐르더니 한 사나이가 나왔고, 생전 처음 보는 복장으로 마루에 걸터앉아 백피혜(白皮鞋)를 신는다. 손정식과 그 사나이는 시선이 부딪쳤다. 손정식은 자기도 모르는 사이에 가볍게 목례를 하였고 그 사나이도 답례를 한다. 한참 만에 그 방에서 나온 사람들이 마당에 도열을 하고 밖에서 또 일부의 사람들이 와서 합세를 하는데 그 수가 사오십 명은 됨직하다. 그런데 독특한 광경은 그 안에 여인도 예닐곱 명이 끼어 있다. 어디 조선 봉건사회에서 안방의 아녀자가 사내들 사이에 끼어 있다는 것이 언감생심 말이나 되는 가. 이곳은 확실히 무엇인가 다른 곳임에 틀림없었다.

도열한 사람들의 복장은 앞에 나왔던 사나이와 마찬가지로 짧은 소매의 푸른색 긴 적삼을 걸친 자가 가장 많고, 한복을 간편하게 만든 짧은 소매의 소유자들도 섞이고, 그러나 대체적으로 의복이 통일성을 이루고 있었으니 그것은 무엇인가를 색다르게 또는 간편하게 개량한 것들이었다.

그들의 손에는 하나같이 목검이 들려 있었고 이내 검무(칼춤)를 시작한다. 구령에 맞추어 가볍고 경쾌하게 흐느적거리듯 춤을 추듯, 빨라졌다 느려졌다 하며 음률을 타고 있는 검법은 그 안에 어떤 마법이 들어있음이 분명했다. 경을 외듯, 노래를 하듯 일제히 '검가(칼노래)'라는 것을 부르며 동작이 이어졌다.

청의장삼(靑衣長衫) 용호장(龍虎將)이, 여차(如此) 여차 우(又) 여차라

시호(時好) 시호 이내 시호, 부재래지(不再來之) 시호로다

만세일지(萬世一至) 장부(壯夫)로서, 오만년지(五萬年之) 시호로다

용천검(龍泉劍) 드는 칼을, 아니 쓰고 어이하랴

무수장삼(舞袖長衫) 떨쳐입고, 이 칼 저 칼 넌짓 들어

호호막막(浩浩漠漠) 넓은 천지, 일신(一身)으로 비켜서서

칼 노래 한 곡조로, 시호시호 불러내니

용천검 날랜 칼은, 일월을 희롱한다.

계운(桂雲)은 무수장삼(舞袖長衫), 우주에 덮였어라

자고명장(自古名將) 어디 있나, 장부당전(丈夫當前) 무장사(無壯士)라
좋을시고 좋을시고, 이내 시호 좋을시고
태평가를 불러내어, 시호시호 득의(得意)로다.
왈이동방(曰爾東方) 제자들아, 너도 득의(得意) 나도 득의
우리 집도 득의로다

(의역)

푸른 옷 긴 적삼의 용과 같고 호랑이와 같은 장수는, 이와 같고 이
와 같고 또 이와 같도다
때가 왔다. 때가 왔다. 이 내 앞에 다시 못 올 때가 왔다
수만 년에 한 번의 기회로 태어난 대장부로서
오만 년에 한 번 있을까 말까 한 때가 왔다
용천검 잘 드는 칼을 아니 쓰고 어찌 할 것인가
소매가 춤추는 긴 적삼 떨쳐입고 이 칼 저 칼 넌짓 들어
아스라이 펼쳐지는 대평야 탁 트인 천지에, 이 한 몸 일으켜 서서
칼 노래 한 곡조로
때가 왔다 때가 왔다 불러내니
용천검 날랜 칼을 번쩍뻔쩍 휘둘러
해와 달을 희롱한다
상서로운 구름은 소매가 춤추는 긴 적삼과 온 우주에 가득 덮였
구나
세상의 만고 명장인들 당할 자가 과연 누구겠는가

좋을시고 좋을시고, 이 나의 좋은 때가 왔다. 좋을시고
태평가를 불러라, 좋은 때다 좋은 때다, 뜻을 펴라
말하노니, 너 조선의 아들들아, 너도 뜻을 이루고 나도 뜻을 이루고
우리 집도 뜻을 이루자구나

검가는 음의 고저보다는 장단을 위주로 흥얼거리는 4.4조 가사의 긴박감을 주는 행진곡 형태이다. 처음에는 느렸다 빨라졌다 체조하 듯이 박달나무 목검을 휘두르며 칼춤을 추더니, 조금 있다가는 마치 농악에 맞추어 두레패가 돌아가듯 빙빙 도는가 했는데 오른 손에 든 칼을 왼손으로 칼날을 잡는 시늉을 하더니 두 손으로 휘휘 저어 치 켜 올린다.

앉아서 장풍을 하듯, 서서 합장을 하듯, 뛰며 학춤을 추듯, 서서 히 기를 모으는가 하더니 갑자기 부르르 떨듯이 사방에서 오는 칼을 단숨에 털어 버리는 자세를 취한다. 청의장삼 휘날리며 무릎까지 좁 게 조인 아랫도리가 힘차게 움직인다. 양다리를 벌리고 장삼을 늘어 뜨린 것이 큰 짐승이 먹이를 향해 잔뜩 몸을 사리는 형상이다. "청의 장삼 용호장이……" 하자 껑충 뛰어오른다. 동작은 빠르고 경쾌하 다. "용천검 드는 칼을……"할 때는 하늘의 기를 받는 듯 칼을 들고 하늘을 우러러 본다. "시호 시호 이내 시호, 부재래지 시호로다." 칼날이 번쩍번쩍 섬광을 발하더니, 찌르고, 돌리고, 등 뒤에 칼을 기대는가 하더니 하늘을 향해 기를 받아 껑충 뛰어 "호호막막 넓은 천지……"하면서는 반대로 땅의 지맥을 뽑아 올리는 듯 칼을 땅으로

향하고 왼손은 높이 쳐든다. "일월을 희롱하고······"하면서는 날아오는 화살 몇 개를 갑자기 털어버리듯 손목부분의 칼을 날 세게 움직인다. "좋을시고 좋을시고, 이내 시호 좋을시고." 검무는 갑자기 빨라지며 평화가 온 듯, 해방을 맞은 듯, 신천지가 열린 듯, 기쁨과 환희가 도래한다. 칼을 밑으로 향하여 다시 온 지맥을 빨아올리는가 하더니 하늘을 향해 높이 치켜들어 온 기운을 받아 우주와 내가 하나가 된다. 검무가 마지막으로 접어들 무렵이 되자 숨이 막힐 것 같은 긴박감이 돌며 동작은 점점 빨라진다. 어느 단계에 이르자 일제히 몸을 한 길이나 하늘로 솟구치더니 땅에 쓰러진 적에 칼을 힘껏 꽂으며 검무가 끝난다.

보통 때는 맨 앞 구절 "청의장삼 용호장이 여차여차 우여차라"는 생략하고, 다음 구절 "시호 시호 이내 시호, 부재래지 시호로다"부터 시작한다고 했다.

천둥이 치는 소리

검무가 끝나고 땀을 닦고 있는 청의장삼의 사부인 듯한, 아까 바깥채에서 먼저 나오던 사나이 곁으로 손정식이 다가가자 사나이는 처음 본 사람을 마치 기다렸다는 듯이 먼 산을 바라본 채로 말을 건넨다.

"보아 하니 양반집 자제인 듯한데 어디서 오신 뉘십니까?"

"무장에서 온 손정식이라 합니다. 여기서 처남이 수학을 하고 있어서 유람할 겸 찾아왔습니다."

"혹시 승지를 찾아오신 객이 아니십니까."

"실은 그렇습니다. 이곳이 만인 피난지지라고 하기에…"

"승지는 이 세상에 없습니다. 자기가 하기에 따라서 어디나 승지가 될 수도 있고, 승지가 되지 않을 수도 있지요."

"무슨 말씀인지 이해가 잘 가지 않습니다. 그리고 방금 그 검무는 어디서 나온 것이고 노래의 뜻은 무엇입니까?"

"우리는 동학도들이요. 방금 전의 검무는 우리의 교조이신 수운 최제우 대신사께서 창안하신 것이고요. 푸른 옷의 긴 적삼(청의장삼)은 검무 시 우리의 상징적 제복입니다. 이제야 말로 용천검을 높이 들 좋은 시기를 맞이했다는 내용이지요."

"용천검이란 무엇입니까?"

"용천이란 대신사의 고향인 경주 견곡면 가정리의 구미산 자락에 있는 정자 이름에서 나왔습니다. 대신사께서 수양하시던 정자를 용담정이라고 하였는데 용담이나 용천이나 같은 의미지요. 용천검이란 대신사께서 쓰시던 검의 이름입니다."

검가는 수운 최제우가 남원의 교룡산성 은적암에서 창안한 노래였다. 최제우의 부친 근암공 최옥은 영남일대에서 이름 높은 유학자였다. 그는 정씨 부인과 서씨 부인을 맞이했으나 모두 사별하였고, 아우 규(珪)의 아들 제원으로 양자를 삼았다. 어느 날 경주 가정리 근암공의 집에서 삼십리 떨어진 금척리의 한씨라는 부인이 꿈에 이상한 기운을 보고 찾아왔다는 말을 듣고 그녀를 맞이하여 불의불식간에 부부관계를 맺는다. 여기서 낳은 자식(1824 甲申年 10. 28)이 제선이었고, 후에 그는 우매한 백성을 구한다는 뜻으로 스스로 제우(濟愚)라 개명한다. 출생부터 영적인 개시로 시작된 인물이었다. 그는 서얼 출신이기 때문에 문과는 볼 수 없는 처지인지라 무과 준비를 하여 직접 활쏘기와 말 타기도 하여 보고 혹은 장사와 음양복술을 해

보기도 하였다. 최제우가 자랑스럽게 여겨왔던 그의 6대조 최진립은 병자호란 당시 나라에 공을 세워 정무공이라는 시호까지 받은 무장이었다. 수운 최제우는 21세가 되던 해부터 부귀영화를 노리는 것이 부질없다는 것을 깨닫고 무과를 포기하고 주유천하를 하게 된다.

그는 드디어 36세(1860년)에 종교적 체험을 하고 소위 '무극대도'를 창도하게 된다. 그러자 찾아오는 사람이 점점 많아졌고 관에서는 위험인물로 지목하여, 다음해 10월부터 포덕(布德. 포교) 행위를 금지한다. 수운은 관의 지목을 피하여 11월에 집을 떠나 다음해 6월까지 교룡산성 은적암에 머무른다. 은적암에서 지리산을 바라보면 밑에서 바라보는 지리산과는 완연히 다른 장쾌한 광경을 연출한다. 그곳은 노고단 쪽이 바라보이는 곳으로, 높은 곳에서 높은 곳을 바라보는 웅대함이란 밑에서 보는 것과는 전혀 다른 장부의 웅지 바로 그것이었다. 상서로운 계운(桂雲)이 덮이고 산위에 황금 징 같은 달이 하나 덩실하게 걸릴 때 수운은 '용천검 드는 칼이 일월을 희롱'하는 환영을 보게 됐다. 사나이 대장부라면 마땅히 일신의 출세를 위하여 쓰는 칼이 아니고 이 세상을 베는 칼이어야 마땅하다고 생각하게 된다.

수운은 강령이 뚜렷해지자 그 희열을 이기지 못하고 신력으로 칼 노래를 지어 노래 부르고 목검을 잡고 춤을 추었다. 옆에 모여든 교도들도 이 사람 저 사람이 너나없이 따라서 목검을 잡고 무아지경의 춤을 추었다. 달이 저 산 아래로 스러진 후에도 이쪽 낮은 산 봉오리에서는 희미해지는 달빛을 뒤로 하고 으스러지게 신명나는 칼춤을 추었다.

조선조 오백년 역사는 너무 문만 중시하고 무를 경시한 까닭에, 날로 문약에 빠져들어 민족정기는 극도로 쇠약하였다. 수운은 자신만이 체험한 만고 없는 무극대도를 깨달은 희열을 이기지 못하여 쇠약해질 대로 쇠약해진 민족정기를 고무시키고자 검가를 창작했던 것이다. 검가는 '검'이라는 위험성과 '오만년지 시호(5만 년 만에 온 좋은 시기)'라는 혁명적 성격 때문에 동학교도들이 암암리에 불렀고 암암리에 칼춤을 추었으므로 그들의 한글 경전인 '용담유사'에 기록하지도 못하고 입에서 입으로만 구전되던 것이다. 수운은 낡은 오만 년의 하원갑(下元甲)이 가고 새로운 오만 년의 상원갑(上元甲)이 시작되는 해를 갑자년(1864)으로 잡았다.

　　그러나 최제우는 그토록 고대하던 갑자년을 눈앞에 둔 바로 전년 섣달 초순 선전관 정운구에게 체포당하고 만다. 그리고 이듬 해 대구 남문 밖 관당(觀堂) 뜰에서 참형을 당한다. 그는 상원갑이 시작하는 날, 즉 봉기의 결정적인 날을 갑자년 10월 11일 갑신으로 잡으나 그날이 오기 얼마 전 3월 10일에 처형을 당한다. 이는 바로 갑자신년(甲子申年) 춘삼월을 이조 종언의 시기로 단정한 정감록의 갑자혁명론과 이어지고 있었다.

　　동학이 관으로부터 위험시 되고 그 뒤로 계속하여 정부의 인정을 받지 못한 큰 원인 중의 하나가 바로 검가라는 칼노래의 개벽사상 때문이었다. 수운은 새로운 세계로의 진입은 칼과 같은 용단이 있어야 한다고 생각한다.

　　"동학이란 무엇입니까?"

"동학이란 조선의 학이란 말입니다. 우리 선조들은 우리나라를 스스로 동(東)이라고도 하고 동국이라고도 하고 해동이라고도 하여 왔습니다. 동사강목(東史綱目)이니 동국문헌비고(東國文獻備考)니, 해동가요(海東歌謠)니 하는 말에서 사용하는 동이 모두 조선의 별칭입니다."

"저는 동학이란 서학의 반대되는 말인 줄 알았습니다."

"그렇게 아는 사람들이 많습니다. 원래 대신사께서는 동학이란 말도 하신 적이 없습니다. 경상감사 서헌순이 무고하게 대신사를 심문하면서 '네 소위 하는 도는 서학이 아니냐?'하고 캐묻자 대신사께서는 '아니다, 나의 하는 도는 천도요, 동(조선)에서 생하야 동에서 학(學)하니 동학이라면 오히려 가하려니와 서학이라 함은 가치 않다'고 대답하신 적이 있습니다. 그 때부터 우리의 천도를 일명 동학이라 해왔지요."

"우리는 중국을 큰 집으로 여기고 사대의 예를 다하는 것을 국시로 삼아왔지 않습니까. 지금 새삼스럽게 조선의 학을 부르짖는 이유는 무엇입니까?"

"중국이 우리의 큰 집이 아닐 뿐만 아니라, 그들은 오히려 우리 배달나라의 자양분을 먹고 자란 나라였습니다. 단 그들이 후세에 우리보다 더 강성했을 따름입니다. 어쨌던 지금 중국은 없는 것이나 다름없습니다. 영격란(英格蘭. 잉글랜드)과 불란서라는 서양 오랑캐에게 북경이 점령 당한지 벌써 이십 여 년이 지났습니다. 중국이 굴복한 지 얼마 안 되어서 수운 대신사께서 수난을 당하셨습니다. 왜국마저

도 미리견(彌利堅. 아메리카)이란 나라의 대포에 굴복하고 문호를 개방
하였습니다. 중국이나 왜국이나 지금은 서양 오랑캐들이 제 집 드나
들 듯 하고 있지요. 오직 우리 조선만이 온전합니다. 그러나 우리나
라도 반드시 그들이 오게 되어 있습니다. 그 때가 머지않습니다. 그
들은 서학이라는 것을 믿는 자들인데 한울님이 자기들 편이라는 터
무니없는 말을 하고 있지요. 북경 한복판에 버젓이 서학의 천주당이
세워져 있답니다. 지금으로서는 오직 우리 동학만이 이들을 막아낼
방책이 있습니다. 2세 교조 해월신사께서는 지금까지 전국을 잠행
하시며 지하 포교(布敎) 사업을 하고 계십니다."

"병인양요 신미양요 때는 불란서와 미리견을 우리 힘으로 물리쳤
지 않습니까."

"그것이 잘못입니다. 그 때 우리는 그들의 배 한 두 척을 이긴 것
에 불과했는데 그것을 가지고 그 나라를 이긴 것으로 착각했지요.
그것 때문에 척화만 주장하고 국력을 키우는데 게을리 했습니다. 그
때 불란서나 미리견은 다른 곳을 경영하노라 우리를 재침할 여유가
없었을 뿐입니다."

"나라와 나라간의 일은 차치하고, 지금 호남 쪽에서는 탐관오리에
시달려 백성들이 살 수 없습니다."

"저도 잘 알고 있습니다. 영남도 상황은 비슷합니다. 조선의 제도
중 무엇보다도 큰 모순이 지방수령에게 일정한 봉록이 없다는 것입
니다. 그들의 몫이란 대동미에서 일부를 뗄 수 있는 것과 어염잡세
의 십일조를 뗄 수 있는 것이 고작입니다. 그러나 그것도 원칙적으

로 관용이지 사용이 아닙니다. 실무를 담당하는 좌수, 별감, 막빈, 아전, 복예 등은 아예 생활보장이 전무합니다. 착취를 해서 먹으라고 공식 허가해 준 것이나 다름이 없지요. 그리고 지금 과거시험이란 것은 명목뿐이고 초시 얼마 회시 얼마 하고 가격이 매겨져 있는 실정입니다. 요새는 아예 벼슬자리 자체를 직매하고 있습니다. 심지어는 서리직까지도 임뢰(任賂)라는 공공연한 가격이 있지요. 그렇게 해서 세습되는 아전들이 작은 읍에도 60명 이상이고 안동이나 나주같이 큰 읍에는 몇 백 명이 됩니다. 수령의 임기가 법전에는 과기(瓜期) 5년으로 되어 있지만 실질적으로는 단 삼사 개월에 교체 된 자도 있고, 1개월에 교체된 자도 있으며 1개월에 두 번이나 교체된 자도 있고, 어떤 경우엔 부임 도중에 명에를 돌려 교체되기도 합니다. 그러기 때문에 지방수령은 자기 자리를 보존하기 위하여 중앙의 전관(銓官)에게는 말할 나위도 없고 자기의 모든 상관에게 뇌물을 바쳐야 합니다. 일단 수령으로 임관되면 자기의 본전을 위해서라도 선정은 있을 수 없지요. 그들에게는 시간이 충분하지 않습니다. 부임하는 당일부터 이방과 함께 읍총기(邑總記)를 놓고 밤잠을 설치며 착취할 궁리를 해야 합니다.”

“선생님께서는 어떻게 해서 그렇게 내외 정세를 소상히 꿰고 계십니까?”

“우리 동학에는 유학자 서리배들이 상당수 참여하고 있고, 소수입니다만 양반과 관리들도 섞이어 있습니다. 지금 해월 최시형 신사를 곁에서 항상 모시고 있는 손천민 접주만 하여도 부친이 아전이셨고

본인도 이방을 한 적이 있습니다. 그래서 서로 아주 자세한 실정들을 교환하고 있지요."

그 사나이는 이 말은 안할 말을 한 것이 아닌가 약간 후회하는 눈치이다. 그러나 이내 무엇인가를 결심하는 태도를 취한다. 그는 나이가 사십 여세나 되었으며 이름을 민노영이라 하였다. 자신의 말에 의하면 직책은 별무사이며 그 칼춤을 수운선생에게서 직접 전수받았다고 하였다. 손정식은 처남과 같이 그를 따라 밖을 나와 골목을 거닐며 환담하였다. 이곳저곳에서 아까와 비슷한 경 읽는 소리가 산천을 울린다.

"시천주조화정 영세불망만사지(侍天主造化定 永世不忘萬事知)"

흘러나오는 소리 중에는 이 13자로 된 것이 압도적으로 많다. 때로는 앞에 '지기금지 원위대강(至氣今至願爲大降)' 이라는 8자를 더 붙여 삼칠 자를 만들기도 하였다. 같은 문구를 7고(告)하고 또 반복하고 있는 그들은 무엇인가를 목마르게 갈구하고 있는 것이 분명했다.

이 말의 뜻을 민노영이란 남자에게 물었다. '시천주조화정 영세불망만사지'의 본주문(평생주문)의 뜻은 한울님을 내 안에 확실히 모시면 조화를 체득할 수 있고, 한울님을 길이 잊지 않으면 만사가 저절로 깨달아 진다는 주문이라고 했다. 이 열 세자 주문만 외면 만권의 시서가 필요 없다고 했다. 앞에 붙이기도 하는 '지기금지 원위대강' 이란 강령주문은 한울님의 큰 뜻이 지금 강령하시기를 바란다는 뜻이라고 했다.

한울님을 모시는 시천주의 단계를 지나면, 모신 한울님을 잘 받들고 봉양하는 양천주(養天主)의 단계에 들어서며, 그 단계를 넘어서면 드디어 나의 근본과 한울님 진리를 깨닫는 각천주(覺天主)의 단계에 도달한다고 했다. 그렇게 되면 내 마음이 곧 한울님 마음이라는 것을 깨닫는 자천자각(自天自覺)이 되고 인과에서 벗어나고 해탈의 경지에 이르러서 모든 재난이 피해 가며 심지어는 총탄을 맞아도 죽지 않는다고 하였다.

"동학에 입도하셔서 수도해 보시지 않겠습니까?"

"입도하려면 어떻게 해야 합니까?"

그 사내는 이쪽이 약간 마음이 동하는 틈을 놓치지 않았고, 손정식은 어떤 힘에 끌려 들어가듯이 얼떨결에 입도의 뜻을 밝히고 말았다. 옆에 있던 용수가 의외라는 듯이 매형의 얼굴을 쳐다본다. 그러나 매형이 결심을 한다면 자기는 따르겠다는 표정이다.

"우리 같이 입도하자."

이렇게 하여 손정식과 유용수는 동학에 입도하게 되었다. 입도식에는 방금 검무를 하던 모든 사람이 참여하였다. 전도자는 민노영이고 입도자는 손정식과 유용수였다. 의례상이 동쪽을 향하여 놓여 있고 상 위에는 예주(醴酒)와 면, 어물과 과일, 포 그리고 미역, 채소가 놓여 있고 저육도 한 접시 놓여 있다. 양쪽에는 촛불이 밝혀져 있고 향 그릇에 연기가 실바람을 타고 모락모락 올라가고 있었다. 두 사람은 설위한 곳을 향하여 돗자리 위에서 큰절을 네 번 올린다. 민노

영은 하얀 종이에 깨끗이 쓴 초학주문(初學呪文)을 두 사람에게 드린
다. 초학주문은,

'위천주고아정 영세불망만사의(爲天主顧我情 永世不忘萬事宜)'

라 적혀 있었다. 그 의미는, 하느님을 위하면 하느님께서는 나의
사정을 돌봐 주시고, 길이 하느님을 잊지 않으면 만사가 저절로 잘
된다는 뜻이다. 다음으로는 한울님께 평생 섬기겠다는 다짐을 올리
는 치제(致祭) 의식을 행한다. 의례상을 향하여 네 번 절하고 민노영
이 낭랑한 축문을 봉축한다. 다음으로는 참석자 모두와 함께 강령주
문과 본주문(本呪文)을 칠고(七告)한다.

'지기금지 원위대강(至氣今至願爲大降)'

'시천주조아정 영세불망만사지.'

그리고는 손정식과 유용수가 각각 술을 한 잔씩 상 위에 올려놓는
것으로 입도식이 끝난다. 입도식이 끝나자 집사인 듯한 사람이 따로
손정식과 유용수를 방으로 모시고 가더니 자세히 도인의 생활에 관
하여 설명한다. 경전이라면서 ≪동경대전(東經大全)≫과 ≪용담유사
(龍潭遺詞)≫를 건네준다. 경전을 같이 읽자고 한다. 손정식과 유용
수는 책을 보고 구송하고, 집사는 책을 보지 않고 같이 입을 맞춰 구
송한다. 한문체로 된 《동경대전(東經大全)》 중에서 〈포덕문(布德文)〉
을 구송하더니, 다음에는 한글체의 《용담유사(龍潭遺詞)》〈용담가〉를
구송한다.

어화 세상 사람들아, 이런 승지(勝地) 구경하소.

동읍(東邑) 삼산(三山) 볼작시면, 신선(神仙)없기 괴이하다.

서읍(西邑) 주산(主山) 있었으니, 추로지풍(鄒魯之風) 없을 소냐.

어화 세상 사람들아, 고도(古都) 강산 구경하소.

인걸(人傑)은 지령(地靈)이라, 명현달사(名賢達士) 아니 날까.

하물며 구미산은 동도지주산(東都之主山) 일세.

곤륜산 일지맥은, 중화로 벌려지고,

아동방 구미산은, 소중화 생겼구나.

어화 세상 사람들아, 나도 또한 출세 후에

고도 강산 지켜 내어, 세세유전 아닐런가.

"매일 새벽 오경(五更)에는 태극성을 보고 '대통심(大通心) 주문'을 칠고하여야 합니다. 매 아침저녁 마다 하늘을 향하여 '영광(映光)주문'을 칠고하여야 합니다. 그리고 도인은 자기 선조에 대하여 제사를 깍듯이 올립니다. 우리 도에서 가장 금기시 하는 것은 주색잡기와 재물욕, 악언(惡言)입니다. 평생 명심하여야 합니다."

그 이외도 자세한 금기사항과 준수사항을 친절히 일러준다. 그리고는 마지막에 결정적인 비결을 빼놓지 않는다.

"가장 어려운 일을 당했을 때 '조화경(造化經)' 혹은 '축지법(縮地法)'을 암송합니다. 그러나 조화경과 축지법은 너무 길기 때문에 급박한 상황에 부딪치면 중간에 내용을 잊어먹을 수가 있습니다. 그럴 때는 조화경의 첫 부분 '영천생아 영지제아(靈天生我, 靈地載我. 영험한 하늘이시어 나를 살리소서, 영험한 땅이시어 나를 태우소서)'만 여러 번 반복하시고, 축지법의 마지막 부분인 '영거지성 래조아(永去之星, 來助我. 영거 별아, 와서 나를 도우라)'만 여러 번 반복하여도 효과는 마찬가지입니다.

그리고 이것은 마지막 단계입니다만 영부(靈符)를 먹거나 몸에 지니는 것입니다. 예컨대 죽을병에 걸렸을 때나 전쟁터에 나갈 때 영부를 태워서 물에 타서 음복하기도 하고 몸의 깊은 곳에 지니는 것입니다. 영부는 일명 부적이라고도 하는데 가장 보편적인 것이 '영(靈)' 자와 '궁을(弓乙)' 자를 위에서 밑으로 초서하는 것입니다. 영(靈) 자의 윗부분의 비 우(雨) 자를 그리고, 그 밑의 입 구(口)자 세 개가 있는 위치에 궁(弓) 자를 세 개 그리고, 밑 부분에 해당하는 위치에 을(乙) 자를 지렁이 형상으로 일곱 번을 그리고, 마지막 획에서 붓을 떼지 않고 전체를 싸는 동그라미를 그립니다. 궁을(弓乙)이란 약(弱) 자의 파자입니다. 약(弱)이 강(强)을 이기고 음(陰)이 양(陽)을 이기는 것과 같은 원리로 동이 서를 이기는 원리입니다."

집사는 '조화경' '축지법' '영부'를 말할 때 몇 번이고 몇 번이고 당부하는 말이 있다. 이는 한울님을 모시는 지극한 마음이 없이는 아무런 효험이 없으며 오히려 동학을 비방하는 자들에게 좋은 구실을 제공하는 결과를 가져온다고 하였다. 오직 '성(誠)'과 '경(敬)'이 심령에 가득 찼을 때만이 효험이 있다고 하였다. 그래서 동학에서는 성, 경, 신(信)이 수행의 기본이라고 했다.

손정식은 입도식이 끝나자 민노영의 건의에 따라 이름을 화중(華仲)이라 고쳤다. 손화중! 이제 중화는 없다, 아동방의 당신이 중화를

대신하라, 진짜 중화의 나라를 만들어 달라는 간절한 기원을 담은
이름이었다.

미륵세상이여 오라

유난히도 큰 태양이 서쪽 하늘을 붉게 물들이며 지평선으로 빨려 들어가고 있다. 태양을 등지고 긴 그림자를 드리우며 지평선 논두렁 길을 지나 두 명의 남자가 산길을 들어서고 있다. 등에는 하나같이 괴나리봇짐을 매고 있다.

깊은 산골 마을들을 지나 마지막 마을까지 들어선다. 그 중 한 사람은 차림이 범상하나 생김새는 범상을 벗은, 나이도 들어 보이는 남자이고, 다른 사람은 약관의 혈기 왕성한 젊은이이다. 나이가 들어 보이는 남자가 바로 동학 2세 교주 해월신사 최시형이었고, 이십 세쯤 되어 보이는 젊은이는 해월선생의 호위인데, 그는 전에 손화중이 청학골에서 동학에 입도하며 만났던 별무사 민노영의 아들 민상길이었다. 이들은 부안의 지주 김낙철의 집에서 출발하여 이곳까지 오는 길이었다.

이들이 밤이 이슥할 무렵에 접어든 곳은 상두산 자락의 김기범의
집이었다. 태인현 산외면 동곡리 지금실 마을이다. 김기범의 집은
산골 마지막 마을인 웃지금실의 맨 뒤쪽 가장 높은 곳에 자리 잡고
있었다. 첫눈에도 아주 포실한 집안이고 어떤 센 기가 흐르고 있는
집터였다. 남쪽을 향하여 오칸 겹집의 본채가 자리 잡고 있고 마주
보인 대문이 딸린 행낭채도 오칸 홑집이다.

해월이 들어서자 기별을 듣고 미리 알고 있던 김기범이 급히 마당
으로 뛰어나와 모시고 들어가고, 이어서 온 식구가 방에서 큰 절을
올린다.

다음 날, 역시 등에는 하나같이 괴나리봇짐을 맨 네 명의 남자가
어제와 같은 논두렁길을 지나 김기범의 집을 향해 산길로 접어든다.
한 사람은 삼십 세쯤 되어 보이는 남자이고, 두 사람은 사십 세 쯤
되어 보이는 중년 남자이다. 그런데 이들과 형색이 좀 다르고 나이
가 가장 많이 들어 보이는 한 사람이 바삐 그들의 뒤를 따르고 있다

삼십 세쯤 되어 보이는 자는 손병희였다. 사십 세쯤 되어 보이는
사람 중 한사람이 바로 해월선생의 문서작성을 담당하는 손천민인
데 손병희가 동학에 입도하게 된 것은 바로 장조카 손천민의 권고가
있었기 때문이었다. 또 한 사람은 어제 해월선생이 다녀나온 부안의
갑부인 김낙철이었다. 김낙철은 부안의 쟁갈리 일대에서 7백석 이
상을 거두는 대지주의 집안이지만 천성이 의롭고 불인지심이 강하
여 과감히 동학에 투신한 사람이었다. 그리고 가장 나이 들어 보이

고 교활기까지 보이는 자는 동학을 빙자한 엽관파 유학자 서병학이었다.

그들은 언덕 밑 작은 마을의 주막에 들려 장국밥을 한 그릇씩 하고 일부러 시간을 좀 늦추더니 주막을 빠져나와 깊은 산길로 접어든다. 밤기운이 스며들 무렵 역시 웃지금실에 조용히 다달았다. 마당을 들어서던 김낙철이 기침을 한다.

"기범이 있는가?"

"어서 오게, 늦었네 그려."

"해월 신사님 오셨는가?"

"안에 계시네. 어서 들어가세"

김기범은 얼마 전 김낙철과 무장의 손화중 등과 함께 해월신사 최시형을 찾아가 교조신원(伸寃)의 뜻을 피력한 적이 있으나, 해월신사는 도란 스스로 이루어지는 것이라며 조급함을 나무랐다. 그러나 마침 호남지역 포교에 힘쓰고 있던 최시형은 이 믿음직한 도인에게 도집강을 임명하였던 것이다.

네 사람이 마당을 들어서고 김기범은 그들 일행을 맞이하는데, 행랑채에서 말소리가 나더니 기다리고 있던 남자들이 이 방 저 방에서 십여 명이나 우르르 마당으로 나온다. 갑자기 사람들이 나오는 모습을 보고 네 사람이 약간 긴장한 몸짓을 한다.

"제가 도인들께 연락했습니다."

"그랬었군. 나는 그런 줄도 모르고 좀 놀랐네 그려."

서로 눈인사만 하고 모두 방으로 들어갔다. 방에 가득히 앉은 도인들은 호롱불 밑에서 서로 큰절을 나눈다. 해월신사 곁에 항상 그림자처럼 따라붙는 민상길의 손에는 예의 목검이 들려 있었다. 김기범이 먼저 모두에게 "아시다시피 저는 태인현 산외면 동곡리 웃지금실에 사는 김기범이라 하옵니다."라고 다 아는 사실로 운을 때며 말을 건네자 옆에 있던 도인들도 자기소개를 하라는 신호로 알고 해월신사와 수행원에게 자기를 소개한다.

"원평 거야마을의 김덕명이라 하옵니다."

"태인 월촌리의 최경선이라 하옵니다."

"고부 주산마을의 송대화라고 하옵니다. 제 동생과 같이 왔습니다."

"저는 송주성입니다."

그런데 송대화 형제를 건너 띄어서, 자기를 김제 화봉리에 사는 김인배라고 소개를 하는 자는 아주 젊어보였다. 해월 신사가 말을 건넨다.

"선생은 아직 어려 보이는데 지금 나이는 몇이시오?"

"스물 하나입니다."

"그리고 가운데 계시는 분은 아직 자기소개를 하지 않으셨는데."

아까부터 유난히 눈에 정기를 담고 사람을 압도하는 듯한 범상한 남자에게 시선이 집중된다.

"고부 조소리에 사는 전봉준입니다. 저도 얼마 전까지 이 밑 마을 동골에 살았습니다. 저는 아직 동학에 입문하지 않았습니다."

전병호는 자기의 본명을 놔두고 이전부터 생각해 두었던 봉준이라는 이름을 갑자기 사용하였다. 그는 오늘을 기하여 꼭 봉준이란 이름을 사용하고 싶었다. 전봉준은 김기범과 어려서부터 가장 의기투합하던 친구이다. 전봉준의 아버지가 향교의 장의(掌議. 총무)를 맡으며 서당을 하고 있을 때 전봉준보다 한 살 위인 개똥이라는 별명을 가진 김기범이 어느 날부터 같이 공부하게 된 것이다. 그 뒤부터둘이는 막역한 친구가 되었다. 전봉준이 조소리로 이사 와서도 원평장터를 갈 때는 상두산 줄기의 지금실 재를 넘어야 했고, 그 때는 김기범의 집에 들러 같이 세상을 한탄하며 토로하기도 하였다.

김기범이 옆에서 말을 거든다.

"제가 신사께서 오신다는 말씀을 듣고 친구에게 연락해서 참석하게 했습니다. 오늘은 꼭 신사님 앞에서 입교하기로 저와 약속하였습니다."

또 다른 사람들의 소개가 끝나자 전봉준이 해월신사께 말을 꺼낸다.

"지금 이곳 백성들은 무엇보다도 탐관오리들의 가렴주구에 신음하고 있습니다."

"당장 일어서야 합니다. 못된 관리들은 물고를 내는 길 이외에는 다른 방법이 없습니다."

해월 선생께 하는 질문을 옆에서 기다렸다는 듯이 먼저 받아치는 자는 그 나이 든 서병학이었다. 어느 집단에나 그런 사람이 끼어들기 마련이지만 엽관파는 원래 매국집단이던 애국집단이던을 가리지 않는다. 그래서 때로는 애국자로 보이기도 하고 때로는 매국노로 보이기도 하는데, 단 하나 공통점은 그들에게는 민족이라든지 의불의

라든지 하는 표준이 없다. 오직 자기에게 무엇이 더 유리하는가 만이 중요하다. 서병학의 입장에서 보면 이제 난리가 터질 것이고 음지가 양지될 때가 되었다고 판단한 것이다. 서병학의 말이 있고 그다음에야 해월신사와 전봉준의 대화가 이어진다.

"우리는 포교가 급선무이지 다른 어떤 의심 받을 일도 해서는 안 됩니다."

"이 모순투성이인 세상을 어찌해야 옳습니까?"

"모든 일은 때가 있는 법, 한울이 우리에게 해야 할 때를 가르쳐 줄 것이오."

손병희와 손천민도 한마디씩 거든다.

"그렇습니다. 지금 우리가 여기까지 오는 데도 관헌의 눈을 피하여 왔습니다."

"특히 이 지역 농민들이 불안합니다. 우리는 포교의 자유를 얻기 위한 일 이외에는 어떤 행동도 삼가야 합니다."

방 안에서는 '시천주조화정 영세불망만사지'의 주문소리가 은은히 울러 퍼지는 가운데 밤은 깊어갔다.

최시형은 김기범의 집에서 열흘을 머물렀다. 이번에 이곳을 떠나면 언제 다시 올지 모르기 때문에 호남의 세(勢) 조직을 확실히 해 둘 필요가 있었다. 호남의 접주급 인사들은 아름 아름으로 거의가 최시형을 찾아와서 뵈었다. 그러나 이 이상 더 머무르다가는 틀림없이 관헌의 손이 미칠 것이어서 어서 떠나기로 하였다.

떠나기로 한 날의 먼동이 터왔다. 새벽이 되자 많은 사람이 마당에 운집하였다. 민상길은 아버지 민노영처럼 별무사라는 직책을 가진 검무사였다. 오늘 민상길이 청학동의 그 칼춤을 호남접에게 선보이기로 작정하고 나선 것이었다.

해월신사가 마루 정면에 정좌하고 있고 그 옆 뒤쪽으로 해월을 호위하며 앉아 있는 것은 손병희이다. 일행은 일제히 민상길의 무인풍을 주시한다. 북 앞에 앉은 것은 김낙철이요 칼노래를 부르는 것은 손천민이다. 북채를 잡은 김낙철, 칼노래를 부르기로 한 손천민, 칼춤을 추기로 한 민상길은 완전히 삼매지경의 묵상이 이어진다.

박달나무 목검의 크기는 사람의 가슴팍까지 올만한 길이에 날이 있는 듯 약간 구부러졌다. 처음에는 노래가 없이 북소리만 나며 가볍게 몸을 푼 듯한 동작을 한다. 발을 쳐들고, 돌리고, 바우고, 찌르고 하는 동작을 하다가 느려졌다, 빨라졌다, 뛰어오르기를 연속한다. 노래가 끝나자 이번에는 "시천주조화정 영세불망만사지" 13자 축문을 칠고하며 각각 다른 동작의 검무가 이어진다.

동학에서 칼춤은 시작이자 마무리였다. 시작에서 사기를 돋우고 마지막에서 마음을 추스른 동작이었다. 선천 오만 년의 무극대도를 계승한 검무는 인간의 오장육보에서 땀구멍까지 다 열리게 하여 끝없는 담력을 불러일으키고 있었다. 그 열림이 검무와 주문으로 이루어지는 것이었다. 열리면 움이 트는 것이요, 무극대도의 기운이 가득하기 때문에 마음속에는 일당백의 용기가 샘솟는다. 그러나 막히면 무서워지고 자기가 작아지며 도망을 치게 되는 것이다. 검무는 막힌 것을 트는 것이요 쌓인 것을 허무는 것이었다.

칼춤이 끝나고 해월신사 일행이 떠나갈 무렵에 김기범은 해월신사 앞에 보따리를 하나 내놓는다.

"이것이 무엇입니까."

"여름옷을 몇 벌 마련했습니다."

"뭘 이렇게 많이, 아니 세 벌이나 되지 않소? 내가 여기 머문 지 열흘 밖에 안 되는데 언제 세 벌이나 옷을 지었단 말이요."

"정처 없이 다니시노라 옷 갈아입기도 쉽지 않을 것 같아서 집 사람한태 부탁해서 넉넉히 준비하라 했습니다. 그리고 얘들아!"

김기범이 문을 향하여 소리를 하자 그의 부인과 아들딸들이 문을 열고 들어선다. 해월신사는 급히 일어나 부인께 큰 절을 하고 아이들에게도 큰절을 한다. 부인과 아이들은 어찌할 바를 몰라 하며 엉겁결에 엎드려 따라서 큰절을 한다. 김기범도 어찌할 바를 몰라 하며,

"신사님 왜 이러십니까?"

하며 해월신사를 잡아 일으키려 한다.

"아시다시피 우리 동학에서는 남녀노소의 차별이 없습니다. 시천주하는 사람은 사인여천(事人如天)하라 했습입니다. 시천주하는 사람은 바로 한울님이요 그의 모든 일은 하늘의 일이니, 그런 사람은 한울님 모시듯이 해야 합니다."

"그것은 알고 있습니다만…."

"아직도 우리는 관헌의 추적을 받고 있습니다. 벼슬아치들은 포교를 인정하지 않고 도인들을 잡아가두기도 하고 재산을 갈취하기도 합니다. 사교집단이라 하던 천주교의 서학까지도 공인하면서 우

리의 천도는 인정하지 않고 있습니다. 우리는 이런 때일수록 우리의 몸가짐을 바르게 하고 수운 대신사의 가르침을 잘 따라야 합니다."

"우리는 언제나 포교의 자유를 얻을 수 있습니까."

"우리 하기에 달려 있습니다. 자칫 잘못하다가는 지금보다 더 어려워 질 수도 있습니다. 부안에서도 말을 잘 들었습니다. 농민들은 지주와 탐관들의 이중고에 시달리고 있습니다. 그러나 이곳이 더 심할 뿐 사정은 온 나라가 비슷합니다. 우리는 포교의 공인을 받는 것이 가장 급선무입니다."

마당에는 벌써 동네 사람들이 가득히 모여서 해월신사를 뵈려한다. 해월신사를 모시고 왔던 김낙천은 위험을 감지하고 어서 떠나자고 눈짓을 한다.

일행은 다시 급한 발걸음을 놀려 마을을 빠져나간다. 웃지금실에서 밑지금실을 지나 동골로 내려가는 좁은 산골길을 범상한 백성의 차림을 한 사람들이 발걸음을 빨리 옮기고 있었다.

이른 아침인데도 이 골짝 특유의 산새가 웃지금실 사람을 대신하여 이들을 다정하게 배웅한다. 색동 산비들기는 이 골짝에 유난히 자주 눈에 띄는 아름다운 산새이다. 산비둘기는 산비둘기이되 색동 옷을 입었는데 몸이 산비들기보다 약간 더 둔하여 장난스럽다. 색동 산까치도 있다. 머리는 약간 붉은색이요 목덜미는 파란색인데 몸뚱이는 완전히 흑백의 까치이다. 까치참새도 이 골짝 산새이다. 몸뚱이는 참새만 밖에 안하지만 영락없는 까치요 목청을 돋우며 지저귀는 소리가 너무나 아름답다. 온갖 새들이 조선의 귀한 손님을 배웅하고 있었다.

해월신사 일행이 김기범의 집을 다녀간 다음 해, 세상은 더욱 흉흉하고 별스러운 요언이 나돌았다. 벌써 정선, 광양, 수원에서는 난민들 다수가 관아를 상대로 야단법석을 친 일이 있었고, 올 들어서도 함흥, 덕원, 예천의 군민들이 관아로 쳐들어가 소란을 피운 적이 있다.

외국인은 어린이의 간을 꺼내서 먹는다느니 조선의 왕궁은 왜놈의 손에 좌지우지된다느니 하는 소문이 꼬리에 꼬리를 물고 나돌았다. 특히 일본인에 대한 유언비어는 사그라질 줄을 모르고 퍼져나갔다. 그를 뒤받침이라도 해주는 듯 농민들은 산간벽지에서도 직접 내지 행상에 나선 일본상인을 심심찮게 볼 수 있었다. 일제 당성냥은 웬만한 동네에는 모두 보급되어 있었다. 당시 성냥은 오스트리아제와 일제가 있었으나 오스트리아제는 비싸기 때문에 거의 전부 일제로 채워지고 있었다. 작년도 삼관무역에서 수입된 성냥의 총수량을 환산해 보면 당시의 조선의 총인구(6,623,824인, 일성록 1892년 조)로 볼 때 1인당 약 5갑에 해당한다. 이것은 조선의 농민이 처음 접한 외래품이 바로 일제 당성냥일 가능성이 크다는 것을 증명해 주고 있었다. 주막집 같은 데서 일제 당성냥을 보는 것은 예사로운 일이 되었다. 일제 도기나 젓가락도 어디서나 눈에 띌 지경이었다.

전에 일본이 반어반적(半漁半賊)으로 활동하던 때나 일종의 회유책으로 허가하던 삼포 왜인의 활동과는 판이하게 달랐다. 그들은 완전히 합법적으로 해안과 깊숙한 농촌을 횡행하였고 또 조선인을 교묘히 이용하기도 하였다. 농민들로부터 그들이 사 가지고 간 물건은 주로 콩과 쌀 또는 소가죽이었는데, 대개 일본인으로부터 수가전(授價錢)을 미리 받은 조선인이 각지에 있는 물건을 소량씩 모아서 나주, 진주, 통영 등지의 소도시 일본인 상점에 운반하였다. 일본인은 그것을 다시 부산의 일본인 거류지로 옮겼고, 그것을 부산에서 배에 산적하여 일본으로 실어 나르고 있었다.

조선인은 자국산의 목화나 마포는 수출하고 겉보기도 아름답고 가격도 싼 옥양목이나 한랭사(寒冷沙) 같은 양화(洋貨)를 즐겨 입게 되었다. 일본인은 자국산도 많았지만 상해에서 서양물품을 사 가지고 들어와 중간무역을 하는 것이 많았다. 그런데 콩이나 쌀, 소가죽 같은 토산품 이외에 일본인이 진짜로 옹골진 이익을 보고 있는 것은 한국의 금은이었다. 사금과 현금인 은전은 면세품이었기 때문에 얼마든지 가지고 나가도 신고할 필요조차 없었다. 실질적으로는 금은의 유출이 콩, 쌀, 소가죽의 삼대 품목보다 훨씬 많았던 것이다. 이런 판국에서 고요한 징게맹개 들에는 폭풍전야와도 같이 눈에 보이지 않은 독기가 회오리바람처럼 떠다니며 언뜻 언뜻 서쪽 하늘에 판화가 되었다가 사라지곤 하였다.

김기범과 전봉준은 울적한 마음을 달랠 겸 가까운 모악산의 금산사나 유람하기로 하고 길을 나서고 있었다. 두 사람의 마음은 세상의 고뇌가 모두 자기 몸에 지워진 양 무거웠으나 겉으로 그것을 읽기란 쉽지 않다.

옛 백제의 나라 터 구릉들은 소위 산도 들도 아닌 비산비야의 지형을 형성하고 있다. 호남평야는 갯벌이 평야로 바뀐 것이 대부분이지만 내륙의 산들도 오랫동안 강물에 깎이어 이루어진 침식평야이기 때문에 산이라고도 할 수 없는 나지막한 언덕이다. 그런데도 모악산만은 그 중에서 상당히 우뚝 솟은 큰 산이어서 호남평야 사람들의 눈에는 굉장히 큰 산으로 비추이고 있다. 상봉인 국사봉에서 내려다보면 서남쪽에 부안이, 서북쪽에 김제가, 북쪽으로 익산이 보이며, 남서쪽으로 지리산 노고단 쪽이 보이고 남동쪽으로 저 멀리 무등산이 보인다. 상봉에는 쉰(오십)길 바위가 있어 급한 낭떠러지를 이루고 있으며 금산사 반대쪽에는 나중에 강증산이 득도하여 증산교의 모태가 되는 대원사가 자리 잡고 있다. 모악산 '널안이 골'에서 흘러내린 명경같이 맑은 물은 금산사 참배객의 어지러운 마음을 말끔히 씻어주고 있다.

모악산이란 이름은 큰 산을 뜻하는 '엄뫼' '큼뫼'에서 유래했다. 한자표기를 하면서 엄뫼는 어머니의 뫼라는 뜻의 모악으로 바꾸어 적게 되었다. 금산이라 함은 그 근방이 예로부터 금이 많이 나기로 유명하였기 때문에 붙여진 이름이다. 모악산은 편마상 화강암의 산지로서 함금석 영맥이 많아 석금의 산지로 알려졌다. 뿐만 아니라 모악산에서 흘러내리는 두월천과 원평천의 충적층에는 사금이 많이 채굴되기로 유명하였다. 그래서 이 근방은 김(金)제를 위시하여 금산사, 금구, 금평 등 '금' 자 따라가는 지명이 유난히 많다. 노다지를 캐러 온 사람들을 산이나 근방 강가에서 심심찮게 만날 수 있었다. 그뿐인가. 일본인들은 중간 시가차를 줄여 더 값싸게 매입하기 위하여 가까운 객주집에 짐을 풀고 며칠씩 머무르며 수가전을 받은 객주가 가져온 사금을 '리쿠샤쿠'에 메고 떠나곤 하였다.

이 산이 엄뫼 또는 모악산이라 불려 진 데는 또 하나의 연유가 있었다. 징게맹개 들을 적시는 수원은 셋이 있는데 하나는 금구현 모악산 남쪽에서 나오고, 하나는 모악산 북쪽에서 나오고, 또 하나가 태인현의 상두산(象頭山)에서 나오고 있다. 젓줄의 시작이 되는 산이어서 엄뫼가 되고 있는 것이었다.

금산사는 원래 백제 법왕 원년에 미륵을 좋아한 왕실의 자복사로 창건되었다. 후백제의 견훤이 미륵신앙을 좋아하여 자주 왕래하다가 때를 노린 아들 신검에 의하여 유폐된 일도 있다. 궁예가 스스로 미륵이라 하면서 고려를 창건한 것도 새로운 시대가 오기를 바라는 민중들의 신앙을 잘 이용한 것이었다. 고려 말 우왕 때는, 니금이라는 사람이 스스로 미륵이라 칭하고 난을 도모하려다가 처형당한 일이 있으며, 조선조 숙종 때도 승 여환이 무녀, 아전배들을 긁어모아 역모까지 꾀하다가 여러 사람이 처형당한 일이 있다. 조선조 중엽에 정여립의 반역사건으로 벌어진 기축옥사(己丑獄死)의 무대도 바로 이 곳이었다.

모악산 줄기의 제비산에는 치마바위가 있다. 치마바위는 원래 영험한 산신(産神)이 있다고 알려진 곳이다. 전라도에서 삼신산으로 유명한 곳은 부안 봉래산, 고창 방장산, 고부의 영주산(두승산)이지만 제비산 치마바위야 말로 영하기로 유명한 곳이었다. 거기서 기도를 드리면 애기울음 소리가 직접 들리고 휙휙 돌이 날아와서 응답을 한다고 했다.

전주 출신 정여립은 치마바위 앞에 앉아보았다. 바위틈에서 물이 흐르고 있었다. 이렇게 높은 곳 바위틈에서 물이 흐른다는 것부터가 예삿일이 아니었다. 바로 오른 쪽에 구성산이 보이고 정면에는 두승산이 보이고 부안 동진평야가 한 눈에 들어오고 변산반도, 곰소까지 망망 지평선이 펼쳐지고 왼 쪽은 오리알 터가 있다. 이곳은 원래는 오리알(五里謁)이라 하던 곳인데 우리말로 오리가 알을 낳는 땅으로 알려진 명당자리가 되고 말았다. 구성산 줄기를 타고 내려오다가 수리봉(매봉) 바로 밑의 구리골(銅谷)이란 동네는 천기가 숨어 숨쉬는 곳이었다. 뒤에 천기를 받은 강증산은 이곳에 동곡약방을 차리고 증산교의 터전을 삼는다.

정여립은 치마바위 밑에 집을 지었다. 천하를 도모할 자리를 잡은 것이다. 그는 '목자망 전읍흥〔木子亡 奠邑(阝)興〕'이란 말을 퍼트려 이(李)씨 조선의 운이 다하고 정(鄭)씨 조선이 올 것이라 예언하고 자기가 바로 '정도령'이라고 하였다. 그 때 법성포에 왜선 18척이 들어와 어민이 무서워 떨고 있었다. 전주부윤 남언경은 왜구소탕을 무능한 관군에게 맡기느니보다 차라리 정여립에게 의뢰하였다. 정여립은 고도로 훈련된 6백 명의 대동계(大同契) 인원을 인솔하고 전광석화처럼 왜구를 단숨에 토벌하고 말았다. 정여립은 그 다다음해에 서울을 점령하고 정권을 잡으려는 계획이었으나 왜구 토벌능력을 보고 놀란 정부는 서둘러 정여립과 대동계를 일망타진하고 만다.

바로 이곳에서 계속 부단으로 불안하고 어두운 사회에서 착취와 흉년, 질병 등으로 시달리는 민중들에게 이상사회의 실현을 약속하는 미륵하생 신앙이 농민들의 소박하고 막연한 기대감을 크게 부풀리고 있었다.

금산사의 말사인 사자암은 익산 금마면 신용리의 미륵산에 있다. 사자암은 미륵산 정상 가까운 계곡에 파묻히듯이 자리하고 있는 작은 사찰이다. 정상에 올라 아래를 내려다보면, 마치 사자암을 품고 있는 능선과 능선은 연봉을 이루며 달려와 미륵산에서 문득 끊어진 형상이며, 뒤쪽으로는 외에밋들의 드넓은 뜰이 시야에 가득 들어와 장관을 이룬다. 미륵의 혼령이 떠도는 이곳에서 해월 최시형은 벌써 갑신년(1884)에 4개월 동안이나 체재하면서 동학의 호남 포교에 온 힘을 기울였던 것이다.

미륵신앙은, 지난 날 석가모니불이 그 제자 중의 한 사람인 미륵에게 장차 성불하여 제1인자가 될 것이라는 수기(授記)를 준 것을 근거로 삼고 있다. 미륵은 그 뒤 도솔천에 들어가 천인(天人)들을 위하여 설법하고 있는데, 석가모니 부처님이 열반에 든 후 56억 7천만년 후에 지상에 내려와 용화삼회(龍華三會), 즉 용화수 밑에서 세 번의 설법을 하여 중생을 성불케 한다는 것이다. 금산사의 미륵장육상(彌勒長六像)은 바로 그 석가모니가 말한 미륵의 미래불인 것이다.

금산사가 미륵신앙의 본산이 된 것은 진표율사에 의하여 대규모의 증축이 이루어지면서부터이다. 진표율사는 통일신라시대의 만경 지방 사람이다. 그는 어려서부터 활을 잘 쏘고 사냥을 좋아했다. 어느 날 아버지를 따라 사냥을 나갔다가 쉬면서, 집에 가지고 가려고 개구리를 잡아 버들가지에 코와 입을 꿰어 물에 담가놓았다. 그러나 사슴을 쫓다가 다른 길로 돌아오는 바람에 개구리 잡아놓은 일을 잊고 말았다. 다음해 봄에 우연히 다시 그곳을 지나던 그는 버들가지에 코와 입이 꿰인 채 울고 있는 처참한 개구리의 모습을 보게 되었다. 극도의 자책에 빠진 그는 조심스레 개구리들을 풀어주고 세상을 비관하며 출가를 하게 된다. 금산사의 숭제법사에게로 가서 머리를 깎을 때 나이는 겨우 열두 살이었다.

그는 변산반도의 부안 선계산 불사의암(不思議庵)으로 들어가서 미륵상을 모시고 삼년간이나 불법을 구하였다. 그러나 아무런 소득이 없게 되자 절망한 나머지 바위 위로 올라가서 몸을 던져버리고 만다. 그 때 어디선가 푸른 옷을 입은 동자가 나타나서 사뿐히 그를 받아 바위 위에 내려놓는다.

그는 다시 삼칠일을 기약하고 온 몸을 바위에 내던지는 참회행을 계속하는데 사흘째 되던 날에는 손과 발이 부러져 떨어져나갔다. 그러던 이래 째 되는 날 지장보살이 나타나 그의 손과 발을 붙여주고 가사와 발우(鉢盂)를 건네주었다. 마지막 삼칠일이 되던 날에 그는 천안을 얻어 도솔천 중이 오는 형상을 보았다. 11년이 지난 23세에 지장보살과 미륵보살이 그의 머리를 쓰다듬으며 그의 간절한 참회구법을 칭찬하였고 드디어 득도를 하게 된다. 그는 다시 영산사로 자리를 옮겨 부지런히 정진한다. 감응을 받은 지장보살은 2년 만에 다시 진표에게 《점찰경(占察經)》 2권을, 미륵보살은 진표에게 간자(簡子) 189개를 주면서 그 중 두 개는 자기 손가락뼈라고 하였다. 진표의 일이 알려지면서 진표가 산에서 내려올 때도 그렇고, 금산사를 중건할 때도 당시 백제 유민들로부터 대단한 환영을 받았다.

진표가 태어난 지는 백제가 멸망한 후 백년이 지난 후로서 백제 유민들에 의하여 아직도 항전을 하던 시기여서 신라에 대한 감정이 좋지 않던 시기였다. 진표율사가 득도하여 금산사를 중흥한 것은 사실이나 여기에는 다분 통일신라의 의도적인 회유책이 내포되어 있었다. 그 증거가 바로 진표율사 이전에 당나라 유학까지 다녀 온 고승 숭제법사의 출현이다. 당시 백제유민은 신라가 당나라를 끌어들여 벌린 부도덕한 전쟁에 의하여 나라가 망하자 그 울분을 삭일 곳이 없었다. 곳곳에 산재해 있던 사찰이야말로 울적한 마음을 달래고 또 조직적으로 저항할 수 있는 성역이 될 수밖에 없었다. 점령자였던 통일신라는 근원적인 대책을 강구하지 않을 수 없었다. 때로는 폭력과 강압으로 때로는 유화적인 회유책으로 갖은 수단과 방법을 다 동원하였다. 여기서 백제유민의 정서를 생각하여 미륵신앙을 방임해 주면서 이를 신라의 제도권에서 관할하고자 한 것이었다. 당시까지는 소규모 사찰이었던 모악산 금산사에 숭제법사를 등장시키고 만경출신이며 백제유민인 진표율사를 앞세워 법상종을 개종한 것은 미륵신앙을 통한 백제유민의 저항운동이 의외로 심각하였기 때문이었다. 현실적으로는 12살의 어린동자를 문하에 입교시켜 강도 높은 고도의 수련과 함께 신격화시킴으로써 백제유민인 진표율사를 개종조로 하는 신라체제의 종교정책이 외형상 완성을 보게 된다. 경덕왕은 진표율사를 궁중으로 불러 보살계를 받게 하고, 조 7만 7천석을 주었으며, 왕의 외척도 함께 계품을 받고 비단 5백단과 황금 5십 냥을 시주한다.

그러나 이러한 회유정책은 오래가지 못한다. 진표율사가 금산사를 떠나 북상하면서부터 백제부흥운동은 다시 불이 붙기 시작한다. 그는 덕유산을 지나 속리산을 들려 길상사를 창건하고, 다시 북상하여 개골산(금강산)에 들어가 발연사를 세우고 점찰회를 연다. 진표율사는 다시 돌아와 불사의암을 찾은 후 고향에 찾아가 아버지를 발연사로 모셔다 효도를 다하고 그 곳에서 한 생을 마친다. 백제유민들은 신라의 의도적인 정책이 느슨해지자 다시 미륵의 세상을 꿈꾸는 부흥운동이 일기 시작한다. 그렇게 하여 견훤이 백제유민의 열망을 안고 완산(전주) 지역에 후백제를 다시 창건하게 되는 것이다.

고려조로 왕조가 바뀐 이후에도 백제유민의 열기는 식지 않는다. 고려의 경우는 신라보다도 더 적극적인 방법으로 모악산 금산사에 대한 정책을 강구한다. 문종 33년(1078)에는 왕의 친 처남인 혜덕왕사(慧德王師)를 금산사의 주지로 임명하고 가람을 크게 중창한다. 금산사를 세 개의 구로 나누워, 대사구에 무려 62동을 짓고, 봉천원구에 13동, 광교원구에 11동의 사찰건물을 지었다. 그런가 하면 문종은 연이어 셋째 아들 도생승통(道生僧統)을 금산사 주지로 중용하기까지 한다. 이는 고려왕실의 권위를 과시하면서 한편으로는 법 높은 교화로 후백제 유민들의 저항적인 미륵신앙을 차라리 고려 종교체제의 미륵신앙으로 바꾸어 놓으려 했던 의도였다.

운현궁에 잠입한 들사람

전봉준과 김기범은 못할 얘기가 없을 정도로 가까운 사이였다. 기둥이 유난히도 높아 보이는 당간지주를 지나서 둘이는 금산사로 들어섰다. 사원의 뜰을 천천히 거닐며 이야기를 나눈다. 김기범이 말한다.

"자네 호적 이름 병호를 말하지 않고, 해월신사 앞에서는 봉준이라고 하던데 나는 그 이름이 더 좋았네. 한자로는 어떻게 쓰는가?"

"봉은 임금왕(王) 변에 받들 봉(奉)이고 준은 준칙(準則)이라는 준일세."

"그 '봉(琫)'자는 칼집 장식이라는 뜻인데 무슨 의미가 있는가?"

"칼집 손잡이 아가리 장식은 아름다운 세상을 만드는 축이 될 것 같아서일세."

"좋네. 나는 어느 땐가는 내 이름을 개남으로 바꿀 작정일세. 열개(開)에 남녘 남(南)일세."

"김개남(金開男), 그 이름이야 말로 남이 의심을 사기에 좋은 이름이 아닌가? 그러나 나는 대찬성일세."

"자네가 찬성한다니 그 이름으로 쓰겠네. 그런데 자네의 무술은 언제쯤 보여줄 작정인가."

"두승산에서 혼자 연습하다가 동네 나무꾼에게 몇 번 들켰더니 소문이 자자하게 나버렸네 그려."

전봉준은 전에 전국을 돌아다니며 무술에 조예가 있는 사람이 있다는 소문만 있으면 반드시 찾아가서 한 수씩 배워 두었다. 이제는 나름대로 하나의 체계를 잡고 있었다. 벌써 몇 사람에게 전수까지 하였다. 그것은 태견이었다. 산사 뒤쪽으로 돌아가서 전봉준은 옷매무새를 바로하고 시범을 보인다.

동작은 부드러우나 거기에는 살기가 배어 있었다. 가볍게 몸을 흔들더니 상대방의 아래 종아리를 툭툭 차는 시늉을 하고는 몸을 공중으로 솟구쳐 상대방의 가슴을 밀어 넘어뜨린 동작을 한다. 다시 아랫도리를 차는 동작을 하더니 이번에는 반동을 이용하여 손을 잡고 힘껏 끌어당겨 메치는 시늉을 한다. 물구나무를 서듯이 두 손을 땅에 짚으며 발로 상대방의 목을 걸고 넘어지더니 두 발로 목덜미를 힘껏 조이는 동작을 한다. 다시 경쾌한 동작으로 앞뒤로 몸을 흔들더니 상대방의 허리배를 몇 번 차고 쓰러진 상대방을 높이 뛰어올라 내려오며 두 발로 힘껏 밟아 짓이기는 동작을 한다. 그것은 마치 용담검무에서 마지막 적의 가슴에 칼을 꼽고 비틀어버리는 동작과 흡사했다.

"훌륭하이. 훌륭해. 언제 벌써 그런 경지에까지 이르렀단 말인가?"

"그저 한두 수씩 배워두었던 것뿐일세."

"그나저나, 이 울화통 터지는 세상 한 번은 뒤집혀야 하지 않은가?"

"누가 그것을 모르는가? 그런데 자네는 서당을 다닐 때도, 부잣집 아들이면서 사귀는 친구는 모조리 천민이나 소작인들이었지 않은가? 그래서 이상한 사람으로 주목을 받았네. 자네는 자기를 숨길 줄 모르는 것이 큰 흠일세. 나야 남의 논 서 마지기를 붙여먹는 처지이니 그런 사람들과 어울린다고 누구의 입에 오를 이유도 없었지만."

"내 천성이 그런가 보이. 그러나 동학에서도 사인여천이라 했으니 내 행동이 우리 도에 어긋나는 행동은 아닐세 그려. 조선이 이처럼 부패했던 때가 언제 또 있었는지 모르겠네."

"우리의 토지제도는 근본적인 모순을 안고 있다네. '경국대전'에는 20년마다 한 번식 양전(量田. 토지측량)하고 토지를 6등급으로 나눈다고 되어 있으나, 20년은 고사하고 100년이 넘어도 개량하지 않은 곳이 많고 전등(田等) 6분만 있으면 되는데 거기에 다시 연분(年分) 9등이 더해져서 혼란에 혼란을 낳고 있네. 전산법(田算法)에 나와 있는 7종의 토지 모형은 전국을 돌아다녀도 하나도 같은 것이 없으니 아전들 마음대로 농간을 부리는 것일세."

"백성들은 논밭을 한 마지기 두 마지기라 하는데 정부의 양안(量案. 토지대장)에는 그런 용어가 없다는데 사실인지 모르겠네."

"맞네. 양안에는 다만 그 지방 토지가 몇 목(結)이라고만 되어 있네. 땅의 넓이가 아니고 생산량을 말하는 것일세. 열 줌(把)이 한 다발(束)이요, 열 다발이 한 짐(負)이요, 백 짐이 한 목(結)이 되네. 조선의 양안은 토지 넓이를 알기 위한 것이 아니고 조세의 총액을 표시한 장부일 따름일세. 밭의 경우도 총액제인 것은 마찬가지이지만 일경(日耕)이라는 것을 쓰고 있네. 소 한 마리가 하루 동안에 쟁기질할 수 있는 면적이 1일경이요, 이틀 동안에 쟁기질 할 수 있는 넓이가 2일경일세. 소도 약한 소가 있고 부사리가 있으며 밭도 자갈 밭, 경사진 밭, 기름진 밭이 있는데도 일경으로만 표시하고 있으니 지방 아전들이 마음대로 기록하고 마음대로 거두어 가도 아무도 근거를 댈 수가 없게 되어 있네. 그래서 다산 선생의 말에 의하면 천지가 개벽한 이래로 목이며 일경의 면적을 아는 사람은 조선에는 한 사람도 없다고 했네."

"농촌만 사정이 안 좋은 것이 아니고 어촌 사람들은 더 못살겠다고 아우성이라네 그려."

"법전에는 바다의 절수(折受)를 금하고 바다에 세금을 부여할 수 없게 되어있네. 그런데도 각지의 바다에 주인이 있어서 배가 통과만 해도 각종 세금을 물린다네. 이것을 해결할 방법으로 균역법을 실시했네. 그러나 균역법의 원 취지는 군포(軍布)를 줄이자는 것이지 해세(海稅)를 줄이자는 것은 아니었네. 1년에 장정 1인이 군포 2필을 부담하던 것이 심지어는 30-40필까지 되고, 늙은이는 말할 것도 없고 죽은 자에게까지 물리고, 갓 태어난 어린애까지 물리는 등의 피해가 극심했지. 그래서 군포 2필을 1필로 줄이고 그 감소분을 어염 선세에서 보충하기로 한 것이네. 그러니 비록 군포가 반감 되더라도 군포 1필에 해당하는 조세를 남김없이 다른 곳에서 보충하고 있었고 그 부담이 가난한 어민에게 돌아가고 말았네. 그런데 해세도 전세(田稅)와 마찬가지로 비총법(比摠法)을 사용하고 있었기 때문에, 세금이 무서워서 도망간 자의 몫을 그 동리나 이웃에서 나누어 물어야 하니 백징(白徵)이 될 수밖에 없네. 또 어지(漁地)도 사점되기 시작하여 도서의 절반 이상이 궁가, 세가에 절수되고 있네. 더구나 그 실리가 궁가, 세가에 고스란히 들어가는 것도 아니고, 실제 궁가, 세가에 들어가는 것이 2할이라면 도장(導掌) 같은 중간에서 농간 부리는 자들의 착복하는 것이 8할이나 된다네. 균역법이 실시되던 영조 대에는 그래도 해세로 국가지출을 많이 충당하였는데 지금은 그 때의 절반도 안 된다네. 거두어들이는 것은 한없이 불어나지만 오히려 국가 수입은 한없이 줄어들고만 있네."

"농촌만 큰일인 줄 알았더니 어촌은 더 큰 일일세 그려."

"일본과 맺은 '통상장정'에는 일본은 조선의 전라, 경상, 강원, 함경 4도 해안을 왕래하며 고기를 잡고, 조선은 그에 해당하는 일본의 비전(肥前), 축전(筑前), 석견(石見), 장문(長門)의 4현(縣)을 왕래하며 고기를 잡을 수 있게 되어 있네. 얼핏 보면 호혜약정에 틀림없지. 그러나 종래로 조선은 원양출어가 금지되어 있을 뿐만 아니라 조잡한 어구 어척으로 일본 해안까지 가서 어로를 할 리가 없기 때문에 그것은 처음부터 일본의 일방적인 침략을 의미하네."

"작년에 일어난 제주도 어민과 일본어민의 충돌은 그래서 일어났는가?"

"그렇다네. 바다 속을 마치 평지처럼 잠수복을 입고 다니며 어로하는 일본을 우리가 따라갈 리가 없지. 그리고 영해 3해리까지 어로를 할 수 있다고 되어 있는데 우리는 3해리가 우리의 3십리인줄 알고 있었는데 알고 보니 우리의 10리도 못되는 짧은 거리였네. 그러니 어디고 바로 육지의 코앞까지 와서 고기를 잡아가는 꼴을 보고 살게 되었네."

"우리 정부는 무엇을 하고 있다던가?"

"어민들은 대개가 영세하여 반농반어(半農半漁)를 하고 있으니 그들도 알고 보면 농민인 셈일세. 지금 전국 토지라는 국결(國結)은 한없이 줄어만 가고 있다네. 은결, 여결, 누결이라고 불리는 장부에서 누락된 토지가 늘고 있기 때문이네. 각 읍마다 장부에서 누락된 부결(浮結)이 수 백, 수 천 목이 되고 나주 같은 곳은 1만 목이 된다네. 그런데 아록전이니 제전 같은 면세지에 소속되면 거기에 소속된 사람까지 면역의 해택을 받게 되네. 일반 백성이 가장 괴로운 것이 이 부분인데, 그 면역자의 몫이 다른 사람에게 전가된다는 사실이네. 지금 면세되는 지방 관리나 도장이 차지하는 몫이 실제 국가 납세액보다 많다네. 지금 전 국토는 절반 이상이 조세와 무관한 땅일세. 그것이 농지가 많은 하삼도 특히 호남지방이 가장 심하다네."

"자네는 어디서 그런 지식을 얻었는가?"

"자네한테도 말을 하려고 했네만, 나는 요새 다산 정약용 선생의

『경세유표』를 읽고 있네. 경세유표에 최근의 일까지 적혀 있는 것은 아니지만 그 책만 읽으면 모든 것이 훤히 보이는 듯하다네."

　김개남은 천성이 악을 원수보듯이 하는 성격이지만, 전봉준은 모든 것이 치밀했고 어느 땐가는 반드시 이 세상을 한번 크게 변화시키려 계획하고 있었다. 실은 그것 역시 전봉준의 천성이었다. 그가 전국을 누비고 돌아다닌 것은 말할 것도 없고, 징게맹개에서 만도 그처럼 거처가 일정하지 않은 것은 그 어느 때를 위하여 치밀하게 자리를 보고 다닌 것이었다. 말목장터를 보고, 백산을 보고, 고부관아를 둘러보고, 새로 생긴 원성 많은 만석보를 혼자 거닐어 보았다. 전봉준은 만석보 언덕에서 사방을 둘러보았다. 망망 벌판에 홀로서서 사방을 훑어본 전봉준은 해지는 줄도 모르고 생각에 잠기다가 늦게 귀가하곤 하였다. 만석보 언덕에서 바라보면 지평선에 끝없이 깔려 있는 망망한 배들평야가 한눈에 들어온다. 배들평야라는 '배들'의 뜻은 배가 들어온다는 말이다. 그곳은 갯벌이 육지로 변한 땅으로서 서해안에서 동진강을 타고 그곳까지 배가 들어왔던 것이다. 만석보 언덕에서 보면 지평선 저쪽에 백산이 배꼽처럼 오뚝이 솟아 있고, 그 왼쪽에 자기가 또 하나의 주거지로 삼고 있는 초가삼간의 조소리가 보이고, 그 왼쪽으로 솟아 있는 두승산이 위엄 있게 앉아있다. 다시 오른쪽으로 시선을 돌려 보면 태인이 마주 보이며 거기서 약간 오른쪽 사선으로 달음박질친다면 전주성도 금방이다. 거기서 오른쪽으로 더 시선을 돌리면 자기가 그처럼 드나들던 원평이 있고 거기서 상두산재를 넘으면 자기가 전에 살던 지금실 마을이 있다. 전봉준은 두 주먹을 불끈 쥐고 번득이는 눈으로 휘휘 시선을 돌려본다.

"이사람 무슨 생각을 그리 골돌이 하는가? 아까 이야기의 계속이네만 『경세유표』는 다산이 세상 개혁안을 쓴 유서로 알고 있는데 그런 금서를 어디서 구했단 말인가?"

"내가 지금까지 조선 팔도의 인심을 살피기 위하여, 주역꾼 노릇을 하며 풍수를 보러 다니기도 하고, 한약을 판다고 의약상 노릇을 하기도 하지 않았는가. 그 때 경세유표가 남쪽에서 비밀리에 전수되고 있다는 사실을 알았네."

"그래서?"

"강진의 백련사에 갔다가 이야기를 들었네. 다산 선생이 유배가 끝나고 상경하면서 경세유표를 친우인 초의 스님에게 맡기며 비밀리에 보관하다가 전포해 줄 것을 부탁하였다네. 그러나 그 전문은 없어지고 그 일부가 천주교도인 남상교, 남종삼 부자에게로 전수되었다가 강진의 윤세환, 윤세현 형제에게로 전수되었고, 그것이 다시 해남의 주정호, 김도일에게 전수되어 읽히고 있다는 소문이었네. 나는 주정호의 집을 불쑥 방문하여 나의 솔직한 포부를 토로했었네. 주정호는 처음 보는 나를 조금도 의심하지 않고 그 책을 내 앞에 내놓았네. 나를 어떻게 믿고 금서를 쉽게 내주시는 가고 물었더니, 그는 한울을 모시고 있는 사람은 바로 한울인데 무엇을 두려워하겠는가 라고 하드군. 그가 나를 보자마자 한울을 모시고 있는 사람이란 것을 금방 알아 봤다는구면. 그 때에야 그가 동학도였다는 것을 알았네."

말하고 있는 도중에 둘이의 발걸음은 미륵전 앞에 이르렀다. 우리 나라에서 유일하게 볼 수 있는 목조 삼층 법당이다. 겉에서 보기에는 삼층이지만 안에는 모두 트인 통층 팔각지붕 다포집이다. 우리나라의 3대 불교양식 목조건물은 화엄사 각황전과 법주사의 팔상전 그리고 금산사의 미륵전이다. 그러나 금산사처럼 거대한 규모로 미륵을 전적으로 섬기는 법당은 조선에서 유일하다. 안에는 옥내 입불로 동양에서 가장 큰 미륵입상과 좌우에 보살상이 모셔져 있다. 양쪽에 법화림보살과 대묘상보살을 거느리고 있는 미륵존불의 표정은 웃고 있는 듯 울고 있는 듯 두 사나이를 내려다보고 있다. 마치 무엇인가 긴히 할 말이 있기라도 하듯.

　이곳 미륵부처의 생김새는 보통 부처님과는 사뭇 다르다. 우리나라의 부처의 모델은 당 측천무후이다. 중국 유일의 여제인 측천무후는 미모가 천하일색이었다. 불교를 좋아한 그녀는 스스로를 미륵부처라 했고 모든 사찰의 불상에 자기 얼굴을 모델로 새기도록 권장하였다. 북위 때의 불상들은 대게 그 때의 왕들을 모델로 한 것이다. 알고 보면 검은 색깔이 나는 인도 사람이었던 석가모니 부처님이 현재의 불상과 같은 인상일 리가 없다. 몽골 카라코룸의 라마교 사원인 아르덴조 사원에는 석가모니의 원형에 가까운 불상이 있다. 상당히 이국적이고 이마는 크고 얼굴 아래가 홀쭉한 약간 짱구 형이다. 석가의 고향은 네팔 남부 히말라야 산 기슭의 카필라 성을 중심으로 한 작은 나라였다. 그러니 석가는 인도인과 네팔인을 합친 남자얼굴을 연상하는 모습이여야 맞다. 그런데 우리나라에 들어온 석가모니

불상은 북위의 왕이나 당의 측천무후가 모델이 된 것이었다. 그러나 그 때의 사진이 남아있을 리 없기 때문에 미륵부처는 딱히 어느 모델이 있는 것이 아니다. 그 불상을 주조한 불모(佛母)에 따라서 마음껏 상상의 모습을 새겨 넣었다.

전봉준은 먼 하늘을 보다가 말한다.

"자네와 처음 만난 것이 바로 이 곳이었지."

"그 때 자네는 춘부장과 같이 왔었네. 그 때 춘부장께서는 훈장을 하시다가 향교의 장의를 맡고 계신다고 하셨는데…."

"그 때 나는 원평 황새마을에서 살고 있었네. 아버님께서는 당신의 곧은 성품 때문에 여러 번 관아에 불려가서 고초를 당하셨네. 그 때 아버님을 따라 한약재를 캐러 모악산에 왔다가 금산사를 들렀고 그래서 자네를 만났지."

"나는 그 때 아버님을 따라서 집안 머슴들과 원족을 나왔었네. 우리 아버님과 춘부장께서 그렇게 친한 사이인줄 그 때에야 처음으로 알았었지. 그 뒤로도 나는 이곳을 혼자 자주 들렀네. 여기만 오면 나도 모르는 어떤 힘이 솟아오르거든."

노주 석련대를 보고, 심원북강 삼층석탑도 보고, 오층석탑, 육각 다층석탑도 보고, 다시 마당처럼 넓은 석축의 송대(松臺)에 이르러 사리탑 석종(石鐘)을 바라본다. 송대의 좌우로 미륵전과 대적광전이 있다. 금산사의 중심은 이 미륵전이 중심이 된 미륵신앙의 전당이지만 대적광전은 비로자나불을 모신 화엄 신앙의 표상이다. 석가를 중앙에 모시지 않기 때문에 대웅전이라 부르지 않는다. 여기는 가운데에 비로자나불이, 양쪽에 석가모니불과 노사나불이 모셔져 있고 또 양쪽으로 아미타불과 월광보살, 대세지보살이 모셔져 있다. 김개남은,

"나는 어느 때인가는 저 석종이 울릴 것이라고 생각했다네. 그리고 저 석종이 울리는 날은 새로운 세상이 열리는 날일 것이라고 항상 생각했었지."

전봉준은 옆에서 김개남의 얼굴을 유심히 바라보고 있었다. 두 사람의 시선이 마주치자 무엇인가 아주 긴한 약속을 하는 듯 김개남도 전봉준의 얼굴을 한참동안 바라보고 있었다.

고부접주가 된 전봉준은 이제야 말로 서울을 가야겠다고 생각했다. 한 '접(接)'은 대게 지역성을 띈 명칭으로 약 50가구로 이루어져 있다. 전봉준은 전부터 동학인과 친히 지내고 같이 토론해 왔으나 정식 입교는 하지 않고 있었다. 이제 교주 앞에서 입교식도 거행했으며 접주까지 된 마당에는 자기의 처신이 좀 달라져야 했다.

그는 지금까지 서울을 여러 번 왕래하였다. 서울에 오면 먼저 북촌의 양반 마을을 한 바퀴 돌며 솟을대문에서 나오는 사람들을 유심히 바라보곤 하였다. 저들은 지금 백성들이 어떻게 사는지 알기나 할까?

북촌은 벼슬하던 양반들이 터를 잡은 곳으로 서울에서 가장 부촌이다. 가난한 선비들이 옹기종기 모여 살던 남산 기슭의 남촌과는 아주 대비되는 곳이다. 풍수지리로 보아도 경복궁과 창경궁 사이에

자리하고 있어 서울의 으뜸 자리이다. 북쪽이 높고 남쪽이 낮아 볕이 잘 들고 물 빠짐이 좋은 최적의 거주지역이였던 것이다.

전봉준은 아흔 아홉 칸 민 판서댁 앞에서 언제나 한참을 머무른다. 양반행차가 들어오면 문이 열리고 안이 들여다보였다. 마당에 정원수가 아담히 심어져 있고 작은 마당에는 잔디가 보이는가 하면 이내 사랑채가 앞을 가려서 그 안의 사정은 알 길이 없다. 전봉준은 울타리를 에돌아 한 바퀴 돌아보았다. 담배 둬 대 참이 족히 되어서야 겨우 한 바퀴를 돌 수 있었다.

전봉준은 그 집의 뒤쪽에 있는 백송 아래 앉아 한숨을 돌린다. 중국을 왕래하는 사신이 가져다 심었다고 하는 이 소나무는 북경이 원산지이다. 자란지 얼마 안 되었을 때는 회청색을 띄다가 성장하면 나무껍질이 벗겨져서 점점 회백색으로 변하기 때문에 백골송이라고도 한다. 회색, 연회색, 백색으로 얼룩덜룩 무늬져 한 뿌리에서 두 줄기가 갈라져 있다. 더 작은 줄기는 너무 경사져서 무개를 이기지 못하고 경사면이 땅에 가깝게 깔려 있다. 백골송은 언제나 말없이 전봉준을 맞아주었다.

그런 연후에는 전봉준은 한참동안 발걸음을 남쪽으로 돌려 광교를 건너 중인들이 사는 마을을 구경하고 나서 바우네 집에서 장국밥을 한 그릇 시켜먹는다. 바우네 집은 올 때마다 들리기 때문에 주모와 얼굴을 익힌 사이였다. 바우네 아주머니는 언제 올라왔느냐, 남쪽의 농사는 잘 되었느냐는 둥 이야기를 하다가, 이제야 생각난 듯 친구 분은 왜 같이 오지 않았느냐고 묻기도 한다. 이런 이야기를 하고 있으면 옆에서 "먼데서 오신 손님인가 봐요?"하고 서울양반이 말을 걸어오기도 하고 전봉준 쪽에서 말을 걸어서 서울 소식을 듣기도 하였다.

다시 광교를 건너서 종로 육이전으로 와서 이것저것을 구경하다가 친구 성남이에게 줄 조그만 물건을 하나 고르기도 하였다. 친구 박성남이는 께복쟁이 친구였다. 소꿉친구를 그의 고향에서는 께복쟁이 친구라고 불렀다. 고창 당촌 마을에서 같이 살 때 자기 집 사랑채에 서당을 차린 부친 전창혁은 성남이를 자기 아들처럼 예뻐하였고 공부도 전봉준과 똑같이 시켰다. 동네 큰형들처럼 글을 지어보지는 못했지만 천자문을 띠고, 명심보감을 띠었으며 논어까지 박성남과 같이 떼었다. 동네 큰형들은 가느다란 붓으로 날아갈 듯이 이쁜 글씨를 썼고,

"선생님 가을 추(秋) 자가 높아요 낮아요?"

"가을 추는 높으니라."

"선생님 꿈 몽(夢) 자는 높아요 낮아요?"

"꿈 몽 자는 낮으니라."

이런 대화의 뜻을 알지 못했으나 나중에 알고 보니 작시(作詩)를 하며 평측(平仄)을 맞추고 있는 것이었다. 높다 함은 평성, 상성의 평음을 말하는 것이요, 낮다함은 거성, 입성의 측음을 의미하는 것이었다.

첫닭이 울면 같이 짚신을 찾아 신고 마을 앞 냇가로 나가서 찬물로 세수를 하고 소금으로 양치질을 하고 들어와 다시 교본을 목청껏 소

리 내서 암송하였다. 마치 누가 소리를 더 크게 지르는지 시합이라도 하듯 목이 쉬도록 외워댔다. 그런데 전봉준이 열 살쯤 될 무렵, 가난한 박성남의 집은 무슨 영문에서인지 서울로 이사를 간다면서 정든 마을을 떠나갔고, 전봉준의 집도 그 뒤 얼마 안 되어 가세가 쇠하여 조, 부, 손의 삼대가 살던 근거지를 뒤로하고 당촌 마을을 떠났다. 이때부터 전봉준은 이곳저곳을 살피고 떠돌아다니며 사는데, 거기에는 훗날 거사를 위한 장소 익히기, 사람 익히기도 포함되어 있었지만 한 번도 징게맹개 뜰을 벗어나지는 않았다.

전봉준 네는 처음에 당촌에서 전주 구미리로 이사 갔다가 다시 큰 장이 서는 원평의 감곡면 계룡리 황새마을로 이사 와서 살았다. 그 다음에는 황새마을에서 오리쯤 떨어진 강가 종정마을에서 살았다. 거기서 소년시절의 마지막 서당생활을 하였고 어민들의 고달픈 생활을 직접 목격하게 된다. 이십대 초에는 같은 원평의 거야마을에서 살았고 그 마을의 김덕명과 친구가 되었다. 이십대 후반에는 태인 산외면 동곡리 동골에서 살면서 김개남 송희옥 등과 친히 지냈다. 송희옥은 전봉준의 처가 쪽으로 칠촌이 되는 인척이었다. 이곳 동골은 전봉준의 처가가 있는 곳이며 딸네 동네이기도 하기 때문에 수시로 들려서 머무르기도 하고 살기도 했던 지역이다.

전봉준은 다시 삼십대 초에 고부의 양간다리라고 부르는 양교리로 이사 왔는데 그 곳은 현재 살고 있는 조소리의 이웃 마을이다. 양교리에서 삼십대 중반까지 살면서 손화중, 최경선, 손여옥 등과 친분 관계를 맺었고, 조소마을로 와서는 김도삼, 정일서 등과 교유하였다. 전봉준은 뒤에 다시 동골마을에서 살기도 한다.

전봉준은 종로 육이전에서 금원(禁苑) 담 밖 무당마을 한구석에 살고 있는 박성남의 집을 찾는다. 이곳 무당마을은 금원의 동남쪽 빨래터를 끼고 형성된 곳으로 서울에 있는 사람도 아는 사람만 알지 보통 사람은 모른다. 시냇물이 금원에서 이곳 마을로 흘러 내려오기 때문에 궁녀들과 마을 사람들이 얼굴을 마주 볼 수 있는 곳이다. 가끔 궁녀들이 밖으로 나와서 민간인과 이야기하고, 나온 김에 무당마을에 들려 점도 치고 자기 집에 연락을 취하기도 하는 곳이다. 여기는 유별나게 궁녀들이 많이 드나들었고 퇴물이 된 궁녀들이 이곳에 잠시 몸을 의탁하기도 하였다. 혹시 누가 역적의 뜻을 품고 궁궐에 자객으로 잠입할 의사가 있다면 이곳을 통해서 라면 불가능하지도 않은 곳이다.

창덕궁 후원으로 조성한 금원은 화려한 선온정을 세우고 그 앞에 연못을 파서 관등놀이를 하고 궁녀들과 유연을 베풀던 곳인데, 그 동남쪽 담 모퉁이에 어느 때부터인가 몇 채의 무당 마을이 생겨난 것이다. 박성남은 이곳에서 상당히 이름이 있는 선녀보살의 집 옆에 더부살이하며 두 칸짜리 집에서 살고 있었다. 선녀보살의 짐도 져주고 그녀가 신들려 작두춤을 출 때는 고수노릇을 하였고 점괘를 필사해 주기도 하였다. 박성남이 처음에 아버지를 따라서 서울에 왔을 때는 먼 친척 되는 참봉 댁에서 비록 식객 같은 생활이었지만 별 어려움 없이 살았다. 그러던 것이 그만 그 집이 몰락하면서 독립하게 되었고 마지막에 이 무당촌까지 흘러들어오게 된 것이다.

전봉준이 오면 박성남은 자기 부인과 아이들을 한방에 자게하고 자기는 전봉준과 밤새껏 이야기하다가 잠이 들었다. 아침이 되면 서울의 이곳저곳을 같이 돌아다녔다. 가끔 선술집에도 들려 회포를 풀기도 하고, 바우네 장국밥집을 들르기도 하면서 궁중의 속사정 이야기를 눈에 본 듯 자세히 일러주는 박성남의 말을 흥미 있게 새겨들었다. 그런데 전봉준이 불현듯 운현궁을 가보겠노라고 한다.

"운현궁은 뭐하려 간단 말인가. 전에도 둬 번 가보았지 않은가?"

"그래도 이번에는 꼭 가보아야 되겠네. 이제 어떤 변화가 있지 않는 한 농민은 더 이상 참기 어려운 지경에까지 이르렀네. 도대체 대원이 대감은 어떤 복안을 가지고 계신지 모르겠네."

"대원이 대감이야 기개도 있고 의욕도 뚜렷하지만 민 씨 외척과의 갈등 때문에 사사건건 발목이 잡히고 있네."

전봉준은 박성남과 헤어져서 혼자 운현궁으로 발걸음을 옮겼다. 운현궁의 아침은 고요했다. 운현궁은 경복궁과 통하는 길을 내놨기 때문에 대원군은 언제라도 상감을 만날 수 있다고는 하지만 요새는 그 통로를 이용할 일이 없다. 상감은 운현궁의 아버님이 부담스러웠다. 대원군은 상감이 자기를 그렇게 대한 것이 명성황후 때문이라고 생각했다. 명성황후와 대원군은 상감의 마음을 움직일 수 있는 이대 축이었다. 그러나 대원군과 명성황후는 시국관이 달랐다. 특히 임오군란 후에 대원군이 천진으로 납치되었다가 돌아온 후로는 갈등이 노골화 되어갔다. 명성황후는 친러시아 쪽으로 기울고 있었기 때문에 청국공사 위안스카이(袁世凱)와 대원군이 가까이 지내는 것도 마땅치 않았다. 명성황후는 한 때는 운현궁 문전에 홍마목(紅馬木)을 세우고 일일이 궁내의 허락을 받고 출입하라고 한 일도 있다. 그러나 대원군의 추상같은 호령으로 홍마목은 철거되고 자기를 찾아오는 자는 누구도 간섭할 수 없다고 단호한 태도를 보였다. 그 뒤로는 다시 잠시나마 방문객이 드나들고 청탁 방문도 계속되고 있었다.

느릅나무 아래에 한 무더기의 사람이 서서대고, 대기실인 듯한 방 안에도 몇 사람이 초라하다 못해 비겁스럽기까지한 얼굴을 하고 앉아 있다. 대원이 대감이 기침을 하셨다는 기별이 있자 사람들이 조금 웅성인다. 이내 갓 쓴 집사의 안내를 받으며 무리가 우르르 따라간다. 사랑채인 노인당으로 들어서자 정면에 흥선대원군이 위엄 있게 앉아 있다. 모든 사람들이 자기의 애절한 사정을 호소한다. 한 효자는 어머님을 여의고 홀아버지를 모시고 살면서 생활이 안 되어 자식들 식사끼니도 못 때오른다면서 일자리를 눈물로 호소한다. 집사는 일일이 그들의 말을 속기하고 끝에 그의 성명과 주소를 묻는다. 사람이 상당히 남았는데도 집사는,

"오늘은 여기까지입니다. 꼭 드릴 말씀이 있으신 분은 내일 다시 오시면 됩니다."

사람들이 일어나 문밖으로 하나 둘씩 빠져나간다. 맨 끝에 나가려는 전봉준을 대원군은 유심히 보고 있다가 말을 건넨다.

"잠깐! 그대는 전에도 뒤 번 본 적이 있는 듯한데. 그 때도 뒤에 앉았다가 아무런 말없이 나가지 않았는가? 무슨 긴한 부탁이라도 있소?"

"부탁은 없습니다."

"그럼 무슨 일로 방문하였소?"

"나라가 크게 걱정될 뿐입니다."

대원군은 그의 첫마디가 범상치 않음을 알고 집사더러 눈짓하여 밖으로 나가 있으라 한다. 대원군은 실은 백성들의 고충을 들어준다는 명목을 빌어서 백성과의 대화시간을 갖고 있으나, 이러다 보면 언젠가는 초야의 영웅이 반드시 나타날 것이라는 기대를 가지고 있었다. 전봉준더러 가까이 와서 앉으라고 하며 독대를 한다.

"치세에 어떤 방책이라도 있는 게요?"

"밖으로는 장쾌한 배달조선의 기개를 되찾아야 하고 안으로는 탐관오리들을 축출해야합니다. 이렇게 말씀 드리면 어찌 생각하실지 모르겠습니다만 지금 지방관원의 십중팔구가 모두 탐관오리입니다."

"탐관오리들의 행패가 어느 정도입니까?"

"어떤 경우는 전년에 빌린 환곡까지 갚고 나면 자기가 경작한 것을 전량 받쳐도 부족할 때가 있습니다."

"어떻게 개혁을 해야 하겠습니까?"

"이십 년마다 한 번씩 하는 양전(量田) 사업을 반드시 원칙대로 지켜야 합니다. 전정, 군정, 환곡의 백징을 막아야 합니다. 모든 것을 제도화하고 그 제도를 엄격히 지키는 것입니다."

"지금 가장 시급한 것이 무엇이라고 생각하오?"

"민중을 태산처럼 믿으셔야 합니다. 몇 명 안 되는 군대는 믿을 것이 못되고, 한 줌도 못되는 외국군대를 두려워 할 필요도 없습니다.

그리고 무엇보다도 윗물이 맑아야 아랫물이 맑습니다."

"그대의 꿈이 무엇이오?"

"제 꿈은 나라의 근본적인 개혁입니다."

대원군은 한참을 말없이 전봉준의 얼굴을 뚫어져라 바라본다. 그러고 나서 다시 말을 계속하라 하며 전봉준으로부터 모든 이야기를 듣는다. 전봉준은 지금까지의 지식과 포부를 모두 털어놓는다. 대원군은 조선의 초야에 이런 쾌남아가 있었나 감탄하는 눈치다. 전봉준은 사회의 근원적인 개혁은 어떤 커다란 동기가 수반되지 않는 한 어렵다는 것을 암시하고, 그 어떤 계기를 자기가 만들겠다는 것도 분명히 알아듣게 암시한다. 대원군은 구체적인 것을 묻지 않았다. 비록 독대이긴 하지만 그런 편이 훗날을 위하여 좋을 듯하였다.

"그대의 수결(붓으로 쓴 싸인)을 남겨 주시요."

"수결은 어디에 쓰시렵니까?"

"다음부터 긴한 일이 있으면 성명을 쓰지 말고 수결만 해서 보내 주시요. 혹 인편으로 그대의 수결을 가지고 오는 자는 그대가 보낸 자로 알겠소."

"잘 알았습니다. 긴한 일이 있으면 꼭 연락을 취하겠습니다."

"그대의 뜻을 마음껏 펴시오. 내 반드시 그대에게 다시 연락하리다."

두 사람의 마주보는 눈빛이 예사롭지 않았다.

도솔암 미륵 배꼽을 열어라

전봉준이 운현궁에서 대원군을 만나고 있는 시간에 고창의 수려한 선운사 골짝을 잰걸음으로 올라가는 흰옷 입은 일군의 백성이 있었다. 그런데 그들의 어깨에는 하나같이 굵고 긴 푸른 대나무 간짓대 몇 개씩이 지워져 있거나 아니면 새끼줄 다발이 걸쳐져 있다.

발밑으로는 거울처럼 맑은 골짝물이 커다란 돌무더기를 간질이며 굽이쳐 흐른다. 연륜을 자랑하는 푸르른 소나무들은 이들을 내려다보며 휘휘 바람소리로 그들을 응원하고 있었다. 그들은 어느덧 선운사 뜰에 들어선다. 선운사 거찰은 천년의 비밀을 간직한 채 말없이 이들을 맞이했고 뜰 앞의 위용을 드러낸 백일홍도 미소를 머금는다. 주위 산천에 만발한 선운사의 동백꽃은 마침 따스한 봄 햇살을 받아 진홍의 꽃잎에 진노랑 안살을 드러내 보인다.

이들 삼십여 명의 흰옷 입은 무리가 선운사 뜰 앞에 이르자 대웅전 안에서 문틈으로 내다보고 있던 다른 이십여 명의 남정네들이 우르르 문을 열고 나와 이들과 웅성거리며 손을 잡는다. 방금 올라왔던 그 삼십여 명의 백성은 그들의 안내로 대웅전 안을 들여다본다. 십여 명이나 되는 중들이 손발이 묶이고 입이 틀어 막힌 채 이들을 말똥말똥 바라다본다.

"스님들 대단히 죄송합니다. 잠시만 더 참아주십시오. 내려오면서 곧 풀어드리리다."

무장 접주 손화중이었다. 그의 건장한 체구에 늠름한 자세라니 백만 군사를 거느리는 장수의 자태이다. 전날 저녁에 이들 이십 여명의 동학도들이 선운사를 급습하여 중들이 자기들의 행동에 방해를 하지 못하도록 미리서 방편을 취한 것이었다.

전날 낮에 이들 도인들이 손화중의 집으로 몰려왔었다. 그들은 도솔암 마애불상의 배꼽을 기어코 지금 열어야 한다는 것이었다. 지금 민심의 향배는 동학 쪽에 쏠리고 있기 때문에 교조신원을 앞두고 있는 도인들은 이것을 기화로 확실히 민심을 잡아두어야 한다는 것이었다.

"전에 그것을 열어보다가 벼락살을 맞을 뻔했다지 않소?"

"제가 도인들에게도 말했습니다만, 벼락살은 벌써 전에 열어보았을 때 없어졌으므로 지금은 염려할 것이 없습니다."

손화중의 말에 오하영이라는 도인이 자신만만하게 대답한다. 손화중은 실은 짐짓 떠본 것뿐이지 벌써 자기가 맨 먼저 미륵의 배꼽을 열어야겠다고 결심하고 있었다. 오하영의 말에 손화중은 하늘이 돕고 있다는 것을 감지할 수 있었다. 오하영은 이곳 고창현에서 태어나서 고창현에서 자란 토박이로 사람들의 신임이 두터운 자였다. 오하영의 말에 다른 도인들도 그렇다고 너도나도 한마디씩하고 고개를 끄덕인다. 원래 이 계획은 오지영, 강경중, 고영숙 세 사람이 며칠 전부터 활발히 토론을 거쳐 오던 중이었고, 동학 접주의 마지막 허락을 받기 위해 이들은 오하영과 함께 손화중의 집으로 몰려든 것이었다. 특히 오지영은 자기 형 오하영, 오시영과 함께 동학의 신심이 아주 돈독하고 이론과 지략이 뛰어난 젊은이였다. 하여튼 이런 과정을 거쳐서 손화중의 주도하에 먼저 중들을 묶게 하고 미륵의 배꼽을 열자고 계획을 짠 것이었다.

몇 명만 선운사에 남고, 합세한 무리가 방금 올라오던 대로 다시 선운사 뜰을 빠져나와 골짝으로 들어선다. 한참을 오르던 그들은 드디어 어느 거대한 바위 앞에 일제히 발걸음을 멈추며 푸른 하늘과 바위를 겹쳐 쳐다본다.

도솔암 왼편 칠송대 암벽에 그들을 내려다보고 있는 것은 거대한 미륵마애불상이다. 각이 진 얼굴에 도드라지게 표현된 가는 두 눈은 양끝이 치켜 올라가 있고 꾹 다문 입술이 위압적인 인상이다. 결가부좌한 하체는 넓고 큼직한데 두 손을 무릎 위에 나란히 놓았고 손은 체구에 비하여 유난히 큼직하고 투박하다. 무릎 아래는 거대한 상현좌를 나타내었고 그 아래는 연꽃무늬로 연화좌를 이루고 있다.

원래 조선의 미륵마애불은 산악의 정령이 깃들여 있다고 믿는 특별한 바위에 이름을 쓰거나 치성을 드리던 무속신앙과 조화롭게 공존하고 있다. 미륵의 세상을 꿈꾸며 끊임없이 변화를 갈망하던 인간의 세속적 삶을 반영해 온 마애불은 어느 한 형상에 머무르는 부처의 존재가 아니고 부처의 격식을 완전히 벗어난 자유분방한 형상이다. 중국은 석굴을 파고 그 안에 조각을 하지만 우리는 산의 자연암벽 표면에 마구 불상을 새겨 넣는 것이다. 중국의 산시성 따퉁의 윈깡 석굴(雲崗石窟)이나 허난성 루오양의 룽먼 석굴(龍門石窟), 깐수성 둔황의 둔황 석굴(敦煌石窟)과 같은 석굴 안의 거대한 불상들은 재질이 무른 사암(砂岩)이나 혹은 석회암으로 되어있다. 그러나 우리의 산은 기후가 좋고 풍부한 자연환경의 혜택을 받기 때문에 단단한 화강암으로 이루어져 있어, 거개가 도솔암의 미륵마애불처럼 절벽 위에 우뚝 새겨진 것이다.

고려 때 지방 호족들이 발원하여 조성한 선운사 도솔암 마애불은 원래 공중누각을 지어 공중 감실처럼 꾸몄는데 조선조 때 건물은 내려앉고 동량을 걸었던 구멍들만 남아있었다. 그런데 이 마애불좌상은 어느 때부턴가 복장감실을 둘러싸고 하나의 전설이 생겨났다. 불상 배꼽 부위에 하얀 석회로 막은 흔적이 있는데 거기에 신기한 비결이 들어있다는 것이다. 그 비결이 세상에 나오는 날에는 한양이 망하고, 비결에 손을 대는 순간 그 사람은 벼락을 맞아 죽는다는 것이다. 칠십 여 년 전에 전라감사로 왔던 이서구가 마애불의 배꼽에서 서기가 뻗치는 것을 보고 뚜껑을 열어보니 뜻밖에도 "전라감사 이서구가 열어보다(全羅監司李書九開坼)"라고 써져 있는 문구가 보였다. 그런데 그 순간 맑은 날에 갑자기 천둥소리가 나며 벼락이 들이치는 바람에 다 보지 못하고 얼른 도로 집어넣고 봉해버렸다고 한다.

방금 올라온 백성들 중 한 무리는 가지고 온 수십 개의 간짓대와 새끼줄을 풀어놓고 사닥다리를 만들기 시작하고, 한 무리는 뒷산으로 올라가서 부족한 자재를 메우기 위하여 소나무를 베어오고 칡넝쿨을 걷어온다. 총지휘를 손화중이 하고 있었다. 손화중은 이리 저리 뛰며 일하고 있는 오지영의 옆으로 좀 장난기 어리게 다가간다.

"동쪽에서 검은 구름이 몰려오고 있소."

"그 구름은 우리에게 축복을 내리기 위한 구름일 겝니다."

오지영도 손화중이 장난기로 하는 말인 줄 알기 때문에 농 섞인 말로 대꾸하였다.

"거짓말이 아니요. 정말 검은 구름이 몰려오고 있소. 보시오."

"아? 정말 검은 구름이다."

누가 큰소리를 지른다. 도인들은 일제히 동쪽 하늘을 바라본다. 맑은 대낮에 먹구름이 웬 말인가. 과연 시커먼 구름 한 떼가 빠른 속력으로 이쪽으로 몰려오고 있었다. 도인들은 하던 일손을 멈추고 모두 하늘을 쳐다본다.

"하하하, 염려들 마시오. 우리는 아직 배꼽을 열지도 않았소. 성, 경, 신을 다하는 자에게는 결코 아무런 일도 일어나지 않게 되어 있소. 하늘이 누구 편인가를 시험하는 좋은 기회요. 지금이라도 신심이 부족한 사람은 산을 내려가도 좋소."

손화중의 이 말에 도인들은 갑자기 용기가 솟구치는지 아무도 내려가는 사람이 없고 농담까지 하며 일을 계속한다. 사닥다리는 이제 미륵의 배꼽이 닿을만한 위치에까지 뻗어 올라갔다. 누가 사닥다리를 오를까 서로 얼굴을 보다가 오지영, 강경중, 고영숙 세 사람이 일제히 오하영을 바라본다. 손화중도 오하영의 얼굴을 보며 눈짓을 한다. 오하영은 모두의 뜻이 자기에게 모아짐을 알고 결심한 듯 사닥다리에 발을 올려놓는다.

한 걸음 한 걸음 사닥다리에 올라서는 오하영을 모든 도인이 초긴장 속에 지켜보고 있다. 다 올라간 오하영은 허리춤에서 도끼를 뽑아든다. 도끼 뒤통수로 한 번 내리치고 두 번 내리치는데 갑자기 굵은 빗방울이 떨어진다. 세 번쯤 치는데 비는 더 세게 내리기 시작한다. 네 번 다섯 번을 치고 손이 미륵마애불의 배꼽으로 쑥 들어갔을 때는 비가 억수로 쏟아지고 있었다. 오하영은 안에서 무엇인가를 꺼내더니 비에 젖지 않게 품속 깊이 쑤셔 넣는다.

그 때까지 도인들은 빗속에서 이 광경을 지켜보고 있을 뿐 아무도 벼락살이 무서워서 도망가는 자는 없다. 그들의 신심대로 벼락은 치지 않았다. 이들은 비록 농사를 짓는 백성임에 틀림없으나 그렇다고 일반 무지랭이 농사꾼이 아닌 것도 분명했다. 마음속에는 한 알의 씨알이 싹트고 있는 동학도들이었기 때문이다.

그들은 사닥다리를 부셔 한쪽에 버리고 대충 자리를 치우고 급히 산길을 내려온다. 온 몸이 비에 흥건히 젖어서 선운사 뜰에 들어선 손화중은 도인들이 지켜보는 가운데 대웅전을 열고 묶여있는 스님들 옆으로 가더니 손수 밧줄을 풀고 입에 물린 수건도 끌러 내린다. 그를 보고 있던 동료들이 같이 나누어 스님들을 풀어주고 있었다.

"스님들 수고 하셨습니다. 여기 조금 시주를 하고 가니 곡차라도 한 잔씩 드십시오."

"네 이놈! 어디 그 따위 사교로 혹세무민하려 드느냐? 미륵불 배꼽에서 무엇을 훔쳤느냐? 바른 대로 말하여라."

"그것은 알 필요 없소. 우리는 혹세무민하는 무리가 아니고 천도를 믿는 도인들이요."

"내 당장 관아에 일러바칠 것이야."

고집불통으로 생겨먹은 주지승 현각 스님의 호통이 대단하다. 그런데 다른 스님들은 이들 도인들을 보는 눈이 의외로 부드럽다. 그뿐인가 서로 눈인사를 나누는 스님도 있다. 도인들은 주지승의 호통에 분노하여 주먹질이라도 해줄 요량으로 우르르 몰려든다. 손화중은

"그만들 두시오. 우리의 목적은 달성하였으니 그만 돌아가도록 하십시다."

손화중은 그들을 타일러 돌려세우고 다시 왔던 산골짝을 급히 내려간다.

동학도들이 선운사 도솔암 미륵불상 배꼽에서 비결을 꺼내 갔다는 소문은 삽시간에 징게맹개 너른 평야에 퍼져나갔다. 동학 앞에서는 벼락살도 무용지물이라느니, 하늘은 처음부터 동학편이라느니, 비

결의 내용이 너무나 엄청나서 공개할 수도 없다느니 하는 말들이 입에서 입으로 급속도로 전해졌다. 비결의 내용은 쉬쉬하면서도 마음대로 불리고 만들어져서 세어나가고 있었으니, 정감록의 내용까지 가미되어, 조선왕조 오백 년의 국운이 벌써 다했다며 엄청난 난리가 터질 것이라고 입속말 귓속말로 전해지고 있었다.

선운사에서 동학도들에 의하여 결박 감금되었던 주지승 현각은, 싫어하는 내색이 역력한 동자승에게 서찰을 쥐어주며 황급히 무장 관아에 고하라 명하였다. 급보를 받은 무장 현감 조경호는 그렇지 않아도 국가에서 동학을 금하고 있는 터인지라, 하늘이 준 기회라도 얻은 듯 일단 이들을 모두 잡아들이라고 불호령을 내리고, 한 몫 뜯어낼 궁리를 열심히 하고 있었다.

동학도들이 줄줄이 잡혀왔다. 현감 조경호는 이제 이들에게 죄목만 만들어 씌우면 된다고 생각했다. 어떤 죄목으로건 일단 관아에 갇히기만 하면 제대로 나가지는 못한다. 그렇지 않아도 구실을 찾고 있었는데 이런 횡재가 굴러들어오다니…. 잡아들이는 죄목은 선운사 승려에 대한 폭행과 무엇을 절도했는지를 알기 위함이라고 했다. 그런데 웬일인가, 민심의 동요는 마치 난리가 일어나기 일보 직전의 분위기로 변해 가고 있지 않은가? 이에 조경호는 잘못하면 큰일이 날 수도 있다고 판단하고 더 확대하지 말고 일을 조속히 마무리 지으려 하였다.

그러나 백성의 관심은 비결에 집중되어 있었고 뒷소문은 꼬리에 꼬리를 물고 요란하게 퍼져 나갔다. 그 비결은 손화중이 가지고 있다고 하였다. 그러나 손화중이 지금 어디에 있는지 아무도 모른다 하였고, 있을 만한 곳을 두루 찾으라 하였으나 역시 종무소식이라는 것이었다. 조경호는 원래 자기의 계획대로 이들에게 무고히 벌금을 매겨 재물을 빼앗으면 아마 무슨 일이 일어날 것만 같았으므로 일단 주모자급 오지영, 강경중, 고영숙이 잡혀왔으므로 이들을 곤장으로 쳐보기도 하고 으름장을 놓아보기도 하였다. 그러나 별무소득인데 다가 잘못했다가는 엉뚱한 방향으로 불똥이 튈 위험성이 농후하였다.

무장현감 조경호는 농민들의 심상찮은 동요에 놀라 잡혀온 농민들을 일단 모두 석방하고 세 사람만 감금하라고 급한 불을 껐다. 동학도 서너 명쯤이야 물고를 내도 무방하려니와 사불리 하면 적당히 풀어주면 그만이었다. 그런데 어느 날 저녁, 세 사람이 갇혀있는 옥중에 한 사내가 들어와 오지영을 찾았다.

"생원님 저를 모르겠습니까?"

"누구십니까?"

"제가 열 살 남짓 됐을 때 생원님과 같이 서당에 다니던 이중복입니다."

"그러고 보니 기억이 납니다. 그런데 웬일이십니까?"

"저는 이곳 관아에서 도사령(都使令)을 맡고 있습니다. 생원님이 잡혀오는 날부터 다른 사령들의 말을 들어서 알고는 있었습니다. 그런데 엊그제 제 어머님께서도 아시고 작고하신 생원님의 부친 성명을 대시면서, '그 집 셋째아들이 잡혀가서 죽게 되었다는 구나. 너와는 서당에서 동문수학을 하던 사이가 아니냐. 네가 도사령을 하고 있으니 도망가게 도와주어라' 하시지 않겠습니까? 그래서 일단 생원님을 뵈려 찾아와 보았습니다."

"선생께서 위험한 일인데 제가 도망가서야 되겠습니까? 저는 도망은 가지 않겠습니다. 그 대신 저의 집안에서 걱정하고 계실 테니 안부 편지나 한 장 전해 주시겠습니까?"

오지영은 자기 형 하영, 시영에게 아직은 별일 없으니 너무 걱정하지 말라는 내용과 관아의 동정을 소상히 적어 편지를 띄웠다.

오지영으로부터 편지를 받은 하영, 시영 형제는 즉시 손화중 접주에게 연락하였다. 손화중은 지금까지 때가 오기를 기다리고 포교해 두었던 조직망을 시험해 보기로 작정하였다. 먼저 선운사의 스님들께 연락하여 불경 책을 한 권 구해 왔다. 며칠 전 포박을 당하던 스님인데도 적극 호응을 하는 데는 이유가 있었다. 현각 주지스님만 모르지 벌써 스님 신분으로 동학에 입도한 사람이 세 명이나 되었으며 입도하지 않은 중들도 동학에 대하여 아주 호의적이었던 것이다.

손화중은 구해온 불경책을 아주 고가품으로 보이는 붉은 보자기에 쌌다. 미륵 배꼽에서 나온 것이 바로 이 불경책이라고 가장하기 위한 것이었다. 그러나 이것은 만약을 위한 것일 뿐 이 보자기를 펼칠 일은 없을 것이었다. 손화중은 일단 도인들을 모우고 몇몇 인접 현에도 연락을 하였다. 이 기회를 이용하여 동학을 사교시하는 관아를 향하여 먼저 무장현에서 도인의 기세를 떨치고 관아를 압박해 둘 필요가 있었다.

하루 만에 모인 도인의 수가 삼천 명이 넘었다. 손화중 자신으로서도 놀랄 일이었다. 전 조직을 동원한 것도 아니요 시험가동을 시켜 본 것인데도 이런 인원이 모이다니? 모인 사람 중에는 물론 포교의 자유보다도 손화중이 비결을 꺼냈다는 말을 듣고 그 소식이 궁금하여 온 자가 많았다. 일단 이들 군중에게는 어떤 해명이라도 하지 않으면 안 될 처지가 되었다.

"여러분 경거망동은 일체 하지 마십시오. 우리는 천도를 믿는 사람들이오. 모두 궁금해 하시는 마애불상 배꼽에서 나온 비결은 대부분 파자로 되어 있어서 아직 해독을 할 수가 없습니다. 해독은 상당한 시간이 소요될 것입니다."

그러나 실은 미륵 배꼽에서 나온 비결이란 것은 미륵마애불을 조각한 연월일과 선운사를 창건한 것이 검단선사라는 둥 아주 평범하고 조잡한 내용에 불과했다. '전라감사 이서구가 열어보다'란 글 같은 것은 처음부터 있지도 않았다. 그러나 이제 이런 사실을 알리기에는 너무나 늦었다. 백성들은 경천동지할 내용이 있는 것으로 알고 있으며 그 때문에 처음으로 백성들이 한 덩어리로 뭉치고 있기 때문이었다. 모처럼의 일심단결을 실망시키며 일부러 기대를 깰 필요는 없었기 때문에 하는 수 없이 파자 핑계를 댄 것이었다.

이렇게 해서 그들 군중 삼천 여명은 한꺼번에 무장관아로 몰려가며 미리 예리(禮吏)에게 통지하였다. 천기가 들어 있는 서책을 가지고 가니 무장 관아에서는 사모관대하고 예를 갖추어 출영하라 했다. 군중이 오리정에 당도하니 무장읍에서 장리되는 몇 사람이 헐레벌떡 관아로 달려가 현감께 이르기를 지금 동학군 수천 명이 고을을 향하여 쳐들어온다고 일렀다. 현감 조경호는 좌수와 함께 평복으로 갈아입고 날쌔게 몸을 피했다.

한 편, 오지영은 옥중에서 편지를 띄우고 며칠이 지났는데 멀리서 와와! 하는 군중의 소리가 들려와서 수상쩍게 생각하고 있었다. 무슨 난리가 났단 말인가. 그런데 한참 있다가 옥졸 몇 명이 죄수 세 사람의 큰칼과 족쇄를 벗기더니 가지고 온 의관으로 갈아입으라 한다. 혹시 처형을 하려는 것이 아닌가도 생각했으나 의관을 갖추라는 것이며 그들의 부드러운 얼굴이며 행동거지가 죽일 사람의 말투가 아니다. 연이나 뒤에서 도사령 이중복이 이들 옥졸을 지시하고 있었다. 의관을 정제하자 따라 오라 하면서 이중복이 오지영에게 말한다.

"안심하십시오. 지금 밖에서 형님들이 기다리고 계십니다."

"제 형님들이 기다리고 계신단 말씀입니까? 어찌된 일입니까?"

"네. 지금 관아는 텅텅 비어 있습니다."

밖을 나오니 관문대로의 좌우에는 수천 명의 사람들이 어떤 사람은 등록을 들고 어떤 사람은 횃불을 들고 환영을 한다. 조금 있으니 이미 무장 감옥에서 탈옥한 죄수들이 세 사람의 뒤를 따르며 같이 환호를 한다. 그들은 역시 전에 현감 조경호가 갈취의 목적으로 무고한 죄를 뒤집어 씌워 잡아온 자들이었고 대부분이 동학도들이었다. 이중복이 인도하는 대로 따라가니 객사 앞에 있는 큰집이 나온다. 안으로 들어가서 안내하는 방으로 들어간즉 의관을 정제한 점잖은 분들이 방안에 가득하다. 그런데 웬일인가. 세 사람이 방으로 들어가자 그들이 일제히 일어나서 큰절을 하는 것이 아닌가. 세 사람은 영문도 모르고 따라서 인사를 했다. 이중복이 소개하는 말을 들으니 이들은 고을 장리들로서 별감이하 많은 관원이 섞여 있었다. 그들은 세 사람더러 고생 많이 하였다고 위로하며 자기들도 모두 도인이라고 말하는 것이 아닌가? 언제 이런 공형(公兄) 서리배들까지 도인이 되었는지 모를 일이었다. 무장 현감께 겁을 주어 도망가게 한 것도 모두 이들 장리들의 임기응변이었다. 그러고 보니 얼마 전 선운사에서 결박되어있던 스님까지 그 안에 합세하고 있었다.

그 곳에서 나와 다시 안내하는 대로 오리정 밖의 어느 도인의 집에 이르렀다. 이곳에서는 더 놀랄 일이 기다리고 있었다. 역시 방금 전의 객사 앞집에서처럼 이곳에도 방안에 사람이 가득한데 여기는 주로 무인풍이 난 사람들이 정좌하고 있는데 맨 앞줄에 보기에 비범한 두 사람의 사나이가 손화중 옆에서 섬뜩하리만큼 눈에 센 기를 발하며 바라보고 있다. 뒷줄에는 오지영의 형 하영, 시영이 섞여 있었다. 앞줄의 손화중 접주가 부드러운 얼굴로 맞이한다. 역시 모두 같이 절을 하고 난 뒤, 감옥에서 풀려난 세 사람에게 손화중이 소개를 한다.

"나는 구면이니 소개를 생략하고, 이 분은 고부의 전봉준 접주이시고, 이분은 태인의 김개남 접주이십니다."

처음 보는 전봉준은 얼핏 보기에도 평범한 일개 농민이 아니었다. 눈에서는 불이 튀고 일세를 풍미할 담력을 가지고 있으며 사람을 위압하는 기가 철철 넘치고 있었다. 김개남은 달리는 말과 같은 자세로 금방이라도 일갈 사자후에 산천을 울릴 것 같은 늠름한 모습이었다. 두 두령은 고생하고 나온 세 사람의 손을 잡고 많은 말로 위로한다. 이것이 무슨 조화인가? 이는 분명히 하늘의 조화가 아니고서는 있을 수 없는 일이었다.

전봉준은 서울에서 내려와서 며칠 몸을 쉬고 있었다. 그런데 무장접에서 선운사 도솔암 미륵부처의 비결을 꺼내러 갔다는 소문을 듣고 김도삼, 정일서와 함께 사후책을 이야기 하고 있었다. 이는 분명히 비상한 반향을 불러일으킬 것이 분명했다. 손화중에게 전에 기포(起布. 봉기)라는 말만 꺼내도 허사마사 하고, 먼저 포교 이외의 일은 생각하지 말자던 사람이 아니던가. 그런데 결과적으로는 손화중이 먼저 민심을 모으고 기포를 준비하는 판세가 아닌가. 김개남도 소식을 듣자 즉시 도인을 이끌고 전봉준을 찾아왔고 고부의 도인들과 함께 합세하여 무장까지 급히 달려온 것이었다.

이날의 사건을 계기로 무장, 고창, 영광, 흥덕, 고부, 부안, 정읍, 태인, 전주, 금구 등 이민(吏民)을 막론하고 동학에 입도 하는 자가 끊일 줄을 몰랐고 동학의 세는 갑자기 커가고 있었다.

공주로 오라, 삼례로 오라

계사년(1893) 2월 8일은 세자 탄신일로, 세자의 탄신을 축하하는 과거가 있는 날이다. 전국의 유생들은 청운의 뜻을 품고 한양으로 향하고 있었다. 서울이 보이는 말죽거리를 들어서면서 선비는 등에 진 괴나리봇짐을 다시 확인한다. 지금까지 밤낮을 가리지 않고 외고, 쓰고, 짓고 했던 공자 맹자가 과연 부귀영화라는 실체를 보여 줄 것인가? 발걸음이 한양에 가까워 올수록 두근거리는 가슴은 더욱 방망이질 친다. 그런데 이번은 이상하게도 많은 선비들이 응시를 하는가 보다. 평소 과거시험을 보러 오는 인원의 몇 배가 몰리고 있었다.

숭례문을 들어와 광통교를 건너 종루에 이르고, 다시 광화문 쪽으로 방향을 돌리면 나지막한 황토현 언덕이 있다. 여기서 동쪽은 운종가로 가는 길이요, 서쪽은 경희궁으로 가는 길이다. 북쪽을 바라보면 정면에 경복궁의 정문인 광화문이 위용당당하게 마주 보이며 저만치 서있는 백악이 위자하며 그 너머로 북한산의 보현봉이 고개를 내밀고 있다. 광화문을 향해 걸으면 오른쪽으로 의정부, 이조, 한성부, 호조, 기로소가 줄지어 서있고, 왼쪽으로는 예조, 병조, 사헌부, 형조, 공조, 장예원 등이 줄지어 있다. 그러나 이 육조거리는 아무나 함부로 걸을 수 있는 곳은 아니다. 모든 고관대작들이 통행하는 반 폐쇄적인 광장으로, 가끔 왕이 친림하여 출정하는 군인들을 사열하기도 하고 서울의 일반 백성들을 모아 효유하는 장소로 쓰이기도 했다. 그런데 이곳은 역으로 일반 백성들이 최후의 수단으로 시위를 할 수 있는 장소이기도 했다. 민소가 도저히 받아들이지 않을 때 마지막 수단으로 급습하는 식으로 광화문 앞에 엎드려 왕에게 직접 복합상소를 드리는 것이다.

실제 당시의 언로는 시위 형식인 만인소나 복합상소 같은 방법 밖에는 다른 길이 없었다. 일반적인 유소(儒疏)는 왕명 출납을 관장하는 승정원을 거쳐 어전에 올라갈 수 있으나, 그 전에 성균관 장의의 유소에 대한 회통인 '근실(謹悉)'을 받도록 되어 있었다. 노론이 장악하고 있는 성균관의 검열을 거친다는 것은 실질적으로 유소를 봉쇄하기 위한 것이나 다름없었다.

일반 농민들은 언감생심 각 지방 관찰사에게 호소하는 것이 거의 유일한 방법이었고, 그것이 받아들여지지 않으면 사헌부로 올려야 했지만 그것은 더욱 어려운 길이다. 자기의 억울한 심정을 어려운 한문으로 표시하여야 하기 때문에 평민으로서는 쉽지 않은 일일 수밖에 없었고, 이리 뛰고 저리 뛰는 사이에 그 종이 장은 어딘가에서 사라지기 일쑤였다. 당시의 언로란, 신문 비슷한 '조보(朝報)'라는 것이 있었으나 그것은 실제로 정부의 시책을 알리는 관보였고, 그 외 박영효가 일본에 수신사로 가서 탈아론의 주창자 후쿠자와 유키치(福澤諭吉)의 권유로 열흘에 한 번 발간한 '한성순보'가 있었고, 그 뒤를 이은 '한성주보' 같은 것이 있었으나 역시 관보였으며 이즈음은 그것마저 폐간된 지 오래였다.

"웬 과거 보러 오는 사람이 이렇게 많을까?"

"글쎄, 지금까지 이런 적이 없었는데."

"아무래도 좀 이상하지 않아?"

장안의 일부에서는 벌써 수군거리는 소리가 들렸다. 그렇다, 동학도들이 교조 신원을 복합상소하기 위하여 과거 보러온 선비를 가장하고 대거 서울로 몰리고 있었던 것이다. 북접에서 최시형이 직접 주도하는 거사인데 남접에서는 최시형의 허락 없이 같이 서울로 잠입하고 있었다.

복합상소를 할 문구며 인원은 벌써 정해져 있었다. 소수(疏首) 박광호, 교도대표 박석규, 임규호, 박윤서, 김영조, 김낙철, 권병덕, 박원칠, 김석도, 이문찬, 총지휘 손병희, 김연국, 손천민 등 40여 명이었고, 제소(製疏)에는 손천민, 소사(疏寫)는 남홍원이 맡았다. 인원이 마무리 되자 최시형은 서병학을 먼저 상경시켜 한성부 남부 남소동 최창한의 집에 봉소도소(奉疏都所)를 정하게 하였다.

그러나 이처럼 서울에서 복합상소를 하자고 결정하기까지는 많은 우여곡절들이 있었다.

임술년(1862) 농민반란이 전국에 걸쳐 산발적으로 일어났으나 그때 그때 진압당하고 만다. 그것은 산발적인데다가 연합전선을 형성할 수 없었기 때문이었다. 그러던 것이 신미년(1871) 이필제의 난부터는 성격이 달라진다. 그것은 동학이라는 큰 조직을 이용하기 시작했기 때문이었다.

이필제는 원래 산적이었다. 수운이 아직 득도하기 전에 도를 찾아 천하를 주유하던 중 문경의 봉령산에서 산적을 만났다. 부하들이 이상한 차림의 누추한 한 선비를 잡아온 것을 본 이필제는 봇짐을 풀어보라 하였다. 그 속에는 갈아입을 옷 한 벌과 내복 그리고 알 수 없는 한학 책 몇 권과 주먹밥 두 개가 전부였다. 당신은 무엇을 하는 사람인가고 물은즉 도를 찾는 사람이라 한다. 도가 무엇인가고 물은즉 '하늘의 도'라 한다. 무슨 말인 줄은 모르나 그의 너무나 태연자약한 태도며 높은 인품에 이필제는 압도 되고 말았다. 그가 바로 교조 수운 최제우였다. 여기 머무르며 자기의 스승이 되어줄 수 없는가 하였으나 수운은 기다리는 사람은 없으나 갈 길이 바쁘다고 하였다.

그 뒤로 이필제는, 수운이 득도하였고 입도하러 찾아간 사람이 많다는 소문을 듣게 된다. 이필제는 그 때에야 자기가 감복하였던 그 수운 선생이란 것을 알았다. 그는 불원천리 수운 선생을 찾아가 지난날을 사죄하며 정식으로 입도하고 산적의 과거를 씻고 누구보다도 열성적인 도인이 되었다. 그 뒤로 수운 대신사께서 참형을 당했다는 소식을 듣고 진천에서 변란을 일으키려다가 실패하고, 덕산을 중심으로 새로운 변란을 시도하나 역시 사전에 누설되어 실패하고, 다시 남해에서의 계획마저 실패로 돌아간다.

그는 마지막으로 영해에 와서 박영관의 집을 근거지로 하고 동학도들을 만났다. 여기서 교조의 억울한 사정을 이야기하자 교도들의 호응이 대단하였다. 마침 부사 이정의 비행이 많았으므로 호응도는 더 확산되어 갔다. 드디어 사람을 시켜 2세 교주 해월 최시형을 찾아뵙고 신원의 뜻을 밝혔으나 "아직 시기가 아니다."고 거절하였다. 그러나 다섯 차례나 사람을 시켜 면회하기를 청함으로 최시형은 영해 우정동에서 이필제를 만난다.

"저는 전에 선생과 친분은 없으나 의(誼)로 말하면 동문이 분명하니 형제나 다름이 없습니다. 동문의 형제로서 선사를 위하여 설원코자 하는 마음은 피차일반이라 생각되어 찾아왔으니 부디 같이 일을 도모하여 주시기 바랍니다."

해월은 거사의 결정에 신중을 기하기 위하여 직천으로 가서 교양과 사리판단이 뛰어난 강수와 박춘서를 만나 상의한즉 도인의 호응도로 보아 승산이 있으니 한 번 해보자고 하였다. 해월은 이필제에게 실수 없이 일을 추진해보라고 허락하였다. 해월의 동의를 받자 신원운동은 급물살을 탔고 광범하게 추진되었다. 최시형은 자기가 가지고 있는 재물을 풀어 무기와 식량을 마련케 하는 열성도 보였다. 신원에 참가하는 도인은 모조리 푸른색 두루마기(靑衣長衫=靑周衣)를 입고 유건(儒巾)을 써서 도인임을 표시하기로 하였다.

이필제는 3월 10일 교조의 수형 일을 기하여 각지에서 모여든 5백여 명을 이끌고 스스로 대장이 되어 저녁에 영해부를 습격하였다. 부사를 잡아 처형하고 다수의 군기를 노획하였다. 그는 다시 별포를 모집하여 상주로 진격하려는 것이 원래 계획이었다. 급보를 접한 경상감사 김공현과 안동부사 박제관, 영덕현감 정세우는 각자 관군을 이끌고 즉시 반격을 가하였다. 관군의 발 빠른 반격으로 말미암아 전세가 불리하게 되자 이필제는 일단 영양 일월산으로 퇴진하였다. 그러나 전열을 가다듬을 시간도 주지 않고 다시 추격해 오는 관군을 당하지 못하고, 드디어 이필제는 도주하고 부하들의 대부분은 관군에 생포되었다.

해월 최시형과 이필제를 비롯한 동학간부들은 영양군 일월면 용화동 상댓치에서 해산함으로써 첫 번째 신원운동은 실패로 돌아갔다. 이필제는 8월에 다시 사족인 정기현의 협조를 얻어 문경읍을 습격하려다가 관군에 사로잡혀 12월에 서울의 서소문 밖에서 참형을 당하였다.

이 일이 있고부터 해월은 오직 지하 포교에만 전념하였고 경거망동한 일을 일체 삼가하였다. 이필제에게 승낙을 하였다가 하마터면 그나마 있던 취약한 동학의 기반마저도 뿌리 채 뽑힐 뻔했기 때문이다.

그러나 해월이 신중을 기하는데도 한계가 있다. 임진(1892)년 7월에는 서인주(즉 서장옥), 서병학이 해월이 있는 상주군 왕실촌으로 찾아왔다.

해월과 서인주, 서병학은 연령이 엇비슷한 사이이다. 서인주는 수원 사람으로 나중에 청주에서 살았다. 그는 초창기에 최시형과 함께 교조 최제우에게서 도를 전수받은 사람이다. 최제우가 죽자 최시형과 서인주는 각지에 도를 전수하면서 이를 포덕(布德)이라 하였다. 처음 동학에서는 스스로의 무리를 포(布)라고 불렀는데 최시형 쪽을 법포(法布)라 하고 서인주 쪽을 서포(徐布)라 하였으며 혹은 최시형 쪽을 좌포(坐布)라 하고 서인주 쪽을 기포(起布)라 하였다. 거기에는 이유가 있다.

서인주는 기축년(1889)에 서울에 올라왔다가 관가에 잡히는 몸이 되었었다. 벌써 동학의 중요한 인물로 주목되었으며 정부 측에서는 위험인물로 수배 중에 있었던 것이다. 그 다음 해에 풀려나서부터 오히려 서인주의 적극적인 활동은 시작되고 있었다. 서인주는 포덕을 온통 전라도 쪽에 기울였으며 그의 제자로 손화중, 김개남, 전봉준, 김덕명의 남접을 거느리고 있었고, 후에 봉기한 농민군은 남접이 대부분을 차지하였기 때문에 동학농민봉기 자체를 '기포'라 하기에 이른 것이었다.

최시형 쪽을 법포라 하는 데는 그의 호 법헌(法軒)에서 온 것이다. 이즈음 북접에서는 해월이란 호 외에 법헌이란 호를 올려 조선 팔도의 교도를 지휘하게 하였다. 이는 교단 안에 최시형과 노선을 달리하는 세력이 나타나고 있기 때문에 이를 단속하기 위한 순수 교단을 주창하는 자들의 발상이었다. 또 '좌포'라 함은 봉기 쪽보다는 순수 종교로서 뿌리를 내리고 교조신원 쪽에 주력했기 때문에 붙여진 이름이다.

처음 동학의 의식을 제정할 때에 유교예식 도입을 주도한 것은 서병학이었으나 불교의식을 수용한 것은 서인주였다. 서인주는 30여 년간이나 승려생활을 하였던 사람이나 불교에 회의를 느끼고 방황하던 중, 우연히 수운 대신사의 소식을 듣고 최제우를 직접 찾아가 입도하였던 사람이다. 서병학은 출생지가 분명하지 않다. 다만 선비출신으로 벼슬자리를 얻기 위하여 과거를 보았으나 실패하고 실의하여 방랑생활을 하다가 역시 동학의 소문을 듣고 입교한다. 그러나 그의 진지하지 못한 교인의 태도에도 불구하고 초창기 광화문 복합상소까지 서인주와 함께 주도적 역할을 한 것은 사실이다.

서인주와 서병학은 해월에게 이제 교조 신원은 더 이상 미룰 수 없는 긴박한 문제임을 역설한다. 신원이라 함은 사후복권을 의미하는 것으로, 그것은 교조의 억울한 한을 풀어달라는 의미를 넘어서 곧 자신들의 종교의 자유를 얻는다는 뜻을 포함하고 있었다.

"지금 우리 도인은 각지에서 핍박을 당하고 재산을 갈취 당하고 있습니다. 어서 교조 신원을 하여 교를 인정받아야 합니다. 지방 도인들을 효유하시고 나라에 상소하여 교조의 원을 풀게 하여야 합니다."

수운이 동학을 창도할 당시만 해도 현세 구복을 목적으로 입교한 교도들이 대부분이었고 특히 치병에 대한 관심으로 입교한 신도가 많았다. 수운의 처음 이름이 복술이(福述-)로 알려졌다는 것이 이를 잘 대변한다. 그러나 1890년도부터는 신흥 지도자급 신도가 늘어남으로서 사회운동에 관심을 쏟게 된다. 충청도 공주 신평 출신의 윤

상오도 동경대전 간행에 공을 세움으로써 전라우도 편의장에 임명되고, 충청도 아산출신의 안교선도 동경대전 출판을 개기로 충청도 대접주가 되어 수많은 교도를 거느리게 된다. 충청도 목천의 김영식, 김은경, 김성지 같은 사람도 6천량에 달하는 포중전(包中錢)을 거둬들여 동경대전을 출판하는 세를 과시하며 수많은 교도의 지도자로 등장한다. 그러나 무엇보다도 신흥세력으로 급부상한 대표적인 인물은 바로 고부의 전봉준, 태인의 김개남, 무장의 손화중이었고, 금구 원평의 김덕명, 남원의 김홍기 그리고 부안의 김낙철, 김낙봉 형제 등이었다. 그러나 이들 두 갈래의 신흥세력은 성격적으로 선명한 구분이 되고 있었으니, 교조신원에 더 관심이 있는 것이 북접이고 사회개혁에 더 관심을 보인 것이 남접이었다.

서인주, 서병학 등이 교조신원을 주청하였을 때도 해월은 아직 때가 너무 빠르지 않느냐고 하였다. 그러나 그들은 해월신사께 재삼 고청하여 해월신사를 끈질기게 설득한다. 드디어 해월도 교조신원과 도의 공인은 더 이상 미룰 수 없는 현안이란 것에 동의한다. 해월은 원래 신중론자일 뿐 어떤 면에서는 교조신원을 가장 바라고 있는 사람이었다. 그는 8월에는 청주 송산리에 있는 손천민의 집으로 거처를 옮기면서 그곳을 봉소도소로 정한다. 동시에 충주의 신사과에게 서한을 보내 '망석지사(望碩之士)' 40명을 선발하여 명단을 가지고 오라고 지시한다. 다음으로 전라좌우 편의장 남계천에게도 비슷한 내용의 '윤조(輪照)'를 하달하여 1백 명을 선발하여 명단을 보내오도록 하달한다.

해월의 동의를 얻은 서인주, 서병학은 각지에 서신을 띄워 도인들을 공주에 모이게 하였다. 일시에 1만 명에 이르는 인원이 운집하였다. 그들은 감영문 밖까지 몰려가서 충청도 관찰사 조병식에게 교조신원에 관한 글을 들여보낸다.

한울님께서 도우시어 우리 동방 조선에 해와 달을 밝히시고, 경신 4월 5일에 친히 경주 수운 대선생 최제우에게 무극대도를 내리시니, 이 도는 사람이 생긴 이후 처음 펴는 거룩한 도입니다. 이 참된 성인의 학은 우리 동방 조선에 넓고 지경 없는 포덕으로 삼교를 합한 유일한 교학이 되었습니다. 그리하여 유불선을 한 테두리 안에 넣고 세 과목을 설정하여 가르치니 성, 경, 신으로 공부의 길을 개도하였습니다. 뿐만 아니라 우리 수운 대선생께서는 미리부터 서학이 성하여 번질 것을 아시고 장차 대도가 핍박당할 것도 예견하였습니다. 그러나 우리 선생 혼자만의 평안을 도모하는 것이 불가하다고 여기시어 자리를 펴고 도를 강론하여 문인 제자들로 하여금 천도를 알게 하고 참된 성품을 지키게 하시었습니다. 그런데 뜻밖에도 갑자 3월 도리어 사학의 무고를 입게 되었으나 선생께서는 구차히 모면코자 아니하시고 조용히 의에 나아가시었습니다.

아아 슬프도다! 선생께서 순도하신지 30년의 세월이 흘렀어도 우리는 아직 크나큰 원을 펴지 못하였습니다. 어찌하여 우리 도를 의심하시고 저희들을 거짓 학이란 죄과를 둘러씌우시나이까. 바라옵건대 합하께서는 죄 없이 갇혀 있는 도인들을 하루빨리 놓아 주시고

임금께 아뢰임을 갖추시어 우리 선사의 지극한 원통을 펴시도록 하
여 주시옵소서.

임진 10월

이와 같은 장사(狀辭)를 보내고 해월은 따로 각 지방 동학교도들에
게 입의통문을 발송하였다. "수운 대신사의 가르침을 받고 살아온
우리가 대신사가 순교하신지 30년이 지나도록 이를 망각하고 속된
생활을 하고 있으니 어찌 죽어서라도 스승의 얼굴을 뵐 수 있겠는
가. 이처럼 불충비의한 사람에게 무슨 조화가 있기를 바라겠는가."
하는 질책의 내용이었다. 충청감사는 동학도들의 과감한 정면 도전
을 받고 적잖게 당황하였다. 그러나 호락호락 이들에게 끌려가서는
안 된다고 판단하고 일단 강력히 해산을 촉구하였다.

"너희들이 말하는 동학이 언제부터 나왔는지 알 수 없으나 정학이
아니니 바로 이단이 아니냐? 또한 금하고 금하지 않는 것은 오로지
조가(朝家)의 처분에 달린 것으로 사실 본영에 와서 호소할 일이 아
니다."

그러나 충청감사는 동학도들의 전과 다른 과감한 행동에 실은 저
으기 놀라고 있었다. 일이 더 이상 확산 되어서는 안 되겠다는 판단
하에 각 고을 수령들에게 '감결(甘結)'이라는 것을 보내 당부하였다.

"동학을 금하라는 칙령은 이미 공문에도 있거니와, 대개 미연에
금지하고 범하는 자만을 죄주는 것이 금법을 만들고 양민을 화합
하게 하는 본뜻이다. 그런데 지금은 그렇지 않아 심하면 수령된 자

가 몰래 넉넉한 백성을 트집 잡아 뇌물을 토색하고 각 읍의 아전들이 금령이 있게 되면 이를 빙자하여 침어하기를 여반사로 하고 있으니 횡액에 걸린 사람이 십중팔구가 된다. 그러나 알고 보면 이들도 우리 성상의 덕화 속에 살고 있는 백성이다. 이제부터는 아전들에게 각별히 주의시켜 절대로 상리에 벗어나는 침탈행위를 못하게 하라."

동학의 입장에서는, 예수를 믿는 천주교가 전국적으로 확대되어 가는 데도 이를 묵인하면서 동학에 관해서는 마치 당연한 것처럼 핍박하고 토색하는 지방 관헌을 더 이상은 묵과할 수 없는 일이었다. 그러나 충청감사 조병식이 어떻게 나올 지는 미지수였다. 그런데도 충청감사로부터 지방수령들에게 '상리에 어긋나는 침탈행위'를 못하게 하는 의외의 성과를 얻자 해월도 크게 고무되었다. 해월은 즉시 전라감사에게도 교조신원을 하기로 결정하였다. '전라도 삼례도회소'의 이름으로 각지 접주들에게 '경통(敬通)'이란 것을 발송하였다. 최시형은 "소식을 듣고도 참여하지 않은 교도들에게는 별단의 조치가 있을 것"이라고 경고 하면서 신원운동에 대한 강한 의지를 나타냈다. 공주 취회(聚會)보다 더 많은 인원이 전주, 익산, 여산, 고부, 남원, 임실, 경기도 수원 등지에서 삼례 취회에 참여하였다. 전라감사에게 보내는 '의송단자(議送單子)'라는 이름의 항의서는 서병학이 작성하였다.

의송단자는 작성되었으나 이를 전라감영에 무슨 방법으로 보내느냐가 문제로 제기되었다. 공주 집회를 보고는 벌써 소문이 전국적으로 퍼졌기 때문에 전라감영의 경계가 보통 삼엄한 게 아니었다. 아무나 경솔히 나설 수 있는 것은 아니었다.

"무엇을 그리 망설이시오. 내가 가져가겠습니다."

"나도 같이 가겠소."

주저 없이 선뜻 나서는 사람은 우도의 전봉준이었고 그 뒤를 따르는 자는 좌도의 유태홍이었다. 삼례는 벌써 무자년(1888)에 최시형이 순회포교활동을 펼칠 만큼 비교적 일찍부터 동학이 포교된 지역인데다가 역참이 있어 교통이 편리한 곳이었다. 아울러 집회가 열리는 삼례는 전라감영이 있는 전주와 가까운 거리에 있어서 교도들이 집결하기에 편리함과 동시에 관에 호소하기에도 편리한 장소였다.

전봉준과 유태홍이 앞장서고 서인주, 서병학을 위시한 몇 백 명이 동시에 전주감영을 향하여 출발하였다. 전주 한천에 이르자 관찰사가 보낸 김시풍이 나오군(羅伍軍)이라고 하는 화포군 삼백여명을 인솔하고 기다리고 있었다.

"동학 괴수가 누구인지 앞으로 나와라!"

"그대는 누구인가. 여기에 괴수가 어디 있단 말인가? 우리는 모두 선량한 농민이요 천도를 믿는 도인이다."

"그대가 영장 김시풍이라고 알고 있다. 맞는가? 맞다면 어서 앞으로 나와서 우리 교단에서 드리는 의송단자를 감사에게 전하라."

김시풍의 말에 즉시 받아치는 것은 전봉준이었고 그 뒤를 이어 위엄 있게 호통을 치는 것은 서인주였다. 김시풍은 전봉준과 서인주의 당당한 태도에 압도된 듯하였으나 애써 그것은 숨기며 말에서 내려 유태홍이 공손히 건네주는 소장을 한 손으로 거만하게 받는다.

완영(完營. 전라 감영)은 살펴보소서.

신등(臣等)은 동학하는 선비들입니다. 동학을 창도하여 팔도에 편 것은 지난 경신년부터입니다. 경주 최선생 제우께서는 상제의 명을 받아 유불선 삼도를 합해 하나로 만들어 지성으로 한울님을 섬기셨 으니, 유도로써는 오륜을 지키고 불도로써는 심성을 다스리고 선도 로써는 질병을 치료하셨습니다. 가사 우리 도가 취학(聚學)이 아니라 할지라도 어떻게 윤리도 없고 분별도 없는 서학과 같이 취급받을 수 있단 말입니까? 지금 지목하기를 서학의 여파라 하여 동학의 도인들 을 열읍 수령들이 빗질하듯 잡아 가두고 매질로 전재(錢財)를 토색하 고 있습니다.

순상께 복원하는 바, 특별히 자비하고 광대한 덕을 베풀어 상감께 장문을 올려 참된 도를 나타나게 하고 각 읍에 문서를 보내 빈사상 태에 있는 백성을 구제케 하소서. 아울러 관찰사 존전에 우리 선생 님의 원한을 풀게 해주시기 엎디어 비오니 넓은 은혜를 베풀어 주시 기 간절히 바라마지 않습니다.

임진년 11월 2일

그러나 전라감사 이경직은 충청감사처럼 바로 어떤 조치를 취하지 않았다. 6일이 지나도 아무런 소식이 없자 다시 독촉하는 소장을 내 게 되었다. 독촉을 받은 전라감영은 그 때에서야 '제음(題音)'이라는 것을 보내왔다. 그러나 그 제음이라는 것도 어떤 조치를 취하겠다는 것이 아니고 "물러가 새사람이 되라."는 훈계였다. 크게 실망한 교도들은 일촉즉발의 기운마저 감돌았다. 전라감영의 무성의한 소식이 전해지자 금구에서도 1만 여명이나 되는 교도들이 모여 삼례와 비슷한 시위가 벌어지고 있었다. 금구에서는 교조신원은 말할 것도 없고 탐관오리의 제거와 교당설치의 허가 등을 요구하는 게서(揭書)까지 하였다. 이에 놀란 전라감사는 하는 수 없이 자기 관할 열읍에 '감결'을 내려 보내기에 이른다.

소위 동학은 나라에서 금하는 바라.
영읍(營邑)에서는 조칙에 준하여 동학을 금단하느라 아주 수고가 많구나. 이제 들으니 각 읍 하속들이 금단을 빙자하여 전재를 약탈한다 하니 재물을 빼앗을 줄이야 어찌 생각했으랴. 금단을 범하면 금하고 죄지으면 죄주되 작은 일이면 읍에서 재결하고 큰일이면 감영에 보고하여 지시를 받아 처리토록 하라. 조가의 전언대로만 하면 되는데 어찌 전재가 입에 오르게 되었는가. 금후는 탈취하는 폐단이 절대 없도록 하라. 이 지시가 당도하면 상황을 즉시 보고하도록 하라.

11월 11일
이것은 목장과 산성에 소재하는 관에도 해당되니 낱낱이 이첩 시행하라.

감사의 명령으로 동학교도에 대한 지방관의 침학을 금지한 것이니 전라감사로서는 자기 권한에 속하는 최대의 성의를 보였다고 할 수 있다. 동학교도의 입장에서 보면 자기들의 힘을 배경으로 한 끈질긴 항소 투쟁이 어느 정도 성과를 거둔 것도 사실이었다. 해월신사는 감사의 감결이 각 읍에 전달된 사실을 '경통'이라는 문장으로 동학도 들에게 알리고, 이번 충청감영과 전라감영에 동시에 요구하여 이룬 성과를 치하하며 일단 해산하도록 하였다. 그러나 해월도 동학 교인 들도 감사의 한계를 알았고, 감사의 한마디 말에 지방수령들이 즉시 태도가 바뀌지 않을 것도 잘 알고 있었다. 결국에는 감사의 말처럼 이것은 '조가'의 문제라는 것을 알게 된 것이다.

상감마마께 아룁니다

　무장에서의 뜻하지 않은 호응도에 남접의 지도자들은 의외로 고무되어 있었다. 거기에 더하여 이제 교주 최시형이 직접 복합상소를 결심하였다는 소식이 전해지자 삼례에는 동학도들이 구름처럼 모이기 시작하였다. 처음에는 몇 천 명이 모이더니 금방 1만 명을 넘어서고 이어서 2만, 3만 명으로 늘어나더니 복합상소에 임박해서는 무려 6만여 명의 동학도가 인산인해를 이루었다.

　어느덧 검무와 검가는 동학도가 모이는 장소면 의례건 벌어지는 시범이자 축제이며 사기앙양의 의식이 되고 있었다. 어느 때부턴가 청의장삼은 그들의 도복이 되었고 박달나무 목검은 동학무술의 상징이 되었다. 경을 외듯 호령을 하듯, 검가에 맞추어 딱! 딱! 목검을 부딪치며 별무사의 구령 하에 움직이는 그들의 일사불란한 동작에는 비장감이 감돌았다.

또 한 쪽에서는 태껸 시범이 벌어지고 있었다. 전봉준도 김개남에게 시범을 보였던 그 태껸은 어느덧 동학의 수련과목이 되고 있었다. 그런데 젊은 사범의 구령에 맞추어 벌어지는 태껸 수련생들의 행렬 맨 뒤에, 사십대의 키가 작고 눈빛이 유난히 빛나는 한 사내가 같이 동작을 따라 하고 있었다. 그가 전봉준이란 것을 안 군중들은 하나 둘씩 모여들더니 나중에는 구름처럼 모여서 전봉준의 무술동작에 온 시선이 따라가고 있었다. 이십대 초반의 젊은 사범은 전봉준을 그림자처럼 따르는 전봉준의 추종자 신영식이었다.

신영식은 전봉준이 조소리로 이사 오기 전에 잠깐 살았던 양간다리의 총각이다. 전봉준이 여산 송씨와 사별하고 두 딸만 데리고 양간다리에서 살 때 옆의 키 큰 감나무집에 아들 하나만 데리고 사는 벽송댁이라는 과수댁이 있었다. 벽송댁은 새로 이사 온 담력이 있고 행실이 남다른 사내를 은근히 흠모하고 있었다. 벽송댁은 전봉준의 집을 자주 들려 푸성귀로 반찬도 해놓고 가고, 자기 밭에서 캐 온 감자도 쪄 놓고 가기도 했다. 전봉준도 이목구비가 수려하여 시골여자 같지 않으며 식견이 있는 벽송댁을 좋아하고 있었다. 어느덧 그들은 부부의 관계까지 갖게 되었고, 벽송댁의 아들 신영식은 그 때부터 전봉준을 아버지처럼 따르며 존경하는 청년이 되었다.

삼례에서는 또 이 쪽 저 쪽에서 신바람 나는 두레패들의 한판 놀이가 벌어지고 있었다. 눌리고 억압만 받던 사람이 해방구에서 한 차례 한풀이를 하는 놀이였다. 북, 징, 장구, 소구, 꽹과리를 질서 있게 두들기고 이리저리 뒤집으며 가벼운 스텝을 밟는 몸동작은 보는 사람을 신명나게 하였다. 그런데 삼례에 모인 군중 안에는 동학도가 아닌 순수 농민들이 많이 섞여 있었다. 벌써 종교운동을 뛰어넘어 농민운동으로 접어들고 있음을 예견하는 것이었다.

삼례집회에 참가한 상당수의 인원은 북접의 도인이 모이고 있는 공주로 몰려갔다. 그런데 북접에서도 어느덧 검가와 검무는 동학의 의식이 되고 있었고 태껸 시범도 벌어지고 있었다. 역시 두레패놀이도 벌어지고 있었다. 북접에서는 청주 송산리에 있는 손천민의 집을 봉소도소로 정하고 상소문 작성에 들어갔다.

그런데 최시형의 처소에 불현듯 전봉준과 그의 동지들이 나타났다. 전봉준이 곁에는 신영식이 바싹 호위하고 있었다. 약간 떨어진 곳에 남접에서 거두로 꼽히는 김덕명, 이방언, 손여옥 등과 고부의 김도삼, 정익서 등이 따르고 있었다.

"신사님 그간 평안하셨습니까. 고부접주 전봉준입니다. 이번으로 신사님을 두 번째 뵙게 되군요."

"안녕하십니까. 김기범 도인의 집에서 입도하실 때 뵙고 두 번째 군요."

"이번에 참으로 어려운 결정을 해주셨습니다. 그러나 복합상소를 하는데 남접에서 전혀 참여하지 않았다고 하면 남들이 볼 때 우리가 통일되지 못하고 있다는 인상을 주기 쉽습니다. 그래서 남접 중에서 중도적 입장을 가지고 있는 도인 두 사람을 추천하겠습니다. 같이 동행하여 주셨으면 합니다."

"좋습니다. 접주님께서 추천해 주신다면 당연히 동행케 하겠습니다. 누구입니까?"

"박석규와 김낙철입니다. 지금 저기 대기하고 있습니다."

도열해 있는 사람들 사이에서 박석규와 김낙철이 금방 앞으로 나와 해월께 인사를 드린다. 이렇게 하여 남접에서 두 명이 복합상소자 40여 명 사이에 합류하게 되었다.

그런데 서울에서 돌발 사태가 벌어지고 있었다. 최시형이 서병학을 먼저 상경시켜 남소동의 최창한이 집에 봉소도소를 설치하게 한 것은 앞에서 말했거니와, 서병학은 알고 보면 시종일관 강경론자였다. 한양의 일반 백성들마저도 이번 과거에 응시하러 온 사람에 대하여 이상한 낌새를 벌써 눈치채고 있을 정도인데 서병학은 엉뚱한 일을 획책하고 있었다.

서병학은 이번에 모처럼 교도들이 대거 상경한 김에, 아예 교도들이 군복으로 갈아입고 병대와 협동하여 정부간당을 소탕하고 조정을 크게 개혁하는 무력혁명을 하자는 것이었다. 서병학의 무력혁명 계획도 알고 보면 전혀 터무니없는 것은 아니었다. 그 때 병사들이 수개월간 봉급을 받지 못해서 불만이 고조돼 있었으며, 대원군은 실각 후 고종과 명성황후에 불만을 품고 손자 준용(埈鎔)을 옹립하고 싶은 마음을 가지고 있었기 때문이었다. 그러나 거사를 하기에는 아직 너무나 시기가 무르익지 않았다.

이 비밀을 탐지한 포도대장 신정희는 도인들이 유숙하고 있는 여관에 종사관을 직접 보내 포도군관과 군사들이 살벌하게 조사함으로 손병희, 김연국, 손천민은 해월 신사께 허가를 받을 시간적 여유도 없이 현장에서 결단이 필요했다. 그래서 시간을 앞당겨 2월 11일 (양 3. 28), 아직 추위가 다 가시지 않은 쌀쌀한 이른 아침에 광화문 앞 육조거리로 삼삼오오 모이라 연락하였다. 한편 발 빠른 젊은 도인을 급히 최시형에게 내려 보내 상황을 보고하게 하고 후속의 지시를 하문하였다.

아직 관리들의 등청시간도 채 되지 않은 시간이었다. 손병희는 육조거리의 사방을 둘러보다가 갑자기 일갈대성 하였다.

"자! 모두를 앞으로 나오시오. 모두 나를 따라 광화문 앞에 가서 엎드리십시다. 경거망동하지 말고 공명정대하게 우리의 뜻을 전해야 합니다."

이 말을 신호로 40여 명의 복합상소자들은 한 명도 빠짐없이 앞으로 나와서, 손병희의 뒤를 따라 흰 두루마기를 펄럭이며 광화문 앞까지 바싹 다가가 엎드렸다. 어느덧 복합상소자 이외의 수천 명의 교도들도 주위에 모여들었다.

"상감마마! 저희들의 상소문을 받아주시옵소서."

"상감마마! 교조 수운신사 최제우의 억울한 누명을 벗겨 주옵소서."

"동학을 금하는 법을 철회하시고 포교의 자유를 주옵소서."

구호제창에 이어 일제히 통곡이 시작되었고, 뒤에 서 있던 도인들도 약간 떨어진 곳에 함께 엎드려 같은 통곡을 시작한다. 상소를 할 때는 임금을 감동시키기 위하여 슬프게 호곡하는 것이 관례였다. 호곡 소리는 장안 천지를 진동하고 백악과 인왕산에 메아리쳤다. 출근이 시작되는 관리들은 눈이 휘둥그레져서 바라보고, 어느덧 일반 구경꾼들도 구름처럼 모이고 있었다. 상소문은 소수(疏首) 박광호가 낭독하였다.

상소문

각도에서 모여온 유학(幼學) 신(臣) 박광호 등은 참으로 황공한 마음으로 목욕재계하고 주상전하께 백배 머리를 조아리며 아뢰옵나이다. 다행히 천운이 순환하사 무왕불복(無往不復)하여 지난 경신년 여름 사월에 황천이 묵우(黙祐)하고 귀신이 음(蔭)하여 경상도 경주 고(故) 학생(學生) 신(臣) 제우(濟愚) 비로소 천명을 받아 사람을 가르쳐 덕을 펴니 최제우는 곧 병자공신(丙子功臣) 정무공 진립(貞武公震立)의 칠세손이라. 도를 행하고 교를 편지 불과 삼기에 잘못 위학이라는 이름으로써 허구날조의 비방을 횡피(橫被)하여 갑자 삼월 초십일에 정식으로 형을 영영(嶺營)의 아래에서 받았으니 그윽이 당시 광경을 생각하면 천지가 참담하고 일월이 빛을 잃습니다. 만약 일호라도 부정한 죄과를 범하였다면 법에 있어 마땅히 벨 것이니 어찌 감히 죄 씻을 것을 도모하리오. 선사(先師) 최제우 말씀하시기를 인의예지는 선성지소교(先聖之所敎)요 수심정기(守心正氣)는 유아지갱정(唯我之更定)이라 하시고 또 말씀하시기를 각래부자지도즉(覺來夫子之道則) 대동이소이야(大同以小異也)라 하시니 소이라고 하는 것은 또한 이상한 별건사(別件事)가 아니라 성경신(誠敬信) 삼단으로써 하는 것이니 천지를 공경스럽게 받들어 일마다 반드시 고하기를 부모를 섬기는 것과 같이 하니 이 일단도리는 실로 선성미발(先聖未發)의 일에 관계되는 것으로서 신 선사(臣先師)께서 비로소 창명(創明)한 종지입니다. 대개 동학이라는 것은 그 학명이 본래 동학이 아니라 그것이 한울에서 나서 동에서 비롯되었으되 당세 사람이 잘못 서학으로써 배척하여 여력이 없는 고로 선사 신 제우 문제자에게 일러 말씀하시기를 도는 비록 천도나 학인즉 동학이니 하물며 땅이 동서를 나뉘었으니 서를 어찌 동이라 하며 동을 어찌 서라고 하겠는가라고 하였습니다. 전하께서는 화육중(化育中) 적자를 가긍히 여겨 빨리 신사의 억원(抑冤)을 펴게 하시고 어서 종전에 정배 간 교도를 용서하여 덕음을 크게 펴서 화기를 존영(尊迎)하소서.

박광호가 읽어 내려가는 상소문은 뜨거운 눈물을 쏟으며 낭송하는 애절한 내용이었다. 교조 최제우의 억울한 죽음을 신원하고 동학의 부당한 탄압을 정지해 달라는 간절한 소망이었다. 유, 불, 선도 외국 것이오, 서학도 외국 것이나 동학은 우리 것이었다. 동문(조선글)으로 낭송하고 호곡하고 절규하기 사흘 밤낮을 계속하였다. 구경꾼은 연일 인산인해를 이루었고 한양 30만 인구는 전체의 관심사가 온통 복합상소 일사였고, 삽시간에 육백만 조선 팔도인에게 널리 울려 퍼졌다. 외국인은 가장 비상한 관심을 쏟고 있었다. 특히 일본의 예민한 촉수는 바삐 움직이고 있었다.

고종은 왕세자 탄신일을 맞이하여 선온(宣醞. 임금이 술을 내림)하고 사찬(賜饌. 임금이 음식을 내림)하고 집경당에서 각국 공사들을 소견하는 등 모처럼 축제 분위기로 이틀을 보내고 있는데 느닷없이 광화문 앞에서 복합상소를 하고 있다는 소식에 자못 놀라는 표정이다. 어전회의를 주관하는 고종은 안 좋은 얼굴로 신하들을 내려다보며 말했다.

"광화문 앞에 엎드린 저 자들은 어떤 자들이고 무엇이 목적이오?"

"저들은 동학도라고 하는 비도들인데, 자기들의 교조라는 경주의 최제우가 사교를 퍼트린다는 죄목으로 30년 전에 대구감영에서 처형을 당했습니다. 그것이 억울하다고 신원하겠다는 것이고 자기네 사교인 동학을 인정해 달라는 것입니다. 저들의 말에 의하면 동학은 조선의 학으로서 상제로부터 직접 물러 받은, 중국에도 서양에도 없는 지상 최고의 학이라 하옵니다"

임명된 지 열흘 밖에 안 된 영의정 심순택이 제법 국정을 파악하고 있는척하며 말하는 품이 임금께 능력을 인정받으려는 꼼수가 역력하다.

"저들의 동학이 사교인 것은 분명합니까?"

"물론 사교입니다. 그들의 교조라는 최제우는 경상도에서는 '복술이'라고 부르는 요망한 자로서 《동경대전》이니 《용담유사》니 하는 요사스런 책을 펴서 유학경전을 무시하고 자기네 경을 읽게 하고 요망한 축문을 외고 둔갑술, 축지법을 쓴다고 혹세무민하였습니다."

이번에는 좌의정 조병세가 질세라 말을 거든다. 고종은 신하들을 한 번 훑어보고,

"저들이 임금더러 직접 나와서 상소문을 받으라고 한다는데 이를

어찌 하면 좋겠소?"

"그것은 천부당만부당한 말씀입니다. 전하께서 저들 앞에 나타나는 것은 신변에 위험이 있을 뿐만 아니라, 저들의 사교를 인정하는 것으로 비칠 수 있습니다."

"그러면 어찌하면 좋겠소?"

"저들에게는 전하께옵서 직접 나타나는 것도 불가하려니와 어떤 문서를 남겨도 안 될 것으로 사료됩니다."

한성부판윤 신정희가 한성부에서 이런 일이 일어나서 송구스럽다는 듯이 말을 이었다. 이어서 사헌부대사헌 신단이 그 구체안을 진언하고, 사간원대사간 정항조가 더 구체안을 진언한다.

"직급이 낮은 관리를 파견하여 구두로 해산을 권유하고 효유하는 것이 상책일 듯하옵니다."

"사알(司謁)을 보냄이 타당하다고 사료되옵니다."

고종은 한참 침묵을 지키다가 입을 열었다.

"그리 하도록 하세요. 단 저들도 짐의 백성이요. 그들의 학도 조선의 학이라니 크게 탓할 것은 못되니 행여 과잉 행동은 하지 못하도록 하세요."

이리하여 13일 오시(11~13시)에 사알이 칙령을 받들어 광화문 앞 복합상소자들에게 전하기로 한 것이다. 아무런 힘도 없는 액정원의 일개 정육품의 사알이 구두로 전하였다.

"너희가 하는 말이 무엇인지 잘 알았다. 그렇게 할 것이니 너희들은 각각 집에 돌아가 그 업(業)에 편안(便安)하면 소원에 의하여 실시

106

되리라."

하는 내용이었다. 도인들 사이에서는 의론이 들끓었다. 강경론자 중 둬 사람이 벌떡 일어나 발언을 하였다.

"양왜(洋倭)가 동학교도들이 척화(斥和)한다는 이유로 국왕을 위협하여 동학교도들을 쓸어버릴 것을 강청하였다는 소문을 들었습니다. 이대로 해산해서는 안 됩니다."

"지금 왕명이 있다고 하여 물러날 경우, 우리들을 모함하는 와언이 옳다는 것으로 간주될 염려가 있습니다. 척양에 대한 분명한 조정의 언질을 받은 후에 물러나도록 합시다."

교조신원이 주목적이었으나 토론은 척왜양 쪽으로 기울고 있었다. 손병희 등 지휘부에서는 결단이 필요했다. 그때 마침 해월 최시형으로부터 "해산하라."는 전교가 도착하였다. 손병희는 이만하면 소기의 목적은 달성하였다고 생각하고 급히 해산 결정을 내린다. 그런데 여기서 또 돌발사건이 터졌다. 교도 중 적극파들은 이에 불복하고, 서울주재 외국기관에 조선에서 물러가라는 척양왜의 괘서를 붙이고 돌아다녔다. 괘서는 미국인 존스(H. J. Jones)의 집 교회당에도, 기포드(Gifford) 학당의 정문에도 나붙고 프랑스와 일본 공사관에도 나붙었다. 동대문, 남대문에도 나붙었다. 미국인 존스의 집 앞에 붙은 내용을 보면 다음과 같았다.

아, 슬프도다. 너희 소인배들은 이 글을 경건히 받을 지어다. 헤아려보면 우리 동방의 나라는 수천 년 예의와 범절의 나라였노라.

이러한 예의지국에 나타나 이 예의를 행하기에도 오히려 겨를이 없거늘 항차 다른 가르침을 생각하겠는가? 너희들의 서책을 보고 너희들의 학(學)을 살펴보니 너희들은 소위 한울님을 공경할 뿐이라 말하나 기실은 한울님을 거스르는 것이며 비록 인류를 사랑한다 하지만 너희들의 유혹인즉 사람을 그릇되게 하는데 있구나. 천당과 지옥은 이 또 무슨 소리인가? 너희 소인배들은 우리 대도를 함께하여 사람마다 그 서책을 불태우면 혹시 만의 하나 살 수 있는 길이 있을지 모르겠다.

일본 공사관에 부착된 괘서는 다음과 같은 내용이었다.

일본 상려관은 보아라. 저 태극의 본체가 처음으로 나뉘어 천지가 자리 잡게 되어 사람은 그 사이에서 국경을 그어 나라를 만들어 삼강을 정하고 오륜을 이루었노라. 천도는 지극히 공평하여 착한 사람에게 음덕이 있게 하고 악한 사람에겐 벌이 있게 한다. 너희들은 비록 변두리에 살고 있으나 받은 성품은 하나의 이치라는 것도 알지 못하는가? 한울은 이미 너희들을 증오하였으며 우리 스승님도 이미 경계하였으니 안위의 기틀은 너희가 취함에 달려 있다. 뒤늦게 후회하지 말고 빨리 너희 나라로 돌아가라.

동학교도들의 광화문 복합상소 사건은 입에서 입으로 전해져 조선 팔도의 구석구석까지 알려지게 되었을 뿐만 아니라, 조선에 와 있는 외국인을 통하여 국제적으로도 널리 알려지게 되었다. 아울러 이를 계기로 교조신원과 포교의 자유뿐만 아니라 외세배척의 기치가 동시에 올라가고 있었다.

그런데 항간에 하는 말로 '조정공사 삼일 뿐'이라던 말을 실감케 하듯, 광화문에서 복합상소를 정지하고 물러나면 교도들의 원하는 바가 이루어 질것이라는 국왕의 약속은 지켜지지 않았다. 고종의 뜻과는 달리, 동학의 입장에서는 약속이 지켜지지 않을 뿐만 아니라 관리들의 침학이 오히려 더 심해지는 것을 보면 그것은 해산시키기 위한 임시방편에 지나지 않았다는 것을 알 수 있었다. 특히 전라도 지방에서는 관아에서 조사한다는 명목으로 동학도를 줄줄이 잡아가고 있었다. 전봉준은 신영식과 김인배만 대동하고 즉시 보은으로 발길을 옮겼다. 김인배는 전봉준이 김개남 집에서 입도할 때 약관의 나이로 같이 입도했던 젊은이다. 고향은 금구현 화봉리 사람으로 전봉준을 잘 알고 따르는 청년이었다. 얼마 전 진주처녀와 결혼을 하여 경상도지방의 동학도와도 밀접한 관계를 맺고 있어 발 넓은 일을 하기에 좋은 인물이었다. 먼저 북접 교단의 핵심인물인 손병희, 박용호, 이관영, 권재조, 임정준, 이원팔을 만나서 찾아 온 연유를 이야기 하자, 특히 손병희는 전봉준의 취지에 대찬성을 하며 교주를 같이 만나자고 한다. 그들은 함께 김연국의 집에 머물고 있는 최시형을 찾아갔다.

"아직 선사의 신원이 미진할 뿐만 아니라 각 지방의 도인들이 관아의 핍박을 받고 있으므로 방책을 강구해야 겠습니다."

"이대로 밀리다가는 교도들의 씨가 말리겠습니다. 오히려 전보다 침탈이 더 심합니다."

"다시 집회를 열어 세를 과시하고 교도에 대한 억압을 금하게 해야 합니다."

그들의 주장은 강경하였다. 최시형이 생각하기에도 이대로 있어서는 안 된다는 것을 직감할 수 있었다. 드디어 그는 무거운 입을 떼었다.

"알았습니다. 큰 집회를 가집시다. 3월 초열흘(최제우 처형일)에 보은 장내리에서 취회가 있다고 통문을 보내세요."

그리하여 최시형이 직접 수령을 맡고, 차좌(次座)에 서병학, 손병희, 이국빈, 손사문이 맡고 전국에 포, 접의 조직망을 이용해 연락을 취하였다.

연락을 받은 동학도들은 속속 보은으로 몰려들었다. 그런데 이번 집회는 충청도, 전라도뿐만 아니라 전국각지에서 교도들이 몰려왔다. 관동 대접주 이원팔이 교도들을 인솔하고 참여하였으며, 경기도에서 참여한 교도들은 '척왜양창의'의 5색 기를 중심으로 광주접의 '광의(廣義)', 죽산접의 '죽의(竹義)', 진위접의 '진의,' 용인접의 '용의', 양주접의 '양의', 수원접의 '수의' 등 각 지역의 접소를 나타내는 크고 작은 깃발을 선두로 모여들었다. 황해도에서는 팔봉접주 김창수(김구)가 교도를 인솔하고 참여하였다. 김창수는 그 때 나이 겨우 18세로 동학접주 중 가장 젊은 나이였으나, 보기에도 두 눈 가득히 정기가 넘치는 젊은이였다. 황해도에서 같이 온 교도 15명은 보은의 최시형을 찾아가 직접 접주의 첩지를 받기도 하였다.

보은에 모인 동학교도들은 낮에는 석루를 쌓거나 마을 뒤편 개천가에 진을 만들었다. 밤이 되면 장내리와 인근 마을 200여 호의 민가로 가서 잠을 잤고 나머지는 야영을 하였다. 오전 10시가 되면 석루며 주위 빈터에서 각종 행사가 시작되었다. 검무가 시작되고, 태껸이 시작되고, 두레패 놀이가 시작되고, 어느덧 봉술도 등장하여 인원이 늘어가고 있었다. 오후 4시경에는 마을로 돌아가든지 동아리를 이루어 경을 읽기도 하고 주문을 외었다.

'시천주조화정 영세불망만사지'

의 은은한 주문소리는 온 장내리를 위협적으로 진동하였다. 장내리는 시골답지 않게 너른 들판이 자리 잡고 있고, 가운데 천연 소나무 숲이 넓게 이어져서 몇 만의 군대도 수용할 만한 공간이 있었다. 여기저기에 자기의 소속지역을 표시하는 '충의(忠義)', '선의(善義)', '상공(尙功)' 등의 중기, 대기, 오색기가 휘날리고 있었다. 점점 늘어나는 인원수에 최시형 자신도 놀라지 않을 수 없었다. 이는 하늘의 조화가 아닐 수 없었다. 몇 천 씩 늘어나던 교도는 이삼일 사이에 무려 7만 여명이 모이는 대군중이 되었다.

교도들의 집회 참여의 결의는 대단하였다. 어떤 교도는 소를 팔고, 어떤 교도는 땅을 팔아서 식량과 표주박을 장만하여 발낭을 짊어지고 나타났고, 어떤 교도는 대대로 내려오는 전토를 팔아서 처자식과 울음으로 이별하고 참여하기도 하였다.

보은의 동학 지도부에서는 내부적인 질서를 유지하고 일치된 뜻을 모으기 위하여 북접창의소의 명의로 통유문을 작성하여 붙이고 보은 관아에도 보냈다.

왜양을 소파(掃破)하여 종사를 지킴으로써 국가에 크게 충성하고 큰 공을 세우자. 하늘이 진실로 더러운 요기를 싫어하여 무극의 조화를 주었으니 지사남아(志士男兒)로서 절의를 세울 때라. 때가 왔다, 때가 왔다. 다시 못 올 때가 왔다.

보은 군수 이중익은 일단 자기 관할 안에서 벌어진 일이어서 보고를 하여야 하는 의무 때문에 장내리로 직접 찾아 나섰다. 그러나 동학 지도부에서는 국왕과의 약속도 지켜지지 않은 판국에 하급관리와 이야기 하여도 소용없다는 것을 알기 때문에 간부는 일체 나타나지 않고 일반 교도들이 상대하였다. 이중익은 모여드는 군중을 향하여 제법 근엄하게 소리 질렀다.
"당신들의 교주를 만나게 해주시오."
"만날 수 없습니다. 신사께서는 지금 이곳에 계시지 않습니다."
"요구할 일이 있으면 정당한 방법을 써야지, 이렇게 많은 수가 모여서 어쩌자는 것이오. 어서 해산들 하시오."
"우리는 오로지 척왜양을 위하여 창의한 것이므로 비록 감영에서 문서로 지시하고 면전에서 타일러도 물러설 수 없소."
"당신들의 하는 학은 사술(邪術)이 아니오?"
"동학은 사술이 아닐 뿐만 아니라 설혹 사술이라 하더라도 임금이

치욕을 당하면 신하는 죽어야 하는 처지에서 충을 의롭게 여기는 것은 마찬가지 입니다. 각처의 유생들은 같은 마음으로 죽음을 맹세하고 충을 본받고자 합니다."

보은 군수는 아무런 성과도 없이 돌아가야 했다. 그 다음 날(3. 23) 다시 찾아왔으나 최시형은 역시 면회시켜주지 않았다. 오늘은 한 젊은 교도가 당돌하고 당차게 이중익을 꾸짖었다.

"지금 생령(生靈)들은 방백수령의 탐학무도와 토호들의 무단무절로 도탄에 이르렀소. 만약 지금 소청(掃淸)하지 않으면 언제 국태민안이 있는 단 말이오."

탐학한 방백수령 뿐만 아니라 토호들의 무단도 소청함으로써 국태민안을 이루겠다는 이야기가 아닌가. 어제의 내용과는 좀 다르나, 이로써 이중익은 이들의 분명한 목표를 알게 되었다. 즉 외세를 몰아내고 백성을 침탈하는 관리, 토호를 내치겠다는 것이었다. 이는 순수한 종교운동이 아니란 것을 알 수 있었다.

한 편, 이보다도 먼저 전라도 금구 원평에서는 따로 집회가 열리고 있었다. 전봉준이 보은을 향하여 원평을 떠나올 때 북접과는 상관없이 원평의 집회는 계속하자고 김개남 손화중과 약속을 한 터였다. 서장옥과 김덕명은 김개남, 손화중과 더불어 원평집회를 주도하고 있었다.

그래서 전봉준의 출발과 동시에 손화중과 김개남, 서장옥, 김덕명의 사신으로 더 많은 교도가 몰려 금방 5만 여명이나 되는 인파를 이루었다. 어느새 검무에는 청의장삼에 목화송이 같은 방울을 단 벙거

칼춤 113

지가 등장하였다. 원평천 냇가에서 질서 있게 목검을 부딪치고 돌아
서고, 찌르고 휘두르는 모습은 실전을 상상하기에 충분했다. 역시
태껸, 봉술의 시범도 여기저기서 선을 보이고 오후 4시쯤 되면 주위
의 민가로 가서 숙박하고 일부는 야영하며 경전을 외었다. 칼춤은
점점 체계를 잡아가고 있었다.

시호 시호 이내 시호, 부재래지 시호로다
만세일세 장부로서, 오만년지 시호로다
용천검 드는 칼을, 아니 쓰고 어이하리
좋을시고 좋을시고, 이내 시호 좋을시고

4·4, 4·4조 또는 3·4, 4·4조의 칼노래는 벌써 교도들의 웅지와
봉기의 의지가 담겨, 실질적으로는 가장 많이 불리고 동학교도가 가
장 좋아하는 노래였다. 지식이 많은 교도는 한문으로 된 《동경대전》
의 〈포덕문〉〈논학문〉〈수덕문〉 등을 많이 읽지만 대다수의 교도들
은 박자가 맞는 한글체 운문 《용담유사》를 합창하였다. 용담유사 〈교
훈가〉의 합창이 장내리를 울러 퍼진다.

왈이자질아해들아 경수차서하엿어라 너희도이세상에 효행으로생
겨나서
한울님이사람낼때 녹없이는아니내네 우리라무슨팔자 그다지기험
할고

유도불도누천년에 운이역시다햇든가 억조창생많은사람 내가어찌 받앗으며…

교훈가를 합창하던 교도들은 목이 메어 감격을 이기지 못한다. 경전소리는 감정이 가미되며 더 애끓는 곡조가 되어간다. 민가 안에서도 주문 외는 "시천주조화정 영세불망만사지"의 끝없는 반복 낭송은 분명 새 세상을 열망하는 농민의 애원이었다.

금구군수 서종화는 벌써 원평집회를 탐문하고 잔득 겁에 질려 있었다. 어떤 수를 써서라도 얼려서 해산시키는 것이 상책이라 생각하고 원평집회의 대표들을 관아로 초치하였다. 삼십 여명의 교도들이 금구관아로 몰려가자 서종화는 술과 음식을 충분히 공급하며 해산하기를 종용하였다.

"그대들의 뜻은 보내준 통유문을 읽고 벌써 충분히 알았으니 이제 그만 해산해 주시기 바랍니다."

"나라님의 말씀도 지켜지지 않은 판국에 일개 지방수령의 구두약속을 어찌 믿는단 말이오. 만약 약속을 지킬 의향이 있으시면 서면으로 우리의 천도를 인정하고, 우리와 같이 척왜양창의하고, 무명잡세를 걷지 않겠다는 것을 약속하고, 현재 억울하게 잡혀 있는 교도들을 모조리 풀어주시오."

군수 서종화의 말을 금시 받아치는 사람의 눈에서는 불이 튀고 있었다. 그가 동학의 거두 김개남이란 것을 알고 군수 서종화는 더욱 오금이 저렸다.

"문서로 함부로 약속을 했다가는 말썽이 날 염려가 있으니 일단 해산해 주시면 최대한 노력을 하겠습니다."

"그런 들으나 마나한 말을 들으러 여기까지 온 것이 아니요. 잘 먹고 갑니다."

김개남의 우레와 같은 한마디에 군수는 그만 넋을 잃고 바라만 보았다.

전봉준과 신영식과 김인배는 이번에는 밀양으로 발걸음을 옮기기로 하였다. 하삼도가 일시에 일어난다는 것을 알릴 필요가 있었기 때문이다. 김인배의 연락을 받고 나온 밀양접주 손재열과 교도들은 기다렸다는 듯이 이들을 반긴다.

"이곳에도 관리의 침탈이 아주 심합니다. 이대로 있다가는 동학은 뿌리가 뽑히고 농민은 더 도탄에 빠질 것이 뻔합니다. 일어서야 합니다."

이렇게 하여 밀양에서도 큰 집회를 열기로 하였다. 밀양강가 드넓은 모래사장에는 어느덧 청의장삼 입은 검무패의 박달나무 목검 부딪치는 소리가 들판을 울렸으며 두레패들의 신명나는 한 마당이 어우러지고 있었다. 인근 마을까지 이어진 인파는 3만을 헤아리고 있었다. 〈안심가〉에서 최제우가 득도하는 장면과 한울님이 직접 하시는 말씀대로 영부(부적)를 그려 살라먹고 선풍도골이 되는 장면에서는 눈물을 흘리며 감계무량하고 있었다.

공중에서웨는소리 물구물공하얏어라 호천금궐상제님을 네가어찌

알까보냐

초야에묻힌인생 일이될줄알앗던가 개벽시국초일을 만지장서내리시고

십이제국다바리고 아국운수먼저하네.

한울님하신말슴 지각없는인생들아 삼신산불사약을 사람마다볼가보냐

미련한이인생아 네가다시그려내서 그릇안에살라두고 냉수일배떠다가서

일장탐복하엿어라 이말슴들은후에 바삐한장그러내여 물에타서먹어보니

무성무취맛이없고 무자미지특심이라 그럭저럭먹은부가 수백장이되엿더라

칠팔삭지내나니 가는몸이굵어지고 검든낯이히여지네 어화세상사람들아

선풍도골내안인가 좋을시구좋을시구 이내신명좋을시구

도인들은, 최제우가 득도하는 장면이 나오자 목멘 소리로 몸을 떨며 낭송한다. 이곳은 또 장구소리와 밀양아리랑에 맞추어 두둥실 춤사위가 더해진다.

날 좀 보소, 날 좀 보소, 날 좀 보소, 동지섣달 꽃 본 듯이 날 좀 보소

아리아리랑, 쓰리쓰리랑 아라리가 났네, 아리랑 고개로 날 넘겨
주소
정든님 오셨는데 인사를 못해, 행주치마 입에 물고 입만 벙긋

밀양에서도 보은이나 원평 처럼 경 읽는 소리, 주문 외는 소리가
통일되고 있었고 은은히 하늘에 진동하는 주문 소리도 모두가 같은
분위기를 자아내고 있었다. 어느덧 동학 농민운동은 통일된 행동으
로 요원의 불길이 되어 번져나가고 있었다.

고부의 하늘에 드리운 먹구름

조선팔도의 동학도들이 보은, 원평, 밀양에서 대규모 집회를 열고 있다는 소식을 접한 조정에서는 함원전에서 차대(次對. 매달 여섯 차례씩 정기적으로 모이는 임금과 신하의 정무회의)를 열고 있었다. 임금은 뭇 대신들을 향해 하문한다.

"지금 동학의 세가 창궐하여 하삼도에서 대규모 취회를 하고 있다니 이를 어찌하면 좋을지 의견을 말씀해 보세요."

좌의정 조병세가 대답한다.

"세가 더 이상 확대하지 못하도록 하루 빨리 진무하는 것이 상책이라고 생각합니다."

"그들의 세가 무거불측하여 충청병영의 병정으로는 진무할 힘이 없다고 생각되오. 그렇다고 경병을 파견하면 경사가 비게 되니 그것

또한 문제가 아닐 수 없소. 청의 군사를 빌어 서치(鋤治)하자는 설이 있는데 거기에 대한 경들의 생각은 어떠하오."

이에 영의정 심순택이 즉시 받아서 대답한다.

"그것은 불가하옵니다. 만약 청병을 빌어 서치하면 비도들은 조정에 대하여 더 큰 불만을 품을 것이며, 조선 내 외국공관에서도 우리의 조정을 얕잡아 볼 것입니다. 먼저 우리가 양호선무사를 파견하여 효유하는 것이 타당하다고 생각하옵니다." 함원전의 모든 대신들도 그 말에 동의하듯 고개를 끄덕이는 자가 많다.

"알았소. 그러면 어떤 인물이 선무사로 타당하다고 생각하오?"

우의정 정범조가 제법 타당한 계략을 진술하듯 낭랑한 목소리로 아뢰인다.

"거기에 적합한 인물이 있습니다. 어윤중은 일찍이 서북경략사, 일본시찰단을 거치고 병조, 호조의 중임을 두루 경험했으며 지금 동학도들이 취회하는 충청도 보은이 고향이며 전라도 암행어사를 거쳤으므로 거기에 합당한 인물이라고 사료되옵니다."

그러나 정범조의 간언은 실은 고종이 어윤중을 신임하고 있다는 것을 잘 알기 때문에 선수를 친 간교함이 숨어 있었다. 그렇게 해서 어윤중을 급히 양호선무사로 차하하기로 결정을 내렸다.

왕은 차대가 끝난 직후, 비밀리에 호조참판 박제순(후에 을사 5적)을 청의 총리교섭통상사의 위안스카이에게 보내서 훗일을 위하여 청병 차용문제의 운을 떼어보라 하였다. 위안스카이는 거만스럽게 마치 자기 신하를 대하듯이 박제순을 노려보며 말했다.

"참으로 한심스럽구만. 그 까짓 비도들 몇 만을 진압할 힘이 없어 상국의 병력을 차용하자는 말까지 나온단 말이오? 꼭 필요하다면 상국이 나서서 당장 쓸어버릴 수도 있지만, 먼저 이렇게 하도록 당신네 왕에게 이르시오. 경병과 강화병 천 명을 인솔하고 가서 무유(撫諭)하되 거괴는 주살하고 나머지 항거하는 자가 있으면 보급 노선을 끊으면 된다고요."

위안스카이는 이렇게 일러주고 급히 북양대신 이홍장에게 타전하여 조선내부의 돌아가는 상황을 상세히 보고하고 청군의 파병이 있을 수 있다는 것을 미리서 운을 떼어놓았다.

어윤중은 일단 선무사로 파견이 결정 났으나 실질적으로 동원할 수 있는 병력은 청주병영과 전라감영을 합하여 불과 100명 정도라는 것을 알고 있었기 때문에 강온양면을 구사하려고 계획을 짰다. 어윤중은 공주영장 이승원, 보은군수 이중익, 순영군관 이주덕 등을 거느리고 속리면 장내리 집회장소에 국왕의 효유문을 전하고 면담을 제의하였다. 교도들은 만약을 위하여 해월 최시형은 상주로 피신시키고, 자기들의 의중을 문서로 작성하여 문장초건을 올리고, 창의유생으로 이름을 올린 손병희, 서병학, 허연, 이중창, 이희인, 조재하, 이근풍의 7인이 면담에 응했다.

"그대들의 뜻은 문장초건을 읽고 잘 알았소. 그대로 조정에 올릴 것이니 그리 아시오. 먼저 말하건대, 만에 하나 서쪽으로 올라가 한양을 경동시켜서는 절대 안 되니 그 점 각별히 유의 하시오."

"저희들도 선왕조에서 화육한 적자로서 삼강오륜과 화이의 분별을 알고 있습니다. 그런데 우리가 창의하여 왜양을 물리치고자 하는 것이 무슨 큰 죄라고, 같이 힘을 합하여 일을 도모하지는 못할망정 우리를 잡아 가두고 쓸어내리려고만 하는지 그 연유를 알지 못하겠습니다."

어윤중의 질문에 거침없이 대답하는 자는 강경론자 서병학이었다. 어윤중은 말한다.

"척왜양은 함부로 거론할 문제가 아닐 뿐만 아니라 잘못하다가는 큰 분란을 일으킬 소지가 있어요. 조정대신들이 의견을 모아 최선을 다하고 있으니 백성된 자로서 조정에 심려를 끼쳐서는 안 될 것이오."

이번에는 실질적 북접의 실권자 손병희가 당당히 의견을 피력한다.

"그보다도 먼저, 방백수령들이 동학교인을 비류로 여기어 침탈 학대함이 극에 달하고 있습니다. 때문에 지금 갑자기 해산한다면 사람들이 반드시 우리들을 비류로 인정하게 될 것이며, 그렇게 되면 우리는 신분을 보전할 길이 없게 되므로 조정에서 우리를 적자로만 인정해 준다면 당장에라도 해산하겠습니다."

"알았소. 내 주상전하께 여러분의 뜻을 전하고 윤음을 받아오도록 하겠소."

어윤중은 이 사실을 급히 조정에 보고하였는데, 그 보고문 안에 동학당을 '민당(民黨)'이라고 호칭한 것이 특이했다. 조정에서는 이 사실을 알고 즉시 윤음을 선무사에게 내려 보내줌과 동시에 뒤늦게 친군창대 4백 명과 포대 2백 명을 청주목으로 내려 보냈다.

어윤중은 국왕의 두 번째 효유문을 지참하고 장내리로 들어갔다. 효유문의 내용은 이전 것과 대동소이하였으나 "너희들의 충정을 잘 알고 있다."는 말과 지방수령들과 관속들의 침탈을 이미 알고 있다고 한 점, 해산하면 빼앗겼던 토지와 재산을 돌려주겠다고 한 내용이 있자 북접에서는 해산하는 쪽으로 의견이 모아졌다. 어윤중은 구두로 "조정에서도 동학교도들이 적자임을 인정하였다."는 점을 강조하고, 충청감사 조병식을 파직하고 영장 윤영기를 정죄하겠다고 약속하며 3일내에 해산해 달라고 종용하였다. 이렇게 하여 20여 일간 계속되던 보은집회는 정면충돌을 피하고 원만히 해산하게 되었다.

보은 교도들의 해산 응답을 들은 어윤중은 즉시 전라도 원평과 경상도 밀양으로 발걸음을 옮겼다. 경상도와 전라도의 교도들도, 어윤중이 보은집회가 해산하기로 했다는 사실을 알리고 국왕의 효유문을 전달하며 해산을 종용하자 모두 순순히 따르기로 결의하였다. 비록 일부 농민은 재산을 모두 팔고 왔기 때문에 돌아갈 곳이 없다고 반발도 하였고 또 일부 농민들은 계속하여 취회에 참여하고 있었으나 대부분이 순순히 발걸음을 돌렸다. 또한 보은, 원평, 밀양 이외 순창에 모인 교도며, 상주 우복동과 호남 두류산에 모인 교도와 삼례에 따로 모였던 교도, 그리고 지례 삼도봉, 진주 덕산, 안양 등지의 교도들도 소식을 듣고 일단 해산하기로 하고 귀가하기 시작하였다. 전봉준, 손화중, 김개남, 김덕명, 최경선도 일단 피신하거나 고향으로 돌아갔다.

조정에서는 청나라의 군대를 함부로 부를 수 없음을 알고, 먼저 임시방편으로 군대조직을 개편하기로 하였다. 먼저 총리영을 신설하여 서울수비를 책임 맡게 하였다. 또한 강화도 주둔군과 청주병영의 군대를 개편하여 서울 외곽인 경기도 일대의 경비를 담당하게 하였다. 동시에 평양 주둔 병사들을 불러와서 경기도 남부지역인 용인, 수원, 안성, 광주 등지를 책임 맡게 하였다. 가장 위험한 전라도 지역에는 새로이 전주에 무남영을 신설하여 정규군 3백 명과 잡군 4백, 합계 7백 명의 병력을 배치하였다. 무남영의 비용은 전라도의 모든 고을에 결세(세미) 1백분의 1을 더 수렴하여 충당하기로 하였다. 또한 각지 경비대의 비용도 종이세, 대나무세, 소금세, 어업세 등 잡세에 더해지니 백성들의 부담은 늘어나고 원성도 더해질 수밖에 없었다.

그런데 진짜 사건은 전봉준이 원평집회를 끝내고 고부로 돌아온 후, 전 해에 부임했던 군수 조병갑(충청감사 조병식과는 별개)과의 사이에서 사단이 일어나고 말았다. 조병갑은 죽은 영의정 조두순의 조카이며, 조대비와도 먼 조카뻘이 되는 동아줄 같은 밧줄을 잡고 있는 자였다.

조선조 후기의 지방수령들은 과기(임기)는 허울뿐이요, 언제 자리가 교체될지 모르는 처지이기 때문에 임지에 도착하자마자 이방과 머리를 맞대고 계략을 짜내 착복을 하여야 했다. 조병갑도 조대비 쪽으로 2만량이란 거금을 상납하고 내려왔으며 계속하여 문족에게 상납을 하여야 했으므로 먼저 급히 본전을 뽑기 위하여 갖은 수단과 방법을 가리지 않고 있었다.

고부는 전라도 53읍 중에서도 으뜸으로 꼽히는 노란 자위였다. 고부에는 동진강의 지류인 정읍천이 흐르고 있었으며 배들평야, 수금평야, 달천평야가 질펀히 펼쳐져 있는 곡창지대였다. 고부는 28개의 촌락으로 이루어져 있는데, 서울로 가는 상납액은 줄포에 있는 세고(稅庫)에 저장했다가 운송하고 있었다.

조병갑은 맨 먼저 부모에 불효한 자, 친지와 불화한 자, 투전을 한 자, 싸움박질 하고 돌아다닌 자, 어른 공경을 하지 않은 자, 대로에서 소피를 누는 자 등을 모조리 잡아들여 벌금을 물리고, 황무지에까지 세금을 매기는 백지징세를 하여 2만량의 본전은 겨우 뽑아냈다. 그리고는 새로운 먹잇감을 계속 만들어내야만 했다.

"이방! 도대체 이런 식으로 해서 뭘 얼마나 걷겠다는 것이오. 좀 더 큰 것을 생각해 내야지 큰 것을."

"네, 사또. 염려 마십시오. 방법은 얼마든지 있습니다. 보를 새로 쌓는 일도 있고요, 황무지를 개간하는 일도 있고요, 대동미를 거둬들일 때 따로 재지를 더할 수도 있고요, 양전를 새로 할 수도 있고요…."

"알았어요. 알았어요. 말만 그러지 말고, 그럼 먼저 당장 보를 쌓는 것부터 시작합시다."

조병갑의 짜증 섞인 채근에 이방 피제봉은 그런 일이라면 자기가 바로 꾀주머니라고 사설을 늘어놓는다. 그야 이방도 바로 그것을 바라는 바였다. 조선조는 수령뿐만 아니라 이속들도 정해진 봉록이 없기 때문에 양안에서 빠진 토지나 세수 이외의 수입에만 관심이 집중되어 있었다.

원래 고부군을 관통하고 있는 동진강의 배들평야에는 이미 팔왕보가 있어서 가뭄이 들어도 별 탈 없이 잘 견디어냈다. 그래서 팔왕보를 일명 만석보라고도 하였다. 그런데 조병갑은 이방과 머리를 짜내뜬금없이 만석보가 너무 오래 됐다면서 그 하류에 다른 보를 쌓게 한 것이다. 이 보의 신축은 처음부터 문제를 안고 있었다. 우선 보를 쌓는데 무상으로 노동력을 동원했을 뿐만 아니라, 공사에 필요한 말목을 마련하기 위해서 수백 년 묵은 토호들의 선산에서 소나무를 마구 벌채하였다. 이 보의 축조는 처음부터 세를 부과하기 위한 것이었기 때문에 백성들의 필요여하와는 별무관계였고 실제는 오히려 농민들에게 해로운 것이었다. 보가 완성된 후에는 홍수가 지면 물이 빨리 빠져 나가지 못해서 배들평야가 물바다가 되었다. 그런데도 이 보에서 물을 대는 농토는 상답에 마지기당 두 말을, 하답에 마지기당 한 말을 받아내서 벌써 첫 해에 700여 섬을 거둬들였다.

그 다음으로는 만경평야의 진결(미개간지)을 개간하는 것이었다. 당시 만경평야의 진결의 비율은 3할이나 되었다. 원래 진결을 개간하면 일정기간동안 면세해 주는 것이 통례였다. 전에 김창석이 김제, 금구, 전주, 부안, 태인, 임피, 옥구 등 7개 읍의 균전사로 있을 때도 이 지역의 진전을 개간하고 3년간 면세혜택을 준 적이 있었다. 그런데 조병갑은 무료 노동력을 동원하여 진전 개간을 끝냈고 추수기가 되자 만경평야는 대풍년을 맞이하였다. 그러나 면세는커녕 다른 논과 똑 같이 수세를 시작하였다.

엎친 데 덮친 격으로 또 이 지역에는 궁방토가 많았다. 왕궁 소속의 궁방토가 많다는 것은 농민의 경작지가 줄어든다는 것을 말하며 세가 늘어난다는 것을 말하는 것이었다. 궁방토 분의 수세 액이 다른 토지에 분배되었으며 거기에 따른 인력의 부역도 면제되기 때문에 노동력도 더 많이 동원되었다. 전에 균전사 김창석의 관할지역 안에만 3천여 마지기의 궁방토가 존재하고 있었다.

또 조병갑은 대동미(공물을 쌀로 대납)에서 막대한 이익을 내고 있었다. 농민들에게 받을 때는 가장 좋은 정백미로 받아들이고 정부의 창고에는 가장 하등품인 녹미를 보내고 있었다. 거기에 부가하여 전운비가 추가되었다. 전운사 조필영은 거두어들인 쌀이 건조하여 양이 줄어들었기 때문에 한 가마니 당 3-4말을 더 거둬들이고 있었다. 더구나 조필영은 조병갑과 가까운 친척관계였으므로 둘이 이익을 분배한 것은 말할 나위도 없었다.

또한 조병갑은 자기 아버지 비각을 세운다는 명목으로 농민들을 수탈하였다. 조병갑의 아버지 조규순은 태인 군수를 역임한 바 있는데 선치(善治)를 했기 때문에 비각을 세워야 한다는 것이었다. 비각 명목으로 거둬들인 돈이 1천 냥에 이르렀으나 고부민으로서는 전혀 납득할 수 없는 것이었다.

이 무렵 조병갑은 모친상을 당하였다. 이방 피제봉이 주동이 되어 고부민에게 2천 냥을 걷기로 하였다. 이를 고부 향교의 장의인 김성천과 전 장의 전창혁에게 수금을 의뢰하였다. 그러나 이것은 전창혁의 강력한 반대로 수포로 돌아갔다. 전창혁은 바로 전봉준의 아버지로서 성품이 강직하고 올발라 뭇 사람의 존경을 받는 인물이었다.

"조병갑의 정사는 고부민이 바라는 바가 아니요, 그의 어미는 신분이 낮은 기생출신인데 부의는 무슨 부의란 말인가?"

이 말이 조병갑의 귀에 들어가 절치부심하고 있는데 고부 백성들의 등소(等訴. 관아에 호소함)가 들어왔다. 등소하는 데는 항상 장두(狀頭. 첫 번째 이름을 쓴 자)가 있기 마련인데, 장두에 전창혁의 이름이 올랐고 이어서 김도삼, 정일서의 이름이 올랐다. 1차 등소에는 40여 명이, 2차 등소에는 60여 명이 고부 관아로 몰려갔다. 조병갑은 이방 피제봉을 보고 눈을 부라렸다.

"이번에도 장두가 전창혁이오?"

"그러하옵니다. 등소는 그의 아들 전봉준이 작성하였다 합니다."

"음, 고얀 놈의 집구석이로구나. 내 결코 그놈들을 가만히 두지 않겠다. 일단 등소랍시고 온 놈들은 모두 몽둥이찜질을 하여 내 쫓고 장두로 올린 세 놈은 잡아서 감옥에 가두시오."

졸개들은 무차별적으로 등소한 농민들을 육모방망이로 쳐서 해산시키고 세 사람은 하옥시켰다. 세 사람은 국법을 어긴 중죄인으로 취급하여 모진 고문을 가한 후에 관례에 따라서 전라감영으로 이송하였다. 전라감영에서는 이들에게 엄한 죄목을 씌워 형벌을 가한 후에 더 자세한 죄목을 조사하라는 단서를 달아 고부관아로 내려 보냈다. 고부관아에서는 다시 이들을 모진 곤장으로 다스리고 죄목을 만드는 동안 일단 석방하였다.

곤장을 맞아 장독이 오른 전창혁은 고부 서부면 죽산리 송두호의 집으로 옮겨 치료를 받았다. 송두호는 이 마을의 부호였을 뿐만 아니라 동학에 가입하여 항상 동학 지도부와 행동을 같이 하였고 그 비용도 감당하여 주던 사람이다. 개인적으로 평소에 전창혁을 따르던 사람이었고 그의 올곧은 성품을 존경하던 사람이었다. 그러나 백약이 무효로 전창혁은 드디어 숨을 거두고 말았다.

전창혁의 시신을 엎고 조소리 전봉준의 집으로 들어선 것은 신영식이었다. 벽송댁도 시신을 받쳐 들고 울며 마을 사람들과 함께 들어서고 있었다. 벽송댁의 울부짖는 소리에 전봉준은 맨발로 허겁지겁 뛰어나왔다.

"전 선생님! 아버님이…"

"뭐요? 아아, 아버지! 아버지!"

전봉준은 마루에 누워있는 아버지를 향해 사자가 포효하듯 울부짖었다. 신영식과 벽송댁이 장에 갔다 오다가 소식을 듣고 맨 먼저 달려가 들쳐 엎고 전봉준의 집으로 들어온 것이다. 어느덧 마당에는 동네 사람들이 인산인해를 이루었다. 양간다리 사람들도 소식을 듣고 많이 달려왔다. 손화중과 김개남도 소식을 듣고 한참 후에 득달같이 달려와서 의미 있는 눈초리로 전봉준을 위로한다. 의기 있는 들사람들은 모두 전봉준의 곁에 서서 눈인사로 무엇인가를 다짐하고 있었다. 전봉준은 사회를 개혁해야 한다는 평소의 신념에 복수심까지 더해짐으로써 봉기의 의지가 활활 불붙고 있는 것이 눈에 보이는 듯하였다. 일찍이 봉기의 뜻을 가진 사람들은 전봉준에게는 안 됐지만 차라리 좋은 기회라 생각하기에 이르렀다. 그렇지 않아도 농민군 두령을 뽑는다면 전봉준 밖에 없는데 전봉준한테 이런 일이 일어났으니 자동적으로 두령은 정해진 셈이었다.

계사년(1893)이 저물어 가는 어느 진눈깨비 흩날리는 겨울 날, 이 날은 회색 구름이 하늘을 뒤덮어 먼 하늘에서 눈발을 땅으로 세차게 흩뿌리고 있었다. 들 사나이들이 하나 둘씩 죽산리 송두호의 집으로 잠입하고 있었다. 죽산리는 평야이긴 하지만 마을이 낮은 산으로 둘러있어서 다른 마을사람들의 눈에 잘 띄지 않은 아늑한 곳이었다. 모인 교도들은 고부뿐만 아니라 부안, 고창, 정읍 등지의 사람이 망라되었다. 그들은 송두호의 큰 방 안에서 모두 결연한 표정을 하고 누구의 일언지하를 기다리고 있었다. 방 한 가운데는 커다란 화선지가 펼쳐져 있고 그 화선지 한 복판에 큼지막한 사발이 하나 놓여 있다. 사발통문을 작성하기 위한 것이었다. 예부터 상소를 하거나 거사를 할 때, 또는 역적모의를 할 때는 주모자가 누구인지 알지 못하도록 사발로 동그라미를 그리고 그 밖에 돌아가며 무작위로 이름을 기입하였다. 가장 나이가 많고 좌장격인 송두호(64세)가 입을 연다.

"도인들! 오늘의 모임은 그 동안 몇 차례 운집하여 결정한 바를 실천에 옮기자는 것이오. 지금이라도 기명을 꺼리는 분이 계시면 돌아가도 좋소."

이 말에 아무도 돌아가려는 사람이 없을 뿐만 아니라 그들의 표정은 더욱 굳건해졌다. 모두 전봉준(38세)이 발언해 주기를 기다리며 입을 다물고 있다. 전봉준은 좌중을 한 번 훑어보고 천천히 입을 연다.

"오늘의 결의는 우리 조선의 역사를 바꾸려는 거사입니다. 우리의 뒤에는 육백만 조선인민이 지켜보고 있다는 것을 잊지 말기 바라오. 단 개인적인 감정이나 원한을 앞세워서는 결코 큰일을 달성할 수 없을 것입니다. 그 동안 우리가 토론해 오던 내용을 정리하여 최경선 (34세) 도인께서 발표해 주겠습니다."

"우리의 거사 목표를 발표하겠습니다. 하나, 고부성을 격파하고 군수 조병갑의 머리를 베어 걸어둘 것. 하나, 군기창과 화약고를 점령할 것. 하나, 군수에게 아첨하여 인민을 침탈한 탐관오리를 쳐서 징계할 것. 하나, 전주감영을 함락하고 서울로 직행할 것. 이상 네 가지 입니다."

주위는 물을 끼얹은 듯이 조용했다. 생각하면 사지가 벌벌 떨릴 일이었으나 무서워 떠는 자도 없을 뿐더러 오히려 모두의 눈에서는 불꽃이 튀고 있었다. 전봉준이 다시 의외의 발언을 한다.

"오늘 사발통문에는 몇 명이 빠졌으면 합니다. 물론 만일을 위해서 이르는 말씀입니다만 여기 전 인원이 서명하면 만에 하나 일이 잘못되었을 때 후일을 기약하기 어렵습니다. 그래서 연락을 맡을 신영식은 기명을 하지 말았으면 좋겠고, 손화중 접주와 김개남 접주는 큰 조직과 영향력이 있으니 훗일을 위하여 오늘은 기명을 안 했으면 좋겠소."

전봉준이 특별히 신영식을 빼놓은 것은 개인 호위뿐 만아니라 대원군과의 연락을 마음에 두고 취한 조치였다. 의외의 의견이었으나 모두 수긍하는 태도였고, 손화중, 김개남도,

"전 접주의 의견이 그렇다면 따르겠소."

"더 큰 임무를 준 것으로 알고 전 접주의 뜻에 따르겠소."

둘이는 얼굴을 마주하고 주먹을 부르쥔다. 말이 끝나자 전봉준이 맨 먼저 '전봉준(全琫準)' 이름 석 자를 천천히, 그러면서도 똑똑히 알아볼 수 있게 정자로 필사한다. 다음으로 송두호가 날아갈듯 능숙한 필치로 이름을 기입한다. 다음은 최경선, 손여옥, 김도삼, 송대화, 김응칠…모두 20명이 차례로 이름을 적어 넣었다. 이 중 총참모는 송두호가 맡고, 행동대장을 전봉준이 맡기로 즉석에서 결의하였다. 그런데 이 안에는 아직 청소년기의 인원이 두 명이 들어가 있다. 이문형(18세)과 송국섭(14세)이었다. 청소년이나 동몽이 해야 할 일이 따로 있기 때문에 아주 요긴한 데에 필요한 인물이었다.

사발통문이 작성된 후로 무장의 동음치 당상리의 송문수 집에 많은 사람들이 모여 후속회의를 열고 있었다. 이 자리에는 전봉준과 손화중, 김성칠, 정백현, 김흥섭 등이 참석하였다. 이날 참석한 정백현과 김흥섭은 훗날 각각 전봉준의 비서와 수행원으로 활동하던 청년들이다. 그 다음 회의는 동음치의 신촌리 김응의 집에서 가졌다. 여기서는 더 구체적인 계획과 행동을 정하였다. 이날 회의는 김개남과 서장옥, 김덕명, 임천서, 강경중 등 지도자들이 참석하였다. 기포는 정월 대보름 풍물놀이를 이용하자고 하였다.

그 때 마침 조병갑은 익산군수로 전임되어 고부를 떠나게 되었다. 조병갑은 즉시 전라감영을 찾아가 감사 김문현에게 유임을 간청하였다. 김문현은 조병갑으로부터 받아먹은 것이 있고 조병갑의 배경을 잘 알고 있는 사이이기 때문에 후임으로 온 이은용을 불러 군수 직을 사임하도록 압력을 가하였다. 그리고 이은용을 안악 군수로 이임시키는 데는 성공하였으나 연이어 이은용의 후임으로 신좌묵이, 그 후임으로 하긍일이, 그 후임으로 박희성이, 그 후임으로 강인철 등 불과 한 달 열흘 만에 6명이 매관매직으로 임명을 받아 왔으나 김문현과 조병갑 배후 인물의 압력으로 모두 신병을 핑계로 사임하게 만든다.

지방수령의 인사고과를 책임 맡은 감사 김문현은 조병갑을 위해 "많은 포흠(逋欠. 국세에 손실이 난 것)을 보충하기 위하여 마침 조세를 거둬들이고 있는데 지금 다른 읍으로 전임하면 많은 착오가 있을 수 있습니다."하는 이유를 들어 군수 연임을 상신하였고, 왕은 그 말에 일리가 있다고 윤허함으로써 조병갑의 연임은 현실로 이루어 졌다. 조병갑은 익산군수로 전임 받은 지 한 달이 조금 지난 후에 다시 고부군수로 복직하는데 성공한 것이다. 물론 조병갑은 고부를 떠나지도 않고 그 자리에 앉아서 복직운동에만 전력했던 것이다.

연초가 되면 시골에서는 두레패들이 마을의 각 집을 돌며 액땜을 한다고 한 집안을 한 바퀴 돌고 마당에서 한참 지신밟기 풍물놀이를 하다가 나가서 다른 집으로 옮기고 또 다른 마을로 가곤 하였다. 이런 놀이는 여러 날 계속되었다. 이들을 두레꾼, 걸립패 또는 걸군이라고도 하였다. 전봉준은 죽산리 사발통문 서명자들을 비밀리에 불러 풍물놀이의 마지막 코스인 예동 당산굿을 계기로 결행하기로 했다. 예동 마을은 바로 그 원성 높은 만석보의 옆 마을로서 보세를 비롯한 관리의 수탈이 아주 심한 지역이었다. 정월 열하루에서부터 대보름 전야까지 15개 마을을 돌며 거사를 예시하였다. 풍물놀이를 한 15개 마을 이외의 마을까지 연락이 되어 1만여 명의 백성들이 모여들었다. 삼례집회나 원당집회 때보다도 사뭇 심각한 표정들을 하고 있었다.

밤을 새워 당산굿이 벌어지고 있는 예동의 당산나무 아래서 굿이 절정에 이르렀을 때, 훨훨 타는 모닥불 앞에 전봉준이 창검을 들고 머리에 흰 띠를 질근 동여매고 결연한 모습으로 나타냈다. 모두는 징, 꽹과리 소리를 멈추고 일제히 전봉준을 바라본다.

"동지들, 이제 우리가 해야 할 일을 여러분은 잘 알고 계시리라 믿습니다. 그것은 군수 조병갑을 우리의 힘으로 퇴치하여야 합니다. 그가 익산 군주로 전임되었으나 감사 김문현과 합작하여 다시 복직되었습니다. 그의 수탈은 계속되게 되어 있습니다. 이곳 예동은 저 원성 높은 만석보가 있는 곳입니다. 삼남의 곡창인 고부가 각종 수탈로 인하여 각 가정이 바닥이 났다는 것을 잘 알고 있습니다. 고부관아를 격파하고 조병갑을 죽여서 목을 베어 말목장터에 걸어둡시다."

"옳소!"

"와! 와!"

전봉준은 먼저 이들 가운데서 장정을 가려내고 부인과 노인, 아이들은 집으로 돌려보냈다. 그리고는 각 마을마다 5명씩을 뽑아 그 마을 사람을 통솔하게 하였다. 하송리를 지나면서 모두 그곳의 무성한 대나무밭으로 들어가 대나무를 베어내 죽창을 만들어 무장하였다.

행동에 참여한 농민은 모두 전봉준처럼 머리에 흰 띠를 질끈 동여 메었다.

시간을 너무 오래 끌면 안 되기 때문에 농민군을 두 패로 나누어 득달같이 고부관아를 습격하였다. 그러나 조병갑은 벌써 이상한 낌새를 눈치체고 미리 피신하고 없었다. 조병갑은 관아의 서리 은씨 집에 숨어 있다가 밤이 되자 순창을 거쳐 전주감영으로 도망하였다. 전봉준은 다시 군중 앞에 섰다.

"여러분! 관속 중에서도 군수와 부화 내동하여 백성을 침탈한 자는 똑 같이 처단하여야 합니다. 일단 군기고를 부셔서 총과 창, 탄약을 거두어 무장하십시다. 무기가 부족한 자가 있으면 다시 청죽을 베어 죽창을 만드시기 바랍니다. 옥문을 열어서 원통히 갇힌 농민을 석방하고 창고를 열어서 빈민을 구휼해야 합니다. 그리고 오늘 거사에 참여한 군사들은 충분한 음식을 드시고 오늘만큼은 음주를 하여도 좋습니다."

고부관아의 마당에서는 두레패들의 한바탕 신바람 나는 풍물놀이가 돌아갔다. 모두 거나하게 먹고 춤을 덩실덩실 추었다. 그러나 놀랄 만큼 질서가 정연하였고 허튼 짓을 하는 사람은 하나도 없었다. 가히 훗날 동학농민혁명군으로서의 자질을 다분히 갖추고 있었다.

날이 밝자 전봉준은 거사에 참여한 군사들을 말목장터로 이동하라고 지시하였다. 말목장터는 예동 위에 자리 잡고 있으며 교통의 요지여서 봉기의 본부로 삼으려는 계획이었다. 전봉준은 말목장터에 도착하자 큼직한 기와집을 골라 장두청(狀頭廳. 등소의 사무를 보는 곳)

이란 간판을 내걸고 집 안에 큰 방을 대장소라 쓰고 자기의 집무실로 삼았다. 전봉준의 곁에는 신영식과 무장청년 정백현과 김흥섭이 그림자처럼 호위하였다.

장두청의 마당이나 주위는 횃불을 밝혀놓아 대낮같이 밝았다. 전봉준은 정백현의 책임 하에 자기와 개인적인 친분이 있는 사람으로 장두청의 사무를 보라하고 억울한 사정이나 관아에 전달하고 싶은 말, 지금까지의 부정 사례들을 모조리 접수하라 하였다. 그리고는 신영식을 대장소로 불러서 단둘이 앉았다.

"너는 급히 서울을 다녀와야 할 일이 있다."

"서울을요? 무슨 일이신지"

"서울에 가서 대원위 대감을 만나야 한다."

"저는 서울은 한 번도 가 본 적이 없습니다. 뿐만 아니라 그렇게 중요한 문제를 제가 할 수 있을까요?"

"너는 할 수 있다. 서울에 가서 먼저 무당마을에 사는 박성남을 찾아가거라. 박성남은 전에 당촌에 살았던 분이다. 그가 너를 운현궁으로 안내할 것이다. 너는 몸에 아무 것도 지니지 말고 내 수결만 가지고 가면 된다. 그러면 대원위 대감께서 내가 보낸 사람이란 것을 알 것이니, 너는 고부관아를 격파할 때까지의 과정을 상세히 말로 설명하고, 빠른 시일 안에 전주성을 점령할 것이고, 적당한 시기에 서울로 진격할 것이라고 일러라."

"선생님의 지시라면 무엇이나 따르겠습니다. 저에게 그런 중책을 주셔서 감사합니다. 반드시 일을 착오 없이 해 내겠습니다."

신영식이 떠나고 얼마 되지 않았는데 밖이 갑자기 떠들썩하였다. 전봉준이 나가 보니 농민들이 웬 낯선 남자를 5명이나 꽁꽁 묶어서 끌고 들어와서 마당에 꿇어앉힌다.

"우리를 염탐하러 온 간자들입니다. 당장 목을 베어야 합니다. 여러 명이 왔는데 다 놓치고 다섯 명만 겨우 잡았습니다."

전봉준이 그들을 자세히 보니 분명히 농민은 아니었다. 어디 군졸임에 틀림없었다.

"너희들이 바른 말을 하면 혹 살 수 있으나 거짓말을 하면 반드시 죽으리라."

"살려 주십시오. 바른 말을 하겠습니다."

"너희들은 누가 보낸 사람이고 무엇을 하는 놈들이냐?"

"저희들은 전주감영의 군졸이며 감사나리께서 보냈습니다."

"너희들을 예까지 보낸 목적이 무엇이라고 하더냐?"

"난민의 동태를 염탐하라 하였고, 주모자를 보면 먼저 발견한 사람이 격살하라 하였습니다."

농민들은 간자에게서 빼앗은 철추를 마당에 떨어뜨리며 "이런 것을 매 개인이 몸에 숨기고 있었습니다. 지금 당장 목을 쳐야 합니다." 하며 무기고에서 꺼낸 장검들을 빼들고 목을 칠 준비를 하고 있다. 전봉준은 다시 군졸들을 보며 말한다.

"너희들은 전부 몇 명이 왔느냐?"

"모두 16명이 왔습니다. 저희들만 잡히고 나머지는 모두 도망쳤습니다."

"너희들의 말에 거짓이 없는 것 같으니 목숨은 살려 주겠다. 너희들이 무슨 죄가 있겠느냐. 알고 보면 너희도 우리와 마찬가지로 핍박받는 자들이니 기회보아서 우리와 함께 행동을 하라. 단 조사할 것이 있으니 묻는 말에 성실하게 대답만 하면 며칠 후에 방면하겠다. 그러나 거짓말을 하여서는 결단코 살아 돌아가지 못할 것이다. 알았느냐?"

"네, 결코 거짓말을 하지 않겠습니다. 목숨만 살려 주십시오."

이렇게 하여 오히려 감영의 군대의 인원이며 조직, 지휘관의 이름, 내부 사정, 감사와 각 지방관과의 사이 등 아주 상세한 감영의 사정을 샅샅이 파악하게 되었다.

당시 장두청에는 대문이 달려 있었는데 그곳 출입의 암호로 왼손 손목에 노끈을 메기로 했었다. 어떤 낯선 자들이 장두청을 들어가려 하는데 모두 왼손에 노끈이 없었다. 농민군들은 서로 눈짓을 하고 일제히 "잡아라!" 소리치며 그들을 덮쳤다. 그러나 다섯 명만 잡히고 나머지는 어찌나 빨리 도망치던지 모두 놓치고 말았다.

말목장터는 전에 전봉준이 한 때 약방을 차리고 있었기 때문에 골목이나 남의 집 내부구조까지 자세히 꿰고 있었다. 말목장터 입구의 커다란 감나무 밑이 항상 집회장소가 되었다. 오늘 감나무 밑에 모인 군중의 손에는 하나같이 괭이, 삽, 소스랑 등 연장이 들려 있었다. 만석보를 헐어버리기 위해서였다.

"자, 가자!"

하는 구호와 함께 4천여 명의 군중이 일제히 만석보로 내달았다.

새로 쌓은 만석보 위에 개미떼처럼 올라붙은 농민들은

"자, 파자!"

하는 구령과 함께 일제히 보를 허물기 시작하였다. 보는 삽시간에 두 쪽의 귀퉁이가 허물어지면서 큰물 지듯이 우르르 흘러내렸고, 보는 금방 모두 연쇄적으로 허물어져 내리고 만다. "와! 와!" 고부농민들은 마음껏 소리 질렀고 그들의 한이 원 없이 후련히 풀리고 있었다. 이어서 예동의 두전마을에 쌓여 있는 보세미를 풀어 가난한 농민들에게 나누어 주었다.

농민군을 움직이려면 많은 양식이 필요했다. 그래서 전봉준은 다시 함열의 조창을 털 계획을 세웠다. 그 소식을 듣고 갓을 쓴 동네 유림들이나 마을의 집강들이 전봉준에게 달려왔다.

"함열의 조창은 안 됩니다."

"왜 그렇습니까?"

"함열은 고부 땅이 아니니 월경죄가 적용됩니다."

"월경이 무서워서야 무슨 큰일을 할 수 있겠습니까?"

"그래도 처음에는 할 수 있는 것 관아에 구실을 안 주는 것이 좋지요."

"알았습니다. 처음이니까 어르신들의 의견을 따르겠습니다."

이렇게 하여 일단 함열의 조창을 부술 계획은 접기로 했다. 그리고 5명의 군졸로부터 모든 정보를 다 빼내고는 그들을 풀어주고, 봉기 군중을 부안 해안에 있는 백산으로 옮기라 하였다. 백산에는 흙성을 쌓고 경계를 철저히 하라고 명하였다.

동진강 입구의 백산은 비록 해발 50m 밖에 안 되는 야트막한 언덕 산이지만 호남평야 한 복판에 자리 잡고 있으며 사면팔방으로 시야가 트여있어서 관군이 쳐들어온다면 멀리서부터 알아볼 수 있는 곳이었다. 말목장터도 평지이지만 산이 없어서 지형지물을 이용하기에는 백산만 못하였다.

　백산을 장기 주둔지로 정하자 속속 몰려드는 농민들을 얼마든지 수용할 수 있었다. 백산에는 또 조세를 모아두는 창고가 있었는데 당시에도 그 창고에는 4천여 섬의 쌀이 쌓여 있었다. 전봉준은 모조리 백성들에게 나누어 주라 하였다. 두전마을 보세미에 이어 이번에 다시 쌀 배급이 있자 백성들은 전 녹두가 우리를 살릴 것이라고 하더니 과연 우리를 살리는구나 하면서 모두 기뻐하였다. 전봉준의 지도력은 농민들의 절대적인 지지를 얻게 되어 다양한 세력이 합류하였음에도 불구하고 규율이 아주 엄하였다. 동원의 책임을 진 동장, 유림, 집강들도 적극 협력하였다. 지방 방백들은 무서워 벌벌 떨었으며 백성들은 드디어 난리가 났다고 쾌재를 불렀다. "났네 났네, 난리가 났네."하고 "이놈의 세상 확 뒤집어져라."하면서 모두 참여하겠다는 의지를 불태웠다.

만경평야 삼거두의 결의

고부의 봉기 소식은 삽시간에 전국에 퍼지고 조정에 치보되었다. 조병갑은 먼저 농민군을 토벌할 병사 1백 명을 달라고 감사 김문현에게 요청하였다. 그러나 김문현은 이제야 사태의 심각성을 인식하고 이를 거절하였으며 사람을 파견하여 전봉준과 직접 교섭해 보도록 하였다. 그러나 처음 보낸 수교(首校. 형리의 우두머리) 정석희는 전봉준에게서 뇌물을 먹었다는 죄목으로 금구장터에서 교수형을 당했다. 전봉준은 감영에서 파견되어 온 정석희를 오히려 1천 2백 냥을 주어 역으로 매수하여 그 쪽 정보를 낱낱이 빼내고 있었다. 두 번째 보낸 정석진은 부하 서너 명을 데리고 전봉준을 찾아와 말목장터에서 해산을 촉구하였다. 그러나 정석진이 별도로 몰래 잠입시킨 연초군(담배장사)으로 가장한 군졸들의 신원이 탄로 나자 도망을 치다가 농민군의 죽창에 찔려 죽었다.

전주 감영의 치보를 받은 조정에서는 즉시 어전회의를 열었으나, 이번 회의석상은 아직 농민군에 대하여 비도 취급은 하지 않고 있었다. 임금이 이른다.

"전주감영의 치보에 의하면 고부군의 백성이 군수 조병갑에 대하여 불만을 품고 관아를 부수고 군기를 약탈하고 많은 관물에 손상을 입혔다고 하는데 어찌된 일이요."

"조병갑을 너무 믿고 복직시킨 것이 실수인 듯하옵니다. 백성을 벌주기에 앞서 해당 관리를 먼저 벌함이 타당하다고 아뢰옵니다."

"그렇습니다. 감사 김문현과 군수 조병갑을 같이 책하심이 옳다고 아뢰옵니다."

영의정 심순택이 머리를 조아리며 아뢰자 이를 받아 좌의정 조병세가 사설을 단다. 다시 형조판서 송병서가 말을 잇는다.

"고부군수를 교체하고 안핵사(현지 조사관)를 파견하여 진무함이 옳다고 아뢰옵니다."

고종은 한참을 궁리하다가 조칙을 내린다.

"감사 김문현은 삼등을 월봉(越俸. 감봉)하고, 군수 조병갑은 압송 격식을 갖추어 잡아와 남간(南間. 주로 사형수를 가두어 두던 곳)에 수감하라."

이조판서 조동면이 임금께 아뢴다.

"고부군수의 후임으로는 용안현감 박원명이 적임자라고 생각하오며, 안핵사로는 장흥부사 김용태가 적임자일 듯합니다. 통촉하여

142

주시옵소서."

"감심(勘審. 조사)하여 그리 하도록 조처하세요. 단 민란을 다스림에는 두목 이외에는 너그러이 대하고 동시에 부정을 자행한 관리는 잡아서 같이 치죄토록 하세요."

조칙을 받고 고부군수로 임명된 박원명은 먼저 농민군을 타협적으로 대하였다. 관의 잘못을 인정하고 기본적으로 고부 백성을 달래고자 하였다. 그는 대대로 광주에서 살아 온 사람으로 자신이 가진 것이 풍족하여 비교적 청렴결백한 관리생활을 한 사람이다. 박원명은 농민군이 주둔하고 있는 백산에 글을 내려 보냈다.

나의 뜻은 백성을 편안하게 하는 데 있다. 이제부터 그대들과 이곳의 시정을 의논하고자 하니 민군 중에서 이부(吏部)이하의 자리를 선발하여 주기 바란다.

고부관아의 서리들을 농민군의 추천을 받아 채용하겠다는 파격적인 제안이었다. 또한 난민이라 하기는커녕 민군이라는 용어를 써서 농민군을 자극하지 않으려는 의도가 역력하였다. 동시에 강남 갔던 제비가 돌아온다는 삼월 삼짇날을 잡아 농민들을 불러 관아에 음식을 크게 차려놓고 대접하며 조정에서 그대들을 용서하였다고 말하고, 이제 돌아가서 농사를 짓고 생업에 힘쓰라고 타일렀다. 전봉준으로서는 오히려 좀 당황스러운 일이었다. 사회를 개혁하려던 거대한 야망이 설자리를 잃을 수도 있는 일이었다. 그렇다고 이처럼 공공연히 선정을 베풀고 나온 수령 앞에 이를 거절할 수도 없는 일이었다. 농민군들은 박원명의 태도에 만족했고 서서히 모임에서 흩어지기 시작하였다. 전봉준도 백산의 농민군을 해산하고 하는 수 없이 말목장터로 다시 돌아 왔다. 봉기군이 흩어지면 주동자는 죽는 법, 진주민란(1862) 이후 수많은 봉기를 보고 경험한 전봉준은 말목장터에서 부하 수십 명만 인솔하고 어디론가 사라졌다.

누구한테도 말하지 않았지만 무장으로 간 것이다. 무장은 전봉준이 태어난 고창 당촌 마을과 가까우며 그의 협조자인 오시영 형제들과 그의 비서 역할을 한 정백현과 수행원을 맡은 김흥섭, 그리고 무엇보다도 손화중이 거느리는 강력한 동학도의 거주지이기 때문이다. 전봉준이 사라진 뒤, 농민군들은 무기를 땅에 묻기도 하고 자기만이 아는 은밀한 장소에 숨겨두기도 하고 각각 귀가 하였다. 이렇게 하여 고부 봉기는 일단락 나게 되었다. 이렇게 끝난다면 지금까지 있었던 조선조의 수많은 하나의 민란으로 치부될 수도 있었다.

그런데 안핵사 이용태가 부임하면서 물줄기를 완전히 바꾸어 놓았다. 신관 사또 박원명과는 전혀 반대되는 정책을 펴기 시작한 것이다. 실은 전라감영에서도 농민들이 군청을 습격하고 군수를 축출한 사건을 완전히 없었던 것으로 할 수는 없다는 입장이었다. 뒤늦게 도착한 이용태는 선정을 베푸는 박원명을 꾸짖고 이 지역은 백제 부흥운동 때부터 가장 강직하고 드센 지역이기 때문에 엄히 다스려 기를 꺾어놓지 않으면 안 된다고 주장하였다. 동학이 어떤 심오한 원리를 가지고 있는지, 어떤 원대한 조선의 꿈을 지니고 있는지는 전혀 고려해 넣지 않았다. 그는 주저 없이 이는 악질적 민란이라 단정하고 민란의 주모자를 색출하는 한 편, 자기 나름대로 민란의 원인을 제거하기로 작정하였다. 민란의 기저에 동학이라는 조직이 있다는 것을 알아낸 이용태는 민란참여 여부와 상관없이 동학도라면 무조건 엄벌하기로 작정한 것이다.

백산 농민이 해산한지 열흘도 되기 전에 역졸 8백 명을 거느리고 고부에 들이닥친 이용태는 역졸을 풀어 군내 마을을 무차별 뒤지고 다니며, 역적배는 사전 허락 없이 죽여도 좋다는 재량권을 주었다. '본때'를 보여서 겁에 질려 벌벌 떨게 만들어야 한다는 것이 이용태의 전략이었다. 이에 무지한 역졸들은 역적배를 잡는다는 구실로 부녀자를 강간하고 재산을 약탈하는가 하면 동학도라면 육모방망이로 그 자리서 쳐 죽이는 광기를 발동하였다. 그런데 실은 이용태의 강경진압의 속셈은 엉뚱한데 있었다. 이 지역이 바로 조선의 곡창지대라는 것을 알고 치죄한다는 핑계로 한 밑천 잡으려는 계획이 저변에 깔려 있었다. 부자들이라면 난을 일으키는데 일조를 했다는 명목으로 무조건 윽박질러 뇌물을 거두어 들였으니 감옥으로 끌려오는 부자들이 부단히 줄을 이었다. 그는 고부뿐만 아니라 무장, 부안, 고창 일대까지 돌아다니며 같은 횡포를 부렸다.

그러던 어느 날, 손화중 계열의 동학도들이 이용태를 잡았다고 전봉준에게 연락이 왔다. 선운사 밑 마을의 포실한 생활을 하고 있는 어느 백정을 동학도라고 트집을 잡아서 묶어서 내려오다가 교도들에게 급습을 당한 것이었다. 전봉준이 달려가 보니 한 거만하게 생긴 덩치 큰 무관복 차림의 관리가 꿇어앉혀져 있다. 교인 하나 쯤이야 우습게 알고 죽일 수 있는 자란 것을 첫 눈에 알 수 있었다. 정백현이 말한다.

"선생님, 이 자가 이용태입니다. 교인들을 모이게 해서 조리돌림을 하고 죽여야 합니다."

"그대가 안핵사라는 이용태인가?"

"그렇다. 너는 누구냐?"

"나는 전봉준이다."

"옳지. 잘 만났다. 간사한 무리들을 긁어모아 관아를 파괴하고 군수를 몰아낸 너는 난적의 두목이니 결코 가만 두지 않을 것이다. 여기서 나를 죽이지 못하면 후회막급이리라."

"나는 너를 죽이지 않는다. 넓은 안목을 가지지 못하고 탐관오리가 되고 가렴주구에만 급급하고 있는 너는 참으로 가련한 인간이구나. 당장 횡포를 정지하고 참회하고 선한 관리가 되어라."

"이놈, 누구를 훈계하느냐? 내가 너를 반드시 잡고 말리라."

"가련한 인간이로다. 도인들! 저 놈을 죽이지는 말고 너끈하게 두들겨 패서 쫓아 보내시오."

도인들은 이용태의 오라를 풀고 수십 명이 달려들어 주먹이며 발길질이며 사정없이 내지른다. 이용태는 "아이쿠, 사람 잡네!"하며 기어서 도망치는 것을 또 많은 군중이 달려들어 발길질을 하고 몽둥이찜질을 하니 연지원 주막거리를 뽁뽁 기어서 도랑을 타고 멀리 도망친다.

한편, 역졸들이 양간다리에 들어와서 벽송댁 집에 들이 닥쳤다.

"네 아들놈은 어디 갔느냐? 그 흉악한 동학패 말이다."

"당신들은 누구요? 어디 민가를 함부로 들어와 행패를 부린단 말이요. 우리 아들은 외출 중이요."

"이년 봐라. 네가 동학 괴수의 첩년이라고 소문이 났더니 제법 앙칼지구나. 여봐라, 이 집구석을 당장 불 질러버려라."

사평댁의 머리끄덩이를 잡고 질질 끌어 마당으로 내 팽개치더니 횃불을 초가지붕 위로 홱 던져 버린다. 집은 삽시간에 불이 붙어 훨훨 타오른다. 양간다리만 해도 이 골목 저 골목에서 역졸의 창에 찔려 죽고 육모방망이에 맞아 골통이 깨져 죽은 자만 다섯 명이나 되었다. 옆 마을 조소리에도 들이닥쳐 맨 먼저 텅텅 비어 있는 전봉준의 집부터 불 지르고 닥치는 대로 온 동리를 휘젓고 돌아다녔다. 비도의 소굴은 태워 없애야 한다고 조소리는 전체를 불질러버리고 말았다. 여기서도 반항하는 농민을 열댓 명은 살상하였다. 자기의 피 묻은 육모방망이를 까불고 포켓을 어루만지며 나오는 역졸이 역시 피 묻은 창을 어깨에 걸치고 불룩한 포켓을 어루만지며 나오는 다른 골목의 역졸과 마주치며 의미 있는 웃음을 짓는다. 포켓에는 그 집의 금붙이나 현금을 닥치는 대로 쑤셔 넣은 것이었다. 이러한 역졸들의 분탕질은 고부뿐만 아니고 인근 모든 고을에서 동일하게 벌어졌다. 역졸이 몇 십 명 또는 백여 명씩 몰려서 한 마을에 들어서면 그 마을은 금방 쑥대밭이 되고 사람죽는 소리, 피 터지는 소리가 고막을 찢었다. 마을을 불 지른 연기는 하늘높이 회오리바람이 되어 징게맹개 들 농민의 원성을 하늘에 전하려는 듯 끝없이 높이 올라가고 있었다.

　전봉준은 김개남을 포함한 여러 도인들과 함께 머리를 맞대고 들려오는 소식들을 속속들이 듣고 있었다. 조소리 마저 전소되었다는 소식이 들어오자, 이제 가만히 있어서는 도저히 안 된다는 것을 안 전봉준은 신영식만 데리고 밖으로 나왔다. 신영식더러 방안에 들어가 김개남만 불러 나오라 하였다. 밖으로 나온 김개남은 벌써 전봉준의 의중을 읽고 있었다. 이제 포접(包接)을 동원하여 본격적으로 기포를 하는 길 밖에 도리가 없었다. 그들은 손화중을 찾아가기로 하였다. 가장 큰 무장접의 협조가 없이는 이번 기포는 무리이기 때문이다. 고부관아를 칠 때와는 차원이 다른 상황이 되었다. 이용태의 역졸은 어느 정도 정규훈련을 받은 군대이며 병기 면에서 고부 졸개들보다 우월했기 때문이다. 김개남과 함께 손화중을 찾아간 전봉준은 셋이서 무장의 한 도인의 집으로 들어가 방에 둘러앉았다. 성질이 불같은 김개남이 전봉준을 탓한다.

　"자네는 도대체 이용태를 잡았으면 그 자리서 요절을 냈어야지 그런 자를 살려 주면 어쩌자는 것인가?"

　"이용태 하나를 죽인다고 끝날 일이 아니지 않는가? 자, 그 일은 이미 지나간 일이고, 화중이 자네는 어떻게 생각하나?"

　"신중을 기해야 하네, 우리는 천도를 믿는 도인으로서 수운 대신사의 뜻에 어긋나는 일을 해서는 안 된다고 생각하네."

　"수운 대신사의 뜻이 무엇이란 말인가? 도인들이 줄줄이 오라를 받아 묶여오고 마을이 50여 곳이나 불탔다고 하네. 저들의 창검에 찔려 죽은 자만 백 명이 넘는다네. 대신사께는 백성이 다 죽어나가고 나라가 망해도 가만히 보고 있으라고 했단 말인가? 이 이상 무엇을 참자는 것인가?"

다시 김개남이 버럭 쏘아붙인다. 이들 셋은, 대인의 풍모를 지닌 손화중이 가장 나이가 많아 전봉준보다 6살 위요, 김개남은 전봉준보다 1살 위이지만 모든 것을 치밀한 계획 하에 실행하는 전봉준을 떠받들고 있었다. 그러면서도 서로 막역한 친구로서 하소를 하며 지내는 사이였다. 전봉준이 간절하게 말한다.

"여보게 화중이, 지금은 도만 앞세울 때가 아니네. 우리의 죽산리 모의를 잊었는가? 도탄에 빠진 민중은 어쩌란 말인가? 원평집회, 보은취회 때 백성이 바라는 것이 무엇인지 우리는 분명히 알았지 않은가? 이 이상 시간을 끌 여유가 없네. 이만 결단을 내리세."

"알았네. 내 생각이 짧았네. 자네들의 뜻에 따르겠네."

한참을 생각하던 손화중은 드디어 무거운 한 마디를 하였다. 이렇게 하여 만경평야의 3거두는 여기서 죽음을 불사한 거사를 하기로 결심하기에 이른다. 청수를 한 그릇 상 위에 올려놓고 세 사람은 손을 포겠다. 전봉준의 선창에 따라 둘이가 입을 모아 말했다.

"천지신명이시어. 오늘의 우리 세 사람의 결의를 굽어 살피소서. 비록 태어날 때는 따로따로 태어났으나 한 날 한 시에 죽기를 원하나이다. 죽산리 설심(設心)을 잊지 않고 관철하게 해 주소서. 만백성이시어 우리와 함께 하소서. 하늘이시어 굽어 살피소서. 새 세상을 열게 하여 주소서."

전봉준은 품속에서 비수를 꺼내서 왼손 검지 앞면에 칼집을 낸다. 선명한 붉은 피가 떨어지자 그것을 청수그릇에 받는다. 피 방울은 유리알처럼 맑은 물속에서 연기가 피어오르듯 퍼져 나간다. 다음은 손화중이 비수를 받아들고 왼손 검지를 긋고, 김개남이 같은 손가락을 긋는다. 청수 그릇은 어느 덧 전체가 붉은 핏물이 가득하다. 이번에는 손화중이 맨 먼저 붉은 청수를 마시고 김개남에게 건네준다. 마지막으로 받아 든 전봉준은 남은 붉은 핏물을 한 방울도 남기지 않고 다 마신다. 세 거두의 표정은 너무나 비장하여 산천초목이 부들부들 떨리고 있었다.

전봉준은 고부의 지도자요, 손화중은 무장의 지도자, 김개남은 태인의 지도자이지만, 고부봉기를 주도하여 벌써 지역을 초월한 전체의 지도자로 대두한 전봉준이 자동적으로 총지휘자로 추대되었다. 손화중은 인품이 고매한 신중론자이지만 일단 목표가 정해지자 농민군 지도자답게 두 사람에 못지않게 앞장섰다. 그가 친히 교도들과 함께 대중 앞에 서자 한 교도가 항의하였다.

"대접주의 신분으로 교와 다른 목적을 위하여 도인을 모아도 되는 것입니까?"

"대신사께서는 '하원갑(下元甲) 지나거든, 상원갑 호시절'이 온다고 했소. 또한 '만고 없는 무극대도가 이 세상에 날 것' 이라고 노래했습니다. 지금 하원갑이 지나고 상원갑이 오고 있습니다. 만고 없는 무극대도란 바로 우리의 천도입니다. 또 대신사께서는 태평곡 격양가를 불구에 부를 것이라고 했습니다. 지금이 바로 태평곡 격양가를 부를 세상을 우리가 만들 때입니다."

신중한 손화중 접주의 파격적인 연설에 일부에서는 의아해 하면서도 대부분의 농민은 용기백배하여 그의 뒤를 따랐다. 손화중이 무리를 이끌고 온다는 소식을 듣고 태인의 한 반소된 마을의 농민들이 마을 앞 들판에서 기다리고 있었다. 손화중은 다시 그들에게 말하였다.

"지금 국정이 탁란하여 멸망의 화가 조석에 이르렀으니 어찌 수수방관만 하고 있겠습니까. 안핵사라는 명목을 달고 온 이용태의 작태를 도인들은 직접 목격했을 것입니다. 이대로 있다가는 우리는 모두 죽을 수밖에 없으며 우리의 재산은 모두 탕진될 수밖에 없습니다. 우리가 비록 비재(非才)하나 여러분과 힘을 합하여 불량한 정부를 개량하고 정치를 일신하여 국가와 민족을 구제코자 하니 여러분의 동참을 촉구하는 바입니다."

군중은 와, 와, 소리를 지르다가 누가 선창했는지 모두 '검가'를 합창한다.

시호 시호 이내 시호, 부재래지 시호로다

만세일지 장부로서, 오만년지 시호로다

용천검 드는 칼을, 아니 쓰고 어이하랴

무수장삼 떨쳐입고, 이 칼 저 칼 넌짓 들어

호호막막 넓은 천지, 일신으로 비켜서서

칼 노래 한 곡조로, 시호시호 불러내니

용천검 날랜 칼은, 일월을 희롱한다.

검가에 따라서 어느 도인 서너 명이 멋들어진 칼춤을 춘다. 칼춤이 끝나자 모두 우레와 같은 박수가 터진다. 손화중이 부안에 이르렀을 때도 농민들은 구세주를 맞는 듯 반기었다. 손화중은 이 마을 농민들을 인솔하고 저 마을로 가고, 저 마을에서 다시 건너 마을로 순회하고, 다시 고창, 흥덕, 정읍을 돌고 있었다. 보행 도중에는 '본 주문'을 7고 하고 다시 7고 하여, 은은한 동학의 소리가 천지를 울리고 있었다.

시천주조아정 영세불망만사지

무장에서만 벌써 5천여 명의 장정이 모여들었다. 검가와 주문을 모르는 일반농민은 그 자리서 옆 교인에게 배워서 금방 따라 하고 있었다.

세 지도자는 자기가 동원할 수 있는 농민군을 불러 모아 무장에 집결시켰고 그 인원은 금방 1만 명이 넘어서고 있었다. 이번 취회는 직접 싸울 수 있는 농민군을 차출한 것이었다. 동학의 세 지도자가 농민군을 모은다는 소식이 전해지자 타읍의 의기 있는 장정들도 자기끼리 결집하여 삼삼오오 몰려오고 있었다.

한편, 신영식과 박성남은 운현궁에서 대원군을 만나고 있었다. 신영식으로부터 자초지종의 이야기를 들은 대원군이 입을 열었다.

"궐자에게 이르시오. 내가 처한 처지가 있어 적극 도와주지 못함이 유감이오. 그러나 궐자의 취지를 충분히 알았고 적극 지지하는 바이오."

"원조하는 방법을 강구해 주셨으면 합니다. 민군들은 특히 무기 면에서 관군보다 너무나 열세합니다."

"내 어찌 그것을 모르겠소. 단 민군이 서울로 들어올 때는 내 반드 시 일어서리다."

"문제는 서울로 올 때까지가 가장 어렵습니다. 그 안에 도와 주셔 야 합니다."

"나는 그럴 입장은 되지 못하오. 이해해 주구려. 방법은 강구해 보겠소."

대원군은 명성황후 척족세력을 몰아내고 임금을 자기 손자 이준용 으로 바꾸는 것이 복안이었다. 그러나 '권불십년'이라 한 번 빼앗긴 권력을 다시 찾기란 지난한 일이었다. 속으로만 앓고 있을 뿐, 밖으 로는 가장 친한 측근에게 조차 입을 열 수 없는 안타까운 처지였다. 더구나 청, 일의 세력에 압도되어 이제 왕년의 호랑이는 숲을 나올 수가 없어 혼자 으르렁 대고만 있었다.

동학혁명군 삼거두는 만천하에 공포할 포고문을 작성하였다. 포고 문 작성은 전봉준이 직접 맡았고, 전봉준은 동학교도로서 문장이 출 중한 옹택규더러 옆에서 도와달라고 하였다. 손화중과 김개남이 수정 을 가하였다. 포고문이 완성되자 전봉준은 무장 관아 앞의 문루에 구 름처럼 운집한 군중을 향해 비장한 목소리로 포고문을 낭독하였다.

지금 우리 주상전하께서는 어질고 효성스럽고 자애로우시며 지혜롭고 총명하시다. 현량하고 정직한 신하가 있어서 잘 보좌한다면 예전 훌륭한 임금들의 치적을 변함없이 기대할 수 있다. 그러나 지금 신하된 자들은 나라에 은혜를 갚으려는 생각을 아니하고 한갓 작록과 지위를 도둑질하여 임금의 총명을 가리고 아부를 일삼아, 충성스런 선비의 간언을 요사스런 말이라 하고 정직한 사람을 비도라 한다. 그리하여 안으로는 나라를 돕는 인재가 없고 밖으로는 백성을 갈취하는 벼슬아치만 득실거린다. 국가의 위태로움은 생각하지 아니하고 자기 몸을 살찌우고 자기 집을 윤택하게 하는 계책에만 몰두하여 벼슬아치를 뽑는 문은 재물을 모으는 길로 만들고 과거보는 장소는 교역의 장터로 만들고 있다. 허다한 재물과 부당하게 챙긴 뇌물이 국고에 들어가지 아니하고 도리어 사사로운 창고를 채우고 있다. 나라에는 쌓인 부채가 산적한데도 갚으려 생각은 아니하고 교만과 사치와 음탕과 안일로 나날을 지새워 두려움이나 거리낌이 없으니 온 나라는 어육이 되고 만백성은 도탄에 빠졌다. 이것은 진실로 수령들의 탐학 때문이다. 어찌 백성이 곤궁치 않으랴. 백성은 나라의 근본이다. 우리는 비록 초야의 유민이나 어찌 임금의 토지를 경작하고 임금이 주는 옷을 입으면서 망해가는 꼴을 좌시할 수 있겠는가. 온 나라 사람이 마음을 함께하고 억조창생이 의논을 하여 이제 의로운 깃발을 들어 보국안민을 생사의 맹세로 삼노라.

　　　　　　　　　　　　　　　갑오년 삼월 일 호남창의소
　　　　　　　　　　　　　　　전봉준 손화중 김개남 등

154

전봉준의 이름이 맨 앞에 나왔다. 총대장이라는 명칭은 없었으나 벌써 총대장으로 추대를 받고 있었다. 아직 국민정서로 보아 왕정의 타도까지는 정면으로 내세울 수는 없었지만 정권을 쥐고 있는 벼슬아치와 민씨 척족세력의 타도에 초점이 있는 것이 분명했다. 즉 종국에는 정권타도라는 목표를 분명히 하고 있는 것이었다. 농민군들의 사기는 충천하여 곧 세상을 바꿀 것처럼 우레와 같은 환성이 터져 나왔다. 전국적인 포고문과 함께 주변 고을에 통문을 보내 '제폭구민(除暴救民. 포악한 무리를 제거하고 백성을 구함)'과 '보국안민(輔國安民. 나라 일을 돕고 백성을 편안하게 함)'을 위하여 봉기하였으니 지체 말고 동참하라고 호소하였다. 포고문과 통문은 혹은 걸어서 혹은 말을 달려 전라도, 충청도, 경상도의 하삼도 각 고을에 널리 알리었다.

기포일은 3월 21일로 작정하였다. 이날이 2세 교주 최시형의 탄신일이기 때문이었다. 기포 장소는 무장의 당산부락 앞 들판으로 정했다. 그리고 혹 난민으로 화할까 염려하여 미리서 4대 명의(名義. 명분과 의리)라는 행동지침을 발표하였다.

1. 사람을 죽이지 않으며 기물을 파괴하지 않는다.
2. 충효를 동시에 갖춰 세상을 구하고 백성을 편안케 한다.
3. 왜적을 몰아내어 성인의 도를 맑게 한다.
4. 병대를 몰아 서울로 쳐들어가 세도가를 멸족시키고, 기강을 크게 떨쳐 명분을 바르게 세움으로써 성인의 가르침을 따른다.

'병대를 몰아 서울로 쳐들어가는 것'을 최종 목표로 하여, 죽산리 모의를 실천하는 행동개시가 발동된 것이었다. 고부를 향해서 출발하는 전봉준의 모습은 부친의 상중이었기 때문에 상복을 그대로 입고 머리에는 삿갓을 쓰고 있었다. 그러나 대장의 위엄을 갖추어야 한다는 손화중의 권고에 의하여 백마를 타고 호피를 두르고 대장기를 앞세웠다. 농민군이 굴치를 넘어 말목장터로 오자 수많은 농민군이 기다리고 있다가 환호를 올리며 반겼다. 최경선은 자기가 모집한 3백 명의 농민군을 데리고 맨 앞에서 환영하고 있었다. 농민군들은 자기들이 은밀히 숨겨 놓았던 무기들을 모두 다시 꺼내어 무장하고 누가 시키지도 않았는데 머리에는 흰 무명으로 머리띠를 두르고 있었다. 전라좌도에서 온 농민군은 순천, 광주, 화순 등 지명이 써진 깃발아래 모여 있었다.

22일 밤, 농민군은 '보국안민창의'와 '인의예지신(仁義禮智信)'이란 깃발을 앞세우고 화승총과 길이 5척이 넘는 죽창 등을 꼬나들고 비장한 마음으로 고부관아를 쳐들어갔으나 관아는 텅텅 비어 있었다. 이용태는 쥐새끼처럼 빠져나가버렸고, 군수 박원명 마저 만일을 위하여 피신하고 없었다. 관아에는 좌수와 몇몇 척을 진 적이 없는 구실아치들만이 전봉준 군을 기다리고 있다가 환호하며 맞이하였다. 전봉준은 먼저 감옥 문을 열고 갇혀 있던 억울한 사람들을 모조리 풀어주고 고부 관아의 식량, 무기, 장부들을 접수하였다. 무기고를 접수할 때는 무기취급 미숙으로 화약이 폭발하여 수십 명의 사상자를 내기도 하였다.

156

일단 그날은 고부 예동에서 숙영하고, 다음 날 예동의 동학농민군은 백산이 있는 태인군 용산면 화호 진덕정리로 이동하였다. 김개남이 이끄는 농민군은 태인에서 점심을 먹고 원평에서 그날 밤을 숙영하였다가 다음 날 합류하였다. 26일 밤 6시경부터는 백산대회가 열렸고, 이 대회를 통해 농민군의 지휘체제가 정비되었다.

총대장: 전봉준
총관령: 손화중, 김개남
총참모: 김덕명, 오시영
영솔장: 최경선
비　서: 송희옥, 정백현

백산대회에서 전봉준은 처음으로 정식 총대장이라는 칭호를 받게 되었다. 총관령은 부사령관에 해당하며, 총참모는 자문을 담당하는 자이다. 영솔장은 군사를 움직일 때 선봉장의 역할을 하는 자로서, 전봉준이 신뢰하는 최경선이 맡았다. 비서를 맡은 송희옥과 정백현은 문무를 겸한 청년 재사였다. 모든 인사가 전봉준을 위주로 짜여졌다는 것을 알 수 있다.

백산의 전봉준 곁에는 '동도대장(東徒大將. 동학무리의 우두머리)'이란 깃발이 펄럭이고, '보국안민' '제폭구민' 등의 깃발이 어지럽게 펄럭였으며 대부분 흰옷을 입은 농민군들이 죽창을 높이 들고 함성을 지르기도 하고 줄 지어서서 공격하는 연습을 하기도 하며 자신들의 승리를 자축하고 있었다.

'일어서면 백산이요, 앉으면 죽산이다.'라는 말은 이때부터 생겨났다. 멀리서 보면 농민군이 일제히 일어섰을 때는 하얀 흰 눈이 덮인 듯 온통 흰색 천지요, 앉으면 온통 파란 죽창의 숲이 되었다. 백산이라는 이름도 이때부터 생겨난 것이었다. 원래 이름은 심미산이었으나 흰옷 입은 농민의 천지가 되면서 모두 백산이라 부르기 시작한 것이다. 백산은 호남평야 한 가운데 자리 잡은 산이지만 실은 저 멀리 삼면은 강물로 둘러 싸여 있어서 관군이 공격해 온다면 오직 한 면으로 밖에 올수가 없었다. 산이라기보다는 하나의 커다란 구릉으로 형성된 백산은 한판 정정당당한 대전을 치를만한 곳이었다. 백산에 진을 친 농민군은 자기들이 거사하게 된 동기를 밝혀 격문이라는 이름으로 공포하였다.

격문

우리가 의를 들어 여기에 이름은 그 본의가 결코 다른데 있지 아니하고 창생을 도탄 중에서 건지고 국가를 반석 위에 두고자 함이다. 안으로는 탐학한 관리의 머리를 베고 밖으로는 횡포한 강적의 무리를 몰아내고자 함이다. 양반과 부호의 앞에서 고통을 받는 민중들과, 방백과 수령의 밑에서 굴욕을 받는 소리(小吏)들은 우리와 같이 원한이 깊은 자라. 조금도 주저하지 말고 이 시각부터 일어서라 기회를 잃으면 후회해도 미치지 못하리라.

갑오 삼월 일

거사를 하는 데는 대의명분이 중요했다. 그래서 농민군은 행여 명분에 밀릴까봐 수시로 격문이며 통문 등을 공포하고 있다. 여기서도 정치를 바로잡고 외적의 세력을 배제하면서 소외된 민중과 낮은 벼슬아치들을 끌어들이려는 의지를 보이고 있다. 격문을 전달하는 파발마들은 각지로 달렸고 혹은 평민을 가장하여 품속에 깊숙이 숨기고 각지로 전달하였다.

김문현은 이 모든 사정을 사실대로 보고하지 않을 수도 없는 일이어서, 중앙에 보고하는 한편 자기의 지휘 하에 있는 무남영의 군사를 모조리 동원하기로 했다. 영병은 모두 7백여 명이었으며, 거기에 향병과 잡색군이 추가 되었다. 영병 안에는 흰옷 입은 향군이 포함되어 있었고, 백정과 무부, 보부상이 포함되어 있었다. 이들 모두를 영병이 통솔하였다. 그러나 영병의 기강은 형편없었고 훈련도 제대로 받지 않은 졸개들이었으며, 이번 출진에도 양곡도 제대로 준비하지 않은 채 내보냈다. 그런 연고로 백산으로 오는 도중에 길가의 마을에 들려 강제로 밥을 짓게 하고 심지어 약탈을 하고 부녀자 겁탈도 하였으며 소, 돼지, 닭 등 보이는 대로 잡아먹어 백성들의 원성이 자자하였다.

어떤 병사는 술이 취해 발걸음이 갈지자로 흔들렸고, 약탈한 물건 때문에 시비가 붙어 서로 멱살잡이를 하며 싸우는 병사도 있었다. 동진강의 화호나루를 건너오면서는 전략도 없이 마주 보이는 백산을 향해 총을 쏘아댔다. 전봉준은 백산으로 몰려오는 감영군을 향해 대항하지 말라 하고 위장전술을 펴기로 하였다. 농민군은 겁이 나서 도망간 것처럼 하며 두 갈래로 나누어 황토재를 향하여 퇴각하였다. 이 때 비가 부슬부슬 내려서 황토길이 질척거렸고 감영군은 그까짓 농민쯤이야 하면서 전혀 긴장감 없이 달려오다가 오히려 지치는 판이었다.

감영군이 먼저 주둔지를 황토재 아래에 정하였다. 두승산 북쪽 산기슭을 가로질러 골짜기를 경과하여 가정리 서남쪽이었다. 농민군은 황토재 위를 주둔지로 정하였다. 진지부터 농민군이 우위를 점한 것이다. 전봉준은 농민군 중에서 발이 날랜 젊은이들을 차출하여 보부상으로 변장하고 감영군에 침투시켜, 돌아오는 보고에 의해 그들의 상황을 정확히 파악하고 있었다. 또한 번개처럼 토성을 쌓아 진지를 구축하고 짚더미를 옮겨 몸을 숨겼다. 농민군의 일부는 포복으로 접근하여 감영군과 더 가까운 거리에 몸을 숨기고 기다리게 했다. 백산에서 미리 준비한 주먹밥과 비상 장비들을 괴나리봇짐에 넣어 빗금으로 등에 매고 손에는 대개 창, 칼, 죽창을 들었다. 화승총은 비가 올 때는 쓸 수 없기 때문에 한 곳에 보관하여 두었다.

감영군들은 비가 나려 춥기 때문에 나무를 가져다가 은폐물도 없이 불을 피워놓고 몸을 녹이고 있었고, 동네에서 잡아온 소, 돼지를 잡아 술과 곁들여 거나하게 마시고 놀음판을 벌리고 있었다. 감영군은 농민들이 쥐 죽은 듯이 조용하자 모두 도망가 버린 줄 알고 밤이 깊어지자 본격적으로 대판 술판을 벌렸다.

전봉준과 김개남은 감영군과 가까운 안개 속에서 그들의 동태를 번득이는 눈으로 감시하고 있었다. 이번 용병은 전봉준과 김개남이 맡고 손화중 군은 후방 세력으로 무장을 지켜 주기로 하였다.

영군이 술이 취해 완전히 곤히 잠에 떨어진 축시(새벽1~3시)를 공격 시간으로 잡았다. 농민군은 바스락 소리도 내지 않고 모두 포복으로 감영군에 접근하였다. 겨우 한 두 명의 보초가 졸고 있는 것을 한 명은 신영식이 태견으로 목을 비틀어 버리고, 한 명은 민노영이 목검으로 정수리를 힘껏 내려 쳐 버리고 만다. 최선봉진은 최경선이 선발해 온 농민군이 맡고 있었다. 드디어 전봉준은 감영군에 바싹 접근해 있는 농민군 앞에 당당히 모습을 드러내더니 사자가 포효하듯 일갈이 터져 나왔다.

"자~, 공격 개시!"

농민군은 성난 들짐승처럼 날카로운 창과 칼, 죽창을 꼬나 들고 벽력같이 앞으로 돌진하였다. 아직 잠에서 채 깨어나지도 못한 감영군은 우왕좌왕하며 무기를 잡을 틈도 없이 무참히 당하고 있었다. 전략상 포위공격은 한 면을 터주고 한쪽으로 도망가는 감영군을 뒤쫓으며 공격하였다.

영군 중에 무장에서 온 보부상으로 병법을 조금 아는 자가 감영군과 함께 황토재 위의 본진을 공격하자고 올라오고 있었다. 미리서 이런 계책을 계산에 넣었던 농민군 잠복대는, 거리가 가까워 오자 일제히 함성을 지르며 내달아 찌르고 베었다. 그들은 제대로 공격 한 번 못해보고 밭두렁 논두렁에 무참히 엎어지고 나뒹굴었다. 쫓고 쫓기는 공방전은 동녘하늘이 훤히 밝아오는 새벽까지 이어졌다. 날이 밝아 사람을 분별할 수 있게 되자 농민군은 이제부터는 골라 죽이기 시작하였다. 힘없는 흰 옷 입은 향군은 도망가게 놔주고 검정 옷차림의 영병과 옷에 붉은 도장이 찍힌 보부상패들은 끝까지 추격하여 창과 칼로 또는 죽창으로 난도질하였다. 황토현에는 진흙의 붉은 색과 영군의 핏빛이 더해져 산이고 들이고 붉은 강산을 이루었다. 여기서 농민군이 노획한 군량미는 4백여 석이었고 대포 1문, 소총 6백 자루, 그 외 다수의 칼과 창이었다.

황토현 싸움에서 대대적인 승리를 거둔 농민군의 사기는 하늘을 찔렀다. 의외의 대승을 거둔 농민군은 한 판 검무, 검가가 산천을 진동하고 승리의 환호는 호남평야 멀리까지 메아리쳤다.

다음 날, 4월 7일은 오후 2시경에 정읍의 연지원과 모천변에 진을 쳤다. 밤 8시경에는 일제히 읍내로 진격하여 정읍관아를 공략하여 옥문을 부수고 수감된 동학교도들을 풀어주고 무기고를 열어 창검을 수습하였다. 영군의 앞잡이 노릇을 한 보부상의 주접처 3채를 불태웠다. 밤 10시경에는 다시 고부 삼거리로 가서 숙영하였다.

한편, 정부 측에서는 백산대회가 열릴 때부터 사태의 심각성을 파악하게 되었다. 보통 민란은 향리의 반경을 벗어나지 않은 것이 관례이나 이번은 벌써 그 반경을 벗어난 지 오래였다. 조정에서는 홍계훈을 양호초토사로 임명하고, 이학승, 이두황, 원세록, 오건영, 오원영을 영솔장으로 임명하여 토벌작전을 벌리기로 하였다. 홍계훈이란 자는 임오군란 때 궁중에서 명성황후를 업고 나와 피신시킨

홍재희의 다른 이름이다. 홍계훈이 인솔하는 장위영 군사는 모두 762명이었다. 장위영군은 인천에서 출발하여 풍도를 거쳐 군산진 앞바다에 정박하기까지 청국군함 평원호와 조선기선 창룡호, 한양호를 이용하였다. 홍계훈이 군산포에 상륙하여 옥구, 임피를 거쳐 전주에 도착했으나 바로 그 전날 황토재에서는 그 치열한 전쟁이 벌어지고 있었다. 황토재 전투 소식이 전해지자 소위 경군이라는 장위영 군사는 도망가는 자가 속출하여 전주에 도착하였을 때는 거의 절반 수가 줄어든 470여 명만 남아 있었다. 거기에 인부 64명이 더해졌고 또 신임 전라 병사 이문영의 병졸이 가세하였다.

사태가 예사롭지 않자, 청의 위안스카이는 현지정탐을 위하여 청병 17명을 변장시켜 전주의 홍계훈 부대와 행동을 함께하며 즉시즉시 상황을 보고하게 하고 있었다. 일본은 육군 참모장이 직접 포병 소좌 이지치 고스케를 부산으로 파견하여 재 부산 일본영사관의 무관 및 총영사와 협의하고 재경성 대리공사 스기무라 후카시(杉村濬)와 통신을 통해 농민군의 상황을 곧바로 보고하도록 하고 있었다.

농민군의 진출은 계속되어 고창, 무장, 영광의 관아를 점령하였다. 홍계훈의 경군은 농민군의 꽁무니만 따라다니고 있는 꼴이었다.

전주성을 점령하라

조정에서는 일단 농민군을 무마하는 정책을 쓰지 않으면 안 되었다. 고부 군수 조병갑은 당장 잡아들이라 엄명을 내리고, 안핵사 이용태는 경상도 김산군으로 귀양 보내는 조처를 내렸다.

농민군은 영광에서 나흘 동안 머물렀다. 그 기간에 새로이 군복을 대대적으로 짓고 의전을 정비하였다. 4월 16일 오전 8시 1만여 명의 농민군이 영광을 출발하여 함평으로 가는 모습을 보면, 맨 앞에 대장기를 표시하는 남색기가 선두에 서고, 그 뒤에 날라리를 부는 악대가 따르고, 바로 뒤에 인(仁) 의(義)기 한 쌍과 예(禮) 지(智)기 한 쌍의 깃발이 따르고, 그 다음에 백기 한 쌍과 바로 그 뒤에 황색기가 따랐다. 그리고는 한 무더기의 칼춤 추는 무인들이 질서정연하게 칼춤을 선보이며 뒤 따르고, 붉은 옷을 입고 나팔을 부는 자 두 명과 파란 옷을 입고 호적을 부는 자 두 명이 따르고, 바로 뒤에 전봉준이 고깔모자를 쓰고 도복을 입고 나귀를 타고 가고 있다. 그 뒤로 황토재 전투에서 노획한 대포가 따르고, 이어서 농민군들이 각자 총, 칼, 죽창을 들고 위용을 뽐내며 행진하고 있다. 이제 진짜 난리가 난 것이다. 이놈의 세상 확 뒤집어져라 하던 농민들은 너나없이 자진하여 농민군으로 뛰어들었다.

일본 대리공사 스기무라 후카시는 자기네 외무성에 급전을 쳤다.

조선은 지금 동학당 난이 날로 심해가고 있습니다. 조선 내정을 보건데 다음의 두 가지 중 하나를 선택할 것입니다. 제1책은 내정개혁으로 회유책을 취하는 것이며, 제2책은 청국에서 군대를 빌어 난당을 무력으로 평정하는 것입니다. 관망하건데, 전자는 민씨 정권에게 큰 타격이 되기 때문에 못할 것 같고, 십중팔구 후자의 방법을 택할 것입니다. 제국에서도 출병준비를 하여야 할 것으로 사료됩니다.

외무성으로부터 공문을 접수한 내각총리 이토 히로부미는 외무대신 에노모토 다케아키(榎本武揚)와 육군경(육군 참모총장) 다카시마 토모노스케(高島鞆之輔), 해군경 사이고 쓰구미치(西鄕從道)를 총리 집무실로 불렀다. 먼저 이토가 말한다.

"이제 조선에서 동학란은 요원의 불길처럼 번져 조선 정부로서는 진압할 능력을 상실하였소. 좋은 기회입니다. 그것보다 먼저, 외무대신에게 묻겠는데, 조선은 도대체 청국의 속국이요 독립국이요?"

"조선은 물론 청국의 속령입니다. 그런데 교활한 청국은 이로울 때
는 자기네 속령이라 하고 불리할 때면 조선에 자치권을 주었다느니
뭐니 하며 발뺌을 하려 드는데 그 한계를 확실히 해놓아야 합니다."

이토는 수염을 한 번 가볍게 쓰다듬고 육군경, 해군경에게 묻는다.

"조선출병 시간은 갑자기 올 것인데, 만약 지금 당장 출동명령을
내린다면 즉시 실행할 수 있겠소?"

"네, 각하!"

"염려 마십시오. 언제든지 출동할 준비가 갖추어져 있습니다."

다카시마와 사이고는 경쟁이라도 하듯이 대답하였다.

"청병이 조선에 출병하면 제국에서도 그와 동시에 출병할 것이오.
조선을 확실히 청국에서 떼어내서 독립을 시켜놓아야 우리가 마음
대로 할 수 있소. 물소 세끼를 어미에게서 떼어놓지 않으면 잡아먹
을 수가 없지 않소? 강화도 조약 때도 설 잡아놓았어요. 비록 제1관
에 '조선국은 자주국으로서 일본국과 평등한 주권을 보유한다.'는 내
용을 삽입하기는 하였으나 그 후속조치가 없으니 도레미 타령이예
요. 이번 출병은 제국의 향후 향방을 잡는 관건이 될 것이오."

에노모토 외상이 단도직입적으로 질문을 한다.

"청국과 전쟁을 하는 것입니까?"

"그렇소. 우리는 명치유신 이래 쌓은 총력을 발휘할 것이고, 청국
은 양무운동 이래 길러 온 북양해군의 힘을 다 쏟아 부을 것이오. 그
런데 잊지 마세요. 우리의 목표는 청국보다도 조선이 더 중요하오.
물론 제국군대는 청국을 이기겠지만 청국을 완전 제압하는 데는 장

시간이 필요하오. 일청전을 벌리기 직전에 조선왕궁을 점령하고 조선 군대를 해산시켜야 하오. 이는 일청전의 배후세력을 없애는 것임과 동시에 조선을 청국에서 떼어내 일본제국으로 복속시키는 길이오. 이는 신공황후 이래 대일본국의 꿈이니 천재일우의 기회가 오고 있어요. 조선 왕궁점령은 전등석화처럼 이루어져야 하오. 아무리 늦어도 하루를 넘겨서는 안 되오."

이토의 말에 세 대신은 비장하게 이토를 우러러 본다. 미리서 축배라도 드는 것인지 이토의 주문에 의하여 작은 잔에 이토가 직접 양주를 따라 주며 건배를 한다.

무안군 삼내면에 들어와 하루를 숙영한 농민군은 나주로 향하다가 갑자기 방향을 바꾸어 함평으로 돌아왔고, 초토사 홍계훈에게 글을 보냈다.

방백과 수령들이 선왕의 법으로 선왕의 민(民)을 다스리지 않고 탐학만 일삼아 삼정을 문란케 하였다. 전운사와 균전관은 농간을 부리고 각사(各司) 교예배(校隸輩)들의 토색이 극심하여 민들이 살아날 길이 없다. 이에 민들이 수령과 감사에게 호소해 보았지만, 적당이라고 지목하여 병대로 공격하여 살육만 하니 부득이 하여 오늘의 거사를 하게 되었고 무장을 한 것도 자신의 몸을 지키기 위해서일 뿐이다. 이에 전국의 백성들이 순의(詢議)하여 위로는 국태공(國太公)을 받들어 감국(監國)하게 하여 부자의 인륜과 군신의 의리를 온전히 하고 아래로는 여민(黎民)들을 편안케 하여 종사를 보전하고자 한다.

여기서 정식으로 대원군을 옹립하겠다는 것을 표면화 하였다. 대원군 옹립론은 당시 명성황후를 미워하는 민중들의 많은 공감대를 형성하였다. 그러나 명성황후 측에서는 가장 터부시하는 것이 바로 그 한 마디였고, 농민군을 토벌하지 않으면 안 되는 필연성이 거기에 있었다. 그리고 대원군의 입장에서는 농민군이 자기를 옹립하려 한다는 것은 아주 불리한 일이 아닐 수 없었다. 그렇지 않아도 활동에 큰 제약을 받고 있는 터에, 대원군과 농민군과의 연계설까지 있게 되자 명성황후는 신경과민이 되어 대원군의 일거수일투족을 일일이 감시하여 보고하라 명하였다.

함평, 무안 일대에서 5일간이나 머무르던 농민군은 경군이 추격해 온다는 소식을 듣고 함평을 떠나 4월 21일 오전 8시경에 장성 월평리에 도착한다. 농민군은 아침 식사를 끝내고 삼봉 아래에 있는 황룡촌에 진을 쳤다.

홍계훈은 정읍에 머무르고 있으면서 농민군을 추격하게 하였다. 황토현 전투에서 감영군이 패배한 전철을 밟는 듯, 경군도 전혀 새로운 전법이 없이 농민군쯤이야 하는 기분으로 무작정 추격하고 있었다. 농민군이 장성의 황룡강변에 있는 월평 장터에서 점심 식사를 하고 있을 때 홍계훈의 장위영병이 따라붙었다. 장위영 대관 이학승과 부관 원세록, 오건영이 이끄는 3백 명과 향병 4백 명, 합계 7백여 명의 병력이었다. 이학승 군은 강 건너의 농민군을 보고 정조준하여 대포를 쏘아댔다. 갑작스러운 대포사격을 받고 농민군은 그 자리서 40여 명이 목숨을 잃었다. 농민군은 쏜살같이 뒷산인 삼봉으로 올라가 아래를 내려다보면서 학형(학의 날개모양으로 짠 진법)의 전법을 폈다. 그리고는 미리 장만해 놓았던 장태를 굴려 내려오면서 관군과 접근전을 폈다.

장태는 청죽을 엮어 만든 것인데 그 밑에 바퀴가 달려 있었다. 그 안에는 사람이 네댓 명 앉아서 총을 쏘았다. 장태의 둘레는 열 아름쯤 되었고 길이는 열 발쯤 되는 일종의 장갑차 역할을 하였다. 장태의 고안은 장흥 이방언 접에서 만들어낸 것이었다. 죽세공 기술자들이 황룡촌에서 십리쯤 떨어진 임곡의 가정부락에서 대나무를 베어다가 장성군 삼계면 사창리에서 8개를 만들었다. 생기기는 마치 타원형의 닭우리 같은데 밖에는 칼을 꽂아서 고슴도치처럼 가시가 돋쳐 있었다. 경군이 연환과 시석을 쏘았으나 모두 죽롱이 막아냈고 농민군은 그 뒤를 따라서 포의 엄호를 받으며 몰려왔다.

전봉준은 농민군의 등에 부적을 붙이고 앞 옷깃을 입으로 물고 엎드려서 장태를 굴리라고 명령하였다. 이것은 하나의 심리전이었다. 궁을도(弓乙圖) 부적을 붙였으니 총탄도 피해 간다고 했고, 앞 옷깃을 입으로 물게 함으로써 적을 보지 않고 두려움 없이 앞으로 돌격하게 한 것이다. 장태 안의 농민군은 연속으로 총을 쏘아댔고 장태를 미는 농민군도 신들린 것처럼 장태를 힘껏 밀고 굴리었다. 경병은 앞 열에 세운 향병들이 도망을 치기 시작하자 장위영 군사들도 따라서 도망을 쳤다. 대관 이학승은 "도망가지 마라! 앞으로! 앞으로!"소리소리 질러댔으나 모두 도망가고 결국 자기 혼자 남아 있었다. 안 되겠다 싶어 자기도 뒤돌아서서 삼십육계를 놓는데 장태 뒤를 바싹 따르던 신영식이 대관임을 알아보고 전속력으로 등 뒤까지 따라붙어 일갈호성 하였다. "네, 이놈! 게 섰거라." 이학승이 뒤돌아보는 순간 번개처럼 신영식의 날라 차기가 들어갔다. 이학승은 몇 번 굴렀다가 일어나 칼을 잡고 덤벼든다. 서로 대여섯 번 칼이 부딪치다가 어느새 신영식의 칼이 이학승의 앞가슴을 대각선으로 갈랐다. 대관이 거꾸러지는 모습을 본 경군들은 걸음아 날 살려라 하고 모두 혼비백산하여 달아났다.

이 싸움에서 경군 300여 명이 죽었다. 농민군이 노획한 무기는 대포가 2문이고 양총 100여 자루 그리고 다량의 화약이었다. 농민군의 희생자는 50여명에 불과하였다. 장흥 접주 이 방언은 이 때문에 훗날 이장태란 별호를 갖게 되었다. 이번에 노획한 대포 2문은 성능이 좋은 극로백(克虜伯. 크루프) 대포와 회선포(回旋砲. 개틀링 기관총)였다.

이후에도 장태라는 신무기는 곧잘 등장하여 농민군이 접근전 백병전을 펼치는데 활용하였다. 농민군은 죽은 이학승의 목을 베어 돌아와서 긴 간대에 꽂고 횃불을 피우고 돌며 서너 명이 신들린 사람처럼 검무를 추고 농민군은 일제히 검가를 부르면서 승리를 자축하고 있었다.

시호 시호 이내 시호, 부재래지 시호로다
만세일지 장부로서, 오만년지 시호로다
용천검 드는 칼을, 아니 쓰고 어이하랴

전봉준이 직접 지휘하는 동학농민군은 감영군도 물리치고 경병도 물리쳤다. 이번 두 번째 승리는 농민군의 사기를 최고조로 격양시켜 주었다. 농민군은 대오를 정비하여 보무도 당당히 나팔을 울리면서 갈재를 넘어 원평에 이르렀다. 원평은 전봉준, 김개남, 김덕명의 안골 같은 곳이며, 가까이 손화중 접이 자리 잡고 있는 곳이다. 원평의 대장소는 갑자기 잔치집과 같았다.

원평으로 자리를 옮긴지 얼마 안 되어 조정에서 임금의 편지를 가지고 이효응과 배은환이란 두 사람이 전주 감영의 홍계훈에게 들이닥쳤다

"주상전하께서 직접 동학의 두령에게 주는 편지를 가지고 왔습니다."

"주상전하의 편지라면 뜯어볼 수는 없고, 무슨 내용이라고 합니까."

"저희들도 잘 모릅니다. 다만 저희들은 이 편지를 동학의 두령 전봉준에게 전하기만 하면 됩니다."

이들 두 사람의 칙사와 이야기가 채 끝나기도 전에, 이들과는 별개로 이주호라는 자가 하인 둘을 인솔하고 말을 달려 감영으로 들어선다.

"주상전하께서 보내는 내탕금(임금이 개인적으로 쓸 수 있는 돈) 1만 냥

을 농민군에게 전하라는 명을 받고 왔습니다."

"폭도들을 토벌하기는커녕 내탕금을 풀다니요?"

"저는 모릅니다. 주상전하의 뜻을 그대로 전하는 것뿐입니다."

"알았습니다. 세 분이 같이 원평으로 가세요. 내 미리서 원평에 사람을 보내서 칙사를 맞을 준비를 하라고 알리겠소. 단 그들은 난폭한 자들이니 어떤 일이 벌어질지는 예측할 수 없소. 조심들 하세요."

"제깟 것들이 칙사를 감히 어찌야 하겠습니까?"

홍계훈으로부터 칙사가 편지와 내탕금을 가지고 올 것이라는 통지를 받고 전봉준은 급히 김개남, 손화중을 불러 구수회의를 열었다.

"그놈들을 당장 목을 베어버려야 하네. 여기서 과단성을 보이지 않으면 큰일을 이룰 수가 없어."

"임금의 칙사를 어떻게 목을 벤단 말인가? 주상전하의 글은 우리의 뜻을 어느 정도 들어줄 터이니 해산해 달라는 것일 것이고, 지금 청일의 움직임이 심상찮아 자칫 나라가 크게 위태로울 수 있으니 자제하라는 말일 것이네. 내탕금은 우리를 달래는 사례금일 것이고. 내 생각으로는 그들을 정중한 예를 갖추어 맞이하는 것이 옳다고 생각드이."

"말도 안 되는 소리 하지 말게. 자네는 전주성을 점령하고 서울로 직행한다는 우리의 결의를 잊었단 말인가. 우리는 아직 전주성도 점령하지 못했지 않은가? 그리고 주상전하의 뜻이라고 하지만 실은 그 여우같은 명성황후의 뜻이란 것을 어찌 모르는가?"

"그럼 칙사의 목을 베어야 옳단 말인가?"

김개남과 손화중이 열띤 토론을 하고 있는 중에 전봉준은 어떤 생각에 골돌 하다가 드디어 입을 열었다.

"두 두령의 말이 다 일리가 있네. 단 나는 김개남 두령의 말이 더 일리가 있다고 생각하이. 이제 일을 시작하는 단계에서 조정의 회유책에 넘어가버리면 지금까지 우리를 믿고 따랐던 농민들을 어찌하란 말인가. 광화문 복합상소의 경험이 있지 않은가. 조정에서는 그때만 넘기면 언제 그랬느냐는 식으로 나올 것이 뻔하이. 지금 전체 앞에서 과단성을 보여주세."

"자네가 그렇게 생각한다면 나도 따르겠네."

손화중도 역시 농민군 두령답게 흔쾌히 사나이의 기개를 보였다. 그것도 모르고 원평의 농민군 진영을 들어선 이효응, 배은환, 이주호와 두 하인은 안내를 받으며 대장소 앞에까지 이르렀다. 그러자 그들의 앞을 막아서는 농민군이 있었다. 최경선의 친위부대였다. 최경선이 먹잇감을 기다리고 있던 호랑이 같이 앞에 나서서 일갈한다.

"네놈들은 어디서 온 놈들이며 용건이 무엇이냐?"

"우리는 주상전하의 칙서를 가지고 온 칙사다. 어서 너희 대장께 우리를 안내하여라."

"칙서는 무엇이고 칙사는 또 무엇이란 말이냐? 우리 대장님께서는 그럴 시간이 없다. 썩 돌아가거라. 돌아가서 임금께 아뢰어라. 우리 대장님께서는 그렇게 한가한 분이 아니라고."

"무엄하다. 어서 비켜서지 못할까?"

"하하하, 하하하!"

둘러싸고 있던 농민군들이 일제히 웃음을 터트린다. 그 때 전봉준이 모습을 드러내고 그 뒤에 한 발자국쯤 되는 거리에 김개남과 손화중이 모습을 드러낸다. 전봉준은 포효하였다.

"저 놈들을 모조리 포박하라."

"무엄하다. 주상전하의 칙서를 가지고 왔느니라. 주상전하의 내탕금을 가지고 왔느니라."

"그래서 어떻다는 것이냐. 우리는 주상전하의 칙서가 필요 없다. 단 내탕금은 필요하니 받아 두겠다. 여봐라, 이놈들을 원평 장터로 끌고 가서 처형하라."

원평 장터에는 농민군이며 일반 백성이 구름처럼 모여 지켜보고 있었다. 역시 최경선 군이 시퍼런 칼을 뽑아들고 막나니 춤을 추고 있었다. 술을 마시고 비틀거리며 칼날에 푸! 푸! 술을 내뿜자 시퍼런 칼날에 무지개가 선다. 너희들이 지금까지 우리 죄 없는 백성을 이렇게 베었으니 이제 백성에게서 한 번 베임을 당해봐라 하는 식이었다. 서너 바퀴 춤을 추고 돌아가다가 다시 반대쪽으로 서너 바퀴 돌더니 갑자기 발걸음을 멈추고 일제히 칼로 목을 날렸다.

시체는 마을 뒤에 쌓아놓은 소나무가지 위에 버리고 그들이 지니고 온 증서와 문서들은 보지도 않고 시체 위에 버리고 불 질러 버렸다. 전 농민군 앞에 이 이상 더 결연한 의지를 보일 수 없는 배수진이었다.

이제 감영군을 격파하고 경군을 격파하고 임금의 칙사까지 죽이고 임금의 내탕금을 빼앗았으니 누가 생각해도 지금이야 말로 선택의 여지가 없었다. 이제 끝까지 싸우는 길 이외 어떤 선택도 할 수 없게 된 것이다. 전봉준과 손화중, 김개남은 만인 앞에서 한 치도 물러설 수 없는 절박함을 웅변으로 토로하고 있었다.

농민군은 원평의 들판을 가로질러 만경평야를 지나 전주성을 향해 내달았다. 농민군은 보병과 기병 1만여 명이 선발대가 되어 4월 27일 날이 밝을 녘에 전주성 입구인 용두고개를 치닫고 있었다. 전주성의 풍남문을 바라보는 지점까지 다다른 것이다. 최시형은 남접의 상황이 급박하게 돌아가자 전봉준에게 경고장을 급송하였다.

아비의 원수를 갚고자 할진대 마땅히 효도할 것이요. 백성의 곤함을 건지고자 할진대 반드시 어질어라. 효도를 느끼는 곳에 인륜이 가히 밝아질 것이오, 어짐을 베푸는 곳에 백성의 권리를 회복할 것이라. 더욱이 경에 이르기를 현기(玄機)는 불로(不露)라 물위심급(勿爲心急)하라 하였으니 마음을 급히 서두르지 말고 후일을 기하라.

그러나 최시형의 원론적 권고는 이미 농민혁명군의 사고와는 차이가 큰 것이었다. 이제 교리로써 백성을 교화하고 교조 신원운동을 벌리고 선정을 베풀어주십사 애원하는 범주를 훨씬 벗어서고 있었다. 명실상부한 농민전쟁이었고 체제 전복을 위한 혁명운동에 돌입하고 있었다.

농민군의 규율은 지엄하기 그지없었다. 한 번은 한 파락호가 농민군에 끼어들었다가 민가에 침입하여 부녀자를 겁탈하고 재물을 훔

친 일이 있었다. 전봉준은 전체 농민군이 보는 앞에서 가차 없이 목을 베어 일벌백계하라 명하였다.

"우리는 백성을 보호하고 부정부패를 일소하기 위하여 기포한 의군들이다. 만약 죄 없는 백성에게 패를 끼치는 자가 있다면 이는 어떤 명목으로도 정당화 될 수 없다. 저 놈을 당장 목을 쳐라!"

전봉준의 불호령에 새파랗게 질려 있던 파락호의 목이 그 자리서 댕강 날아갔다. 이를 본 농민군들은 솔선수범하여 누구 하나 감히 문란한 짓을 하지 않았다. 백성들은 관군을 보면 뱀이나 지네를 보는 것처럼 피하고 반항하고 군량징수에 협조하지 않다가도 동학군이 오면 모두 스스로 양식을 가지고 나온 바람에 농민군의 군량은 가마니로 쌓이고 쌓였다. 연도에서는 아낙네들이 술동이와 물동이를 들고 나와 표주박으로 떠 주며 격려하고, 누가 시키지도 않았는데 모두 주먹밥을 싸가지고 나와서 나누어 주고 소쿠리 채 들려주기도 하였다. 감자, 고구마, 옥수수를 쪄 가지고 나와서 나누어 주고, 떡을 해가지고 나와서 나누어 주기도 하였다. 또한 농민군에 투신한 아들을 보려 나와서 부자간에 혹은 부부간에 부둥켜안고, 배웅하고, 석별의 정을 나누는 모습이 여기저기서 눈에 띄었다.

전주성에 입성하기 전날, 홍계훈은 경병 일부를 시켜 아침 일찍 완산 칠봉에 진을 치게 하였다. 정오가 되자 농민군 수 백 명이 남문 밖을 지나서 두무봉으로 향하다가 경병의 갑작스런 공격을 받고 사망자가 수십 명이 나왔다. 오후에는 경병이 농민군의 잠입을 막기 위하여 서문 밖 민가를 900여 호나 불 질렀다. 농민군이 용머리 재

176

에서 일자진(一字陣. 일렬종대로 서서 진격하는 진법)으로 공격해 오자 경군은 서문을 닫고 서문 밖 민가 수천 채를 불 지르는 만행을 저질렀다. 이유는 농민군의 진격을 끊기 위한 것이라지만 백성의 입장에서는 그 초가집 한 채가 얼마나 중요한 재산인데 이제 어떤 이유로 그들을 설득할 수 있을 것인가?

이날은 서문 밖 장날(4. 27)이었다. 날이 밝자 장꾼들이 하나 둘 씩 모여들었다. 농민군도 장꾼으로 가장하고 정보활동을 펴고 있었다. 농민군 일부는 상인으로 가장하고 이미 성 안에 들어가 있었다. 오시(11-13시)가 되자 장터 건너편의 용머리 고개에서 농민군의 대포소리가 터져 나오며 콩 튀듯 소총소리가 울리더니 3-4만의 농민군이 일제히 쏟아져 나왔다. 그런데 비장한 각오로 돌격해 가던 농민군은 발걸음을 주춤하였다. 이상스럽게 서문이 소리 없이 스르르 열리고 마는 것이 아닌가.

그 때 성 안에는 감사를 비롯하여 전주의 모든 벼슬아치들이 다 도망쳐 버리고 없었지만, 스스로 척지은 적이 없다고 생각하는 이속(하급 벼슬아치)들이 남아서 조심스럽게 눈치를 보고 있었다. 상인으로 가장하여 입성한 정백현이 건장한 농민군 너 댓 명과 함께 그들 앞에 나타났다. 불안한 마음으로 농민군을 기다리고 있던 이속배들은 그들의 거동으로 보아 보통 상인이 아니란 것쯤 첫 눈에 알아보는 눈치다.

"수고들 하십니다."

"귀형들은 누구신지….."

"성문 밖에는 수만 민군이 쳐들어온다는데 존하들께서는 두렵지 않으십니까?"

"동학교문에서 나오신 분들이시군요. 맞지요? 우리는 죄지은 일이 없기 때문에 동학군이 들어오는 것을 환영하려 기다리고 있습니다."

"하하하, 반갑습니다. 우리 같이 문을 열러 나갑시다."

이렇게 해서 서문이 안에서부터 활짝 열어 제켜진 것이었다. 전봉준은 3만 대군을 이끌고 나귀를 타고 당당하게 서문으로 입성하였다. 연도에는 언제 나왔는지 흰옷 입은 백성들이 장사진을 이루고 환호를 하였다.

"녹두장군 만세!"

"녹두장군 만만세!"

"천도 교문 만세!"

"폐정을 개혁하라!"

"개혁하라! 개혁하라! 개혁하라!"

키 작은 전봉준은 벌써 녹두장군으로 조선팔도에 알려지고 있었다. 동학의 종교적 자유와 폐정개혁은 동일시되고 있었다.

전봉준은 농민군의 호위아래 텅 빈 선화당(宣化堂. 각 도 마다 감사가 사무를 보던 정각)을 인수하여 대장소로 삼았다. 이로써 전주성은 완전히 함락되었다. 조선 양곡의 절반을 생산하는 노란 자위 곡창지대가 농민군의 수중에 떨어진 것이다.

전봉준은 감사가 앉았던 의자에 앉아서 산천을 뒤흔드는 쩌렁쩌렁한 목소리로 명령을 쏟아내고 있었다. 신바람이 난 농민군은 커다란 관아의 모든 기관을 접수하고 양곡을 점검하고 무기를 배분하였다. 동시에 옥에 갇힌 죄수들을 심사하여 죄질이 나쁜 잡범들을 제외하고 억울하게 갇힌 죄수 전원을 석방하여 주었다.

전주 관아에서 억눌려 살며 궂은 일만 도맡아 해오던 관노와 사령들은 덩실덩실 춤을 추며 농민군 앞에서 관아의 구석구석을 안내하였다. 그러나 그들이 사감을 가지고 보복하려 한다거나 조금이라도 의에 벗어나는 행동을 하려 하면 안내를 맡은 자라도 절대 용납하지 않았다. 방화도 일체 용납하지 않고 엄격한 규율을 유지하며 주민들을 안심시켰다. 길에서 혹시 부녀자가 넘어지는 일이 있으면 젊은 농민군이 직접 일으켜 주지 않고 길가는 아동을 시켜 일으켜 드리도록 하였다. 또한 이때는 마침 모내기 시기인지라 때를 놓이지 말라고 위무하였다. 주민들은 모두 안심하였고 전주성을 점령한 오후에는 서문 밖 장이 거의 평소와 같이 서고 있었다.

농민군 중에서도 일부에서는 사적인 원한이 깊은 자들이 있어서 이 기회에 보복하려는 기미가 농후하였다. 그러나 전봉준의 불호령 앞에 모두 개인사를 접어두지 않으면 안 되었다. 전주 출신의 동학 접주 서영두는 앞장서서 농민군의 폭력을 막고 민간인과의 갈등을 해소하는 중재역할을 자진하여 담당하고 있었다. 그런데도 일부 농민군들은 떼를 지어 모여서 백성의 원성의 대상이 되었던 전 감사 김문현, 전 전운사 조영필, 전 균전사 김창식, 전 고부 안핵사 이용태, 이 네 놈만은 반드시 잡아서 효수해야 한다고 주장하고, 그들을 잡아 죽이기 전에는 해산할 수 없다고 버텼다. 전봉준이 그들 앞에 나타났다.

"도인들! 우리의 기포는 일개 감사를 목 베고, 일개 전운사를 목 베는데 있지 아니합니다. 작은 일에 집착하다보면 큰일을 망치기 일쑤입니다. 물론 나 자신도 그들이 가증스럽기 그지없습니다. 그러나 우리는 누구에게 분풀이 하는 수준을 훨씬 뛰어넘어야 합니다. 우리는 우리의 무극대도를 펼치고 조선 팔도를 개혁해야 합니다. 더 큰 목표를 향해 다 같이 정진합시다."

그 때에야 그들은 마지못해 해산하였다. 김문현은 농민군이 공격해 온다는 소식을 듣고 걸음아 날 살려라 하고 벌써 달아나고 없었고, 전주성이 함락되는 그 시각에 홍계훈 자신은 소위 초토사라는 자가 농민군의 꽁무니만 쫓아다니다가 태인현에 도착하였다. 저녁에야 겨우 금구에 도착하였다.

전주성을 점령한 당일 저녁은 상상외로 평온했고 선화당도 조용했다. 태풍전야의 고요라고나 할까. 그런데 웬일인가, 잠자리를 들러 내아(사또의 살림집인 안채)를 들어서자 그처럼 그립던 벽송댁이 다른 농민군 부인 몇 명과 함께 전봉준을 기다리고 있지 않은가. 전봉준이 오자 다른 부인들은 온화한 표정으로 인사를 하고 물러나고 벽송댁만 남는다. 마치 수줍은 소녀처럼 홍조를 띠고, 꽃무늬 분홍치마에 색동저고리를 입고 단정하게 머리를 쪽지고 오이씨같이 하얀 보선을 신었다.

"아니, 벽송댁 이게 웬일이요."

"그동안 장군님 너무 큰일을 하고 계셔서 가까이 올 수도 없었습

180

니다만 오늘은 혹시나 하여 와 보았습니다."

"장군은 다 무어요. 편히 부르세요."

"아닙니다. 장군이시다마다요. 장군님은 이제 한 개인의 지아비가 아니고 나라의 어른이십니다. 저는 장군님 같이 훌륭한 분을 가까이 모시게 돼서 한없는 광영입니다."

"집이 불탔다고 들었는데 얼마나 고생이 많았소?"

"그 까짓 초가집이야 다시 지으면 되지요."

"영식이는 만나보셨습니까?"

"네, 영식이는 오늘밤 내아를 지키는 파수를 본다고 했습니다."

"어서 안으로 들어갑시다."

그들은 참으로 오랜만에 생전 처음으로 넓은 방, 깨끗한 이부자리에서 운우지정을 나누는 꿈같은 망중한을 보냈다. 아아, 이런 세월이 영속될 수 있다면 오죽 좋으랴. 이런 평화로운 나라가 되면 얼마나 좋으랴. 그러나 벽송댁은 알고 있었다. 전봉준의 앞날은 단 하루도 가늠할 수 없다는 것을.

오랜만에 늦잠을 잤다. 감사의 아침식사를 담당하던 인원은 거의 그대로 여서 벽송댁과 전봉준은 사또가 먹던 아침상을 받았다. 먼저 삼색 식혜가 나왔다. 단호박으로 만든 황색식혜, 자색 고구마로 만든 자색식혜 그리고 마늘이 원료인 흰색식혜가 작은 공기에 담겨 나와서 두 부부는 서로 얼굴을 마주 보며 한 술씩 떠먹어보며 미소 지었다. 다음에 따끈한 전복죽이 나왔다. 그 다음은 찐떡과 어채가 나왔다. 찐떡은 찹쌀가루를 반죽하여 방울같이 빚어서 술에 찌고, 그 다음에 팥 속에 꿀을 섞어서 방울 속에 넣고 방울 위에 대추를 붙인 것이었다. 어채는 생선과 국화잎사귀, 파, 석이버섯, 달걀을 가늘게 썰어서 섞은 것인데, 여기에 고추장과 참기름을 쳐서 먹는 것이었다. 그 다음에 적은 양의 약밥이 나오더니 마지막으로 수정과와 강정이 나왔다.

아침나절이 되자 보강된 장위영군 2천여 명이 전주성을 포위하고 완산 7봉을 중심으로 주변 산에 진지를 구축하였다. 완산은 전주성을 굽어볼 수 있는 곳이어서 농민군이 완산을 소홀히 했다는 것은 전략상 실수였다.

홍계훈은 전주성 남쪽 완산에 도착하자마자 무작정 대포를 발사하라 명하였다. 대포 3발이 발사되자 이를 신호로 하여 되레 수천 명의 농민군이 서문과 남문을 열고 일제히 쏟아져 나왔다. 남문으로 나온 농민군은 공격할 때 두려움을 없애기 위하여 영부를 그려 가슴에 안고 달렸다. 남문의 농민군이 공격을 개시하자 성 안의 농민군은 일제히 관군을 향하여 재래식 대포를 발사하였다. 선봉대는 갑옷을 입고 투구를 쓰고 환도를 차고 천보총(千步銃)을 난사하며 돌격하였다. 그런데 갑자기 쏘는 경군의 대포에 농민군 30여명이 쓰러지자 퇴각을 시작하였다. 퇴각하는 농민군을 향하여 다시 사격을 가하자 수백 명이 다시 쓰러졌다. 북문을 나온 농민군은 황학대를 쳐다보며 공격을 개시하였다. 그런데 갑자기 숲 속에서 천지를 뒤흔드는 기관총 공격으로 말미암아 일시에 농민군 100여 명이 격살되고 농민군은 다시 성 안으로 퇴각할 수밖에 없었다. 이 기관총은 강화도 조약 때 일본이 조선을 겁박하여 조약을 체결하게 했던 그 미제 개틀링 기관총(회선포)이었다. 그들은 조약을 체결하고 귀국할 때 기념으로 고종에게 개틀링 기관총을 선물하여 겁을 주었던 적이 있다. 개틀링 기관총은 1분에 3,000발이나 발사되는 무서운 성능을 가지고 있었다. 동학농민군도 황룡촌에서 경군으로 부터 노획한 개틀링 기관총이 1대가 있기는 했어도 그것을 다룰 수 있는 사수도 없었고 실탄도 없었다.

서문에서 쏟아져 나온 농민군은 신시(15-17시) 경에 검무를 추며 검가를 부르며 전진하였다. 동시에 황룡촌 전투에서 효험을 보았던 장태를 앞세우고 밀고 올라갔다. 그러나 장태는 내리막길이나 평지에서는 큰 효험을 발휘하나 올라가는 곳에서는 위력을 떨치지 못하였다. 하는 수 없이 수십 명의 사상자를 내고 후퇴하지 않으면 안 되었다. 경군은 농민군의 뒤를 추격하였으나 날이 어두워지자 성 안까지는 들어가지 못하고 병을 거두었다. 공방전은 하루 종일 계속되었지만 경군이 전주성을 탈환하는 것은 불가능하였다.

고종은 전주성이 함락되었다는 급박한 소식을 접한 지 얼마 안 되어 다시 충청감사 조병호로 부터 치보를 받는다. 충청도내 동학농민군도 문의, 옥천, 회덕, 진잠, 청산, 보은, 목천 등지에서 봉기하고 있으며 지방관들은 팔짱만 끼고 속수무책이라는 내용이었다. 고종은 급히 선혜청 당상 민영준을 불러 위안스카이와 차병안을 다시 제의하게 하였다.

전에 홍계훈의 상주전문이 올라온 후, 위안스카이는 민영준에게 고종과 초토사의 무능함을 책하고 만약 자기에게 맡긴다면 동학농민군 쯤이야 5일 내에 완전히 소탕하겠다고 장담한 적이 있다. 민영준이 다시 위안스카이를 찾아가자 위안스카이는 멸시하는 얼굴 심줄이 살짝 움직인가 싶더니 다짜고짜 얕잡아 내뱉는다.

"도대체 당신네 나라는 병대가 있는 것이요 없는 것이요. 그까짓 비도 하나를 토벌하지 못해서 꼭 상국의 심려를 끼쳐야 후련하겠소? 상국에서 어여삐 여겨주면 어여쁜 짓을 해야지 미운 짓만 골라서 하고 있으니 이거 참 쯔쯔."

이제 34세의 위안스카이는, 조선은 청의 속국이고 자기는 속국을 다스리러 온 총독(총리교섭통상사의)이었다. 그가 보여준 오만무도한 행동은 조선의 외교계에서도 매우 악명 높았다. 조선국왕에게 인사도 제대로 하지 않을 뿐만 아니라 심지어는 고종의 무능을 이유로 폐위까지 도모했던 인물이다. 북양대신 이홍장을 대신하여 그가 조선에서 행한 극악의 내정간섭은 한중관계에서 전무후무한 일이었다. 그가 훗날 이홍장을 대신하여 북양대군을 휘어잡고 중화민국 초대 총통의 자리에까지 차고 오른 것은 벌써 조선에서 그 씨알이 자라고 있었다. 위안스카이는 벌써 20대에 오장경부대를 따라와서 임오군란의 책임을 물어 대원군을 천진으로 납치하는 작전에 참여했던 인물이었다. 민영준이 자초지종을 설명하자 위안스카이는,

"알았소. 그럼 왕과 협의해서 정식 청병서를 작성하여 올리시오, 시간이 급하니 나는 먼저 급히 본국에 청병하여 군대를 파견하도록 하겠소."

고종의 입장에서는 청군의 파견문제는 중대한 국사이므로 일단 급히 시원임대신회의를 소집하였다. 그러나 이 자리에서는 벌써 청병을 한 민영준과 위안스카이의 밀약은 말하지 않았다. 영의정 심순택이 아뢰인다.

"아뢰옵기 황공하오나, 당초에 초토사를 내려 보낸 것 자체가 온당치 못한 일이었습니다. 내 백성을 초토(깡그리 죽임)하다니요. 그렇다고 지금 홀연히 청병함은 더 불가한 일입니다. 내란을 진정하기 위한 일이었다면 일을 잘 처리할 수 있는 책임자 한 사람을 보내면 족한 일이었는데 하필이면 분분하게 외병을 불러들인단 말입니까. 안으로는 영단을 내리셔서 먼저 큰 폐정을 제(除)하고 불량한 수령, 방백들을 중율(重律)로 처단하여 백성의 마음을 평안하게 하면 난민이 귀화하여 국내가 태평하여 질 것입니다. 만일 그렇지 못하고 홀연히 외병을 요구하면 반드시 지극히 어려운 일이 수반될 것입니다. 첫째, 나라는 백성이 근본이 되는 것인데 만약 외병을 차용하게 되면 몇 만의 생령을 초멸(剿滅)하지 않으면 안 될 것이니 이는 불가하옵니다. 둘째, 외병이 일단 국내의 경향각지에 들어오게 되면 각지에 폐단이 미칠 것은 뻔한 일이니 자연 민심이 동요될 것입니다. 또한 외병이 국내에 들어오면 각국 공사가 반드시 자기들의 군대로써 각기 공관을 지킬 것이니 나라간의 분쟁이 일어날 소지가 많습니다. 가장 걱정되는 것은 일본이 그것을 빙자하여 청국과 똑 같이 군대를 파병하는 일입니다."

"일본은 우리 쪽에서 청원하지 않을 텐데 어찌 망동할 수 있단 말씀입니까? 그것은 괜한 우려입니다."

심순택의 말을 받아 친 것은 판중추부사 김홍집이었다. 김홍집의 말을 듣고 영돈녕부사 김병시가 아뢴다.

"비도는 죄를 사해 주기 어려우나 모두 우리의 백성인 것만은 분명합니다. 때문에 이는 마땅히 우리의 병대로써 토벌해야 할 것입니다. 만약 타국의 병대를 빌려 토벌하면 국민이 정부를 무엇으로 보겠습니까. 필시 민심이 흩어질 것은 자명한 일이며 한 번 흩어진 민심은 다시 아물어지기 어려울 것입니다. 외국 병대를 차용한 문제는 신중에 신중을 기해야 마땅합니다. 우리는 또한 일본의 거동에 각별한 주의를 해야 할 필요가 있는 만큼, 그들에게 좋은 빌미를 주어서는 안 됩니다."

"그것은 원칙론에 불과한 것이요. 지금 실제로 비도들이 전주성을 점령하였어요. 전주성은 조선의 곡창지대를 관장하는 실로 중요한 곳입니다. 그리고 비도들의 목표가 전주성을 점령하고 서울로 직행하자 하는 것이 그들의 구호예요. 전주와 한성은 4백 여리 밖에 떨어져 있지 않은 근거리 입니다. 이런 급박한 사정을 놔두고 그런 한가한 말씀을 하고 계십니다 그려."

이번에는 민영준이 받아친다. 고종은 뭇 대신을 내려 보며 말한다.

"많은 의견을 내는 것은 좋은 일이나 지금 시간이 너무나 급하오. 지금 당장 이를 해결하지 않으면 종묘사직이 위급하오. 빨리 해결하지 못하고 지체만 하다가는 후회막급할 일이니 청에 원병하는 일은 늦출 수가 없는 급박한 일이오. 속히 청관(淸館)에 조회(照會)를 촉송

(促送)하도록 합시다."

　국가가 위급하다는데 여기서 대신들이 더 무슨 말을 하랴. 잘못
했다가는 역적으로 몰릴 판이니 입을 다물 수밖에 다른 도리가 없었
다. 일은 일사천리로 진행되었다. 참의내무부사 성기운이 청관으로
위안스카이를 찾아가 조선 정부의 청병 요청서를 바쳤다.

　우리나라 전라도 소관의 태인, 고부 등의 현은 민간의 습속이 흉
악하고 타고난 본성이 험휼(險譎)하여 평소에 다스리기 어려운 바
가 있었습니다. 근래에 동학교의 비도들과 결탁하여 1만여 명이 취
회하여 현읍 십 수개 처를 공략하였습니다. 지금은 북으로 잠입하
여 전주성을 함락하였습니다. 이에 앞서 우리가 연군(練軍)을 파견하
여 비도들을 죽이기도 하고 위무하기도 하였으나 이들이 죽음을 무
릅쓰고 항전함으로 연군이 패배하여 막대한 군비를 빼앗기기에 이
르렀습니다. 이와 같은 흉악한 사태가 오래 지속되고 있는 판국이니
심히 염려되지 않을 수가 없습니다. 현재 전주는 한성과는 4백 수리
의 거리 밖에 되지 않으므로 만약 그들이 다시 북으로 잠입하여 경
기지방을 소요케 한다면 나라가 심히 위태로워질 것입니다. 우리나
라 현재의 신련군대로는 겨우 도회지를 호위할 수 있을 정도이며 또
전쟁을 격어보지 않아 흉구(凶寇)를 섬멸하기가 어렵습니다. 가장 걱
정되는 것은 만약 흉도들의 발호가 만연되어 혹시 중국 조정에 우를
끼치는 바가 있을까 몸 둘 바를 모르겠습니다. 생각건대, 임오, 갑
신 양차 내란이 있었을 때도 모두 중국 조정의 병사에 의뢰하여 대

신 진압되었습니다. 이에 간절히 원조를 청하오니 귀 총리께서는 북양대신에게 전보로 간청하시어 소정의 군대를 파견하여 속히 대신 토멸해 주시고, 아울러 우리나라의 각 병대의 장수로 하여금 군무를 익히게 하여 장래 자력으로 막을 수 있는 힘을 기르게 해 주소서. 흉악한 비도들을 섬멸한 즉시 철회하여 귀국해 주시기 마라며 스스로 계속 남아서 천병(天兵)이 오래 외지에서 수고롭지 않기를 간청하는 바입니다.

위안스카이는 청병요청서를 받아들고 추측키 어려운 입가의 웃음을 지어보였다. 즉시 북양대신 직례총독 이홍장에게 타전하고 당일로 회신을 받았다. 즉시 파병할 것이라는 내용이었다. 박제순이 위안스카이의 눈치를 보러 청관에 들르자, 자세한 것은 일러주지도 않고 "이제부터 내가 알아서 할 테니 당신 왕더러 안심하라고 하세요."하는 한 마디만 던져주고 안으로 들어가 버렸다.

청일 양국의 먹이사슬

관군의 입장에서는 전주성 공방전에서 하나의 걸림돌이 되기도 하고 구실이 되기도 하는 것이 있었다. 전주성 안에는 경기전(慶基殿. 이성계의 영정을 모시는 곳)과 조경단(肇慶壇. 이성계의 조상을 제사지내는 곳)이 있었다. 관찰사 김문현과 판관 민영승이 전주성을 버리고 도망갈 때도 경기전과 조경전에 있는 위패와 영정을 위봉산성으로 이궁한다는 것을 이유로 삼았다.

이번에 관군이 완산 아래에 포대를 설치하고 5백 미터 이상 날아가는 대포로 무작정 포환을 발사하면서 성 안의 경기전과 조경단 건물의 일부가 파손되고 말았다. 조선왕실의 시조를 모시는 신성한 곳을 파손하게 된 것은 자칫 명분에서 궁지에 몰릴 가능성이 높았다. 그래서 무작정 포격하거나 공격하기도 곤란한 지역이 전주성이었다.

홍계훈은 심리전을 쓰기로 했다. 전봉준을 잡아 바치는 자는 정부에서 큰 상을 내린다 하고, 항복한 농민군은 모두 용서해 준다고 했으며, 관노와 사령들은 자기의 직함을 몸에 붙이고 투항해 오면 역시 모두 용서한다는 내용의 전단을 성안에 뿌리고 소문을 퍼트렸다. 그러자 농민군은 확실히 동요하였다. 농민군의 입장에서는 지원병이 올 수 없는 상황인데다가 북접에서는 아무런 호응이 없었다. 반대로 관군은 지원이 계속 불어나고 있으며 거기에 청국의 병대가 올 것이라는 소문까지 있어서 여간 불안한 것이 아니었다.

전봉준은 농민군의 마음을 추스르는 것이 중요했다. 신영식이더러 선화당 골방에 청수 한 사발을 떠오라고 명했다. 작은 상에 청수 한 사발만 올려놓고 꿇어앉았다. 전봉준은 신영식에게 이제부터 기도를 드리는 시간이니 내가 밖으로 나가기 전에는 누구도 면회를 사절하라 하였다.

"상재님이시어! 오직 상재님만 믿고 오늘 이 자리까지 오게 되었습니다. 백성을 구하고 나라를 구하라는 상재님의 지상 명령만 따라 줄달음쳐 왔습니다. 그러나 너무나 감당키 어려운 난관에 봉착하였습니다. 조화를 이루어 주시옵소서. 지금 관군은 늘어나고 있으며 청일양국은 승냥이처럼 조선으로 몰려들고 있습니다. 농민군은 불안에 떨고 있습니다. 농민군은 증원의 희망이 없으며 군량도 한계가 있습니다. 오오! 상재님이시어, 도와주소서, 도와주소서….."

전봉준은 전신에 땀이 흥건히 배이도록 하늘에 간절히 기도하였다. 얼마나 기도를 하였는지 정신이 혼미하여 쓰러질 지경에 이르자

190

공중에서 외는 상재님 소리가 들렸다.

"나는 천지만물을 창조한 너의 상제이니라. 두려워하지 마라. 겁내지 마라. 옳은 일을 하는 자에게는 반드시 그에 상응한 보답이 있느니라. 두려워 할 것은, 오직 너의 성경신이 부족할까 이다. 전쟁은 눈앞의 승패가 전부가 아니니라. 5일만 더 기다려 보아라. 좋은 일이 있을 것이다. 그대로 따르라."

"상재님이시어, 상재님이시어…"

전봉준은 상재님을 향하여 두 손을 번쩍 들고 가시지 말라고 애원하였다. 너무나 오랫동안 전봉준이 나오지 않자 걱정이 된 신영식이 선화당 골방 문을 빠끔히 열어보았다. 문 여는 소리를 듣고 정신이 든 전봉준이 신영식더러 즉시 접주들을 모이게 하라고 했다.

전봉준은 모인 참모진들 앞에서 일장 연설을 하였다.

"우리는 하늘을 믿는 사람들이요. 우리 동학은 원래 이름이 천도입니다. 하늘은 우리 편입니다. 우리의 궁을도(弓乙圖) 영부는 약(弱)이 강(强)을 이긴다는 하늘의 계시이니 몸에 지니고 싸우면 총탄도 비껴갑니다. '시천주조화정 영세불망만사지'의 평생주문은 곧바로 하늘님과 소통되는 주문입니다. 축지법, 둔갑법은 우리에게만 일어나는 기적입니다. 믿음을 잃지 마세요. 지금 관군과 대치하고 있지만 닷새만 기다려보세요. 반드시 좋은 소식이 있을 것입니다. 당신들은 내 말을 듣고 사지(死地)에 들어왔으니 내 말을 한 번 더 듣지 못할 이유가 없지 않습니까. 천도를 믿는 자에게는 하늘의 조화가 일어나게 되어 있습니다."

"정말 총탄도 비켜가고, 축지법, 둔갑법이 가능합니까?"

"가능하다마다요. 단 믿음이 부족하면 되지 않습니다. 성경신을 다해 주문을 외면 안 되는 일이 없습니다. 자! 우리 다 같이 축지법 주문을 외워봅시다.

천지 별아 와서 나를 도우라(天地之星 來助我)

지위 별아 와서 나를 도우라(地位之星 來助我)

일월 별아 와서 나를 도우라(日月之星 來助我)

명위 별아 와서 나를 도우라(明位之星 來助我)

사해팔방 별아 와서 나를 도우라(四海八方之星 來助我)

부귀 별아 와서 나를 도우라(富貴之星 來助我)

천리합신 별아 와서 나를 도우라(千里合神之星 來助我)

일보 별아 와서 나를 도우라(一步之星 來助我)

속거 별아 와서 나를 도우라(速去之星 來助我)

일신불거 만일보(一身不去 萬一步)

불견 별아 와서 나를 도우라(不見之星 來助我)

영거 별아 와서 나를 도우라(永去之星 來助我)

별아 와서 나를 도우라

별아 와서 나를 도우라"

방안의 도인들은 모두 전봉준의 선창에 화답하여 소리 내서 축지법을 외웠다. 전봉준이 문을 열고 방을 나가자 모두 따라가며 함께 축지법을 외운다. 전주성을 한 바퀴 돌며 축지법을 외웠다. 따르는 자가 처음에는 백 명 이백 명이더니 나중에는 수천 명이 되고 만여 명이 되어 장사진을 이루며 축지법 암송을 하고 돌아갔다. 축지법을 외는 소리는 전주성 안에서 하늘까지 은은히 울러 퍼지고 있었다. 축지법 주문만 외면 관군이 절대 따라잡지 못하고 어떤 관군도 쫓아가 잡을 수 있다고 믿었다. 한 걸음을 떼면 만 걸음을 나아간다고 믿었다. 전봉준의 5일 대기설도 모두 믿어 의심치 아니하였다. 전봉준은 심리전에서도 출중한 전략가였으며, 신심이 있으면 참으로 이루어지고 만다고 자신이 굳게 믿고 있었다.

5월 초하루에는 농민군이 먼저 싸움을 걸기로 하였다. 출진에 앞서 각자 자기준비를 하고 있었다. 삼삼오오 모여서, 또는 십여 명씩 모여서 '기도탄부식(祈禱呑符式)'을 하며 정성으로 기도하고 영부(부적)를 살라서 물에 타서 마시고 있었다. '시천주조화정 영세불망만사지'를 7고 또 7고를 계속하는 자가 수천 명이다. 하늘에서 신령이여 강림하소서 하고 비는 '항령주문(降靈呪文)'을 외고, 출진할 때 외우는 '출행주문(出行呪文)', 잡귀를 물리치는 '멸귀주문(滅鬼呪文)', 하느님과 동귀일체 해주십사 비는 '접령주문(接靈呪文)를 외고 있었다. 몸에는 각종 영부를 지니고 출진을 준비하고 있었다. 궁을도를 그리고 네모 밖에 천(天)자를 6개 쓰는 '천육자부', 천자를 8개 쓰는 '천팔자부', 또 '호령부(護靈符)', '이해부(移海符)', '기풍부(起風符)' 등 각종 부적을 몸에 지닌다.

농민군은 오전 10시경 갑자기 남문으로부터 쏟아져 나와 미전교를 건너 완산 주봉의 관군을 공격했다. 관군은 신식무기를 이용하여 화력을 뿜어댔고 위에서 내려다보며 유리한 고지에서 공격하였다. 농민군은 동지들의 시체를 밟고 넘어가면서도 공격을 계속하였다. 관군 중 강화병은 급히 산을 내려와 백병전을 벌렸다. 쌍방 간에 격렬한 싸움을 벌였으나, 결국 농민군이 주봉을 점령한 것은 불가능하다고 느끼고 성 안으로 후퇴하였다.

다음 날은 관군이 먼저 선제공격을 하였다. 크루프 포와 회선포로써 완산 위에서 성안을 향하여 경기전, 조경단만 피하고 사정없이 포격을 가하기 시작했다. 이 날은 서문 밖 일대의 민가 600여 채가 불타고 동학농민군 100여 명 사망, 관군 35명 사망으로 마감하였다.

그 다음 날은 다시 농민군이 선제공격을 가하였다. 서문과 북문에서 밀고 나와 사마교와 하류의 비석전을 건너 서쪽 최고봉 유연대의 가파른 비탈을 기어올랐다. 관군은 농민군의 결사항전에 밀려 파도가 밀리듯 남쪽으로 달아났다. 농민군은 추격전을 벌려 다가산을 점령하고 용주고개를 가로질러 홍계훈의 본영을 위협하였다. 농민군은 더 이상 추격한 것은 적진 안으로 들어가는 격이어서 진격을 멈추고 성 안으로 철수하였다. 그런데 관군은 전열을 가다듬어 바로 뒤따라 추격함으로서 관군이 농민군을 추격하는 형세로 뒤바뀌었다. 관군은 남문 쪽에 사다리 300여 개를 만들어 성벽에 세우고 넘어 들어와서 공격하다가 농민군의 총공격을 받고 겨우 퇴각하였다. 이 싸움에서 농민군 1,000여 명의 사상자가 나왔으며 관군은 150여 명의 사상자가 나왔다. 이날 전투에서 전봉준도 머리와 왼쪽다리에 부상을 당하였다. 홍계훈은 비록 약간의 승기는 잡았으나 관군 나름대로 애로가 있었다. 전 인민의 지지를 받고 있는 농민군과 도망자가 속출하고 있는 관군의 사기 때문에 종국에 농민군에 밀릴 것이라고 판단하여 급히 정부에 "우리의 수는 적고 저들의 수는 많으므로 어서 청국의 군대를 빌어 토벌하여 주소서." 하고 청군을 재차 주청하였다. 전봉준은 농민군의 사기가 떨어질까 봐 자신의 부상을 일체 비밀로 붙이고, 벽송댁만 옆에서 치료하게 하고 신영식과 정백현, 김홍섭만 몸 가까이서 호위하라 하였다. 이처럼 간헐적인 전투와 심리전, 격문공세가 계속되는 소강상태가 며칠 동안 계속되었다.

그런데 이 기간에 조선을 둘러싼 국제정세의 움직임은 숨 가쁘게 돌아가고 있었다. 이를 누구보다도 민감하게 감지하고 있는 것은 전봉준이었다. 전봉준은 부상당한 다리를 치료하고 있는 벽송댁의 손을 지긋이 잡았다. 벽송댁은 아들 앞에서 손을 잡히고 부끄러워 처녀마냥 얼굴이 홍당무가 된다. 사랑 가득한 눈으로 벽송댁을 바라보던 전봉준은 그 옆에 무릎을 꿇고 앉아서 초조히 지켜보고 있는 신영식에게 시선을 돌렸다.

"영식아!"

"네, 선생님."

"아무래도 전라감사와 화약을 맺어야 할까보다."

"네?"

소스라치게 놀라는 신영식을 돌아보던 벽송댁이 잡힌 손을 지긋이 빼고 입을 열었다.

"장군! 잘 생각하셨습니다. 그렇게 하십시오."

"서울 진격은 어찌하고 폐정개혁은 다 어떻게 하고요? 우리를 따르는 저 수 만 농민군은 어찌하고요?"

신영식의 말에 전봉준은 아주 온화한 얼굴로 벽송댁과 신영식을 번갈아 보다가 말한다.

"서울 진격은 지금으로서는 무리다. 지금 가장 큰 걱정은 청국과 일본에게 구실을 주고 있는 것이다. 일단 그것은 막아야 나라가 보존된다. 서울 진격은 그 다음에도 할 수 있지 않느냐? 그 때는 꼭 북접의 호응을 받아야만 할 것이다. 폐정개혁은 신임 감사와 협의하여 집강소 같은 것을 설치하고 함께 개혁을 하면 되지 않겠느냐?"

"그것을 감사가 들어줄지도 문제이지만, 우리를 따르는 저 많은 농민군은 어찌합니까?"

"감사와 협의하여 물침표(勿侵票. 체포 면제증)를 지니고 귀가하게 하면 되지 않겠느냐? 또 지금 모내기철이라 때를 놓이면 한 해 농사를 망치고 만다."

한편, 감사 김문현의 후임으로 임명을 받은 김학진은 김문현과는 근본이 다른 사람이었다. 그는 선원(仙源) 김상용의 후손으로 대를 이어 한양의 장동에 살았는데 어려서부터 글을 잘하고 인물 평판이 좋았으며 물욕이 없는 선비였다. 김학진과 병사 서병묵이 주상께 하직 인사를 드리려 엎드리고는 일어나지 않자 이상히 여긴 주상이 말하였다. "경은 왜 일어나지 않은가? 따로 할 말이라도 있는가?" 하자, 김학진은 아뢰었다. "전하, 아뢰옵기 황공하오나 지금 비도라고 하는 저들 농민들도 모두 전하의 백성입니다. 임지로 부임하기에 앞서 하나 다짐하고 싶은 말이 있습니다. 신이 임지에 도착하여 편의

종사(便宜從事. 형편에 따라 일을 처리할 수 있는 재량권)할 수 있는 권한을 주시옵소서." 왕이 대답을 하지 않자 김학진은 일어나지 않고 그대로 엎드려 있다. 왕은 입을 열었다. "알았다. 경의 사람됨을 내 익히 알고 있는 바이니 임지에서 편의종사 하라." 그 때에야 고개를 든 김학진은 "성은이 망극하나이다."하고 자리에서 물러나왔다.

김학진은 왕의 뜻과 자기의 뜻을 홍계훈에게 전달하였다. 홍계훈도 정전을 할 구실만 찾고 있던 중 구세주를 만난 듯 찬성하였다. 바로 그 때 홍계훈의 본영에 손화중이 신영식의 안내를 받으며 불쑥 나타났다.

"우리 총대장께서 신임감사를 뵙고자 합니다."

"총대장께서는 조건만 맞으면 화약을 맺고 농민군을 해산할 의사가 있습니다. 선화당에서 관군과 농민군이 각각 동수로 모여 폐정개혁을 논의하자고 합니다."

늠름하게 서서 말하는 손화중과 신영식의 위풍당당한 자세에 흠칫한 홍계훈은 짐짓 위엄을 보이며,

"알았소. 지금 삼례에서 대기하고 있는 신임사또의 재가를 얻어 곧 연락하리다."

쌍방의 이해관계가 합치된 관계로 화약은 전격적으로 이루어졌다. 전봉준이 상좌에 앉고 양쪽에 김개남, 손화중이 앉아 회의를 주도 하였다. 신임 감사 김학진은 전봉준이 제시한 27개 폐정개혁안을 수정 없이 그대로 수용하기로 하였다. 이때가 전봉준이 '닷새만 기다리면 좋은 소식'이 있을 것이라고 하는 바로 그 날이었다. 이때부

터 전봉준은 천기를 꿰뚫은 사람이란 소문이 퍼졌고, 농민군은 물침 표를 소지하고 각자 귀가하기로 하였다.

위안스카이로부터 조선정부의 청병안을 받아 든 이홍장은 즉시 북 양수사제독 딩루창(丁汝昌)에게 명하여 먼저 군함 제원(濟遠), 양위 (揚威) 두 척을 인천에 급파하기로 하고, 직례제독 예즈차오(葉志超) 에게 명하여 태원진 총병 니예스청(聶士成)을 거느리고 회군(淮軍. 중 국 안휘성 출신으로 조직한 군대. 북양해군의 주력부대) 정예병 1,500명을 선 발하여 인천에 도착하게 하였다.

주일 청국공사 왕펑짜오(汪鳳藻)는 일본외무대신 무쓰 무네미쓰(陸 奧宗光)에게 이 사실을 통보하였다. 1885년에 체결한 청일간의 천진 조약에 의하여 조선에 사변이 있어서 청국이 군대를 파견할 때에는 반드시 먼저 일본에 통고하여야 한다는 등의 말이 있는바, 이번에 동학란으로 인하여 조선정부에서 원병을 청하였으므로 청국이 조선 에 파병한다는 내용이었다.

주한 임시대리공사 스기무라 후카시는 청의 총리교섭통상사무아 문 주사 리허꾸이(李鶴圭)를 방문하여, 청국이 조선에 파병하였으므 로 천진조약에 의하여 일본도 조선에 파병한다고 통고하였다.

주청 일본공사 고무라 쥬타로(小村壽太郎)는 청국총리각국사무아문 에 통보하여 청일 양국 간의 조약에 의하여 일본도 조선에 파병함을 통보했다. 청국 흠차총리각국사무아문의 경친왕(慶親王)은 고무라를 공관으로 불렀다.

"청국이 조선에 파병하는 것은 조선 정부의 요청에 의한 것인데 일본은 조선에서 요청도 안 했는데 파병한다는 것이 이치에 틀리지 않소?"

"천진조약에는 분명히 '조선에서 이후 변란이나 중요사건이 발생하여 청일 두 나라 또는 어느 한 나라가 파병할 때는 먼저 문서로 연락하고, 사태가 진정되면 다시 철병할 것.'이란 조항이 있는데 왜 틀리단 말입니까? 또 그 전의 제물포조약 제5조에는 '일본 공사관에 군인 약간을 두어 경비하게 하며, 병영의 설치, 수선은 조선국이 책임을 지고, 만약 조선국의 병, 민이 법률을 지킨 지 1년 후에 일본 공사가 경비가 필요하지 않다고 인정할 때에는 철병을 해도 무방하다.'고 되어 있습니다."

고무라는 미리 가지고 온 천진조약과 제물포조약을 줄줄이 읽어댄다. 이에 경친왕은,

"청국에서는 조선의 동학란을 진압하는 것이 목적인데 일본은 공사, 영사관 등 통상사무를 보호한다는 명목으로 조선의 요청도 없는데 출병한다는 말인데, 이는 이치에 어긋나도 한참 어긋난 것 아니요?"

"이치에 어긋난 것은 청국 쪽이지 일본 쪽이 아닙니다."

"청국과 조선과의 관계와 일본과 조선과의 관계가 다르다는 것쯤 잘 알 것이 아닙니까? 조선은 수천 년 동안 중국의 번속(藩屬)이예요. 내가 내 나라의 반란을 진압한다는데 일본이 왜 나서는 거요?"

"그 말도 틀립니다. 만국공법을 보면 번속이라는 용어는 나오지

않습니다. 1876년 일조 강화도조약 제1관에 의하면 '조선국은 일본 국과 동등의 자격을 가진 자주국'으로 명기되어 있습니다."

"그것은 당신네가 일반적으로 정한 것이지 청국의 허락을 받은 바 없지 않소."

"일방적이라니요? 엄연히 장기간에 걸쳐 조선과 협상하여 정한 국 제간 조약입니다. 청국과 조선과의 밀접한 관계를 우리도 얼마간 알 고 있기 때문에 제국정부에서는 특별히 배려하여 청국에 통보해 드 린 적이 있지요. 청국의 허락을 받아야 하다니 말도 안 되는 소리 그 만 하세요."

"억지 부리지 마세요."

"우리는 우리대로 할 테니 당신네는 당신네대로 하시구려."

이렇게 하여 청병과 일병은 동시에 조선에 파병하게 되었다. 청국 은 자기의 종주국적 체면과 체제유지가 목적이지만, 일본은 엉뚱한 생각을 하고 있었다. 명목은 공사관, 영사관 보호이지만, 속셈은 이 번에 청국과 전면전을 벌려 조선과의 종주국적 고리를 완전히 끊어 버리고 청국의 군대를 대표하는 북양해군을 무력화 시키는 것이 목 적이었다. 조선의 개혁을 목적으로 일어난 갑오농민전쟁은 일본의 계략에 의하여 전혀 다른 방향으로 치닫고 있었다. 조선은 그야말로 풍전등화가 된 것이다.

찬바람 날리며 행각을 걸어가던 명성황후는 지켜 선 궁인들이 미 처 고하기도 전에 편전의 문을 제키고 들어가 상기된 얼굴로 주상에 게 앙칼진 소리를 질렀다.

"주상! 정신을 차리시고 사태파악을 하세요. 지금 일본이 파병하면 동학란보다 열 배 스무 배 더 큰 변괴가 벌어집니다. 어떤 수를 써서라도 막아야 합니다."

"자기들의 공사관, 영사관을 보호하기 위해서 온다지 않소? 조약에 그리 되어 있는데 어떻게 못 오게 한 단 말이요?"

"무슨 말씀을 하고 계십니까? 그 말을 믿으십니까? 일본이 자기네 공사관이나 지키려고 대군을 운송해 온답니까? 주일대신 김사철의 밀전을 보지 못하셨습니까. 공사관 보호는 명목일 뿐, 명치유신 이래 육성한 전군의 힘을 쏟아 부을 김새라지 않습니까. 그들은 공사관 보호에도 관심이 없고, 동학란 진압에도 관심이 없습니다. 일본은 조선을 병탄하는 것이 목적이고 그러기 위해서 청국에 전쟁을 도발할 것입니다."

"중전! 말씀이 너무 지나치신 것 같습니다. 어떻게 그 작은 나라가 대국을 향해 전쟁을 일으킬 수 있단 말씀입니까? 또 조선을 자기 마음대로 요리하려들면 주한 외교관들이 가만히 있겠습니까?"

"답답하십니다. 일본은 옛날의 '왜'가 아닙니다. 일본은 서구 열강 중의 한 나라예요. 외국공사들은 일본 눈치만 볼 것입니다. 어서 김사철에게 전문을 보내서 일본의 파병을 저지 시키세요."

"내 그리해 보겠소만 중전은 너무 과민한 걱정일랑 하지 않으셨으면 합니다."

고종의 부름을 받은 독판교섭통상사무 조병직은 먼저 국내의 일본 대리공사 스기무라를 찾아가서, 동학군은 이미 패전하였고 서울은 평온하여졌으므로 본국에 타전하여 파병을 중지시켜 달라고 요구하였다. 스기무라는 일본의 파병은 제물포조약 제5조에 의하여 공사관과 상민을 보호하기 위함이오 다른 뜻이 없다고 한 말을 다시 반복하고 있을 뿐이었다. 조병직은 다시 일본의 김사철에게 급전을 보내 무슨 수를 써서라도 일본의 파병을 저지하라고 했다. 그러나 김사철이 외무대신 무쓰를 찾아 갔을 때는 이미 일본 군대가 조선 해안을 향하여 출발한 후였다.

5월 5일에는 니예스청이 기선 도남호(圖南號)를 선발대로 군사 910명을 탑재하고 충청도 아산만에 도착하였다. 다음 날은 일본의 상비함대 사령관 육군중장 이토 스케유키(伊東祐亨)가 군함 마쓰시마(松島) 호, 지요다(千代田) 호를 거느리고 선발대로 인천에 도착하였다. 당일 일본공사 오토리 케이스케(大鳥圭介)가 군함 야헤야마(八重山) 호에 탑승하고 인천에 도착하였다. 오토리는 앞서 휴가차 귀국하였다가 이번에 일본이 조선에 파병을 하게 되자 급히 귀임한 것이었다. 이어서 대리공사 스기무라로부터 내일 오토리 공사가 호위해병 300명을 인솔하고 서울로 들어올 것이라고 통보해 왔다. 이에 조병직은 공사일행을 제외한 수행해병은 상륙을 정지하고 즉시 귀국 조치할 것을 요구함과 동시에 참의교섭통상사무 민상호를 인천에 급파하여 인천에 체재중인 협판교섭사무 리젠들(C. W. LeGendre 미국인)을 시켜 오토리를 만나 군사와 함께 입경(入京)하는 것을 저지해 달라고 하였으나 민상호와 리젠들은 오토리를 만날 수조차 없었다. 다음날(7일)에 오토리는 호위해병 400명과 대포 4문을 이끌고 당당히 서울로 들어서고 있었다. 협판교섭통상사무 이용직이 앞에 나서 이를 저지하였으나 오히려 비키지 않으면 발포하겠다고 엄포를 놓았다.

"이는 조약위반이오. 입경을 당장 멈추시오."

"뭐라고? 우리는 제물포 조약에 의하여 우리 공관과 상민을 보호하기 위하여 들어온 것이오. 비키지 않으면 발포하겠소."

"불가하오. 절대 입경을 허락할 수 없소."

"뭐라고? 발사준비! 발사!"

오토리의 명령에 따라 해병 20명이 앞으로 나와 이용직의 바로 머리 위로 일제히 소총을 난사한다. 이용직은 그 자리서 턱석 주저앉고 말았다.

같은 날 청국 직례제독 예즈차오가 정정연군(正定練軍. 서양식으로 훈련받은 군대) 1,555명을 기선 해안(海晏), 해정(海定) 호에 나누어 태우고 아산만에 도착하였다. 전후하여 아산에 도착한 청국군대는 합계 2,465명에 대포 8문이었다.

일본은 다시 육군 800명이 인천에 도착하여 서울로 들어왔고, 육군소장 오시마 요시마사(大島義昌)가 혼성여단으로 보병 3,000명과 기병 300명을 거느리고 인천에 상륙하였다.

일본은 인천과 서울을 중심으로, 청국은 아산만으로 착착 군대가 도착 보충되고 있었다. 한반도의 하늘은 검은 전운이 잔뜩 끼어 언제 천둥번개가 요동치는 폭우가 쏟아질지 모르는 상황이었다.

전주성을 물러나오고 있는 농민군은 사기가 충천한 당당한 전승군의 기세였다. 앞에서는 수십 명이 칼춤을 추고 뒤에는 수 천 명의 농민군이 일제히 칼노래를 부르며 따라 나온다. 또 다음 무리도 칼춤을 추고 칼노래를 부르고 나오고, 또 다음 무리도…. 성 밖에는 구름처럼 모인 가족들이 오래만의 해후를 하며 감격해 마지않는다. 농민군은 고향으로 향하기도 하고 집강소로 향하기도 하였다.

여기에 비하여 5월 27일 초토사 홍계훈이 귀경하는 모습을 보면 가관이었다. 신임 통위사(통위영의 장) 신정희가 출영나간 가운데 홍계훈이 선발대 700명의 병사를 이끌고 숭례문으로 입성하여 친군장위영으로 들어갔다. 이 병사들의 모습을 보건데 남루하기 짝이 없었으며, 사기는 완전히 땅에 떨어지고 의복은 헤어졌고 칼도 부러져 있고, 총은 망가져서 노끈으로 묶어서 달구지에 싣고 오는 것이 대부분이었다. 대열은 흐트러져 겨우 걸음을 지탱할 정도이며 패잔병의 형색 바로 그대로였다. 밥은 몇 끼를 굶었는지 허리를 펴지 못하는 병사들도 여러 명 눈에 띄었다. 동학농민군이 지날 때는 모든 사람들이 나와서 주먹밥이며 감자, 고구마, 막걸리를 들고 나와서 건네 주었으나 관군에게는 어느 누구 하나도 음식을 가지고 나온 백성이 없었다. 무기와 잔여 탄약은 달구지 40여대에 싣고 역시 장위영으로 들어갔다. 이들을 다음 달 초사흘 날 궐내에서 상을 주고 주연을 베풀어 위로하기로 되어 있었다. 이 '가련한 개선병'을 일본의 시사신보 기자 다카미 스스무(高見龜)와 우편보지신문(郵便報知新聞) 기자 지즈카 레이스이(遲塚麗水) 두 사람이 열심히 셔터를 누르고 있었다.

전주에서 물러나온 전봉준은 잠시 동안 상처의 치료를 하고는 각지의 집강소에 들려 독려하였다. 최경선이 기병 20명과 보병 500명으로 호위하고 금구, 김제, 태인, 정읍, 장성, 담양, 순창, 옥과, 순천, 창평 등지를 두루 돌아다녔다. 그런 연후에는 금구, 원평에 자리 잡고 그곳의 집강소를 지휘하였다. 벽송댁과 신영식은 그림자처럼 뒤를 따르고 있었다. 손화중은 광주, 무장일대를 장악하고 집강소를 지휘하고 있었고, 김개남은 남원을 점령하고 주위 집강소를 호령하고 있었다.

감사 김학진은 감영으로 전봉준을 초빙하였다. 전봉준이 전라감영을 들어서는 모습은 가히 혁명군 총대장의 위용을 제대로 갖추었다. 수백 명의 농민군의 호위를 받으며 커다란 갓을 쓰고 들어 온 키 작은 녹두장군의 위용은 농민군 수령으로 가히 순색이 없었다. 맞이하는 김학진의 관군 쪽에서는 양쪽에 나열하여 전봉준을 환영하고 있었다. 선화당 앞에 이르자 김학진이 어서 먼저 들어서라고 손을 펴서 자리를 권한다.

"장군께서 먼저 오르시지요."

"사또께서 먼저 오르시지요."

"아닙니다. 장군께서 먼저입니다."

"자, 그럼….."

전봉준은 약간 사양하고는 이내 선화당의 상석에 앉는다. 이때부터 전봉준은 선화당에서 감사의 업무를 보았고 추상같은 호령이 내려졌다. 오히려 김학진은 옆 골방에서 필요할 때 보조역할만 하였다. 김학진은 임지에 내려올 때부터 이것이 상감마마께 간청했던 '편의종사'의 복안이었다. 백성들의 한을 풀어줘야 한다. 수백 년간 계속된 부패와 관존민비 사상을 뿌리 뽑게 맡겨놓아야 한다. 이때부터 백성들 사이에서는 양반도 상놈에게 말을 올리고 상놈도 양반에게 말을 올렸으니 상반이 없어진 것이다. 시아버지가 며느리에게 큰 절을 하고 며느리가 시아버지에게 큰 절을 하였다. 아버지가 아들에게도 큰 절을 하고 아들이 아버지에게 큰절을 하였다. 누구나 서로서로 절을 하기 때문에 동학세상은 "절로 된다."는 말이 나오고 있었다.

그런데 김개남이 남원에 할거하며 독자적으로 집강소를 운영하려하는 것이 문제라면 문제였다. 동학의 삼거두인 김개남이 독자노선을 밟는 것은 자칫 대국을 망칠 우려가 있어서 위험한 행보였다. 남원에 들어온 김개남은 부사 윤병관이 도망가고 없자 동헌에 앉아 집무를 보기 시작했는데 자기 식의 개혁을 하고 싶은 욕망이 생겼다. 김개남의 처가가 임실이어서 이곳은 무척 익숙한 곳이기도 하였다. 전라우도를 돌아다니며 5만 명의 농민군을 조직하여 일단 강한 군사를 갖추었다. 김개남의 독자노선이란 즉 과격한 개혁이었다. 말을 듣지 않은 관리나 못된 양반은 가차 없이 목을 베었다. 그의 휘하에는 천민부대가 따로 있었다. 도망 나온 노비, 백정, 장인, 재인 같은 천민들로 구성되었다. 그들은 농번기가 되어도 돌아가 농사를 지을 땅조차 없었다. 천민부대는 양반가에 쳐들어가서 노비문서를 불사르고 상전을 묶어놓고 주리를 틀기도 하고 곤장을 치기도 하며 양반과 상전에 대한 분노를 마음껏 발산하고 있었다.

집강소는 전라도 53개 군현 중 나주와 운봉을 제외하고 모두 설치하였다. 이 두 곳은 수령과 민보군이란 자들이 버티고 방해하고 있었다. 전봉준은 이 두 곳에 무력사용을 자제하라 명하였다.

집강이란 말은 원래 최시형이 정한 육임(六任) 제도 중의 하나로, 그 중 집강 직책은 시비가 밝고 기율을 바로 잡을 수 있는 능력이 있는 사람에게 임명하였다. 여기서 따온 말이긴 하지만 전봉준이 창안한 집강은 소단위 행정구역의 장을 말하는 것이고 집강소는 일종의 농민 지방자치기구였다.

초기에는 농민군이 지방을 접수하면 접주와 접사(接司)를 두어 그 지방 행정을 보았다. 후에는 종교적인 조직으로 접주 아래 도접, 접사, 강사, 교장 등의 직책이 있었고, 전시에는 접주 아래 성찰, 검찰, 공사장 등의 직위를 두었다. 전주성 철수 이후는 고을마다 접을 두고 대도소라 칭하며 한 사람의 접주를 두고 수령의 일을 보게 하였으니 그 접주를 집강이라 하였다. 동학농민군이 그 고을에 들어설 때면 관리로 임명받은 수령은 대개 도망가고 없었다. 혹 청렴결백한 수령이 있어 도망가지 않고 남아 있으면 같이 행정을 처리하였으나 주도권은 집강이 쥐고 과감한 폐정개혁을 단행하였다. 수령도 이에 적극 협조하였다. 백성들은 좋아 춤을 출 일이었다. 이런 세상만 계속된다면 무슨 여한이 있으랴. 얼마나 바라고 꿈꾸었던 지상낙원이던가.

그런데 너무나 이성적인 동학농민군의 행동에 앙달이 난 것은 일본이었다. 그처럼 희망을 걸어 보았던 친일파 김옥균마저 수구파에게 저격당하여 부검참시를 당하고 말았으니 희망은 이제 조선의 내란에 걸 수밖에 없었다. 농민군이 폭도가 되어 흉악무도한 짓을 계속하고 나라가 어지러워야 조선정부를 무너트리고 청국에 싸움을 걸 수 있는데 이게 웬일인가? 나라는 언제 그랬느냐는 식으로 안정되어버리고 조선 정부마저 농민군의 실체를 인정하는 추세가 되고 말았다. 일본은 어떤 수를 써서라도 농민군을 부추겨 나라를 시끄럽게 해야 할 필요가 있었다. 그래서 활동을 시작한 것이 천우협(天佑俠)이란 대륙낭인들의 획책이다.

천우협이 활동한 시기는 6월에서 8월까지 삼 개월간이다. 이 기간은 전주화약이 성립되어 평온을 되찾은 시기이다. 그들은 일본 극우국수주의 단체인 현양사(玄洋社)의 지원을 받고 있었다. 도야마 미쓰루(頭山滿)를 두목으로 하는 현양사는 1881년 후쿠오카에 본거지를 두고 하코다 로쿠스케(箱田六輔), 히라오카 고타로(平岡浩太郎) 등과 함께 조직한 일본의 극우 정치단체였다. 현양사원의 일부가 6월에 부산에 건너와서 조직한 천우협은 우치다 료헤이(內田良平)를 두목으로 다케다 한지(武田範之), 스즈키 텐칸(鈴木天眼), 요시쿠라 오세이(吉倉汪聖), 다나카 지로(田中侍郎), 니시와키 에이스케(西脇榮助), 오하라 기코(大原義剛) 등 15인이 성원이었다. 이들 중 다케다는 승려로서 발이 넓고 한국 사정에 매우 밝은 자이며 니시와키는 한국어가 아주 능통한 자이다.

현양사(일본)-천우협(한국)-흑룡회(黑龍會.만주)로 이어지는 이들 대류낭인들은, 구 무사계급으로서 명치유신이 성공하자 갑자기 무용지물이 된 자들이다. 그들이 군벌의 비호를 요청하고 반관반민 활동을 자청한 것이다. 도야마는 당시 일본에 망명해 온 쑨원(孫文), 김옥균(金玉均), 라스 비하리 보스(인도국민군 총사령관) 등을 지원하고 있었다.

천우협은 민족적 유사성을 극대화하여 동문동조설(同文同祖說. 같은 글자 같은 조상이라는 이론), 순치보거론(脣齒輔車論. 한일 양국은 입술과 이의 관계이며, 바퀴와 바퀴살과 같은 관계라는 이론)을 앞세우면서 그 때부터 한일병합을 표면화하였다. 이들은 농민군에 접근하여 친청반일적인 민씨정권을 타도하고 동학농민군 중심의 친일정권 수립을 획책한다.

6월 6일(양 7. 8) 전봉준이 순창 집강소를 격려하고 있는 중에, 순창 외곽에서 다나카와 오하라가 농민군의 동정을 살피다가 농민군 지도자 김조감에게 접근하여 전봉준 면회를 청하였다. 김조감이 최경선에게 이 사실을 알리자 최경선은 군사를 풀어 둘을 잡아오라 하였다.

"네놈들은 누구냐?"

"네, 저희들은 일보느(일본) 사라무(사람) 입므니다(입니다). 긴히 드릴 말씀이 있어서 전봉준 장군을 맞나 뵙기를 원하므니다(원합니다)."

"왜놈들이 감히 여기가 어딘 줄 알고 왔느냐? 오늘 너희들의 목숨은 보장할 수 없느니라. 그러나 잠깐 기다려라. 장군님께 여쭈어 보기는 하겠다."

전봉준은 이 소식을 듣고 거리낌 없이 데려오라 하였다. 어차피 일본과 일전을 해야 할 시점이니 그들의 생각도 들어보고 얼마나한 군사력을 가지고 있나 가늠해볼 필요가 있었기 때문이다. 전봉준이 머무르는 제중의소로 그들을 불렀다. 그들은 다시 다케다, 요시쿠라가 더해지고 니시와키가 통역을 맡아서 모두 5명의 인원이었다.

"그대들은 무슨 일로 나를 만자자고 했는가?"

"저희들은 장군님을 흠모하는 사람들입니다. 조선의 의로운 의거를 돕고 싶습니다."

"그대들의 도움은 필요치 않소. 지금 조선에 와 있는 일본 병사는 얼마나 되고 그 인솔자는 누구요?"

"약 4천의 병력이 서울 용산기지에 주둔하고 있습니다. 그 인솔자는 함대 사령관 육군중장 이토 스케유키와 혼성여단장 육군소장 오시마 요시마사입니다."

"솔직히 대답해 줘서 고맙소. 공사관 보호라는 명목으로 무엇 때문에 그렇게 많은 군대가 필요하답니까?"

"청국 때문에 그렇습니다. 청국은 민씨 정권을 사수하고 어떤 개혁도 하지 않으며 동학을 철저히 타도하려는 것입니다. 우리는 대원군을 도와 섭정하게 하고 농민군의 개혁을 돕고자 합니다."

"그것은 우리가 알아서 할 일이고 그대들과는 무관하오. 그대들이 폭탄과 소총을 가지고 있다고 들었는데 그 성능을 좀 볼 수 있소?"

"네, 내일 다이너마이트와 소총을 가지고 와서 시범을 보이겠습니다. 그리고 저희들이 작성한 소견서를 가지고 왔습니다."

요시쿠라가 내민 소견서를 보니 민씨 정권과 청국을 규탄하는 12개 항목으로 이루어져 있다. 그 다음 날은 14명의 천우협이 순창관

아로 여장을 옮기고 다이너마이트 폭파, 소총사격 등의 시범을 보여
주었다. 시범을 보고 놀란 농민군을 보고 요시쿠라가 전봉준에게 넌
지시 전한다.

"필요하시다면 폭탄과 소총은 저희들이 얼마든지 지원하겠습니다."

"그런 일은 없을 것이오."

전봉준은 단호히 말하고 쏘아보았다. 그 다음 날 떠날 때는 동학
영부 14개와 '시천주조화정 영세불망만사지'의 13자 평생주문, 그리
고 '지기금지 원위대강'이란 강령주문 8자를 합한 삼칠자 주문을 각
각 선물하였다. 이 두 주문만 열심히 외면 만사형통하고 총에 맞아
도 죽지 않는다고 하자 천우협들은 돌아가면서도 모두 중얼중얼 주
문을 외고 있었다. 돌아가는 중에 사람을 시켜, 그들이 선물이라고
놓고 간 시계와 유리알, 엽차, 쥘부채 등은 다시 돌려주었다.

이들 천우협과의 면담은 전주 감영으로 돌아와 전체 집강소를 통
솔하던 시기에도 이루어졌다. 전봉준은 지피지기를 해야 하고 일본
에 대하여 하나의 정보라도 더 얻어야 하기 때문에 그들의 면담을
또 받아들였다.

천우협 낭인들은 전주감영을 오기 전에 먼저 용산에 들러 오시마
여단장을 만났다. 오시마는 우치다 료헤이에게 단도직입적으로 말
했다. 지금 급선무는 동학당을 선동하여 난을 다시 일으키게 하는
것이고 동학당과 일본이 한 편이 되는 것이라고 했다. 전봉준과 낭
인들과의 필담은 선화당에서 세 시간동안 이루어졌다.

"왜 전주화약을 맺고 전주성을 반환하셨습니까?"

"우리는 다만 민씨 일가가 요로에서 권위를 부리고 사복을 채우고 있는 것을 보고 강개하여 동지를 규합하여 정부에 호소하였다. 그러나 우리의 의사는 채택되지 않았고, 민씨 일가가 우리의 호소를 주상전하께 전하지도 않았다. 그래서 의분을 참지 못하고 일어난 것이지. 그런데 생각지도 않게 청일이 군대를 파견하기에 이르렀으니 천추의 한이로구나."

"그러면 대원군을 앞에 내 세우면 되지 않겠습니까. 그것은 일본이 담당하겠습니다."

"국태공 전하를 다시 모시는 것은 찬성이나 일본의 힘을 빌릴 필요는 없다."

"일본은 대원군을 다시 등장시켜 민씨 세력을 몰아내고 조선을 개혁하려는 것입니다. 민씨 세력이 얼마나 되겠습니까. 그까짓 것 인분에 앉은 파리 떼 정도 아닙니까?"

"그것은 우리가 알아서 할 일이다. 너희는 우리의 내정에 절대 관여해서는 안 된다. 그리고 아무리 민씨 일가가 해국행위를 하더라도 그런 모욕적인 말투는 용서하지 않겠다. 말을 삼가하라."

우치다는 죄송하다며 고개를 열 번이나 꾸벅이고는 이내 품속에서 '이성계 전'이란 책을 한 권 꺼내 보인다. 이 책은 우치다가 여러 책을 참고하고 또 사람들의 전언을 듣고 친히 편찬한 것이었다. 이것을 서너 줄 읽다가 전봉준은 입에서 '음!' 하는 소리를 내며 '탁!' 소리 나게 책을 덮더니 눈에 섬광이 스치며 자리를 떨치고 일어선다.

"제가 너무 실례를 범했나 봅니다. 잠깐 앉으시지요. 듣건대 장군께서 항상 왕도를 말씀하시고 주무왕을 논하신다고 해서 꺼내본 것 뿐입니다."

"그런 말을 하려면 그만 돌아가라."

"죄송합니다. 다시는 그런 말 꺼내지 않겠습니다. 그건 그렇고 듣 건대 동학농민군은 다시 봉기한다고 하던데 언제 쯤 재기하실 작정 입니까?"

"우리는 그럴 계획이 없다. 또 그런 일은 그대들과 무관한 일이다."

우치다 일행은 전라도에서 전봉준을 만난 이후에 다시 경상도의 용담으로 가서 교조 최제우의 구가며 용담정을 방문하고, 충청도 보 은으로 가서 최시형을 만나 뵙기를 청하였다. 그러나 일본인이란 것 을 안 도인들이 몰려들었다. 최시형의 호위인 민상길은 앞장 선 우 치다의 멱살을 잡고 내동댕이쳤다.

"네 이놈들, 여기가 어딘 줄 알고 감히 왜놈이 해월신사를 만나 뵙 고자 한단 말이냐?"

"긴히 드릴 말씀이 있어서 찾아 왔스무니다(습니다). 몇 말씀만 나 누게 해 주십시오."

"지금 당장 꺼지지 않으면 이 용천검이 너희 골통을 바셔 놓을 것 이다."

민상길은 박달나무 목검을 꺼내들고 능숙한 솜씨로 허공에 대고 휙휙 칼동작을 몇 번 그어 보인다. 천우협들은 당장 요절이 날것을 눈치체고 슬금슬금 뒤로 물러나 도망을 쳤다. 최시형과의 면회를 이 루지 못한 그들은 다시 서울로 돌아갔다. 용산에서 오시마 여단장에게 전봉준에 대한 인물평을 했다.

"전봉준의 나이는 40여세이고 얼굴은 약간 네모나고, 구레나룻을 기르고 있었습니다. 눈빛은 이채를 띠어 사람을 제압하는 듯했고, 일필휘지할 때는 입에서 호랑이가 으르렁 대는 듯한 작은 소리를 냈습니다. 제가 글을 쓰면 자세히 읽고 난 후에 비로소 자기의 글을 쓰기 시작했습니다. 제가 보기에는 전봉준은 반도의 공전절후(전에도 없고 후에도 없는)의 영웅이었고, 외냉중열(외모는 차갑고 마음은 뜨겁다)의 호남아였습니다."

전봉준은 이제 일본인의 정체를 모두 파악하였다. 일본은 분명히 전쟁을 일으키기 위하여 조선에 왔다. 민씨 세력 운운은 구실일 뿐 우리나라를 병탄하러 온 도둑의 무리이다. 다시 임진왜란이 일어날 것이다. 아아, 이를 어찌하면 좋으리. 그래서 이제는 대내보다도 몇 배 더 큰 척왜라는 목표가 분명히 세워지게 되었다.

조선주재 외교계도 일본의 심상찮은 행동을 노골적으로 경계하고 나왔다. 영국과 러시아는 공동으로 일본 공사관에 공문을 발송하였다. "조선의 내란은 완전히 평온하여 졌으니. 내란 진압의 목적으로 파견된 군대는 즉시 조선으로 부터 철수하기를 요망함. 만약 철군하지 않고 어떤 사태가 일어날 경우는 그 책임을 묻겠음." 강경한 항의문이었다. 미국도 즉시 일본공사관에 항의서를 발송하였다. "미약하고 방어능력이 없는 인접국을 병화의 수라장으로 만든다면 미합중국 대통령은 심히 애통해 할 것임. 미합중국은 동북아에서 어떤 병화가 일어나는 것도 원치 않음." 이어서 이태리, 독일, 불란서의 항의문이 일본공사관에 들이 닥쳤다. 영국은 따로 오토리 공사에게 인천항을 중립항으로 책정할 것을 제안하였다. 오토리는 만약 그런 제의가 있다면 영국과 정식 토의를 해도 좋다고 제의하였다. 그렇게 해서 열린 토의 석상에서 오토리는 과감하게 "이는 대일본국의 국익에 위배되며 조선의 안녕을 위하여 바람직하지 않다."고 거절의사를 분명히 하였다. 오토리로부터 이런 등등의 급전들을 받은 무쓰 외상은 최후의 단호한 조처가 필요하였다.

지금은 결연한 조치를 취할 필요가 있다. 어떤 구실을 사용해도 무방하니 실제 행동을 개시하라. 청국을 선제공격하라. 단 그 전에 조선왕궁을 신속히 점령하라.

이렇게 하여 일본은 단 하루 만에 경복궁을 점령하고 조선군대를 해산할 계획을 짰다. 남산의 일본공사관에서는 오토리 공사와 혼성여단장 오시마, 그리고 천우협의 우치다가 용의주도하게 경복궁 점령을 준비하고 있었다. 청일전을 일으키기 전에 먼저 후방을 튼튼히 해 두어야 한다는 본국으로부터의 지령에 의한 것이었다.

한편, 위안스카이는 정국을 짐승이 냄새를 맡듯 예민하게 감지하고 있었다. 지금은 전쟁이 일촉즉발이다. 전쟁이 일어나면 결국 청국은 일본을 당해내지 못할 것이다. 그러면 북양해군은 괴멸될 것이다. 나는 빨리 귀국하여 청국의 유일한 신식군대인 파괴된 북양해군을 접수해야 한다. 군권을 장악한 나는 그것만으로도 총통자리까지 넘볼 수 있다. 아니 운이 좋으면 황제자리까지도 넘볼 수 있다. 여기까지 생각한 위안스카이는 가슴이 뛰었다. 그러면 나는 어떻게 해야 할 것인가. 조선을 빨리 탈출해야 한다. 시간이 없다. 오늘 중으로 탈출해야 한다. 위안스카이는 측근을 불러 급히 제물포항에 배를 준비하라 하였다. 그리하여 신병치료라는 핑계를 남기고 즉시 인천으로 줄행랑을 놓아 본국으로 귀국하고 말았다. 결단은 신속하게 이루어졌다. 조선을 쥐락펴락하던 청국의 총책이 없는 공백상태가 온 것이다. 이 소식을 들은 오토리 공사는 오시마와 우치다에게 힘주어 말한다.

"위안스카이가 오늘 귀국하였으면 바로 오늘이 기회요. 방금 무쓰 외무대신으로 부터 훈령이 도착했어요. 첫째, 어떤 구실을 삼아서라도 청국과 전쟁을 일으킬 것, 둘째, 그 전에 조선왕궁을 신속히 점령할 것, 두 가지 입니다."

"알겠습니다. 먼저 왕궁점령을 착오 없이 해내겠습니다."

"만약의 경우를 위하여 사대문 밖의 산 위에 대포를 설치하겠소. 그러나 대포를 쏠 만큼 사태가 악화되어서는 절대 안 되오."

"알겠습니다. 전등석화처럼 해내겠습니다."

"왕궁점령과 동시에 대원군을 등장시키는 것입니다. 대원군은 백성들이 좋아하고 특히 동학에서 가장 선호한 인물이니 대원군을 대일본제국의 괴뢰로 활용하는 것입니다."

"알겠습니다. 운현궁도 동시에 장악하겠습니다."

"단 왕궁 점령은 우연을 가장하여야 하오. 시간은 하루를 초과해

서는 절대 안 되오. 군인들은 무차별 사격을 가해도 되나 궁인들이
나 일반인은 할 수 있는 것 사상자를 줄여야 하오."

계획은 치밀하게 짜여졌다. 6월 21일 새벽 4시, 경복궁의 건춘문
에서 총성이 들렸다. 동시에 반대편의 영추문에서는 궐문을 부수는
폭약소리가 천지를 뒤흔들었다. 동시에 대원군의 거처인 운현궁에
서도 총소리가 동시에 들렸다. 궁궐점령 작전이 시작된 것이다.

운현궁에는 새벽 2시에 일본공사관의 오카모토란 자와 대원군의
심복인 정운봉이 불쑥 들러 잠든 대원군을 깨웠다. 대원군은 정운봉
의 설명을 듣고 생각했다. 자기는 철저한 양이론자였으며 모화론자
가 아니었던가, 이것이 가능하단 말인가. 그러나 시대는 바뀌었다.
청국은 옛날의 대국이 아니다. 대원군도 알고 있었다. 이제 개화는
반대할 수 없고 일본의 실체도 무시할 수 없다. 그러나 왜놈의 등에
업혀 집권한다는 것은 말이 안 된다. 대원군이 오카모토를 향하여
"네 이놈!"하고 헛 위세를 부리며 한 소리를 질러보았다. 오카모토
는 수구려 들기는커녕 시퍼런 일본도를 뽑아 대원군의 목 밑에 들이
댔다. "오늘 대일본제국의 요구를 받아들이지 않으면 살아남지 못할
것이오." 이 광경을 보고 있던 정운봉이 말을 거든다.

"대원위 대감! 이것은 대세입니다. 위안스카이도 오늘 도망가 버
렸습니다. 어떤 말을 타고 들어가면 어떻습니까. 어서 입궐하셔서
저 요사스러운 민씨 척족세력을 몰아내고 마음껏 뜻을 펴시옵소서.
모든 백성이 대원위 대감의 환궁을 고대하고 있습니다."

이 말이 끝나자마자 궁궐 쪽에서 폭탄 터지는 소리, 총소리가 요

란하게 들렸다. 동시에 운현궁에 동행했던 일본군들이 바로 문밖 처마 밑에서 귀청을 찢는 듯한 공포를 하늘에 난사하였다.

궁궐에서는 즉시 조선군의 반격이 시작되었다. 조선군과 일본군의 쫓고 쫓기는 싸움은 오후 5시까지 단속적으로 계속되었다. 그러나 일본군의 신식 화기 앞에 조선군의 낡은 무기는 상대가 되지 않았다. 거의 완전히 진압이 되어갈 무렵, 제3대대장 야마구치는 함화당 문을 열어 제꼈다. 명성황후는 재빨리 피신을 했지만 왕은 도망갈 수 없다고 그 자리에 앉아 버티고 있었다. 주상 앞에 칼을 빼든 야마구치가 접근해 왔다. 이어서 뒤따른 일본병사들에게 명령했다. "이제 살상은 정지하라. 이 시간부터 조선 병사는 무장을 해제한다." 이어서 빼든 칼을 그대로 들고 고종에게 소리 질렀다.

"저희들은 전하를 지켜드리려 왔습니다. 이제 안심하십시오."

"누가 짐을 위협하기에 짐을 지켜준단 말이오?"

"청국입니다. 청국군대가 전하를 위해하려는 음모가 있었습니다. 대일본국에서 그 정보를 입수하고 궁궐을 순찰하던 중 조선병의 사격을 받았습니다. 그래서 추격을 하다가 궁궐까지 들어오게 된 것입니다. 이 점 사과드립니다."

"짐은 청국이 위해하려는 음모가 있었단 말을 들은 적이 없소."

왕이 뭐라 하던 이렇게 해서 상황은 끝이 났다. 궁궐을 점령한 일본군은 정부군의 무장을 해제하고 1개월간 궁궐을 점령한다. 궁궐 수비를 조선병에게 양여한 것은 8월 24일인데 그때 겨우 2백정의 소총을 조선정부에 반환하였다.

일본낭인과 일본 군인들의 호위를 받으며 가마에 올라 경복궁으로 들어가고 있는 대원군의 행차를 한양 백성들은 착잡한 심정으로 지켜보고 있었다. 가마의 양 옆에는 긴 칼 찬 일본 낭인들과 총을 멘 군인들이 장난스럽게 호위하고 있었다. 대원군은 가마 위에서 눈이 시리게 파란 인왕산 위의 하늘을 초점을 잃고 바라보았다. 생각해 보면, 어린 고종을 즉위시키고 틀어쥐었던 권력은 권불십년(1864-1873)으로 끝나고, 명성황후의 천하가 되었다가 다시 20년 만에 궁궐로 들어가고 있으나 이 길은 결코 영광스럽지 못한 길이었다. 대원군의 행렬을 보고 어느 누구 하나 앞에 나서서 말을 거는 사람은 없었다. 엎드려 절하는 사람도 없었다. 반기는 사람도 없었다.

우리의 적은 일본이다

선화당에서 늦게까지 업무를 보다가 그대로 선잠이 들었던 전봉준은 새벽녘이 되어 악몽에 몸부림을 치다가 소스라쳐 깨어났다. 벽송댁이 흔들어 깨우며 걱정스런 얼굴로 내려다보고 있다.

"장군! 장군! 웬 잠꼬대가 그리도 심하십니까?"

"아 벽송댁, 지금이 어느 때나 되었소?"

"꼭두새벽입니다. 아유! 이 땀 좀 보게. 아직 날이 밝으려면 한참 있어야합니다."

벽송댁은 밤늦도록 돌아오지 않는 전봉준을 기다리다가 새벽이 가까워 오자 걱정이 되어 내아의 문을 열고 밖으로 나왔다. 새벽이 오기 직전의 어둠이 가장 어두운 법, 감영 뜰을 가로질러 선화당까지 오는 길은 발밑도 보이지 않는 칠흑 같은 어둠이었다.

전봉준은 자기의 신분이 확실치는 않으나 어느 상전의 행차를 호위하는 호위 책임자인성 싶었다. 그런데 어느 산모퉁이를 돌아서자 커다란 호랑이가 길 위에서 행차를 기다리고 있었다. 그 호랑이는 전봉준이 총각시절에 두승산에 나무하러 갔을 때 만났던 그 호랑이였다. 호랑이는 원래 사람이 도망치면 덮친다는 것을 알기 때문에 지개에서 도끼를 빼들고 정면으로 마주보며 공격의 태세를 취하였다. 호랑이는 전봉준을 한참 보더니 슬그머니 꽁무니를 뺐다. 그런데 오늘은 꽁무니를 뺄 기세가 아니다. 호위 병사들은 커다란 호랑이를 보고 슬금슬금 도망갈 자세를 취하고 앞뒤의 가마꾼들도 겁에 질려 발이 얼어붙었는지 움직이지 않고 서 있다. 호랑이는 자리에서 일어나서, 약간 관망한 듯하더니 갑자기 몸을 날려 가마를 향하여 비호가 되어 덮쳐온다. "아~아!" 이 때 전봉준은 소스라쳐 놀라 잠이 깬 것이다

　"벽송댁, 오늘이 며칠이오?"

　"유월 스무 하루입니다."

　"아무래도 궁궐에 무슨 일이 일어난 듯합니다."

　"악몽을 꾸셨군요. 마음을 진정시키세요."

　그 때 멀리서 장닭 한 마리가 홰를 치며 '꼭끼오!' 첫닭 울음소리를 낸다.

　경복궁이 점령당했다는 소식을 듣고 각국공사들이 당일로 위문차 경복궁으로 고종을 방문하였다.

영국공사 : "경동(驚動) 중에 상처라도 입지 않으셨습니까?

고종 : "상처는 입지 않았습니다."

미국공사 : "저희들은 이 경보를 듣고 감히 위문하러 왔습니다."

고종 : "각국에도 오늘 같은 변괴가 있습니까?"

독일공사: "각국에도 변괴가 많습니다."

고종 : "이 후로 과연 다른 변괴는 없을 까요?"

이태리공사 : "어찌 다른 일이 있겠습니까? 다만 국가사직이 오래 오래 태평하기를 바랄 뿐입니다."

각국공사들이 앞서 강경 공문을 보낼 때는 어떤 견제라도 할 것 같더니 일본이 초강경으로 나오자 모두 한 발작 물러나고 있었다. 원래 급습과 선제공격은 자기의 열 배의 힘을 당해낼 수 있는 전략인 것이다. 각국 대표란 자들은 오직 고종을 위로하는데 그치고 있었다. 명성황후의 우려하였던 바가 그대로 현실로 나타나고 있었다. 첫날 각국공사의 방문이 있었고 다음 날은 오토리 게이스케가 함화전으로 고종을 방문하였다.

오토리 : "진경(震驚)한 나머지 감히 문후 여쭈러 찾아 왔습니다."

고종 : "몸을 다치지는 않았습니다."

오토리 : "이제부터 개화하면서 양국의 교린을 더욱 돈독히 하셔야 합니다."

고종 : "양국은 한 나라나 마찬가지이니 함께 교린의 우의를 맺어 마땅히 상부상조 하여야 하겠지요."

오토리 : "일전에 올린 5개조를 마땅히 유념하여 시행하는 것이

좋겠습니다."

고종 : "우리나라에도 구장(舊章)의 규범이 있긴 하나 5개조를 논하는 것도 대단히 좋은 일이지요."

한 나라의 왕이 자기를 공격한 일개 공사에게 이처럼 저자세를 취하고 있는 모습은 참으로 측은한 일이 아닐 수 없었다. 오토리가 말한 5개조란 일전에 조선대표 신정희와 일본대표 오토리가 남산의 노인정에서 회동할 때 일본이 형식적으로 제출한 내정개혁방안을 말한 것으로, 인재선발을 잘 할 것, 재정정리를 잘 할 것, 법률을 정돈할 것, 경찰을 정리하고 학정을 고칠 것 등이었다.

소식은 빨랐다. 하루가 지나자 일본군의 경복궁점령 소식이 벌써 전주에까지 전해왔다. 그로부터 이틀이 지나자 다시 청일전쟁 발발 소식이 전해 왔다. 정국은 숨 가쁘게 돌아가고 있었다.

6월 23일(양 7. 25) 이른 아침 7시 25분, 아침의 나라 풍도 앞 바다는 막 해가 떠서 수평선은 황금빛 햇살이 융단처럼 출렁거리고 있었다. 부지런한 아침 갈매기가 끼룩끼룩 소리를 내며 평화스럽게 날갯짓을 뽐내고 있었다. 그런데 갑자기 갈매기 떼가 곤두박질치며 혼비백산하여 사면팔방으로 흩어진다. 일본함대에서 청국함대를 향하여 바닷물을 진동시키는 일갈 포성을 발사한 것이다. 이토 스케유키가 이끄는 일본 연합함대와 딩루창이 이끈 청국의 북양함대가 첫 격돌을 한 것이다.

도발의 임무를 띠고 풍도 근해를 어슬렁대던 순양함 요시노(吉野),

나니와(浪速), 아키츠시마(秋津洲)로 구성된 일본 제1유격대가 청국 순양함 제원(濟遠), 광을(廣乙)을 발견하고 급습을 한 것이다. 1시간 여의 전투 끝에 광을호는 화약고가 폭발하여 암초에 좌초되고 제원 호는 겨우 탈출하였다. 이들 제원, 광을호는 아산으로 물자를 나르 는 또 다른 청국 군함 조강(操江) 호와 군대를 나르는 상선 고승(高陞) 호를 만나기 위하여 아산을 떠나 있었다.

조강호와 고승호가 먼 바다에서 들어오자 토고 헤이하치로 선장 이 지휘하는 순양함 나니와 호가 두 배를 가로 막았다. 불문곡직하 고 소나기처럼 퍼붓는 포격에 상선 고승호는 침몰되고 군함 조강호 는 나포되었다. 선장 왕용파(王永發)와 수병 82명도 포로로 잡았다. 나포된 960톤급의 조강호는 일본해군에서 입수하여 일부러 청일전 의 선봉함으로 삼는 등 짓궂은 장난까지 한다.

한편, 대원군을 꼭두각시로 하여 조직한 김홍집 내각을 협박하여 청나라 군대를 몰아낼 권한을 부여 받은 오시마 요시마사가 4천명의 일본 혼성여단을 인솔하고 용산에서 아산만까지 이동하여 아산과 성환에 주둔한 3천 5백 명의 청국 군대와 전쟁을 벌였다. 일본군의 선제공격(6. 26)으로 아산 외곽에서 다음 날 아침까지 전투가 벌어진 것이다. 청군은 버티지 못하고 평양으로 후퇴하였다. 이 전투에서 청군 사상자는 5백여 명이었으나 일군의 사상자는 겨우 82명에 불과 했다. 7월 1일(양 8. 1)에는 청일양국이 정식으로 선전포고를 하였다.

평양에는 청나라에서 파견된 병력과 합류한 청군 1만 5천 명이 일 본과 한판 승부를 위하여 대대적인 전투태세를 갖추었다. 일본군도 여러 경로를 통하여 평양으로 병력이 보충되고 있었다. 그러나 일본군은 평양전투에서도 여지없이 청군을 격퇴하였다. 청국 측 사상자 약 8천 명, 일본 측 사상자 약 5백 명이었다. 청군은 평양을 포기하고 야반도주하여 압록강을 넘어 후퇴하였다.

일본은 소위 조선의 갑오정권을 이용하여 내정개혁을 시도 하였으나 대부분 동학 농민군이 내놓은 폐정개혁안을 시행하는 척 흉내를 낼 뿐이었다. 그나마도 평양전투의 승리를 계기로 하여 갑오정권의 개혁적 성격도 희석되어 갔다. 일본은 군수물자만 자국에서 운반해 오고, 조선을 협박하여 체결한 '대(大)조선 대일본 양국맹약'(7.27)에 의하여 식량, 부식물, 군수물자의 조달과 수송의 노동력 등은 모두 현지에서 조달하였다.

이번에는 황해에서 양국의 전면적인 대규모 해군이 충돌하였다. 청국에서는 딩루창의 기함 정원을 선두로 11척의 군함이 참여하였고, 일본에서는 이토의 기함 마츠시마를 선두로 한 10척의 군함이 맞섰다. 하지만 6시간에 걸친 전투 끝에 청국의 북양함대는 완전히 패퇴하고 말았다. 5척의 군함이 침몰 당하고 3척은 1개월 이상 취역할 수 없을 만큼 훼손되고 말았다. 반면에 일본의 연합함대는 4척이 약간의 손상을 입는데 그쳤다.

청일 간에 전쟁이 발발하기 3개월 전에 북양해군에서 청국정부에 예산을 올렸다. 그 때 마침 영국에서 북양해군에게 순양함 2척을 사라는 권유서가 왔었다. 서태후는 이홍장을 불러 못마땅한 얼굴로 말하였다.

"당신들 북양해군에서는 웬 예산을 그렇게 많이 쓰오?"

"지금 해군력 증강은 가장 시급한 문제입니다. 특히 일본과 대치하고 있는 상황이어서 순양함 구입은 늦출 수 없는 문제입니다."

"쯧쯧, 일본과 무엇을 대치하고 있다는 거요. 코끼리가 그까짓 쥐새끼 한 마리가 두렵단 말이요? 그 까짓 것들이 어떻게 대청제국에 도전을 한단 말이오. 온다면 내리 밟아버리시구려."

"일본은 그리 얕볼 상대가 아닙니다. 해군력은 북양함대를 능가할 정도입니다. 현재 순양함, 철갑선을 합하여 55척, 6만 톤을 보유하고 있습니다. 특히 북양함대는 1문도 없는 최신 속사포를 155문이나 보유하고 있습니다."

"중국에는 군대가 북양해군만 있는 것이 아니요. 이번에 내 회갑잔치가 다가오고 있으니 북양해군에서 올린 예산은 일단 회갑잔치비로 돌리겠소."

"그럼 불란서에서 수매하기로 한 포탄구입비 만이라도 통과시켜 주십시오."

"이번은 안 된다고 했지 않소?"

중국에서 사지 않겠다고 한 영국의 2척의 순양함은 일본이 모두 구입하였다. 그 중의 하나가 이번 해전에서 혁혁한 공로를 세운 요시노 호였다. 황해에서 벌어진 해전에서 청군은 포탄이 떨어지자 나사못, 젓가락, 버너, 철모까지 부셔서 포구에 넣고 화약을 당겼다. 그들은 참으로 처절히 싸우며 바다 속으로 침몰해 갔다.

압록강 너머로 퇴각한 청군을 추격한 일군은 금주성(錦州城)을 점령하고 다시 여순(旅順)을 점령하였다. 여순에서는 시민과 포로 약 6만 명을 학살하고 시가지를 불바다로 만드는 만행을 저지르고, 계속하여 대륙 깊숙이 침략해 들어갔다.

일단 집강소시절을 맞아 모처럼 지상천국을 맞이한 듯한 동학농민군들은 청일전의 소식이 전해오자 이렇게 안주하고 있을 때가 아니란 것을 인식하고 있었다. 서서히 움직임을 시작한 것이다.

무장의 농민군 5-6백 명은 일본군이 쳐들어 올 것이라며 성중에 난입하여 무기를 탈취하였다. 예천에서도 동학의 세력이 갑자기 성해져서 하루에 입도하는 자가 천 명이 넘었다. 금구의 김인배는 동학 농민군을 이끌고 순천에 들어가 영호도회소를 세우고 영남과 호남을 아우르는 도회소로서 일군과 결전을 위해 필요하다며 무기를 탈취하고 금전과 곡식을 반강제적으로 모았다. 그들은 경상도 병영이 있는 진주며 동해안의 요새인 강릉까지 장악하였다. 목포에서도 농민군 수천 명이 만호진을 공격하여 군기를 비축하였다. 능주의 농민군도 무기를 탈취하여 무장하였다.

보은 군수 정인량은 사각면 고승리 냇가에 동학농민군 수 백 명이 모여 있어서 효유하기 위하여 갔더니 농민들은 "이런 소란스런 시기에 마땅히 창의를 해야 하는데 관가에서 기왕 행차하셨으니 우리 창의의 두령이 되어 달라."고 청하였다. 정인량은 군수로서 농민군의 두령이 될 수 없으며, 신분상 개인 자격으로 창의한다 해도 충청감영과 병영에 알려야 마땅하다고 겨우 사양하였다. 이런 사태는 전국적으로 일어나고 있었다. 황해도에서도 수천 명 또는 수만 명이 집단으로 관아를 공격하고 무기고를 탈취하였다. 같은 사태는 강원도에서도 일어나고 있었다.

　대원군과 전봉준의 관계도 활발해지기 시작한다. 이번에는 전봉준 쪽에서 먼저가 아니고 대원군 쪽에서 먼저 손을 내밀었다. 대원군은 일본의 손아귀에 잡혀 일본의 지시하에 전라, 충청, 경상도의 동학군에게 효유문을 보내지 않으면 안 되었다. 그러나 그 효유문은 본인의 뜻이 아니란 것을 알리기 위하여 따로 사람을 전봉준과 김개남에게 보낸다. 먼저 효유문의 내용을 보면,

　흥선대원군이 간절히 효유하노라. 우리나라는 인후로서 나라를 세우고 예의로 풍속을 이뤄 훌륭한 역대 임금이 태평성대를 이룬지 500년 동안, 백성들은 병화를 격지 않고 지금에 이르렀으나 어쩌다가 근자에 들어와 기강이 해이해 지고 풍속이 퇴폐해 졌구나. 방백수령의 탐학과 토호, 강족(强族)의 무단과 간교하고 교활한 벼슬아치들의 수탈이 날이 가고 달이 갈수록 심하여져 기율이 몹시 어그러지니 우리 조종(朝宗)이 보호하는 모든 백성들은 살아갈 길이 없구나. 조정은 높고 멀어 호소할 길이 없으며 끝내는 동학에 몸을 의탁케 하고 무리를 이루어 스스로 목숨을 부지하게 함으로서 하루를 산 것을 다행으로 생각하게 되었으니 그 정상을 살펴 보건데 궁하고 가엾도다.

이처럼 형식적인 서론을 쓰고 동학이 일어나게 되어 유감이나 그럴 수밖에 없음을 이해하노라 하는 식으로 시작한다. 그러나 결국은 자중 자애하여 소요를 일으키지 말아달라는 말로 끝을 맺는다.

물론 이것이 대원군의 본뜻이 아니고 일본과 개화정권을 속이기 위한 위장전술인 것은 말할 나위도 없다. 전봉준은 그것을 모르고 처음 효유문을 가지고 온 사자에 대하여 오해를 하고 있었다. 이 대원군의 효유문을 가지고 온 대원군의 심복 정석모와 김태정, 고영근이 김개남에게 먼저 들렸을 때 전봉준은 편지를 보내 사자 세 사람의 목을 치라고 하였다. 김개남은 전봉준이 화를 자기에게 전가하려고 한다고 생각하고 목을 치지 않았다. 전봉준과 김개남 사이에는 약간의 불신이 쌓였고 노선을 달리하는 면이 있었다. 대원군이 전봉준보다도 이번에는 김개남을 더 가까이 한 것은, 전봉준은 너무 신중론자이고, 과격하게 행동으로 옮길 수 있는 사람은 김개남으로 생각했기 때문이었다. 대원군은 김개남에게 즉시 군대를 끌고 서울로 진격해 달라고 하였다.

그 때 김개남은 부중과 교룡산성 두 곳에 군사를 나누어 주둔시키고, 자기는 남원관아에 전라좌도 도회소라는 정청을 설치하였다. 그리고 군제를 5영으로 편제하여 전영장은 담양접주 남응삼, 후영장은 남원 오수접주 김홍기, 우영장은 김대원, 좌영장은 김용관에게 맡기고, 중영도통장은 김개남 자신이 맡아 총지휘하고 있었다. 전라좌도의 농민군을 증원시켜 남원에서 대회를 열며 장차 남원을 거점으로 전면적인 기포를 할 기세였다.

전봉준은 대원군에 대해서 의심되는 것이 있었다. 지금까지 조선에서 믿을 사람은 대원군 밖에 없다고 생각했었는데, 그런 사람이 어떻게 일본의 등에 업혀 집정할 수 있단 말인가. 그리고 아무리 일본 놈이 저지른 짓이라고는 하지만 경복궁 점령에 직접 간접적으로 일말의 책임이 있지 않나 하는 것이었다.

대원군은 그 뒤로 이병휘란 자를 선두로 하여 박동진과 정인덕을 호남으로 파견하였다. 이병휘는 오래 운현궁에 머무르고 있는 식객이었고 박동진과 정인덕은 서울의 동학도였다. 이 두 사람은 전봉준이 서울 무당골의 박성남의 소개로 알게 된 자이고, 은밀히 대원군에게 소개하여 대원군의 심복으로 부리게 했었다. 박동진은 상복(喪服)으로 변장을 하고 있었고 나머지 두 사람은 하인으로 꾸며 호남으로 내려왔다. 박동진 일행은 전봉준의 측근인 송희옥을 찾아가 전봉준을 만나게 해 달라고 하여 전봉준과 면회가 이루어졌다. 전봉준은 사안이 중요하였기 때문에 국태공의 친서를 가지고 왔는가고 물었으나 역시 친서는 보안상 가지고 오지 않았다고 하고 구두로 국태공의 의사를 전달하였다. 이들의 입을 통해 전해온 대원군의 뜻은 어서 서울로 진격해 와서 민씨 척족세력과 일본세력을 쓸어내고 내정 개혁을 하자는 것이었다. 그러나 전봉준은 지금의 상황은 이전과는 판이하게 다르다는 것을 알고 있었다. 서울로 진격했을 때 과연 대원군이 동원할 수 있는 병사가 몇 명이나 될 것이며, 또 대원군은 서구열강의 하나로 변신한 일본을 물리치는 데에 대한 아무런 방안도 제시하지 않고 있는 것이 아닌가. 이제 대원군은 이빨 빠진 늙은 호랑이였다. 전봉준은 독자적인 결단을 내릴 수밖에 없었다.

전봉준의 머리는 복잡하게 돌아갔다. 앞에 놓인 적이 너무나 태산 같았기 때문이다. 전주성을 점령할 때만해도 상대는 우리의 부패한 정부군이었다. 그러나 이제부터는 주적이 정부군이 아니다. 전봉준은 급히 남원의 김개남을 방문하였다.

"자네는 왜 우리와 보조를 맞추지 않은가?"

"자네들은 무슨 도인정치를 하자는 것인가. 이 부정부패를 오려내기 위해서는 이 방법밖에 없네."

"자네에 대해서는 원성이 높네. 어서 살상을 중지하고 집강소 체제를 유지해 주게."

"나는 이 길을 멈출 수 없네. 이 부패한 관리들과 백성의 피를 빨아먹던 양반들을 응징하려면 이보다 더한 강경책이 필요하네. 집강소 체제만으로는 안 되네."

"지금 우리는 부정부패를 뿌리 뽑는 것이 중요하지 않네. 그 보다 더 태산준령 같은 적이 우리를 가로 막고 있네."

"큰 적과 어차피 싸우지 않으면 안 된다는 것쯤은 나도 알고 있네. 그러나 그 때는 그 때고 지금은 나의 이 노선을 바꿀 생각이 추호도 없으이."

"어허, 이렇게 덕을 베풀지 않고 어떻게 이 많은 농민군을 전선으로 끌어낼 수 있단 말인가. 답답하이. 죽산리의 결의를 잊었는가. 우리 세 사람은 똘똘 뭉쳐야 하네. 그 뿐인가 이번에는 북접의 협조까지 얻지 않으면 절대 안 되네. 그래도 우리의 힘은 부족하이."

"그 때는 내가 알아서 할 일이고. 지금은 내 길을 갈 테니 어서 돌아가게."

"지금 일본과 청군이 전쟁 중이네. 어느 쪽이 이기든지 이긴 쪽은 반드시 군사를 우리들에게 돌릴 것이네. 우리들은 비록 무리는 많지만 아직은 훈련을 거치지 않은 오합지졸이니 쉽게 무너질 수밖에 없네. 지금은 우선 귀화를 탁(托)하여 각 고을에 동학농민군 역량을 보존하면서 시세변이를 지켜보세."

손화중도 잇달아 군사 열 명 안 밖만 데리고 말을 달려 급히 남원까지 들이닥쳤다. 김개남과 전봉준이 있는 자리에서 손화중은 김개남을 설득했다.

"여보게, 우리가 기포한지 반년이 되었네. 비록 전라도가 모두 호응하고 있지만 정말 성망 있는 사족이 지지하지 않고, 부민이 지지하지 않으며, 지식인이 지지하지 않고 있네. 또한 접장이라고 하는 자들조차도 어리석고 천하여 화를 즐기며 표절을 일삼는 자들이 많네. 지금은 참으로 인심의 향배를 알 수 없네. 반드시 일이 뜻대로 되지 않을 수도 있으이. 해산을 가장하여 사방에 우리 역량을 보존하면서 대대적인 기포를 준비하여야 하네."

"이 큰 무리가 한 번 흩어지면 다시 모이기 어렵네. 지금 당장 봉기는 않겠네만 군사는 더 강화하겠네. 그리고 폐정개혁은 철저한 응징이 수반하여야만 하네."

남원 관아를 나오는 전봉준과 손화중의 가슴은 착잡하였다. 설마 김개남이 말은 저래도 막상 위급한 상황에 부딪치면 보조를 같이하

지 않겠느냐는 일말의 희망을 가져 보았다. 민간에서는 벌써 민요가
유행하고 있었다.

　새야 새야 파랑새야
　녹두밭에 앉지마라
　녹두꽃이 떨어지면
　청포장수 울고 간다

　여기에 파랑새는 청나라 군사를 말한다. 녹두는 키 작은 녹두장군
전봉준을 말한다. 청포 장수는 일반 민중이다. "청나라 군사는 전봉
준을 억압하지 말라, 전봉준이 죽으면 백성들이 울고 간다."는 말이
다. 청포(淸泡)는 녹말묵으로 전주지방에서는 흔히 '완산 팔미'의 하
나로 들어 일명 청포묵이라고도 한다. 청포장수란 이 녹말묵을 팔러
다니는 행상을 일컫는 것으로 천대받는 일반 민중을 비유한 말이다.
그런데 이 노래는 청나라 군사가 올 것이다, 청나라군사가 오고 있
다, 청나라 군사가 왔다 할 때 나온 민요이고 일본군이 왔을 때는 상
황이 달라진다.

　가보세 가보세
　을미적 을미적
　병신되면 못간다

이 가사를 두 번 빠르게 한 번 느리게, 두 번 빠르게 한 번 느리게를 계속하여 노래 부르는 것이었다. 여기서 '가보세'는 '갑오세(甲午歲. 1894)'란 뜻이고 '을미적'의 을미는 을미년(乙未年. 1895)을 말하며 '병신'은 병신년(1896)을 말한다. 즉 이 노래의 뜻은 "올해 갑오년에 요절을 내라. 을미적 거리다가 내년이 되면 실기하고, 내후년이 되면 완전히 망한다."는 뜻이었다. 누가 지었는지 알려지지 않은 이 노래는 전국방방곡곡으로 널리널리 퍼져 나가고 있었다.

강력한 군사력이 뒷받침하지 않은 집강소 통치가 계속되자 시간이 갈수록 구속력이 해이해 지고 배신자가 나오는가 하면 야금야금 관권이 머리를 들고 있었다. 배신자의 두드러진 예는 서병학이었다. 그는 원래 동학의 강경파로서 삼례와 공주집회 그리고 광화문 복합상소 때도 주도적 역할을 했던 인물이다. 서울에서 복합상소 때는 이번에 차라리 교도들이 모두 군복으로 갈아입고 병대와 협동하여 정부 간당을 소탕하여 조정을 개혁하자고 주창했던 자이다. 그는 출생지나 출신성분이 분명하지가 않다. 단지 선비출신으로 벼슬을 하기 위해 몇 번이고 과거에 응시하였으나 번번이 낙방하였다고 전해질 따름이었다. 동학에서 유가의 체제를 많이 도입하자, 경서깨나 읽은 탓에 지도자로 부상하고 발언권을 얻게 된 자이다. 그가 7월 중순이 되자 변절하여 관군에 붙어 남부도사(종5품)라는 자리를 꿰어 찼다. 8월 달에는 공주로 들어와 김영국 포를 설득하여 해산시켰으며 갈산으로 들어가 동학농민군이 양반가를 압박하여 군량을 조달하는 것을 엄포를 놓아 저지하기도 하였다. 그는 관군을 앞세우고 지방농민군 지도자를 체포하는데 공을 세우고 있었다.

전봉준은 이대로 시간만 끄는 것이 자칫 대국을 망친다는 것을 감지하고 있었다. 벌써 농민들이 스스로 삼례로 모여 들고 있었다. 당시 일본의 우편보지신문 기자가 지적했듯이 "아마 조선 8도 8백만인이 모두 반역의 마음이 있는" 실정이었기 때문이다.

일본은 겉으로는 주 상대가 청국이었고 조선은 자기들의 후방에 지나지 않았다. 그러나 후방이 어지러우면 전방에 차질이 오기 때문에 만전을 기할 필요가 있었고, 비록 일청전쟁을 일으키고 있지만 중국을 송두리 채 먹기란 불가능하다는 것을 잘 알고 있었다. 일단 조선을 완전히 자기 것으로 만드는 것이 목표였던 것이다. 그러기 위하여 청국이 감히 일본의 조선통치에 간섭하지 못하도록 벌벌 떨게 만들어 놓아야 했다.

일본이 가장 먼저 해야 할 일은 조선 각지에 일본 병참부를 설치하는 일이었다. 청일전쟁의 일환으로 병참부를 설치하기로 결정할 당시만 해도 아직 구체안이 마련돼 있지 않았다. 일단 대본영 참모본부는 시모노세키 병참부를 거점으로 하고 군부(軍夫)를 모집하여 조선에 파견하기로 하였다. 제1회 모집은 히로시마에서 행하였고, 그후에 점차 오사카, 동경에서 모집하였다. 그리고 직접 노무자는 조선 당지인을 모집하여 충당하기로 방침을 정하였다.

동학농민군들은 이 심상찮은 움직임을 예의 주시하였고 그 벽두에서부터 여기저기서 충돌이 시작되었다. 이는 농민군을 직접 자극하는 기폭제가 되었으며 일반민중의 비협조와 증오의 대상이 되었다. 일본의 입장에서 병참부는 후방에서 없어서는 안 될 중요한 부서로서 집적장 및 집적창고를 위시하여 군의(軍醫), 군리(軍吏), 헌병, 야전우편, 군수품 등 군수물자의 제반 사무와 군려(전시 편성부대)의 숙박, 식사, 휴식에 이르기까지 모든 것을 관할하는 곳이다.

먼저 부산에서 서울까지 16개소의 야전 병참부를 설치하되 연도를 택하여 각 부, 현, 읍, 부락의 가장 요충지를 택하였다. 긴 것은 70리, 짧은 것은 40-50리마다 설치하고 제5사단 소관으로 하였다. 제5사단은 청일전쟁의 선봉대로서 사단장은 명치유신의 공로자 육군 중장 노즈 미치츠라(野津道貫)였다. 그러나 초기의 병참부는 일관된 방침 하에서 정비된 것이 아니고 어디에 설치할 줄도 잘 모르는 상황이었다.

서울에서 부산까지의 16개소 병참부 외에, 서울 이북에는 평양을 중심으로 5개 병참부를 설치하기로 하였다. 고양, 장단, 개성, 금천 병참부가 그것이다. 그런데 이러한 병참부의 거점들은 물론 표면적 목적은 자기네의 병참업무수행이 목적이지만 동시에 동학농민군 진압을 위한 포석이란 것은 말할 나위도 없다.

병참부 산하에 병참창지(兵站倉地)라고 하는 8곳, 즉 부산, 삼랑진, 대구, 낙동, 문경, 시흥, 도현, 송파진을 정하고 각 창고사령관은 소좌 급으로 하였다. 이때부터 연도 어느 곳, 어느 역을 막론하고 가는 곳마다 일본인을 볼 수 있었으며, 한적한 산길을 걸어도 반드시 일본인을 두세 명은 만날 수 있을 정도였다.

처음 병참부를 설치할 때, 조선 내에서 오토리 공사와 노즈 중장 그리고 남부 병참부 사령관 이즈노(伊津野) 소좌, 북부 사령관 구마가이(熊谷) 중좌, 중부 사령관 나카하시(中橋) 중좌가 한 자리에 모였다. 남부 병참부는 개수가 많은 까닭에 중부 사령관을 따로 두어 관장케 하고 있었다. 노즈의 태도는 공사도 안중에 없었다.

"병참부 설치는 전선에 못지않게 중요한 거점이에요. 추호의 착오도 없이 신속하게 이루어져야 한다는 것을 명심 하세요."

"질문이 있습니다. 황국인이 있는 곳에서는 황국인의 건물이나 시설물을 사용해도 되겠지만 황국인이 없는 조선내지에서는 어떻게 장소를 물색합니까?"

"그것을 질문이라고 하고 있소. 한심스러운 인간 같으니라고. 조선인의 건물을 뺏던지 임차하던지 그것은 각 사령관의 제량이오. 지금은 비상시기라는 것을 잊지 마시오. 각지의 병참부는 지역에 따라 사정이 다 다를 것이니 임기응변하여 마련하세요. 동학당의 반발이 만만치 않을 것이오. 그것도 임의 처결하도록 하세요."

"하이, 잘 알았습니다."

공사는 노려보는 이즈의 매서운 눈초리에 눌려 아무런 말도 못하였다. 즉 일본인 소유 건물 중에서 조금 널찍한 곳이나 한인의 주막이나 향교, 관아의 건물 등 어느 곳이나 임시방편으로 쓰기로 한 것이다. 일단 부산은 일본인 소유가 많기 때문에 조선인과 별 충돌 없이 해결이 가능하였다. 부산 상공회의소를 병참본부로 쓰고 소학교를 병참병원, 본원사(일본인의 절) 별원을 치중부(輜重部, 군대가 필요로

하는 병기나 식량을 취급하는 곳) 주둔소로 썼으며, 부산항 내의 거류민 가옥 중에서 좀 넓은 것은 모두 징발하여 장교, 하사관, 인부들의 숙사로 썼다. 그런가 하면 부산의 일반 일본인 가옥도 모두 점검하여 각 집의 다다미 수를 호구에 첨부케 하여 급할 때 활용할 수 있게 준비하였다. 일본의 침략정책은 자국의 일반 일본인이나 민간 회사에게도 말로 헤아릴 수 없는 고통을 안겨주고 있었다.

일본이 병참부 다음으로 조선에서 추진해야 할 것은 군용통신망의 건설이었다. 출병 당초부터의 현안이었던 군사용 전신사업을 그들은 급히 서둘렀다. 노즈는 공사를 죽일 듯이 바라보며 소리쳤다.

"도대체 이런 송신 시설을 가지고 어떻게 전쟁을 수행할 수 있단 말이오. 오토리 공사! 즉시 외무성에 타전하여 대본영에 의뢰하여 조선각지에 전선가설을 며칠 내에 완공하도록 하세요. 시간이 없어요. 지금 당장 타전하세요. 당장."

이렇게 해서, 전신 가설인원이 일본에서 직접 출발하여 부산을 거쳐 인천에 도착하게 되었다. 가설인부 150명은 2대로 나누어, 1대는 서울에서, 1대는 인천에서 출발하여, 충청도 청주에서 만나기로 하고 6월 3일 정오를 기하여 두 곳을 동시에 출발하였다. 이 2대의 인원 중 인천에서 출발한 자는 청주 부산 간을, 서울에서 출발한 자는 청주 서울 간의 가설을 담당하기로 한 것이다. 소요시일은 단 1주일 예정이라고 호언장담하였고 공사는 청주에서 동시에 시작하기로 하였다.

경부, 경의 및 경인선의 전선은 원래 조선선이 있었으나, 이번에 가설할 전선은 전적으로 전쟁준비를 위한 군전용으로, 군 이외에는 일본의 '어용' 신문기자만 사용이 허가되었다. 뒤돌아보면 소위 조선선이란 것은 조청전선조약(1885. 6. 6)에 의하여 인천으로부터 시작하여 서울을 거쳐 의주까지 가설된 전선과 역시 중국과의 사이에 맺어진 육로전선속관합동(陸路電線續款合同)에 의하여 가설된 서울과 부산 간의 전선을 말한다. 그러나 이들 전선은 공사가 조잡하여 불통한 날이 너무 많아 일본은 항상 그 수선을 재촉하곤 했었다. 그래서 경인 군용선은 벌써 자기들의 손으로 따로 하나를 가설하였고, 경부선도 조선으로부터 가설을 양여 받으려 하였으나 일이 여의치 않던 중, 이번에 드디어 완력으로 가설을 결정한 것이었다.

이 군용전선의 가설도 역시 조선농민들의 증오를 사게 되었고 그것이 점점 표면화되기 시작하였다. 병참부 설치며 군용전선 가설의 대부분의 실제 인부는 조선인이기 때문에 크고 작은 충돌은 계속 일어나고 있었고 야간 급습으로 시설물을 파괴하는 일이 여기저기서 일어나고 있었다. 군용전선 가설이 끝나고 1, 2차례 시험 전선을 발신하던 도중에도 농민들의 전선 절단으로 말미암아 계속하여 인부를 파견하여 수선을 해야만 하였다.

일본은 육로의 전선가설에 이처럼 열성을 부리는 한 편, 해로 송신에도 열을 올렸다. 그들은 자기네 민간 선박회사에 압력을 가하여 배를 증발하고 있었다. 일본우선회사의 기선 10척이 군용 운송을 담당하게 되었는데, 이들 선박은 동시에 송신에도 큰 역할을 담당하고 있었다. 야마시로(山城) 호(2,528톤), 오미(近江) 호(2,473톤), 구마모토

(熊本) 호(1,955톤), 센다이(仙台) 호(1,717톤), 스무노에(住ノ江) 호(1,398 톤), 와카노우라(和歌ノ浦) 호(1,398톤), 다카스나(高砂) 호(2,075톤), 엔 킨(遠近) 호(1,947톤), 효고(兵庫) 호(1,423톤), 에치고(越後) 호(1,148톤) 등이었다.

또 민간선박인 오사카 상선회사의 선박 4척은 전적으로 부산, 인 천 간의 군용통신만을 담당하였다. 기소(木曽) 호 , 후지(富士) 호 , 시나노(神農) 호, 지쿠고(筑後) 호의 4척이었다. 해군함정을 제외하 고도 이 군용통신을 담당하는 14척의 일본 선박이 조선해안을 종일 토록 누비고 다녔다. 어민들은 고기를 잡으러 바다로 나왔다가 일본 해군 함정이며 군용통신선을 발견하면 무슨 죄라도 짓고 도망하는 것 처럼 급히 노를 저어 귀가하였다. 아예 바다로 나가지 않는 것이 상 책이라고 어선을 묶어두고 고기잡이를 포기하는 어민이 태반이었다.

전봉준은 8월 초순이 되어 전주에서 태인의 산외면 동골의 자기 딸네 동네에 와서 망중한을 보내고 있었다. 그가 조소리로 돌아가 지 않고 동골을 찾은 것은 안핵사 이용태의 만행으로 집이 불타버렸 기 때문이었다. 아직은 머리와 다리의 총상을 더 다스릴 필요가 있 었다. 그러나 9월이 되자 직속부대를 이끌고 삼례의 양반다리 근처 로 처소를 옮겼다. 전봉준은 집강소시절부터 양곡과 무기, 말과 달 구지 등을 착실히 모아 두어 재기를 준비하고 있었다. 군수전(軍需 錢), 군수미를 확보하기 위하여 부호들에게는 어음을 돌리고 전량을 모았다. 전라감사 김학진과는 위봉산성에 있는 무기와 화약을 마음 대로 사용해도 된다는 합의를 보았다. 위봉산성의 무기와 화약은 김학진이 철저히 비밀에 붙이고 있던 것을 전봉준에게 알려 준 것이었다. 김학진은 마음을 비웠다. 자기도 동학농민군의 일원을 자청한 격이었다. 그리고 스스로 전봉준의 운량관이 되겠다고 책임을 맡았다. 김학진의 호연지기가 발휘되고 있었다. 아니, 정부의 입장에서는 반역이었다.

10월이 되자 전봉준의 마음은 초조해 지기 시작하였다. 들판의 누런 벼를 보며 "어서 익어라! 어서 익어라!"를 기원하고 있었다. 군량미가 비축되어야 재기를 할 수 있을 것이고 추수가 끝나야 농민들을 동원할 수 있기 때문이었다.

전봉준은 김개남과 손화중에게 삼례에서 삼거두의 수뇌회담을 하자고 파발을 띄웠다. 삼례를 2차 봉기의 시발점으로 삼아야겠다고 생각하게 된 것은, 이곳은 만경평야 끝자락의 교통의 요지이고 주막이 많고 도로가 사면팔방으로 뚫려있어 사람들이 모이기에 아주 편리하였을 뿐만 아니라, 최초의 종교집회를 열어 교조 신원운동을 전개한 곳이었기 때문이다. 또 이곳은 백제 때부터 충청도와 전라도를 연결하는 교통의 요지였으며 호남의 세미를 보관하는 창고들이 있었다. 회담에서는 김개남의 불같은 성격이 나왔다.

"자네들은 도대체 무얼하고 이제야 봉기를 한다는 것인가? 지금 당장 서울로 진격하여야 하네. 내 휘하에만 7만 병사가 있으니 내가 앞장서겠네. 자네들은 따라오기만 하게나."

"자네는 아무런 훈련도 장비도 없는 농민들을 데리고 무얼 어떻게 하겠다는 것인가? 지금 우리가 서울로 진격한다는 것은 말도 안 되네. 일차 목표가 공주성 점령이고 이차 목표가 서울이 되어야 하네. 서울로 진격하는 길목이 공주목이니만치 아마 공주에서 관군과 일본군은 사생결단을 내려 할 걸세. 그리고 잊지 말게, 지금 우리의 주적은 관군이 아니고 일본군이네. 관군은 일군의 괴뢰로 전락하고 말았네."

"어허, 자네는 어찌 그렇게 신중론만 펴는가? 그러다가 전주에서도 실기하고 말았지 않은가. 전주성을 점령하고 즉시 서울로 직행했어야 했네. 이번에도 실기할 작정인가?"

"아니네, 그 때도 우리 때문에 청일양국이 파병을 할 판에 어찌 해산하지 않을 수 있단 말인가? 이번에도 자네의 군사로는 턱도 없는 일일세. 대국을 망치지 말게."

"개남이! 내가 보기에는 전 장군의 말이 옳네. 우리 세 사람이 힘을 똘똘 뭉쳐도 부족하이. 남접만 가지고도 안 되네, 이번에는 북접의 호응이 반드시 있어야만 하네."

"자네들 맘대로 하게. 나는 남원으로 돌아가겠네."

"어허, 개남이!"

전봉준과 김개남이 격론을 벌리자 손화중이 끼어들었고 김개남은 그렇다면 자기는 독립 노선을 밟겠다고 한 것이다. 전봉준은 골육지책으로 제안하였다.

"좋네, 개남이 자네는 남원을 지켜 주게. 단 필요할 때 지원을 부탁하이. 그리고 화중이는 최경선과 함께 광주를 지켜주게. 지금 일본병이 남쪽에서 올라온다는 소문도 있으니 후방을 지켜주게나."

이렇게 하여 삼거두는 분담이 완료되었다. 전봉준은 주력부대를 이끌고 서울을 공략하기 위하여 공주로 출발하고, 김개남과 손화중은 대부대를 이끌고 남원과 광주에 주둔하여 지원세력이 되기로 한 것이다. 그리고 지금 전국적으로 기포를 하고 있으니 세 거두들이 긴밀히 지휘체계를 갖추기로 하였다.

다음날 10월 9일에는 파발을 받고 각지의 농민군 지도자들이 속속들이 모여들고 있었다. 전주 접주 최대봉과 송인두, 금구 접주 조준구, 진안 접주 문계팔과 전영동 그리고 이종태, 정읍의 손여옥, 부안의 최경선, 송희옥, 윤석윤, 김여중 등 믿음직한 지도자들이 당도하였다.

정식 모병도 하지 않았는데 벌써 삼례에는 4천여 명의 농민군이 모여서 취회를 열고 있었다. 신원운동 때의 삼례집회가 재현되고 있었다. 이들과의 토론은 다음날 11일까지 이틀간, 가을걷이가 끝난 들판에서 주변마을에서 가져온 주먹밥으로 식사를 때우며 계속되었다. 결과적으로, 진공하여야 할 제1의 목표가 공주가 되어야 한다는 데 의견이 일치되었고 북접과 행동을 같이 해야 한다는 데도 의견일치를 보았다.

삼례의 소식을 듣고 대원군이 파견한 밀사 박완남이 삼거두를 뵙기를 청했다. 전봉준은 박완남에게 단호히 말하였다.

"돌아가서 대원위 대감에게 이르시오. 이제는 대감께서 가만히 있는 것이 우리를 도와주는 것이라고요. 더 이상 왜놈에게 이용이나 당하지 않으면 다행이겠다고 전하세요."

"친필로 몇 자 적어서 주십시오."

"필적은 남길 수 없소. 내 수결을 한 장 줄 터이니 그것을 보이고 말하면 알아들을 것이오."

전봉준의 태도는 단호하였다. 동시에 보은의 최시형에게 즉시 통문을 발송하여 이번의 거사는 국가존망이 달렸으니 사사로운 오해를 풀고 대국을 보아달라고 간곡히 부탁하고 있었다.

처음에, 남접에서 전라도 전 지역에 집강소통치를 시작하자 북접에서는 큰 오해를 하고 있었다. 저들이 교(敎)를 들어 출세의 발판으로 삼는다고 까지 생각했다. 심지어는 벌남기(남접토벌 기)를 만들고 토벌군을 파견하여 서로 살상하는 사태까지 있었다. 더구나 재기포를 앞두고 남접 농민군은 북접의 지시를 받고 방해를 일삼는 교도들을 압박하였다. 그러자 더욱 오해는 깊어지게 되었다. 최시형은 남접을 사문난적(같은 스승 하에서 나온 도둑)이라 칭하며 정토하고 말겠다고 벼렸다. 최시형의 뜻을 읽은 북접 농민군은 충북의 광혜원, 충주 등지에서 수 만 명이 모여 남접과 전투를 벌일 태세를 취하고 있었다.

전봉준은 답답하였다. 이렇게 가다가는 남북접이 합쳐지기는커녕 집안싸움이 벌어질 판이었다. 호남지역에 있던 북접계열의 김낙천을 은밀히 불렀다.

"저를 잘 부르셨습니다. 저도 밤잠을 못자고 이 문제를 고민했습니다. 제가 중도계열의 세 사람을 추천하겠습니다. 이들이라면 능히 남북접의 화해를 끌어낼만한 인물들입니다."

"어서 소개해 주세요. 지금 남북접의 화해 이상 중요한 문제가 없습니다."

이렇게 해서 소개 받은 사람이 오지영과 김방서, 유한필 세 사람
이었다. 세 사람은 기다렸다는 듯이 기꺼이 중제에 나서겠다고 자청
하였다. 전봉준은 북접계열 사람에 대한 탄압을 즉시 중지하라 명하
고 세 사람에게 임무를 부여하여 최시형에게 보냈다.

최시형은 처음에는 남접에서 온 세 사람을 만나지도 않으려는 태
도였으나 손병희의 간곡한 부탁으로 겨우 회담이 성사되었다. 오지
영이 북접의 대도소에 이르자 대도소장 김인국과 손병희, 손천민,
황하일 등이 열 지어 앉아 있었다. 너무 수가 많으면 난상토론이 될
가능성이 있으니 북접에서도 인원을 줄여 3인을 선발해 달라고 하였
다. 그래서 북접의 세 지도자 손병희, 김연국, 손천민과 남접에서 온
세 사람이 동수로 자리를 같이 하였다. 오지영이 먼저 입을 열었다.

"우리는 전봉준 총대장의 지시를 받고 북접과 함께 화해하고 함께
재기포를 하고자 찾아왔습니다."

"그런데 왜 남접에서는 도(道)로써 정(政)을 하는 것도 모자라 항상
북접을 적대시 하는 것이오. 이제는 도로써 난을 일으키려 하는 것
이 아니고 무엇이오? 우리는 이를 무력으로 다스릴 수밖에 없소."

"그것은 오히려 북접에서 먼저 사문난적이다 벌남기다 하며 먼저
적대시 하였던 것이오. 집강소 가동은 도로써 정을 한 것이 아니고
우리의 숙원인 폐정개혁을 한 것이오. 우리는 서로 오해가 쌓이면서
대화의 통로가 막혔습니다. 이제 모든 것을 털어놓고 오해를 불식시
키기로 합시다."

오지영의 말에 김연국이 받아 말했고, 거기에 대하여 남접에서 간 김방서가 대답했다. 오지영은 다시 일어나 간절히 말하였다.

"혹 도로써 난을 일으켰다는 오해를 샀다면 우리에게도 책임이 있으나 일이 이미 이 지경에 이른 이상, 그렇다고 이를 무력으로 치는 것은 잘못입니다. 북접에서 치지 않더라도 벌써 관병과 일병과 청병이 치기로 되어 있습니다. 도인과 병대가 서로 싸우면 강약이 드러나서 필경 도인이 패하기 쉬울 것입니다. 거기에 만약 북접마저 그들과 합세하여 남접을 치면 남접이 더 속히 망할 것은 정한 이치입니다. 약자로서 강자와 싸우다가 멸망을 자초한 남접 도인은 누구를 원망할 수도 없다고 하려니와 강자를 도와서 싸움을 이기게 한 북접 도인은 장차 무슨 면목으로 세상에 나서겠습니까. 내 말을 잘 들으세요. 도인은 도인끼리 합하여 죽어도 같이 죽고 살아도 같이 사는 것이 당연한 이치입니다."

손병희는 눈을 감고 이들의 토론을 경청하다가 벌떡 일어섰다.

"도인들! 남접에서 오신 분들의 말이 맞습니다. 우리는 서로 오해가 쌓여서 대화의 통로가 막혔던 것입니다. 지금은 그런 작은 문제로 왈가불가할 때가 아닙니다. 조정에서는 집강소 시절에도 남접만 탄압하는 것이 아니고 우리도 같이 탄압을 했지 않습니까? 우리는 같은 동학도들입니다. 지금 시국은 급박합니다. 청일양국이 조선을 서로 먹겠다고 전쟁을 벌이고 있습니다. 김홍집 내각인지 뭔지는 처음부터 일본의 꼭두각시입니다. 지금은 대원군마저 믿을 수가 없습니다. 교정청이란 것을 만들고 갑오개혁을 하고 있지만 우리의 폐정개혁안을 흉내만 내서 민심을 기만하고 있을 뿐 진정한 개혁과는 거리가 멉니다. 이런 정권은 타도하지 않으면 안 됩니다. 남북접이 합세하여도 대적 앞에 오히려 힘이 부족하거늘 우리가 분열되면 모든 것은 수포로 돌아갑니다. 지금은 국가존망이 우리의 손에 달려 있습니다. 나는 전봉준 총대장을 존경합니다. 내가 앞장서서 전봉준 대장과 기필코 통합을 이루어 내겠습니다."

이렇게 하여 회담은 극적으로 성사되어 남접을 토벌하자는 통문을 거두게 하고 벌남기를 꺾어버리고 보국안민의 기치를 높이 들어 진퇴를 같이 하기로 합의하기에 이르렀다.

보은에서 회담이 성공하였다는 소식을 미리서 들은 남접에서는 온 농민군이 일제히 환호를 하며 기뻐 날뛰었다. 됐다. 남북접만 합하면 한 번 해 볼만 하다.

기적은 일어난다

　이때 농민군 사이에서는 관군과 일군이 함께 삼남을 쳐들어온다는 소문이 널리 퍼졌다. 더 부정확하게 아는 농민군은 관군과 일군 그리고 청군까지 합하여 삼남인을 몰살하러 온다고 알고 있는 사람도 많았다. 어쨌든 관군만이 아니고 외국군대와 함께 온다는 것만은 정확한 소문이었다. 이제 전라도 각 읍의 집강소는 앉아 죽느니 모두 봉기하여 정부를 뒤엎고 우리의 손으로 외적을 물리칠 수밖에 없다고 분연히 봉기한다.

　최대봉, 강수한은 5천군을 거느리고 전주에서 봉기하고, 임천서, 임형로는 5천군을 거느리고 고창에서 봉기하고, 최경선은 7천군을 거느리고 태인에서 봉기하고, 김개남은 1만군을 거느리고 남원에서 봉기하고, 김봉득은 5천군을 거느리고 금구에서 봉기하고, 유한필은 2천군을 거느리고 함열에서 봉기하고, 송경찬, 송문수, 강경중은 7천군을 거느리고 무장에서 봉기하고, 오하영, 오시영은 8천군을 거느리고 영광에서 봉기하고, 손여옥, 차치구는 5천군을 거느리고 정읍에서 봉기하고, 김봉년은 4천군을 거느리고 김제에서 봉기하고, 김일서, 김도삼은 6천군을 거느리고 고부에서 봉기하고, 송희옥은 5천군을 거느리고 삼례에서 봉기하고, 오동호는 1천 5백군을 거느리고 순창에서 봉기하고, 송태섭은 7천군을 거느리고 원평에서 봉기하고, 이방언은 5천군을 거느리고 장흥에서 봉기하고, 김병태는 3천군을 거느리고 해남에서 봉기하고, 배규인은 2천군을 거느리고 무안에서 봉기하고, 기우선은 1천군을 거느리고 장성에서 봉기하고, 오권선은 3천군을 거느리고 나주에서 봉기하고, 이제봉은 1천군을 거느리고 함평에서 봉기하고, 고영숙은 2천군을 거느리고 흥덕에서 봉기하고, 박남양은 5천군을 거느리고 순천에서 봉기하고, 유희도는 3천군을 거느리고 흥양에서 봉기하고, 장문형은 3천군을 거느리고 보성에서 봉기하고, 박성동은 4천군을 거느리고 광주에서 봉기하고, 이용거, 이병용은 3천군을 거느리고 보성에서 봉기하고, 김중화는 3천군을 거느리고 담양에서 봉기하였다.

　그 인원은 11만 5천 명이 되었다. 이번 봉기에서 특기할 만한 사실은 그처럼 걱정했던 김개남이 마지막에서는 흔쾌히 동참하여 1만군을 보내준 사실이다. 자기는 남원을 그대로 지키고 자기의 부하 박진환을 시켜 동학군을 이끌고 참여하게 한 것이다. 전봉준은 이들 전원을 거느리고 일단 전주에 웅거하니 그 기세는 가히 하늘을 찔렀다.

북접의 동학농민군도 기포하여 청산에 집결하였다. 그때 집결한 농민군을 보면, 손천민, 이용구는 청주에서 봉기하고, 김연국, 황하일, 권병덕은 보은에서 봉기하고, 박인호는 서산에서 봉기하고, 김두열, 한규한은 홍주에서 봉기하고, 김지택, 배성천은 공주에서 봉기하고, 김경삼은 신창에서 봉기하고, 박희인은 면천에서 봉기하고, 추용선은 남포에서 봉기하고, 정경수, 임명준은 안성에서 봉기하고, 김복용, 이희인은 목천에서 봉기하고, 박용태, 김현구, 안면도, 주병도는 당진에서 봉기하고, 신재운은 충주에서 봉기하고, 김동두는 태안에서 봉기하고, 정원준, 강채서는 옥천에서 봉기하고, 고재당은 양지에서 봉기하고, 김내현은 수원에서 봉기하고, 김태열은 지평에서 봉기하고, 김규석, 김창진은 이천에서 봉기하고, 이화경, 임순화는 원주에서 봉기하고, 임학선, 홍병기는 여주에서 봉기하고, 신재준은 양근에서 봉기하고, 심상현, 차기석은 홍천에서 봉기하고, 윤면호는 횡성에서 봉기하였다.

북접의 봉기한 인원은 10만여 명이었다. 남북접 합하여 21만 5천여 병력이 논산집결을 위하여 움직이고 있었다. 깃발은 수 백리에 이어지고 북소리, 장구소리, 꽹과리소리가 산천을 진동하고, 은은하게 울러 퍼지는 '시천주조화정 영세불망만사지' 주문소리는 천지에 가득 찼다. 잠깐 쉬기만 하면 칼노래, 칼춤이 흥을 돋우었고 태껸 시범이 벌어졌다. 그들이 평소에 암송하였던 '대통심주문(大通心呪文)', '항령주문(降靈呪文)', '접기주문(接氣呪文)', '망덕주문(望德呪文)', '항복주문(降福呪文)'을 외웠고, 주문을 모르는 사람에게는 금방 옆 사람이 옆 사람에게 가르쳐 주어 즉석에서 같이 외우곤 하였다. 또한 '축지법주문' '둔갑법주문'을 외우며 기도하듯 나아가는 그들의 결의는 누구도 말리지 못할 의용으로 넘쳤다.

남북접은 논산에서 합류하기로 하고 동시에 논산을 향하여 출발하기로 하였다. 그러나 남북접이 화합을 이루기까지 한 달 이상을 지체함으로써 관군과 일본군에게 공주 선점을 빼앗겨 버리고 말았으니 일단 전략적으로 큰 오류를 범한 것이다.

드디어 논산에 집결한 동학농민군은 조선이라는 나라가 생긴 이래 가장 많은 의용군이 구국일념으로, 조금도 강제성 없이 자진하여 즐거이 집결한 것이었다. 세계 역사상에도 유래를 찾아볼 수 없는 이 쾌거는 이 뒤로도 조선은 영원히 불의에 항거하고 외세의 침략을 반대하는 독립국이 될 수밖에 없다는 필연성을 부여하고 있었다. 전봉준은 손병희를 맞이하여 백년지기를 대하듯이 덥석 끌어안았다.

"어서 오세요 손 두령! 얼마나 기다렸는지 모른 답니다."

"반갑습니다. 전 장군! 오래 기다리셨지요. 너무 늦어서 죄송합니다."

"아닙니다. 어서 장막으로 들어가십시다."

장막 안으로 들어온 전봉준은 무장의 결의 때와 똑같이 품안에서 비수를 꺼내 왼손 약지를 갈라 냉수그릇에 손가락을 담근다. 손병희도 거의 동시에 비수로 손가락을 갈라 같이 냉수그릇에 담근다. 냉수그릇은 순식간에 두 사람의 피로 벌겋게 물들었다. 전봉준이 그 릇을 들어 절반을 마시고 건네주자 손병희는 한 방울도 남기지 않고 다 마시고 바닥을 들여 보인다. 이렇게 하여 오늘부터 전봉준은 형이 되고 손병희는 동생이 되었다.

"형님! 이제부터는 제 생명이 다하도록 영원히 형님으로 모시겠습니다. 우리는 피로써 맺어진 형제입니다."

"동생! 우리는 한 뱃속에서 나온 형제보다도 더 진한 형제가 됐으니 죽어도 같이 죽고 살아도 같이 살세."

"형님이 앞장서세요. 저는 형님의 뒤만 따르겠습니다."

"아닐세. 우리는 함께 병진하여야 하네."

"알겠습니다. 우리의 천도를 당할 자가 누구겠습니까?"

전봉준과 손병희가 손을 마주잡고 장막 밖으로 나오자 남북접 농민군은 일제히 환호를 질렀다. 둘이는 같이 연단으로 올라섰다. 전봉준이 먼저 연설을 하였다.

"도인들! 방금 손두령과 나는 피로써 의형제를 맺었습니다. 태어나기는 따로 태어났지만 죽기는 한 날 한 시에 죽기로 약속하였습니다. 우리의 적은 태산과 같으나 그러나 안심하십시오. 우리에게는 그들에게 없는 도력(道力)이 있습니다. 우리 앞에 두려울 것은 아무 것도 없습니다. '시천주' 하늘님을 모시면 '조화정' 조화는 반드시 일어납니다. 의심치 않고 확신만 가지면 안 되는 일이 없습니다. 총칼도 우리의 몸을 상하게 할 수 없으며 대포도 소용이 없습니다. 인간의 힘은 하늘에 영향을 미칠 수가 없지만 하늘의 힘은 지상의 만물을 지배하게 되어있습니다. 우리는 천도를 믿는 사람들입니다. 무능한 조정은 제 백성을 치려고 외국군대를 끌어 들였습니다. 그리하여 이 강토 위에서 청일 두 나라가 전쟁이 벌어졌습니다. 승기를 잡은 왜놈들은 우리의 왕궁을 점령하고 조선군을 지휘하면서 남하하고 있다는 소문입니다. 그러나 우리는 그들보다 몇 십 배나 많은 군대를 보유하고 있습니다. 조선의 기개를 온 천하에 떨쳐서 관군과 왜놈들에게 본때를 보여줍시다."

다음에는 손병희가 결연히 목청을 돋웠다.

"의로써 일떠선 동지들이여! 방금 전봉준 장군, 아니 형님의 말씀은 하나도 틀림이 없습니다. 조선은 원래 내 것이 없었습니다. 유도도 불도도 도교도 모두 우리 것이 아닙니다. 천주교도 물론 우리 것이 아닙니다. 수운 최제우 대신사께서는 처음으로 조선의 것, 즉 동국의 교인 동학이라는 천도를 창출해 내셨습니다. 동학은 '시천주' 하늘님을 모시고, '양천주' 하늘님을 산채로 기르고, '체천주' 하늘님을 본받는 것입니다. 그러면 천도를 믿지 않는 관군도 왜놈도 하늘님을 본받느냐 하면 그것은 아닙니다. 그들 인간에게서는 하늘을 본받지 못하게 되어 있습니다. 그들은 시천주 양천주를 하지 않기 때문입니다. 우리에게만 인간이 하늘과 일치하게 되어있습니다. 하늘은 우리 편입니다. 하늘님과 인간이 싸우면 누가 이길 것인가, 승패는 결정되어 있습니다. '시천주조화정 영세불망만사지' 하느님을 모시면 조화는 일어납니다. 영원무궁토록 불가능이 없습니다. 왜놈들은 다시 임진왜란을 일으켰습니다. 승리는 반드시 우리 것이니 죽기를 각오하고 싸우면 살길 또한 반드시 있습니다. 지금부터 북상하여 공주를 점령하고 서울로 직행하여 사악한 무리를 모조리 쓸어버리고 신천지 개벽의 세상을 엽시다."

손병희의 연설이 끝나자 전봉준은 손병희와 함께 두 손을 번쩍 들어 전체에게 보이며 남북접의 단결을 표시한다. 전 농민군은 총을 들고, 칼을 들고, 죽창을 들고 산천이 무너질 듯이 환호하였다.

"전봉준 총대장 만세!"

"손병희 두령 만세!"

"동학 개벽군 만세!"

"보국안민! 보국안민!"

"척왜양창의! 척왜양창의!"

자신에 찬 전봉준은 논산에서 충청감사 겸 순찰사 박제순에게 다음과 같은 통문을 보낸다.

양호창의 영수 전봉준은 삼가 호서 순상각하에게 글을 올립니다. 항차 나라에 어려움과 근심이 있는데 어찌 감히 안 밖의 칙유만으로 천하 백일하에 목숨을 가지고 숨쉴 수 있으리까? 일본침략자들이 험담을 만들고 군대를 움직여 우리 임금을 핍박하고 우리 민중을 근심케 하니 어찌 이를 참을 수 있으리오? 내가 하고자 하는 것은 극히 어렵다는 것을 알고 있으나 일편단심 죽음을 무릅쓰고 천하의 인신으로 두 마음을 품은 자를 제거하여 선왕조 오백년 유훈의 은혜에 보답코자 하니 원컨대 각하는 크게 반성하여 의로써 같이 죽으면 천만 다행일까 합니다.

간곡히 동참을 촉구하고 있으나 간신배 중의 으뜸인 박제순이 농민군에 동참할 리는 전무하였다. 박제순은 작년에 호조참판으로 있을 때, 동학농민군이 보은에서 대규모 취회를 열자 맨 먼저 위안스카이를 찾아가 청나라 군사의 파병문제를 상의 했던 인물이다. 박제순은 통문을 가지고 온 아전에게 소리를 질렀다.

"이 통문을 가지고 온 동학당 놈이 있을 것 아니냐? 그놈을 당장 끌어 오너라."

"지금 밖에 없는데요."

"어딜 가고 없단 말이냐?"

"통문은 사람이 가지고 온 것이 아니고 한 동학당이 말을 달리면서 화살에 묶어 관아 정문 기둥에 쏘고 달아났습니다."

"이런 머저리 같은 것들!"

그날 쏜살처럼 달리는 말에서 통문을 꽂은 화살을 쏜 사람은 신영식이었다. 논산까지 따라온 벽송댁도 자기 아들이 이런 중대한 임무를 맡는 것이 자랑스러웠다. 벽송댁은 아들에게 말했다.

"이 일은 네가 맡아야 하겠다. 전 장군의 친신이니 네가 전하되 그들이 어떤 짓을 할지 모르니 화살을 날려 전하거라."

"알았습니다. 꼭 제가 전하겠습니다. 그 대신 어머니는 여기까지만 따라 오시고 양간다리로 돌아가세요."

"양간다리는 집도 불 타버렸는데 어디로 간단 말이냐?"

"당숙도 살아계시고 친척들도 있으니 설마 계실 곳이 없겠습니까?"

"벽송댁! 그렇게 하세요. 이제부터 따라오시는 것은 무리입니다."

"알겠습니다. 제가 따라다니는 것이 장군님의 짐이 된다면 돌아가 겠습니다. 단 영식이가 서신전달을 무사히 끝마치는 것을 보고 가겠 습니다."

"잘 생각하셨소. 우리는 반드시 꼭 다시 만날 것입니다."

신영식과 벽송댁의 대화를 듣고 있던 전봉준이 벽송댁에게 오히려 당부하였다.

전봉준은 이제 군을 움직여 생사를 가르는 일전을 하는 도리 밖에 없는데, 여기서 한 가지 결단을 할 필요가 있었다. 지금 모인 20만 명 이상의 농민군이라고 해보았자 거의가 의분에 일떠선 순수 농민 들로서 병법으로 말한다면 오합지졸에 불과하고, 실제 전투 병력은 얼마 되지 못한다. 이 많은 병력을 움직이는데 가장 큰 문제가 군량 미였다. 자칫 잘못하여 배고픈 농민군이 민가에서 약탈이라도 하는 날에는 만사는 수포로 돌아간다. '사인여천'의 동학에서는 민심을 잃 으면 아무데고 설 자리가 없기 때문이다. 심사숙고한 끝에 내린 결 론은, 공주로 진격할 병력을 4만 명으로 한정하고 전봉준 직속의 4 천 군사와 손병희 직속의 3천군사가 근간이 되어 각 접에서 엄선된 날쌘 젊은이들만으로 결사대를 조직하기로 하였다. 그래도 관군과 일본군보다는 몇 배가 많기 때문이다. 나머지 인원은 각 접주의 지 도하에 재량껏 각지에서 고을을 거점으로 전투를 벌이기로 하였다. 이렇게 함으로써 기반이 튼튼하게 되고 관군과 일본군을 분산시키 는 역할도 할 수 있었기 때문이다.

이즈음은 벌써 전국 곳곳에서 농민군과 관군 사이에 소규모의 전투가 벌어지고 있었다. 먼저 남하하는 관군과 북접군 사이에 세성산에서 전투가 벌어졌다. 목천의 세성산에는 북접의 김복용이 진을 치고 있었다. 이두황의 관군이 일군과 함께 세성산을 선공하였다. 세성산의 삼로(三老)라고 하는 김화성, 김용희, 김성지는 산 위의 높은 암벽 위에 방비요새를 세우고 완강히 항거하였다. 그러나 일본군이 동남쪽 깊은 계곡을 지나 산성 가까이에 맹공격을 가하자 농민군은 흩어져 북쪽으로 도망하였다. 이때 동남쪽에서 진격한 관군은 짐승몰이 하듯이 농민군을 무참히 살해하였다. 이 싸움에서 맹장 김복룡과 중군 김영우, 화포대장 원전옥은 생포되었다가 살해되었다. 바로 전에 일본인이 농민군에게 피살당한 보복전이기도 하였다. 총 농민군 사망자 370명, 포로 17명, 중경상자 400여명이었다.

경기도와 충청도의 여러 고을에서도 싸움이 벌어지고 있었다. 관군 이승우는 홍주를 습격하여 농민군이 이미 점령하고 있는 관아를 탈환하였다. 경기도 지평의 감영 맹영재는 포군을 이끌고 강원도 홍천의 동학농민군을 향해 진격하였다. 농민군은 이에 맞서 장야평에서 싸우다가 30여명의 사상자를 내고 솔치재를 넘어 서석으로 후퇴하였다. 이인에서도 농민군과 관군 일본군 사이에 치열한 전투가 벌어졌고 농민군이 후퇴하였다. 1차 봉기 때는 농민군이 선제공격을 하는 것이 통례였으나 2차 봉기 때부터는 관군과 일본군이 선제공격을 하는 것이 달랐다. 황해도에서도, 평안도에서도 심지어는 함경도에서도 전투는 벌어지고 있었다. 전봉준은 서둘러 북상하지 않으면 안 되었다.

전봉준이 이끈 4만군은 2열종대로 길 양쪽에 나누어 진군하게 하고 자신은 붉은 덮개를 한 수레를 타고 총지휘하고 손병희는 백마를 타고 뒤따랐다. 농민군의 깃발은 수 백리로 이어졌고 진군소리는 천지를 진동하였다. 척왜양창의, 보국안민의 깃발을 위시하여 각 지역과 각 소속을 표시하는 각종 깃발이 등장하여 형형색색의 깃발로 산천을 뒤덮으며 북진하고 있었다. 그러나 논산집결 이후에도 또 전략상 실수가 있었다. 훈련된 병사처럼 일사불란하게 움직일 수 없는 속성상 논산 체류기간이 9월 13일부터 10월 8일까지나 되어 관군과 일본군이 준비할 시간을 또 벌게 만들어 준 것이다.

일본은 청국을 완전 제압하고 구련성(九連城), 안동현(安東縣)을 점령하면서부터 야전대 작전은 청국 영토 내로 옮겨갔다. 이즈음을 전후하여 일본의 대본영은 후비대를 조선에 파견하여 동학농민군 토벌을 위한 수비대의 임무를 제1군으로부터 후비대로 교체시켰다. 특히 야마구치 현(山口縣) 히코시마(彦島) 수비대였던 후비보병 제19대대는, 신임 이노우에 카오루(井上馨) 공사가 대본영에 요청한 전문에 의하여 아시카와(安治川) 호, 야마토(大和) 호, 사카다(酒田) 호에 분승하여, 전적으로 소위 '동학란 토벌'을 위하여 내한한 부대였다.

후비보병 제19대대는 대대장 미나미 고시로(南小四郎) 소좌, 부관 고이에 도붕(鯉江登文)을 위시하여, 제1중대 중대장 마츠모토 마사야쓰(松本正保) 대위, 제2중대장 모리오 마사이치(森尾雅一) 대위, 제3중대장은 이시쿠로 미츠마사(石黒光正) 대위가 상층부를 이룬 합계 병력 617명으로 이루어졌다.

동학농민군 진압을 위한 정책과 실질적 지시는 대본영 병참총감부 총감 육군중장 가와카미 소로쿠(川上操六)였으며, 당시 대본영 참모총장은 육군대장 다루히토 신노(熾仁親王)란 자였다.

대본영이란 특수전쟁을 수행하기 위하여 임시로 설치한 일왕 직속의 육해군 조직이다. 청일전쟁 수행을 위하여 최초로 올(1894) 6월 5일에 설치하여 히로시마(廣島)에 본부를 두고 있었다. 실질 책임자인 가와카미 총감은 후비보병 제19대대장 미나미 소좌를 대본영으로 불렀다. 미나미는 고개를 움츠리고 그 특유의 비굴스러운 모습으로 대본영으로 들어가 총감실로 들어섰다. 가와카미는 사쓰마 출신의 명치 육군의 삼인방(산바가라스 三羽鳥)으로 칭한 실권자였다. 거만하게 코밑의 윗수염만 둥그렇게 기르고 있었다. 그가 미나미를 쏘아보며 내질렀다.

"너의 임무는 무엇이라고 생각하나?"

"하이! 조선의 동학당을 진멸하는 일이라고 생각합니다."

"맞긴 맞다. 그러나 잊지 말아라. 우리는 명치유신 이래 양성한 총국력을 동원하여 중국과 전쟁을 벌이고 있다. 만약 후방이 불안하면 전방은 큰 혼란을 초래한다. 우리는 중국을 반드시 이겨야 하고 조선을 그들의 지배 하에서 때어내서 우리 것으로 만들어야 한다. 그러기 위해서 동학당을 소탕하는 것이다."

"하이! 명심하겠습니다."

"직속부대와 조선 정부군을 인솔하여 동학당을 섬멸하되 할 수 있는 것 포로로 잡지도 말고 잡히는 족족 죽여 버리면 된다. 단 눈치를 보아서 잘해야 한다.”

“하이! 알겠습니다. 명령대로 시행하겠습니다.”

후비보병 제19대대가 근간이 되어 당시 인천 병참사령관 포병중좌 이토 스케요시의 전략에 의하여 후비보병 제18대대 제1중대, 후비보병 제6연대 제6중대 및 후비보병 제10연대 제4중대와 협력하여 주로 삼남지방의 소위 ‘폭도 소탕’을 책임 맡았다. 후비보병 제19대대는 3로 분진의 계획을 짰다.

중로는 제3중대가 맡아 용인 죽산 방향으로 출진하여 충청도로 들어가 중앙을 거쳐 전라도 남단에 이르게 하고, 동로는 제1중대가 맡아 이천 장호원을 거쳐 강원도를 거쳐 충청도 중앙을 통과하여 전라도로 내려가게 하고, 서로는 인천에서 출발하며 2중대가 맡아서 양성, 평택, 공주 방향으로 나아가서 전라도 서남 연안지방을 거쳐서 전라좌수영으로 향하게 했다. 마지막으로 동학군을 전라도 서남단 구석으로 몰아넣고 몰살시키는 것이 원안이었다.

그리고 대동강 이북, 주로 황해도는 후비보병 제6연대 제4, 6, 7, 8중대가 그 임무를 맡았다. 그들은 삼남의 농민군이 북으로 도망오지 못하도록 철저히 봉쇄하는 임무를 동시에 맡고 있었다. 3로 분진대에게도 농민군이 북으로 도망치지 못하게 차단하고 오직 전라도의 서남쪽으로 모는 전략을 쓰도록 하달하였다.

후비병이라고 하는 것은 현역 3년, 예비역 4년을 거치고 후비병역 5년의 임무를 지고 있는 병대로서 그 노련성이나 풍부한 경험에 비추어 농민군 상대의 산악전이나 수색전에 아주 적당한 병력이었다.

그들이 소지한 무기는 스나이더 소총(미제. 에도시대에 수입한 것)으로, 무라다 연발총이 제작되기 이전에 일본군대가 전반적으로 사용하던 것이다. 이와 같은 부대 외에 경비함이 지원되어 전적으로 갑오농민군 진압의 경비임무를 띠게 하고 있었다.

그런데 조선의 정부군이라고 하는 것은 참으로 초라한 존재였다. 동학농민군의 재기포가 시작되자 정부는 9월 22일(양 10. 20) 전군 동원령을 하달하였다. 그런데 소위 전군이라고 하는 것은 일본의 경복궁 점령 이후 한 달 만에 맺어진 '잠정합동조관'에 의하여 소총 2백 자루가 반환되고 약간의 조선군 재편성이 승인된 소수 인원과 일본군 사에키(佐伯) 소좌의 훈련을 받은 장위영 소속 '교도중대'를 말하는 것이었다.

조선군 재편성이 승인된 병력을 보면, 친군경리청 703명, 경리청 132명, 친군장위영 850명, 친군통위영 401명, 교도소 328명, 합계 2,414명이었다. 삼례집회의 분위기가 험악해지자 정부에서는 통위영 대장 이규태를 지휘관으로 삼고 죽산부사 이두황을 우선봉장으로 삼아 출진하라 하고, 경리청 영사 성하영과 대관 백낙완, 조병완에게 본청병 2개 소대 280명을 인솔하고 먼저 출진케 하였다. 이상의 인원수에 다시 전황의 완급에 따라 병력을 징병파견하고 있었는데 그 수를 모두 합한 수가 3,209명에 불과하였다.

동학농민군 토벌의 주력부대는 일본군이었으며 조선군은 일본군의 지휘를 따르게 되어 있었다. 경복궁 점령이후 해산되었던 5영 안에서 약간 우수한 병사들을 골라 1중대를 편성하고 일본식으로 훈련된 교도중대는 조선병으로서 가장 악랄하게 농민군을 진압한 부대였다.

일본인에 대한 병참기지 습격이나 전선절단은 각지에서 벌어지고 있었다. 천안에서는 일본인 6명이 피살되었기 때문에 병참사령관은 병력을 내륙 깊숙이 파견하여 대처하고 있었다. 충청도 괴산에서 일어난 동학농민군 2만여 명이 인천에서 파견된 일본군과 격전을 벌렸으나 일본군이 중과부적으로 도주하였다.

경상도 밀양에서 1천 5백 명의 농민군과 삼랑진에 주둔해 있던 가타오카(片岡) 병참사령관군과 격렬한 싸움이 벌어졌다. 농민군은 부사와 전운사를 처단한다고 죽창으로 무장하고 쳐들어왔고, 부사는 밀양의 일본 병참부로 지원을 요청하였던 것이다. 이 싸움에서 농민군 사망 8명, 부상10명이었다. 밀양뿐만 아니라 안동, 대구 등과 남쪽의 진주, 하동에서는 더욱 격렬하였다. 지리산 기슭의 덕산을 위시하여 삼장, 시천, 층암, 사월 같은 마을은 모두가 마치 동학 마을과 같아서 관군이 발을 붙이지 못하였다.

황해도의 재령에서는 팔봉접주 김창수(김구)의 지휘 하에 2천여 명의 농민군이 군량을 구하기 위하여 파견되어 온 일본군 이리에(入江) 소좌 군을 급습하였다. 일본군은 8명의 사상자를 내고 황주방면으로 도망하였다. 이에 일본군은 봉산, 검수의 수비병을 재령, 안악 방면으로 파견하여 뒤쫓았으나 농민군의 행방은 묘연하였다. 영호대접주 김인배는 1천여 명의 농민군을 데리고 하동근방의 일본군을 습격하였다. 동시에 경상도의 상주, 성주, 진주, 인동 및 서북부의 여러 고을에서도 일본전선 절단과 병참부 습격이 벌어지고 있었다.

전봉준이 북진을 서둘러야겠다고 생각하는 데는 또 하나의 심리적인 이유가 있었다. 공주가 정감록의 십승지 중의 하나이기 때문에 이를 점령하면 농민군의 큰 사기진작이 된다는 것을 알고 있었다. 일본군과 관군이 공주로 속속 집결한다는 소식을 들은 전봉준은 강력한 김개남 군과 손화중 군을 후방 포진한 것을 후회하고, 광주를 점령하고 있는 손화중과 남원을 나와 전주에 포진하고 있는 김개남에게 뒤늦게 다시 연락하였으나 남쪽에서 일본군이 공격해 온다는 소문이 있다면서 광주와 전주를 그대로 지키겠다는 연락이 왔다. 그쪽 사정이 여의치 않음을 알고 손병희와 함께 일단 연산을 출발하여 공주를 향해 노성으로 진군하였다.

공주는 삼면이 산으로 둘러싸여 있고 서북쪽에 금강이 흐르고 있다. 동남쪽으로 무너미와 경천을 거쳐 노성과 논산으로 통하는 길이 나 있고, 서북쪽으로는 금강의 곰나루를 거쳐 마곡사에서 예산으로 가는 길이 나 있다. 공주를 쳐들어가는 길이라면 동남쪽의 노성에서 효포와 능치의 길이 있고, 이인에서는 우금치로 통하는 길이 있었다. 서북쪽으로는 곰나루를 거쳐 하고개를 넘는 좁은 길이 나 있고 하고개를 넘으면 봉황산이 있고 그 아래 충청감영이 있었다. 전봉준은 농민군을 2대로 나누어 한 부대는 노성에서 판치와 효포, 능치를 거쳐 공주성의 동쪽을 공격하고 또 한 부대는 노성에서 이인을 거쳐 공주성의 남쪽으로 진격하기로 하였다.

한편 관군은 금학동에 중군의 이기동 군 일부와 통위영의 오창성군이 진을 치고 있었고, 웅기에는 구상조가 진을 치고 있었고, 봉화대에는 장용진이 통위영병 일부를 데리고 진치고 있었다. 이기동의 주력부대는 주봉에 배치하고, 성하영과 백낙완은 견준봉(개발꿈치)에 배치하고 있었다. 공주 동남쪽의 봉황산 효포봉과 연미봉은 경리청 군이 배치되고, 또 경리청 군과 통위영 군이 이인에 포진하였다. 모리오 마사카츠 서로분진대는 공주에 도착하여 가장 중요한 우금치를 수비했다. 모리오는 공주성 안에 있는 장위영병 1개 대대, 경리영병 1개 대대까지 지휘하기로 되어 있었다.

일본공사 이노우에 가오루는 직접 공주로 내려와 충청감사 박제순을 마치 자기 부하 부리듯이 하였다. 이노우에 옆에는 일본에서 직접 건너온 미나미 고시로 후비보병 제19대대장과 부관 고이에 도붕이 위협적으로 앉아 있고, 그 양 옆에는 영사관 호위 병사 둘이 긴 칼을 옆에 차고 박제순을 노려본다. 이노우에는 박제순에게 손가락질을 하며 큰소리쳤고 코에 붙은 뽀송뽀송한 콧수염이 요란하게 흔들렸다.

"어이 감사! 당신은 도대체 무얼 하는 사람이관데 한 도의 감사란 자가 동학당이 코밑까지 쳐들어 올 때까지 기다리고만 있었단 말이오."

"아시다시피 저희 나라는 군대라는 것이 거의 없는 것이나 다름없습니다. 지방을 지키는 영군이 얼마간 있지만 근근이 관아 방어를 할 수 있을 뿐 다른 조치를 취할 능력이 없습니다."

"한심스러운 인간 같으니라고. 그러면 황국 군이 오지 않았으면 앉아서 죽을 작정이었소?"

"그래서 일본군은 저희로서는 천군(天軍)이옵니다. 우리는 일본군의 뒤만 따르겠습니다. 이제 모든 것이 안심입니다. 청국을 이긴 일본인데 이까짓 동학군쯤이야 문제나 되겠습니까?"

"쯧쯧, 감사라는 작자가 하는 말 꼬락서니 하고는, 알았소. 밖에 일조 양군이 기다리고 있으니 같이 나가 만나보기로 합시다."

밖으로 나오자 모리오 서로분진대장이 앞에서 지휘하고 뒤에 조선의 장위영병, 경리영병, 교도중대, 일본병사 그리고 통위영병 약간과 감영군 약간이 줄지어 서있다. 올해는 한파가 일찍 다가와 몸이 으스스 하니 추웠으며 큰 눈이 연일 내려 공주주변의 산에는 한 자나 눈이 쌓여 있었다. 이노우에와 박제순이 밖으로 나오자 귓불을 스치는 찬바람이 소리를 내고 지나간다. 모리오가 구령을 한다.

"일동! 대일본제국 공사님께 경례!"

"제군들! 우리 대일본국은 조선을 돕기 위하여 이곳에 왔소. 지금 동학당란군은 공주를 향하여 대군이 쳐들어온다는 소문이오. 그러나 안심하세요. 대일본국 군대는 반란군을 모조리 소탕할 것이오. 황국군사 한 명이 동학당란군 1당 100 아니 1당 1,000을 할 것이오. 이번 소요는 요사스런 청국군과 동학당이 결탁하여 난을 일으켰던 것이오. 지금 청국군대는 우리 제국군대에 의하여 모조리 살해되거나 압록강 너머로 쫓겨났소. 동학당은 독 안에 든 쥐요. 작전권은 일본에 있으니 조선군은 제국군대의 지시에 철저히 복종하기 바라오."

이노우에의 연설이 끝나자 또 공사를 향한 경례가 있었다. 일본군과 교도중대는 일제히 위협적인 소리를 내며 '받들어 총!'을 하였고, 조선병사는 엉거주춤하게 허리를 숙여 절을 하고 이노우에나 미나미 소좌들은 거수경례를 한다. 박제순은 허리를 굽실굽실하며 이노우에의 뒤를 따른다. 박제순은 훗날 친일매국노가 되어 일본에 나라를 팔아먹은 을사5적 중 하나가 되며, 박제순 휘하의 일개 군관이었던 그의 비서 구완희는 권문세가의 집을 잘 출입하기로 유명하여 일본공사관으로부터 월급 30원씩을 받고 전속 밀정이 된다.

10월 하순이 되자 벌써 농민군은 추위에 몸을 도사리고 한파와 싸워야 했다. 짚신도 겨우 여분으로 한 켤레를 더 허리에 차고 나왔을 뿐이었으며 어떤 농민군은 다급히 나오며 홑바지를 입고 나온 자도 있었고 내의도 미처 챙기지 못한 자가 많았다. 그러나 일본군은 추위에는 끄떡하지 않았다. 그들은 방한복에 가죽장화에 가죽장갑을 끼고 있었다. 이 군용 장화와 장갑은 조선에서 수입해간 소가죽으로 만든 것이었다.

조선에서 일본에 수출한 품목은 통계를 낼 수 없는 금은을 제외하고 비록 30여 가지가 있으나, 대외무역을 할 이원도 자본도 없는 형판이었기 때문에 수출품이라고 해보았자 쌀, 콩, 건어물, 우피의 4종이 전체 수출품(1,698,116원. 1893년의 경우)의 84%를 차지(우피는 19,154단 274,682원)하고 있었다. 일본으로부터 수입한 품목은 삼관(부산, 인천, 원산)을 통하여 들여온 품목이 90여 가지가 되나 그 중 의류 한 품목이 60%를 차지하고 있었는데, 대개는 조선에서 수입해 간 목화, 생사를 재가공한 옥양목이거나 상해 등지에서 중간무역으로 들여온 모슬린 비단 그리고 여러 가지 무늬를 도드라지게 짜거나 수를 놓은 브로케이드(문직)였다. 즉 수입품은 거의 전부가 가공품 내지는 사치품들이어서 조선의 산업을 사정없이 파괴하고 있었다.

공주공략은 10월 23일부터 서서히 시작되었다. 전봉준이 이끈 주력부대는 공주에서 남쪽으로 30리 떨어진 경천을 점거하였다가 효포를 향해 진격하였다. 관군 2개 소대가 효포로 나와 방어하고 일부는 금강나루와 쌍수산성의 길목을 지켰다.

이 때 북접의 옥천포 농민군은 공주에서 동쪽으로 30리 지점에 있는 대교에 진을 치고 있었다. 이인역을 점거하고 있던 농민군은 스즈키가 인솔하는 일본병 50명과 성하영의 경리청 1개 소대, 구완희가 인솔하는 감영병력 4개 분대로 부터 공격을 받았다. 이인역 뒷산에는 손병희가 지휘하는 농민군이 지키고 있었다. 일본군과 관군은 농민군을 삼면으로 포위하고 공격하였으나 농민군의 사기가 충천하여 만만치 않은 전투가 되었다. 구완희가 남월촌에 주둔한 농민군을 향해 북쪽으로 쳐들어가자 농민군은 취병산까지 후퇴하였다가 다음 날에는 이인으로 후퇴하였으며 관군도 별 소득 없이 감영으로 물러났다. 비록 탐색전이었지만 농민군 20여 명의 사상자와 관군 쪽 5명의 사상자를 냈다.

안성 군수는 인시(03-05)에 박제순의 지시에 따라 뒤에서 원조하는 참령관 구상조, 참모관 이상덕, 황승억, 이윤철, 신효식, 대관 조병완, 이상덕 그리고 교장 김홍엽, 우기준, 이봉춘, 이장혁과 함께 2개 소대 병력을 통솔하고 진영을 나가 공주목으로부터 남쪽으로 10

리 떨어진 효포를 지키면서 정탐임무를 수행하고 있었다.

일본 서로군의 아카마츠(赤松) 부대는 승전곡에서 농민군을 공격하려 다가서고 있었다. 이곳 승전곡에는 황토현 전투, 황룡강 전투 때도 앞장서서 관군과의 결정적인 싸움에서 두 번의 승리를 이끌었던 김덕명이 거느리고 있는 농민군이었다. 김덕명은 농민봉기의 중심 지역인 원평의 집강소 도접주를 맡았던 인물로서 이번에 전봉준과 함께 북상하고 있었다.

24일에는 좀 더 가열된 탐색전이 벌어졌다. 전봉준이 거느리는 농민군은 경천에서 효포에 도착하였다. 서산 군수 성하영이 이끄는 1소대와 경리청 대관 백락완이 거느린 1소대가 웅치고개에 진을 치고 있었다. 전봉준은 효포 건너편의 산 쪽에 주력부대를 배치하고 있다가 홍운섭이 거느린 경리청군이 대교의 농민군을 공격하러 간 동안에 전등석화처럼 효포를 공격하여 점령하고 말았다. 뒤늦게 성하영, 백락완이 거느리는 관군이 전봉준 군을 공격하였으나 전혀 효과를 보지 못하였다. 저녁에는 공주에 도착한 모리오 대위 휘하의 일본병 100여 명과 이규태가 거느린 관군이 가세하여 공격하였으나 역시 농민군은 요지부동이었다. 전봉준이 거느린 농민군은 효포를 벗어나 공주성 쪽의 가도를 위협하고 들어왔다. 관군은 산마루에서 아래를 향해 포격을 가하였으나 농민군도 포격을 가하고 국부적인 백병전도 하면서 일진일퇴를 거듭하였다. 중과부적인 관군은 저녁이 되자 스스로 후퇴하였다.

북접 옥천포의 농민군은 대교까지 진격하여 진을 치고 있었는데 홍운섭의 공격을 받고 50리나 퇴각하였다. 홍운섭은 동학농민군의 배후에서 먼저 숲에 있는 농민군을 습격하고 포를 쏘면서 산을 내려가 넓은 들판에서 교전하였다. 서로 포를 쏘고 총을 쏘면서 반나절을 싸웠다. 홍운섭은 안성군수의 이름으로 방을 써 붙여 백성을 안심시킨다는 명목으로 경거망동하지 말라고 엄포를 놓았다. 이 전투에서 농민군 20명이 사망하고 6명이 생포되었다.

김덕명의 승전곡 동학농민군을 선제공격한 것은 일본 후비보병 서로군의 아카마츠 소위의 1개 소대와 2개 분대 그리고 조선병사 34명으로 이루어진 한 조였다. 마침 반격을 하고 있던 김덕명은 서풍이 불어오자 옆에서 같이 전투를 벌이고 있는 소년병 이문형과 송국섭을 돌아보았다. 이문형과 송국섭은 사발통문 때에도 같이 기명한 동몽군이었다. 세 사람은 누가 먼저랄 것도 없이 '화공!'을 동시에 소리 질렀다. 김덕명은 주머니에서 성냥을 꺼내들었다. 일제 당성냥이었다.

갈대 잎을 뭉쳐 성냥을 그어대자 횃불처럼 타올랐다. 공격해오고 있는 적을 향해 앞으로 던지자 불은 삽시간에 요원의 불길이 되었다. 일군과 관군은 걸음아 날 살려라 하고 면천 쪽으로 도망하였으나 미처 도망하지 못한 일군 1명과 조선병 2명이 타죽었다. 노획한 물건은 5마리의 소에 가득 실려 있는 일본군 배낭과 구두가 있었으며 배낭 78개, 상하 겨울내의 78벌, 유대식량(전투용 장기보존식품) 312식분, 일제 자루 78개, 군대수첩 78개, 구두 78컬레 등으로 확인되었다. 여기서 노획한 물건이 거의 78개라는 것은 이 때 일본군 수가 78명이었으며 그들은 아무 것도 휴대하지 않고 다 버리고 맨몸으로 줄행랑을 놨다는 것을 알 수 있다.

공주뿐만 아니라 전국 각지에서 동학농민군과 관군 일본군과의 충돌은 벌어지고 있었다. 충청병사 이장희는 아산, 청산, 연기 3읍이 농민군에게 군기를 탈취 당하였기 때문에 처벌을 받아야 마땅하지만 시국이 시국인 만큼 죄를 지은 채로 근무하라고 하달하기도 하였다. 관군의 선봉진의 일부는 신시(15-17시)에 각 소대를 거느리고 일본군과 함께 출발하여 유시(17-19시)에 금영(충청감영)에 도착하여 주둔하였다. 또 선봉진 일부는 신시에 금강 장기진에 도착하여 우금치, 금학동, 효포봉, 남교후봉 그리고 동쪽 산성의 각 요소를 지켰다. 홍운섭이 술시(19-21시)에 금영에 도착하고 대관 조병완과 더불어 1개 소대를 인솔하고 금강나루터를 지켰다. 참령관 구상조가 참모관 이상덕, 이윤철, 신효식, 황승억, 대관 이상덕, 교장 김홍엽, 이봉춘, 이장혁, 우기준, 장대규와 더불어 1개 소대를 인솔하고 봉수현을 지켰다.

순무영 군은 경천의 농민군이 금영을 목표로 효포에 이르렀다는 말을 듣고 1개 소대를 거느리고 경리청 대관 백락완이 거느리는 1개 소대와 함께 능치고게 위아래로 동학농민군이 지나갈 길목 앞에 주둔하였다.

아아! 우금치 전투

전봉준이 거느리는 주력부대는 10월 25일 아침 일찍 능치를 향해 공격을 개시하였다. 전봉준은 농민군을 격려하기 위하여 붉은 일산을 씌운 커다란 가마를 타고 당당하게 군령을 하달하고 있었다. 그의 주위에는 온갖 색깔의 깃발이 바람에 흩날리며 호위하였고 꽹과리, 북, 피리, 나팔소리가 요란하고 맨 앞에서는 다섯 명의 별무사가 칼춤을 추며 길을 안내하고 있었다. 뒤따르는 농민군들의 주문소리는 천지를 은은히 울리며 관군과 일군을 위협하였다. 마음껏 고무된 농민군들은 용기백배하여 두려움 없이 전진하고 있었다. 일군과 관군은 모리오 대위의 지휘 하에 세 갈래로 나누어 동학농민군을 포위하였다. 대관 조병완은 휘하의 병정을 거느리고 북쪽에서 오른쪽을 공격하였고, 참령관 구상조는 일본병사 30명의 뒤를 따라 휘하 장졸들을 거느리고 남쪽에서 왼쪽을 공격하고, 서산군수 성하영은 전면을 공격하였다. 뒤에 선봉장 이규태가 통위영 군사 2개 소대를 거느리고 효포봉과 납교봉으로 부대를 나누어 지원에 나섰고, 통위영 대관 신창희, 오창성 부대도 지원에 나섰다. 동학군은 중간에서 좌우를 받아치는 전술을 펴고 있었다. 싸움에서 패한 척 허를 보이다가 급습하여 승기를 잡고, 우측을 치는 척 하다가 좌측을 치고, 전면에서 물러나다가 한쪽 군사를 끝까지 추격하여 완전히 궁지로 몰아넣곤 하였다. 모리오 대위는 부관을 보며 말하였다.

"이곳 동학당 수령이 전봉준이라고 했느냐?"

"네, 그렇습니다."

"저자는 병법을 아는 자이다."

"참으로 묘한 전법입니다."

"분명히 불리한 위치에 있는데도 오히려 승기를 잡고 있지 않느냐. 후퇴하여야지 안 되겠다."

해질 무렵이 되자 모리오의 지시에 따라 관군과 일본군이 먼저 자취를 감추었고 동학농민군은 들판 건너편의 시야산 능선에 진을 쳤다. 이 싸움에서 농민군 70여 명이 사망하고 2명이 생포되었으며 조일연합군 측은 30여 명의 사상자를 내었다. 훈련받은 병사들의 개틀링 기관총과 스나이더 소총, 무라다 소총, 라이플 소총, 레밍턴 소총, 마티나-헨리 총 등으로 무장한 군대에 맞대응하여 훈련 없는 농민군이 재래식 대포와 소량의 레밍턴 소총, 천보총 및 화승총, 죽창으로 이만큼 싸웠다는 것은 누가 보아도 농민군의 승리였다.

전봉준은 능치에서 싸움을 하며 그 사이에 결사대를 파견하여 비어있는 충청감영을 점령해버릴 계획을 세웠다. 결사대는 장꾼차림으로 북쪽의 곰나루를 넘어 봉황산 아래 하고개를 넘어오고 있었다. 북접의 손병희 군이 장꾼차림의 결사대 뒤를 엄호하며 뒤따르고 있었다. 그러나 모리오 대위는 이것을 미리 감안하고 하고개 아래에 복병을 묻어두고 있었다. 농민군이 하고개를 거의 다 내려와 한숨 돌리는 순간에 숲속에서 일제히 조준사격이 가해졌다. 농민군은 미처 피할 겨를도 없이 무참히 당하고 말았다. 전투경험이 없는 북접 군은 갑작스러운 공격에 모두 도망하고 말았다. 수 십구의 시체가 눈 덮인 하고개를 붉게 물들이고 있었다.

전봉준 군은 전열을 다시 정비하기 위하여 효포로 나와야 했다. 시야산에서는 무엇보다도 방한시설이 없어 숙식이 어렵기 때문이다. 마을을 끼고 백성의 협조를 얻지 않으면 안 되는 농민군의 취약성이 여기에 있었다. 이를 안 모리오와 이규태는 시야산에서 효포로 내려오는 외진 골짝에 능치에서 동원된 대병력을 매복해 두었다. 농민군이 추위에 떨며 어두운 꼭두새벽에 산을 내려오는데 관군과 일군의 일제 사격이 시작되었다. 대포의 지원사격 때문에 뒤에 있는 농민군도 여지없이 흩어지고 있었다. 전봉준은 경천점으로 후퇴할 것을 하달하였다. 그러나 경천점에서 전열을 가다듬으려 하는데 여유를 주지 않고 추격하는 조일연합군에 다시 밀리는 수밖에 도리가 없었다. 전봉준은 이번에는 흩어져 논산에서 집결하라 명하였다.

능치와 효포, 하고개에서 죽은 동학농민군은 그 시체가 수 백구였으며 흰 눈밭에 한을 품은 붉은 동백꽃이 되어 땅에 흐드러지게 떨어져 있었다. 이 시체들은 모두 들것에 실려와 송장배미에 던져졌다. 송장배미라는 이름은 농민군의 시체가 산더미처럼 쌓였다고 해서 뒤에 붙여진 이름이었다.

추위에 떨고 보급선이 원활하지 않아 이때부터 농민군은 많이 흩어지고 있었다. 더구나 한 번도 전투를 해보지 못했던 북접은 이때부터는 거의 보이지 않았다.

논산에서 전열을 가다듬어 다시 공주공격에 나선 것은 11월 7-8일 경이었다.

그 동안의 열흘정도에 전국 각지에서 농민군은 관군과 일군에 쫓기거나 항거하거나 역습을 거듭하고 있었다.

교주 최시형은 간이 타는 심정으로 공주소식을 듣고 있었다. 강원도 홍천의 차기석 접주에게 기별을 하여 농민군을 이끌고 보은으로 와서 이곳 농민군과 같이 기포하라고 명하였다. 서찰을 받은 차기석은 농민군 5천을 이끌고 보은으로 향하였으나 민포군을 조직하여 농민군 압살에 앞장 선 맹영재의 맹렬한 기습을 당하여 다시 강원도로 돌아가지 않으면 안 되었다. 북쪽의 농민군이 남쪽의 농민군과 합세하지 못하게 하는 것은 일본의 철저한 전략이었다. 차기석이 패전하여 도주하였다는 소식을 들은 최시형은 민상길 하나만 대동하고 청산현 문암으로 피신하였다. 일본군 보병소위 구와하라 에이타로(桑原榮太郞)는 조선인을 앞세우고 청산현 문암을 전격적으로 덮쳤다. 그 때 최시형은 교인의 집에서 차려준 점심을 막 먹으려는 참이었다. 그러나 다른 도인이 급히 일러준 소식을 듣고 민상길은 기민한 행동으로 최시형을 모시고 뒷문으로 빠져나와 숲속으로 몸을 숨겼다. 원래 구와하라 군로조사 호위대는 낙동강을 출발하여 상주를 거쳐 청산에 들어왔는데 상주 목사 이만윤으로부터 최시형이 청산 문암에 숨어들었다는 정보를 듣고 1개 분대를 이끌고 문암을 기습한 것이었다.

10월 28일에는 동학농민군 약 3만 명이 덕산가도를 타고 몰려와서 오후 4시경부터 홍주성 공략을 시작하였다. 승전곡 전투에서 후퇴한 일본군 서로분진대 아카마츠 소위의 1지대와 호연초토사 이승우가 이끄는 수성군이 성벽을 사이에 두고 방어하였다. 농민군은 적현에 이르러 1대는 간동을 향하고 1대는 서문을 향했는데 일본군 30명이 서문 밖 빙고현에 매복하고 있다가 우수한 화력으로 사격을 퍼부었다. 날이 어두워지자 농민군은 동문 밖 민가에 불을 지르고 성을 향해 대포를 쏘기도 하고 백병전으로 성 안으로 깊숙이 쳐들어가기도 하였으나 결국 200여 명의 전사자를 남기고 길산을 거쳐 해미 방면으로 후퇴하지 않으면 안 되었다.

옥천군 증약(增若)에서는 동학농민군 1만여 명이 일본군 후비보병 제18대대 중로군 지대의 17명과 관군 교도중대 1개 소대와 치열한 전투를 벌이고 있었다. 여기서도 연합군의 우수한 화력 앞에 농민군은 30여 명의 전사자를 남기고 지명을 건너 문의로 후퇴하였다.

예산 신례원에서는 동학농민군이 관군을 맹렬히 공격하자 관군이 예산읍으로 도주하였다. 뒤늦게 장위영 부영관 이두황이 조선병 4개 소대를 거느리고 달려왔으나 전투는 끝나고 농민군은 자취를 감춘 후였다. 합덕에서는 농민군이 장위영 부대의 습격을 받아 퇴각하지 않으면 안 되었다. 원주에서 이화경, 임순화, 횡성에서 윤면호는 부호를 공격하고 군량을 확보하였다. 홍천에서 차기석, 심상현, 오창섭 등이 다시 뭉쳐 관아를 급습하고 무기를 탈취하였다. 경기도에서 편의장 이종훈, 편의사 이용구, 안성에서 임명준, 정명수, 양지에서 고재당, 여주에서 홍병기, 신수집, 임학선, 이천에서 김규석, 전일진, 이근풍, 양군에서 신재준, 지평에서 김태열 이재연, 광주에서 염세환이 기포하여 관아를 습격하고 군량을 확보하였다. 평안도의 강서, 용강 등지에서도 봉기하여 관아를 습격하였고, 황해도의 강령, 문화, 재령 해주, 장연에서 김창수(김구), 임종현, 김유영, 원용일, 한화석, 오영창, 최유현, 오응선, 김응종, 성재호, 방찬두, 정량 등이 기포하여 관군을 급습하고 도주하였다.

일본 서로분진대 아카마츠 부대는 사흘 동안이나 동학농민군을 추격 격살하였고, 홍주전투 마지막 날에는 농민군 2백 명을 죽이고 갈산으로 나아갔다. 중로의 일본군도 용포, 연기 부근에서, 후비 제18대대 18명의 일본군은 청주에서 농민군 소탕작전에 참여하였다. 황주수비대 후쿠다 부대 22명은 제령부근에서 동학농민군 6백여 명과 전투를 벌려 농민군 15명을 죽이고 5명을 생포하고 제령을 점령하였는데, 후쿠다는 불현듯 생각난 듯 생포한 5명의 농민군을 언덕아래 세우고 사살하라 명하였다. 공주감영을 떠나올 때 미나미 소좌가 일본군에게 은밀히 한 말을 상기했기 때문이다.

"동학군은 잡히는 대로 사살하는 것이 상책이오. 생포해 보았자 짐만 되고 행군만 느려질 따름이오. 또한 이것은 대본영의 뜻이기도 하오."

이들은 보는 대로 동학농민군을 사살하며 북상하였으며 황해도 안악까지 진출하여 농민군을 추격 사살하였다.

황해도에서는 11월 4일에 동학농민군이 해주 감영을 완전히 점령해 버리고 말았다. 감사 정현석의 아들 정헌시가 각 읍으로 통지하여 관군과 산포수 등을 동원하여 가까운 읍은 10일까지, 멀리 있는 읍은 12일까지 와서 감영과 자기 아버지를 구출해줄 것을 호소하였다. 동학군은 잠시 감영을 점령했다가 이동하였으며 조정에서는 책임을 물어 황해감사 정현석과 판관 이동화를 파직하고 관서 선유사 조희일을 감사로 임명하고 연안부사 이계하를 판관으로 임명하였다.

평창과 후평에서는 이시모리(石森) 대위가 인솔하는 일군 2개 중대 및 관군과 동학농민군 1만여 명 사이에 치열한 전투가 2시간 이상 벌어지고 있었다. 이 전투에서 접주 이문보를 위시하여 농민군 100여 명이 사망하였다.

일군은 각지에서 동학농민군과 비슷한 차림만 보면 무작정 총격을 가하여 격살하였다. 일군 중로군은 옥천에 머물렀고 그 1지대는 충청도 청산에서 동학농민군 30여 명을 사살하였다. 삼랑진 수비병 1개 분대는 대구에서 농민군을 학살하고, 교도중대는 충청도 청산에서 일군이 하는 것과 똑 같이 농민군차림을 보는 대로 사격하였다.

교도중대 일부와 후비보병 제19대대 제2분대가 충청도 영동에서 농민군을 추격하며 사살을 계속하고 있었고, 용산수비대 이모리(飯森) 부대는 평산에 진출하여 농민군 10여 명을 사살하였다.

논산 초포에서 전열을 가다듬은 전봉준 주력부대는 그래도 농민군이 금방 2만여 명으로 늘어나는 것을 보고 다시 공주 탈환전을 벌이기로 결심하였다. 11월 8일, 동학농민군은 노성과 경천으로 진출하여 군량을 안배하고 포대를 설치하면서 전투 차비를 하였다.

관군 쪽에서는 일본군과 함께 3개 부대로 나누어 대비하였다. 1대는 판치에, 1대는 이인에 주둔하고 다른 1대는 감영에 남아 있되 서로 순환하며 동학농민군의 공격에 대비하기로 한 것이다.

동학농민군은 두 갈래로 나누어, 한 부대는 전봉준이 직접 거느리고 논산에서 곧장 고개를 넘어 오실산 옆길을 따라 이인을 향하여 공격하였고, 다른 한 부대는 김덕명이 인솔하고 노성현 뒷산과 경천 쪽에서 판치와 효포를 공격하였다.

경천에서 판치로 진격한 김덕명 군은 판치를 지키고 있는 구상조의 경리청병을 공주 쪽 산 위로 밀어붙이고, 효포, 능치 일대의 산 위로 올라가 깃발을 흔들고 꽹과리, 풍악놀이로 전세를 과시하면서 관군과 대치하였다.

이인으로 진격한 전봉준이 이끈 농민군은 이인에 주둔하고 있던 성하영의 경리청군을 우금치까지 몰아붙이며 공세를 퍼붓고 있었다. 농민군은 대포를 쏘며 함성을 지르고 수많은 오색 깃발을 휘날리면서 승기를 잡고 있었다. 전세가 관군에 불리해 지자 모리오 대위가 일본군을 인솔하고 지원에 나섰으며 성하영과 함께 이인에 나아가 진을 치고 있던 백락완은 동학농민군에 포위되었다가 저녁 늦게 겨우 포위망을 뚫고 빠져나와 충청감영으로 도망쳤다. 우금치가 위급해지자 모리오 대위는 우금치 옆의 가장 높은 봉우리에 올라가 진을 쳤다. 관군은 마지막 전선을 우금치로 잡고 물러났으며 그 때까지는 동학농민군이 승세를 잡은 형국이었다. 농민군도 불과 20여 리 밖에 안 된 거리지만 절반은 포복으로 절반은 반쯤 허리를 낮게 숙여 서서히 우금치로 접근하고 있었다.

관군 측에서도 애로사항이 많았다. 무엇보다도 공주가 전쟁터가 되고 보니 주민들은 슬금슬금 공주성을 빠져나가 주민이라고는 개미새끼 한 마리도 볼 수가 없었다. 모든 취사며 군수품 배달을 다 감영의 병사로 충당할 수밖에 없었다. 그보다도 민심의 이반이었다. 동학농민군과는 달리 관군과 일군에게는 처음부터 아무도 물 한 모금 가져다주는 사람이 없었다. 감영에는 감사 박제순과 동학군 전문 토벌대로 온 후비보병 제19대대장 미나미 고시로 소좌가 총지휘하고 보고를 받기로 했다. 일개 육군 소좌도 감사 알기를 우습게 알았다. 끄덕하면, "당신은 좀 가만있어요."라든지 "당신이 뭘 안다고 야단이야?" 하고 노려보면 박제순은 슬그머니 시선을 돌리곤 하였다.

9일은 갑오농민전쟁사상 가장 치열한 전투가 벌어진 날이었다. 이날은 아침 새벽부터 농민군이 동쪽으로 판치 뒷산에서부터 서쪽 봉황산 뒤 기슭까지 30-40리에 걸쳐서 병풍처럼 일자진을 펴고 관군을 겁박하고 있었다. 쌍수산성과 장기나루 등 금강 쪽만 비워 두었다. 금학동, 능치, 효포의 농민군은 기를 흔들고 나팔을 불고 함성을 지르고, 주문을 외고 칼춤을 추면서 관군을 지치게 만들고 있었다.

관군은 금학동에 통위영 대관 오창성과 교장 박상길을 배치하고, 능치에는 경리청 영관 홍운섭, 구상조, 대관 조병완, 이상덕 등을 배치하고, 우금치에는 성하영을, 우금치 견준봉에는 어제 이인에서 농민군에게 포위되었다가 탈출해온 백락완을, 주봉에는 영장 이기동 등을 배치하였다. 우금고개 제일 높은 봉우리인 중앙에 모리오 마사카츠 대위가 총지휘하는 자리에 배치되었다. 우금치 양길 옆 수풀 속에는 일본군 사수가 개틀링 기관총 두 대를 설치하고 대기하고 있었으며 산상봉에는 대포를 설치해 두었다. 견준봉과 새재 산기슭에도 개틀링 기관총과 소총으로 무장한 일본군을 매복시켰다.

동학농민군은 오전 10시쯤 이인에서 우금치 방향과 오실 뒷산방향으로 나누어 공격을 개시하였다. 모리오 대위는 드디어 작전의 시간이 됐음을 알고 일제히 작전개시 명령을 내렸다. 일군은 먼저 산봉우리 위에서 밑을 내려다보고 대포를 쏘았고 그 명중 도는 아주 높았다. 농민군은 드디어 우금치 길을 정면으로 기어올랐다. 우금고개 오른쪽 뱀새울 쪽의 개틀링 기관총이 인정사정없이 농민군을 향해 불을 뿜었다. 농민군은 일제히 엎드렸다가 다시 기어올랐다. 이번에는 왼쪽의 기관총이 불을 내뿜었다. 양쪽 산에서도 지원사격이 빗발쳤고 농민군도 전군이 사격을 가하였다. 농민군 수가 많아지면 양쪽의 개틀링 기관총이 동시에 잠시도 쉬지 않고 화염을 내뿜었다. 농민군은 또 견준봉과 새재를 향해 일제히 함성을 지르면서 돌격하였다. 견준봉 기슭과 새재 기슭에서 역시 개틀링 기관총과 대포가 불을 뿜었고 소총탄환이 하늘에서 내리는 싸락눈보다도 많이 농민군을 향해 날아갔다. 농민군은 1대가 무너지면 2대가 공격하였고 2대가 무너지면 3대가 공격하여 시체는 한 없이 쌓여갔다. 농민군은 칼과 죽창을 들고 시체를 넘어 달려와 백병전을 벌렸다.

견준봉 기슭에서 쫓기는 농민군 한 명을 세 명의 일군이 총을 쏘며 뒤를 쫓고 있었다. 한 참 도망가던 농민군은 그들이 총탄이 떨어졌음을 알고 걸음을 멈추고 기다린다. 일군은 일본도를 빼들고 덤벼든다. 농민군은 옆에서 몽둥이 하나를 추켜들고 칼과 맞붙어 검무를 하듯 춤을 추며 그들을 내리친다. 칼과 몽둥이가 서로 땅에 떨어지자 맨주먹과 뒷발 돌려차기로 세 놈을 단숨에 해치우고 만다. 그러나 급히 그 자리를 피하는 농민군의 뒤에서 한 일본군이 소총사격을 가해서 쓰러뜨린다. 그 뒤에서 또 농민군 일대가 그 일군을 쓰러뜨린다.

한쪽 기슭에서는 일본군 1명과 농민군 1명이 서로 칼만 가지고 싸움을 하고 있다. 농민군의 동작이 춤을 추는지 흐느적거리는지를 몰라 어리둥절하는데 이번에는 입에서 칼노래가 나온다. 동학의 검무와 똑같은 동작으로 돌리고 치고 하다가 천지의 기를 받아 다시 힘껏 내리치니 일군이 퍽 쓰러진다. 동학군은 쓰러진 일군을 향하여 한 길이나 높이 뛰더니 그의 몸뚱이 위에 사뿐 내려 앉아 배에 칼을 힘껏 꽂고 비틀어버리고 만다. 이런 싸움은 수 십 곳에서 동시에 벌어지고 있었다. 이 싸움은 오후 8시까지 전진후퇴를 계속하였다. 일진일퇴가 40-50차례나 계속되었다. 농민군은 흩날려 떨어진 꽃잎만큼이나 우금치와 견준봉, 새재, 이름 없는 논배미, 산모퉁이, 나무 등걸 밑에 수십, 수 백구씩 시체가 버려져 있었다. 통위영 대장으로 선봉장의 임무를 맡았던 이규태는 자기의 일기에 다음과 같은 글을 남겼다.

아아! 저들 몇 만의 비도들이 40-50리에 뻗쳐 포위해 왔다. 길이 있으면 빼앗고 높은 봉우리가 있으면 다투어 차지했다. 동쪽에서 소리치면서 서쪽에서 달려가고 왼쪽에서 번쩍하다가 오른쪽에서 튀어나와 깃발을 휘두르고 북을 울리면서 죽음을 무릅쓰고 먼저 고지에 올라 왔다. 저들은 무슨 의리이며 저들은 무슨 담력인가? 그들의 행동을 말하고 생각하니 뼈가 떨리고 간담이 서늘하다.

전봉준은 마지막으로 인원점검을 해보았다. 이날 전사자만 7,000여 명이라는 것을 알았다. 나머지 농민군은 모두 탈주하고 현재 인원을 파악할 수 있는 자가 불과 3,000여 명이었다. 이 군사만으로 사흘을 더 버티며 다시 우금치 공략을 시도해 보았으나 한 번 기운 전세는 회복할 길이 묘연하였다. 우금치전투의 패배를 인정하고 전봉준은 13일에 용수막을 거쳐 오후에 노성으로 밀려났다. 전봉준은 노성 봉황산에 주둔하면서 생존자를 점검해 보니 그래도 아직 2,500

명이나 남아 있었다. 500명은 도망간 자의 숫자가 아니고 사망한 자의 숫자였다. 한 번 전의를 상실한 이 농민군으로서는 다시 공략하기가 어렵다는 것을 알았다. 전봉준은 동학 창의소의 이름으로 경군과 영병 및 백성에게 호소하는 순한글 고시문을 내걸어 일본타도를 위해 동심 합력할 것을 타는 목마름으로 호소하였다.

경군과 영병과 백성에게 교시하노라

다름이 아니다. 일본과 조선은 개국 이후로 비록 인접국이기는 하나 대대로 원수의 나라였다. 이제 우리 동학도는 의병을 일으켜 왜적을 소멸하고 소위 말하는 개화를 제어하며 조정을 평정하고 사직을 보호하려 하는 바이다. 그런데 매양 의병이 이르는 곳에는 조선의 병정과 군교가 의리를 생각지 아니하고 나와서 접전하니 비록 승패는 없으나 피차 인명피해가 많으니 이 어찌 통탄할 일이 아니겠는가. 사실은 조선인끼리 서로 싸우자는 것이 아니거늘 이처럼 골육상전을 하고 있으니 참으로 피를 토하고 죽을 일이 아니겠는가.

경군이여! 영병이여! 백성들이여!

우리의 적은 일본이다. 오늘 여러분께 의혹을 풀어 알게 하노니 다시 한 번 뒤돌아보고 만약 충군 우국충정이 있거든 곧 의리로 돌아와서 우리와 상의하여 왜적을 물리쳐 조선이 왜국이 되지 않게 하고 동심협력하여 같이 대세를 이룩하자.

갑오 십일월 십이일

양호창의 영수 전봉준

전봉준의 절명하는 듯한 호소에도 돌아오는 반응은 싸늘했다. 모리오가 이끄는 선발 추격병은 전봉준 하나를 목표로 맹추격하고 있었다. 우금치의 농민군이 패주하고 있다는 소식이 금영에 전해지자 미나미 소좌는 모든 군사를 동원하여 전열을 가다듬을 시간을 주지 말고 추격하라 명하였다. 전봉준은 농민군들에게 다시 일단 흩어져서 논산에서 만나자고 하였다.

전봉준은 용수막을 거쳐 오후에 노성으로 내려 왔다. 노성에서 잠시 윤씨 종가에서 몸을 쉬었다. 이곳은 전에 농민군이 종가에 불을 지른 것을 전봉준이 사람을 시켜 끄게 한 일이 있다. 그들은 그 뒤로 전봉준을 적극 협조하고 있었던 것이다. 그 때 방화를 면하게 된 것을 감사히 생각하고 있던 터여서 전봉준이 패전하고 찾아오자 윤씨 종가에서는 융숭히 대접하고 많은 군량을 내놓았다.

전봉준은 무엇보다도 손화중, 김개남과 하루라도 빨리 손을 잡아야 했다. 그러나 손화중은 그 때 마침 최경선, 오권선과 함께 나주를 공략하고 있었다. 나주는 전부터 동학농민군에 가장 비협조적인 곳이었던 지라 손화중은 기어코 나주를 점령하여 본때를 보여주고 싶었다. 나주 수성군이란 자들과는 나주에서 북쪽으로 40리 떨어진 북창 등지에서 대치하고 있었다. 드디어 용진산 일대에서 수성군과 손화중 군은 격돌이 벌어졌다. 결국 동학농민군이 패하고 장성쪽으로 후퇴하였다. 손화중은 도중에 5-6개 읍의 도움을 얻어 다시 1,500여명의 군사를 조직해 나주에서 북쪽 10리 거리인 노안면 금안리 일대로 진격하였으나 갑자기 몰아닥친 한파로 군사들이 손발이 얼어 움직일 수 없을 정도였다. 손화중, 최경선은 할 수 없이 진격을 멈추고 남산촌으로 후퇴하였다. 다시 수성군의 공격이 계속되자 전투에서 패한 농민군을 데리고 광주로 들어와서 광주를 다시 점령하였다. 그러나 관군 일군과 광주목사가 이끈 군사가 합동으로 계속 추격해 옴으로 12월 1일 농민군을 해산하고 각자 알아서 은신하라 하달하였다. 광주목사는 동학접주 주윤철 등 5명을 잡아 곤장을 쳐 물고를 내버리고, 광주의 동학접주 박사철, 나주 접주 전유창은 초토영으로 압송하였다.

김개남은 대군을 이끌고 청주를 쳐서 일시 점령하였으나 일본군 미나미 소좌가 조선병과 일군을 거느리고 대대병력으로 공격하고 히라키 조타로(白木城太郞) 중위 군이 지원하고, 서로군, 중로군, 군로조 사대까지 합세하여 맹공을 퍼붓자 진잠으로 후퇴하였다. 순무 선봉진은 김개남이 5,000군을 인솔하고 진잠에 머무르고 있다는 소식을 듣고 경리부영관 홍운섭 군 3개 소대와 함께 맹추격을 가하였다.

김개남이 진잠에서도 패하고 패잔병을 이끌고 논산에 도착한 것은 11월 14일이었다. 이날 전봉준도 노성 봉화산에서 패하고 논산으로 물러나면서 두 거두는 난중에 논산에서 합류하게 되었다.

"전 장군!"

"김 두령!"

"왜 이제야 만나게 된 것인가?"

"죄송하이. 아직 건재 하네 그려."

"우리는 반드시 재기하세. 이 나라의 운명이 우리의 어깨에 달려 있네.”

“잘 알고 있네. 그러나 지금은 우리가 불리한 입장이네.”

“누가 그것을 모르는가. 언제는 우리에게 유리한 때가 있었는가. 우리는 오직 한울만 믿고 일어서면 상재님이 다 알아서 해주었지 않은가?”

“그러네. 성경신을 다하면 어찌 조화가 일어나지 않겠는가.”

둘이는 논산 대촌 후원의 소토산에 함께 진을 쳤다. 함께 손을 잡고 ‘시천주조화정 영세불망만사지’를 7고 하고, 공터로 나와 박달나무 목검을 추켜들고 같이 칼춤을 추었다. 이 광경을 본 동학농민군들은 주먹을 불끈 쥐고 결심을 다지기도 하고 눈물을 흘리기도 하였다. 어느덧 누가 시작했는지 모두가 검가를 합창하여 2인의 칼춤을 격려하였다.

시호 시호 이내 시호, 부재래지 시호로다

만세일지 장부로서, 오만년지 시호로다

용천검 드는 칼을, 아니 쓰고 어이하랴

무수장삼 떨쳐입고, 이 칼 저 칼 넌짓 들어

호호막막 넓은 천지, 일신으로 비켜서서

칼 노래 한 곡조로, 시호시호 불러내니

용천검 날랜 칼은, 일월을 희롱한다.

그 때 또 관군의 공격이 시작되고 대포가 바로 지척에 떨어졌다.

검무 검가를 정지하고 모두 전투태세로 들어갔다. 계속되는 관군과 일군의 추격으로 전봉준과 김개남 휘하의 3,000여명의 농민군은 소토산에서 다시 은진의 황화대로 후퇴하였다. 일군과 통위영병은 동쪽에서, 장위영병 1소대는 북쪽에서, 장위영병 나머지 부대는 동남쪽에서 공격을 퍼붓자 오후에는 다시 전주 쪽으로 퇴각하였다.

전봉준 군과 김개남 군이 전주에 도착한 것은 11월 19일이었다. 전주에 들어온 전봉준은 선화당으로 올라가 잠시 집무를 보았다. 김학진은 동학농민군을 도왔다는 죄목으로 전라감사직에서 쫓겨나 있었고 신임감사 이도재는 이 눈치 저 눈치 보면서 아직 부임하지 않고 있었다. 전봉준은 끌려온 남원부사에게 곤장 60대를 쳐서 참수하고, 잡혀온 순천부사에게는 곤장 30대를 쳐서 까무러치게 만들고, 관군 송계운은 불에 거의 죽기 일보직전까지 그을려서 석방하였다. 전봉준은 평소에는 관군에 대해서도 관대한 조치를 하였으나 관군과 일군들의 너무나 잔인무도한 작태를 보고 마음이 상당히 바뀌어 있었다. 김개남은 잡혀온 일본군 1명을 직접 칼로 목을 치고, 잡혀온 관군 5명은 농민군을 시켜 사살하라 하였다.

전봉준은 전주에서 재차 봉기를 계획하였다. 이를 방해하거나 비협조적인 벼슬아치들은 엄하게 징벌하고 참수하였다. 그러나 다시 밀물처럼 몰려오는 관군과 일군에 의하여 전주성을 비우고 후퇴하지 않으면 안 되는 처지가 되었다. 전봉준과 김개남은 길을 나누어 퇴각하자고 하였다. 두 지도자가 만일에 한꺼번에 일을 당하면 후일을 기약할 수 없기 때문이었다.

전봉준은 금구, 원평 방면으로 후퇴하고, 김개남은 남원방면으로 후퇴하였다. 김개남 휘하에는 3천여 군사가 따르고 있었고, 전봉준 휘하의 주력부대는 7천여 명이었다. 전봉준이 원평에 도착하자 그곳 농민군이 합세하여 인원은 금방 1만 명을 넘게 되었다. 전봉준은 원평에서 한 차례 결전을 준비하였다. 이곳은 전봉준이 어렸을 때 살았던 곳이며 신뢰하는 김덕명의 교향이기도 하다. 그래서 전에도 이곳에서 원평집회를 열었던 것이다.

교도대장 이진호가 일본군의 뒤를 따라 350명의 병력을 이끌고 11월 25일 새벽에 금구를 출발하여 원평에 이르니 농민군은 구미란 뒷산에 '품(品)자 진'을 치고 대기하고 있었다. 일군과 관군은 구미란 마을 앞인 원평천변 들판에 진을 치고 앞산을 올려다보고 있었다. 수적으로 유리한 농민군은 삼면으로 둘러싸고 한 쪽을 터놓았다. 몰아서 한 쪽으로 쫓기는 병사를 몰살할 계획이었다. 그러나 워낙 우세한 화력 앞에 전봉준의 계략이 잘 먹혀들어가지 않았다. 또한 사기 면에서 농민군은 쫓기는 입장이고 연합군은 쫓는 입장이어서 농민군의 빼앗은 무기와 천보총, 죽창으로는 당해낼 수가 없었다. 포소리와 소총사격 소리가 천지를 울리면서 아침부터 저녁까지 일진일퇴가 계속되었다. 내지르는 함성과 대포의 연기에 앞을 가늠할 수 없는 격전이었다. 농민군은 산언덕 위에서, 관군과 일군은 평지에서 사격이 계속되었으나 나중에는 관군이 동학농민군을 포위하는 형세가 되고 말았다. 저녁 무렵이 되자 일군은 긴 칼을 빼들고 자기네 전법인 '도츠게키(突擊)!'를 외치며 백병전으로 진격하였다. 대관

최영학이 일본 돌격대를 지원하고 있었다. 전봉준은 사태를 더 이상 악화시키지 않기 위하여 태인을 향하여 후퇴하라 명령하였다. 구미란 앞의 나지막한 산 위에는 동학농민군 시체 37구가 널려 있었고 화룡총 10 자루, 조총 60자루, 연환 7가마니, 화약 5상자, 자포(子砲) 10좌, 도창(刀槍) 200자루, 쌀 500석, 돈 3천 냥, 포목 10동, 소 2마리, 말 11필, 소가죽 10장, 문서 2상자, 호피 1장이 남겨져 있었다. 여기 남기고 간 호랑이 가죽 1장은 전에 무장의 한 농민군이 집안에서 대대로 내려오는 소중한 물건을 전봉준 장군을 위하여 들고 나와 어깨에 걸쳐준 것이었다. 그러나 전봉준은 워낙 사태가 위급하여 호피를 챙길 여유도 없이 후퇴하였던 것이다.

전봉준은 태인에 도착하자마자 인원을 점검하였다. 새로 가담한 자도 상당수 되어 아직 8천명의 군대를 이루었다. 됐다, 여기서 다시 한 번 최후의 결전으로 전세를 만회해 보자고 다짐한 전봉준은 태인 관아 앞에 있는 성황산을 위주로 하여 한가산, 도이산의 세 곳에 분산하여 동학농민군을 배치하였다. 이제 마지막 소탕작전에 나선 후비보병 제19대대 미나미 소좌는 소위 동학초토군의 주력부대를 이끌고 전주로 왔다가 금구를 거쳐 태인역으로 뒤따라 왔다. 모리오 마사카츠는 일본군 2개 중대와 장위영병 1개 대대를 인솔하고 태인 쪽으로 오고 있었다. 스즈키 아키라 소위도 조선군과 일군을 인솔하고 태인으로 왔다. 농민군은 먼저 조선병 230명과 일본군 60명을 상대로 국부전을 시작하였다. 이를 신호로 동학농민군과 관군, 일군은 즉시 인원이 충원되고 전면전으로 확산되었다. 대관 윤

희영은 일본군 20명과 조선병 90명을 인솔하고 서쪽에서 공격했고, 대관 이규식은 일병 20명과 조선병 140명을 이끌고 동쪽에서 공격해 들어갔다. 비와 함께 나리는 진눈개비가 흩날리는 추운 날씨에 총탄과 대포가 비 오듯 하며 함성을 지르고 돌격하고, 후퇴하고, 쓰러지고, 자빠지고, 눈 뜨고 볼 수 없는 처참한 공방전이 계속되었다. 태인의 좌우 백리 길에는 점포와 여염이 깡그리 없어지고 원평과 석현의 집들도 남김없이 불타버리고 바깥에 있는 외딴 집들마저 불태워져서 인가의 연기가 끊어지고 한 명의 백성도 구경할 수가 없는 처연한 광경이었다.

동학농민군은 후퇴하여 건너편 성황산으로 모두 집결하였다. 관군과 일군은 한가산과 도이산에서 하산하여 네 길로 나누어 성황산을 공격하였다. 포성은 천지를 울리고 양편의 총성은 모든 화력을 다 쏟아 붓고 있었다. 그러나 농민군은 성황산에서 다시 퇴각하는 수밖에 도리가 없었다. 관군과 일군은 끈질기게 20리를 추격하면서 농민군 40여 명을 격살하고 50여 명을 생포하였다. 미나미 고시로의 명령에 의하여 생포된 50여명은 산비탈에서 즉시 사살되고 말았다.

전봉준은 남은 측근의 날쌘 부하 몇 십 명을 데리고 말을 달려 태인을 거쳐 노령 갈재(之峴)를 넘었다. 갈지자 같다고 해서 붙여진 이름답게 굽이굽이 갈지자를 그리며 산길은 길게 이어졌다. 전봉준은 이 지역이 험한 곳이어서 몸을 숨기기에 알맞다고 생각하고 가까운 장성의 입암산성으로 들어갔다. 거기는 별장 이종록이 산성을 지키고 있었는데 전봉준과는 잘 아는 사이였다. 입안산성은 밖에서 보면 깎아지른 듯한 험난한 바위산이었으나 안에는 분지가 있고 농사를 지을 땅도 있고 집을 지을 공간도 충분했다. 이곳은 마지막 임시 기포의 시발점으로 삼을 만 하였다. 별장 이종록은 반갑게 전봉준을 맞이하여 재워주고 식사도 대접하여 주었으나 감영에는 보고하지 않았다. 그 뿐인가 전봉준이 떠날 때는 성문까지 따라 나와 전송하였다. 그러나 뒤 따라오며 일러준 이종록 병졸의 정보에 의하면 지금 관군이 벌써 정보를 입수하고 입안산성을 수색하고 있다는 것이었다. 전봉준은 이제는 결단을 내려야 할 때가 왔음을 깨달았다.

전봉준은 붓을 들어 '고비원주(高飛遠走)'라고 크게 써서 소나무 가지에 걸고 마지막 남은 30여명의 동학농민군을 모이라 하였다. 고비원주란 말은 교조 최제우가 대구감사 서헌순에게 잡혀 대구 감옥에서 순교를 기다리고 있는 중에, 밤에 찾아온 최시형에게 몰래 담뱃대 하나를 주면서 어서 나가라 하였다. 최시형이 밖에 나와 담뱃대를 깨서 보니 '오(吾)는 순수천명(順受天命)하니 여(汝)는 고비원주(高飛遠走)하라.(나는 이대로 하늘의 명에 순종할 터이니 너는 높이 날아 멀리 달아나라)'하는 편지가 들어 있었다. 전봉준은 교조의 입장이 되어 이제 흩어져 훗날을 기약하는 길밖에 도리가 없음을 제시하였다.

"도인들! 참으로 감사하오. 그러나 이제 우리는 흩어져야 합니다. 각자 편한 곳에 은신해 있다가 연락이 가면 다시 기포하여 주시오. 이제 집결지가 없습니다. 나의 향방도 묻지 말아주오. 그러나 우리 우매한 조정은 반드시 깰 날이 있을 것이오, 반드시 척왜척화(斥倭斥華)하고 완전 자주국을 이룩할 날이 있을 것이오. 동학의 '조선학'이 우뚝 설 날이 반드시 있을 것이오. 우리는 한울님이 동행하십니다. 죽음의 골짜기에서도 한울님이 함께하심을 잊지말아주세요. '시천주!', 한울님을 모시고 있는 우리는 반드시 뜻을 이룰 날이 있을 것이오. 한울은 우리 편이오. 꼭 죽지 말고 살아남아 주시오."

"우리는 장군만 믿고 예까지 따라왔는데 지금 각자 흩어지라면 어디로 가라는 것이오. 장군! 흩어지지 말고 다시 기포하는 길을 찾아봅시다."

"그 충정은 잘 알겠으나 이제는 안 됩니다. 행운을 빕니다."

마지막까지 남은 30여명의 농민군은 모두 부둥켜안고 엉엉 울었다. 너무나 분하고 억울해서 눈이 퉁퉁 붓도록 울었다. 무지한 왕과 관군이 안타까워서 울고 또 울었다. 그러나 그들이 취해야 할 행동을 모두 알고 있었다. 전봉준의 말이 끝나고 취해야 할 위치를 안 농민군들은 금세 그림자를 찾을 수 없을 정도로 급히 흩어지고, 덜렁 남은 것은 전봉준과 신영식 그리고 세 명의 농민군뿐이었다. 이들은 편한 옷으로 변장하고 백양사 쪽으로 내달았다. 백양사는 원평집회 때 승려들이 참여한 일이 있다. 집강소 기간 동안에는 백양사에 대장소를 설치하고 장성의 유지들을 백양사로 불러 협조를 당부한 일도 있다. 또한 백양사 승려들은 직접 농민군에 가담하기도 하고 뒤로 많은 협조를 하고 있었다. 이들이 먼저 다다른 곳은 백양사의 말사인 청류암이었다. 청류암은 장성군 북하면 가인리에서 동쪽으로 5리 정도 떨어진 깊은 산속에 자리 잡고 있었다. 전봉준은 청류동 계곡의 절경에 취하여 잠시 하늘을 쳐다보다가 한 수의 시를 읊었다.

무심한 청류암은
누구의 기상인고
뜬구름 청산을 넘어
북쪽으로 흐르건만
산천을 진동하던
대군은 어디로 갔느냐
산 너머 저 구름아
임금께 일러다오
어서 잠에서 깨어나
모두 함께
왜국을 무찌르자고

그러나 세찬 바람소리만 쌩쌩 불어올 뿐 아무런 메아리도 돌아오지 않았다. 날이 갑자기 어두워지더니 한 차례 눈바람이 몰려오고 있었다. 초겨울 청류암 계곡에 천둥벼락이라도 칠 것 같았다. 신영식이 가볍게 전봉준의 팔을 잡아당겨서야 정신이 돌아온 듯 겨우 느린 발걸음을 옮겼다.

떨어지는 별들

　이제 동학농민군은 쫓기는 신세가 되었다. 그런데 그처럼 포악하던 일본군이 태도를 돌변하여 마치 선진문명국인 양 동학농민군을 관대히 대하기 시작하였다. 그것은 일본외무성의 지시를 받은 이노우에 가오루의 특별 지시에 의한 것이었다. 목적은 첫째 농민군을 취조하여 동학농민군과 대원군과의 관계 또는 왕과의 관계가 있는지를 파서 조선의 약점을 잡으려는 것이었고, 두 번째는 자기들은 서구 열강과 마찬가지로 문명대국으로서 문화통치를 할 것이라는 것을 암시하기 위한 것이었다. 그래서 농민군 색출은 일체 관군에게 맡기고, 처형하려는 농민군을 오히려 말려서 보호하는 척 일본군 부대로 데려가 보호하기도 하였다.

　갑오개혁 정부는 사형 제도를 개혁하여 교수형으로 하게 되어 있었다. 그러나 아직 채 공지도 제대로 되지 않았을 뿐만 아니라 분에 찬 무지한 관군과 민보군, 유회군들은 자기가 당한데 대해 처절한 보복을 하고 있었다. 잡히는 동학농민군을 소를 끌어 사지를 찢어죽이기도 하고 목 잘라 효수하기도 하고, 팔을 줄줄이 묶어서 구덩이를 파서 쓸어 넣고 흙을 덮어 생매장을 하고, 또는 그들을 강이나 바다에 처넣어 생수장을 시키기도 하였다. 강원도에서 민포군을 조직하여 차기석, 심상현, 오창섭이 이끄는 농민군을 무찔렀던 맹영재는 홍천군 자작고개에 1천여 명의 농민군을 땅에 처넣고 생매장시켰다. 생매장하고 덮은 거적이 너울너울 춤을 추었으며 생명이 다 끊어지자 농민군의 피가 흙 위로 베어 나와 길이 피로 자작자작했다고 해서 뒤에 붙여진 이름이 자작 고개이다. 섬진강이나 남해의 바다에는 농민군의 시체가 수없이 물에 가라앉거나 시체가 떠내려가고 있었다. 이런 일은 전국 방방곡곡에서 벌어지고 있었다. 그러나 동학농민군도 최후의 항전을 하고 있었다.

영호대접주 김인배는 하동에서 패한 후 순천으로부터 여수의 좌수영 공략에 나섰다. 공략은 11월 20일 저녁 무렵부터 시작되었다. 김인배는 좌수영 공격에 앞서 관군에게 고시문을 공포하였다. "형제끼리 싸우는 것은 집안이 망할 일이니 우리 서로 화합하고 힘을 합하여 이류(異類. 일본병)의 발호를 막자."고 호소하였으나, 영병은 벌써 동학농민군이 생각하는 것처럼 같은 조선의 형제가 아니었다. 그들의 복장을 보면 장관(將官)된 자는 어디서 구했는지 몸에도 맞지도 않는 양복을 입고, 이주희(정령관) 같은 자는 머리에는 조선 갓을 쓰고 몸에는 프록코트 같은 헐렁한 양복을 입고 의기양양해서 군대를 지휘하고 있는 모습이란 틀림없는 한 폭의 풍자화였다. 저녁부터 시작한 좌수영 공격은 24시간동안 격전이 벌어졌다. 그러나 동학농민군은 60여 명의 희생자만 남긴 채 다시 순천으로 퇴각하지 않으면 안 되었다. 영병은 죽은 농민군의 시체를 다시 목을 쳐서 성문에 내걸고 그 몸뚱이는 바다에 던지는 만행을 저지르고 있었다.

2차 공략은 11월 23일부터 시작하였다. 수만의 농민군은 밀물처럼 순천 본진을 출발하여 광양의 농민군과 합류하여 좌수영을 향하여 일제히 내달았다. 일승일패의 격전이 순천과 좌수영 사이의 여수반도에서 밀고 밀리며 며칠이고 계속되었다. 그러나 날이 바뀜에 따라 일본군 지원대가 속속 도착하였다. 제18대대 1중대의 병력이 도착하더니, 곧이어 제2중대 2백 명의 병력이 증원되었다. 그것도 부족하여 금오도, 나팔도 등에 있는 일본 어민까지 강제로 끌어와서 합류시켰다. 또 부산에서 쓰쿠바 호로부터 운반된 제4중대는 일체 일본해군의 지휘를 받으며 엄호하였다. 쓰쿠바 함장 구로오카 다이토(黑岡帶刀)는 육전대 100여 명을 조직하여, 11월 26일 미명에 미나미 해군대위와 와다(和田) 해군소좌의 인솔 하에 성장 곽경환이 이끄는 수영병 250여 명을 앞세우고, 덕양리까지 후퇴하고 있는 동학농민군을 향하여 역습을 강행하였다. 급습을 당한 농민군은 배후의 산봉우리로 올라 진을 쳤다. 농민군과 수영의 병사가 서로 싸우고 있는 사이에, 일본육전대는 둘로 나누어 1대는 농민군의 오른쪽 산꼭대기를 향하여 진격하고 1대는 산허리까지 올라 밀집부대를 교란시

컸다. 농민군은 일단 산을 내려와 순천으로 돌아갔으나, 그날 저녁 어둠을 틈타 다시 반격을 시도하였다. 농민군은 덕양리 산야에 불을 놓고 연기가 30-40리나 온통 뒤덮여 앞뒤를 분간할 수 없는 틈을 타서 결사적으로 공격을 가하였다. 견디다 못한 일본군과 영병은 좌수영까지 패주하고 농민군은 다시 순천으로 돌아왔다. 그날 저녁 농민군의 사상자는 80여 명이었으며 영군 일본군의 사상자는 20여 명이었다. 이러한 좌수영 공방전은 익년 초까지 계속되고 있었다.

황해도 해주의 안악 수접주는 창의소를 차리고 평산 수접주를 비롯한 각 읍의 수접주에게 통문을 보내어 창의 기포할 것을 촉구하였다. "우리 동학농민군은 충군효친과 광제창생을 근본으로 삼아왔다. 그런데 황해감사 부자가 왜와 동모하여 해주, 강령지역 동학교도 10여명을 살해하였다. 지금 황해 서부의 10여 읍에서 5만의 동학농민군이 취야장에 모여 있다. 어서 와서 힘을 합쳐 부정한 감사를 징치하고 왜적을 물리치자." 이에 호응하여 팔봉도소의 김창수는 날랜 산포수 700여 명을 모아 군대를 조직하여 맨 먼저 달려왔다. 김창수는 수접주들의 추대로 해주감영 공격에 선봉을 서게 되었다. 일본군과 관군은 동학농민군의 기세에 눌려 해주감영을 떠나 연안으로 도피하였다. 이 틈을 이용하여 수만의 농민군이 해주 서쪽 30리 떨어진 안현에 모여들었다. 동학농민군은 해주성 서쪽의 선녀봉에 진을 치고 성을 내려다보면서 사격을 가하였다. 김창수는 선발대를 시켜 남문을 공격하는 척 하면서 성내의 관군을 그쪽으로 끌어낸 후 서문을 공격하여 입성하려는 전략을 짰다. 그러나 남문을 공략하던 선발대는 잠복해 있던 일본군의 습격을 받게 된다. 김창수는 남문을 포기하고 하는 수 없이 서문을 공격하였다. 그러나 전체적인 전세가 불리함을 알고 창의소에서 퇴각하라는 명령을 하달 받는다. 특히 용산수비대 스즈키 부대가 쏘는 대포와 신식 총기 앞에 농민군은 대처할 방법이 없이 속수무책으로 무너져 흩어졌다. 죽은 시체 수 백구가 들판에 나뒹굴었다. 김창수의 선발대도 겨우 해주성을 빠져나와 해산을 하지 않으면 안 되었다.

이때 해주성 공략에 나섰던 동학농민군은 3만 명이었고 5시간에 걸친 사투가 계속되었다. 황해도는 김창수 같은 애국지사가 많은 까닭에 갑오농민전쟁 당시 전라도 다음으로 감영과 수영이 농민군 수중에 떨어진 지역이다. 그리고 석 달 동안이나 전체 황해도의 절반 이상을 농민군이 점령해서 다스렸던 지역이다.

장성에서는 쫓기는 패잔병답지 않게 용맹스런 전투가 벌어지고 있었다. 장성은 전에 장성전투에서 이방언이 장태를 이용해 관군을 공격하여 승리를 이끈 유명한 지역이다. 12월 1일에는 장흥인근의 동학농민군이 보성에서 들어와 장흥 사창에 주둔하였다. 대접은 1만여 명 소접은 2-3천여 명으로 이루어져 있었다. 금구접주 김방서, 화순접주 김수근, 능주 접주 조종순 등이 자기 산하의 동학농민군을 인솔하고 참여하였다. 이방언은 이들 군사를 이끌고 나주와 강진으로 진출하려는 계획을 짜고 있었다. 일단 사창에 모인 농민군 선발대 1천여 명이 벽사역을 공격하여 관아를 점령하였다. 찰방 김일원은 집안 식구들을 이끌고 장흥에 둔 자기 병영에 가서 구원을 요청하였다. 그러나 이방언은 세 개의 접포를 이끌고 장흥을 공격하였다. 세 개의 접포란, 부산(夫山)의 용반접, 보성의 웅치접, 용산(杏山)의 어산접이었다. 농민군은 유치의 빈재와 장평을 넘어 장흥관아를 둘러싸고 포진한다. 용반접은 부산면 금자리의 '자라번지'에 5백여 명이, 웅치접은 곰재산 밑 '미륵번데기'에 1천여 명이, 어산접은 용산면 묵촌에서 1천여 명이 공격하여 번개처럼 장흥을 함락하고 부사 박헌양을 전체가 보는 앞에서 참수하였다. 이 전투에서 부사 박헌양을 위시하여 장흥 아전 주두옥, 임창남, 주열우, 김창조 등이 죽고, 김찰방의 아들도 죽었다. 이번 싸움에서 농민군 사망자는 400여 명, 관군 사망자는 50여명이었다.

장흥은 관아도 불타고 민가도 불에 탔다. 농민군이 쫓겨 마을로 잠입하자 관군과 일군은 마을에 불을 질렀으며, 반대로 농민군에 쫓겨 마을로 숨은 관군과 일군을 쫓기 위해 또 농민군이 마을에 불을 놓은 까닭에 12월 5일 하루 동안에 민가 3,700여 호가 불에 탔다. 장흥을 함락한 동학농민군은 다음 날 오전에 벽사역 뒤 고개로 이동하였다가 오후에 다시 장흥과 강진의 접경지인 사인점으로 이동했다. 여기서 민포군을 물리치고 강진현을 함락하고 장리, 별초, 수성군 등을 공격하였다. 여기서도 애먼 민가가 1,000여 호나 불에 탔다. 10일 새벽 2시부터 농민군은 강진병영성에 대한 총공격을 시작하였다. 농민군은 병영주위의 세 개의 산봉우리를 점거하고 일제히 포격을 가하였다. 포화는 성을 향해 비 오듯 쏟아졌고 화약연기가 하늘을 가렸다. 농민군이 목책을 불 지르고 성가퀴를 올라가자 수성군들은 모두 도망치고 말았다. 우후 정규찬, 감관 김두흡, 군교 백종진, 전 도정 박창현 등은 끝까지 저항하다가 농민군에게 처참하게 격살당하였다. 그 중 병사 서병무는 두루마기 차림에 패랭이를 쓰고 피난 가는 사람들 틈에 끼어 영암 쪽으로 달아나서 목숨을 건졌다.

장흥의 석대에서 진을 치고 있던 이방언은 1만 명이 넘는 교도병, 일본병, 장흥 민포군과 치열한 격전을 벌렸다. 이 싸움에서는 쌍방이 100여 명씩의 사상자가 나왔고 생포된 농민군은 20여 명이었다. 이번 전투는 특히 일본군의 결집이 큰 역할을 하고 있었다. 교도중대와 중로군 제1, 2중대의 연합군이 맹활약하였고, 서로군 제2중대, 중로군 제3중대, 스즈키 부대가 참여 하였다. 스즈키 부대(부산수비대)는 장흥에서 패한 동학농민군을 추격하여 보성군에 머무르면서 마을을 수색하여 농민군 51명을 사로잡았다. 이들 포로를 일본군은 한 명도 사살하지 않고 생포만 함으로서 자기들은 조선병처럼 야만스럽지 않다고 과시하고 있었다.

이방언 군도 종국에는 나주공략에서 패한 농민군과 함께 장흥, 영암, 해남 등지의 바닷가로 밀리기 시작하였다. 일본군은 처음부터의 전략이 농민군을 전라도 서남단에 몰아 몰살시키는 것이었다. 이방언에게는 친동생 같은 참모이면서 비서격인 구선우가 있었다. 구선우는 능주 한천면 배바우에 사는 의기에 찬 청년이었다. 구선우가 어느 날 단신으로 능주접주 조종순을 찾아와 동학농민군에 가담하기를 청함으로 그를 수용했었는데, 그의 머리가 하도 영민하여 "너는 여기보다 더 큰 접에서 일하는 것이 좋겠다."하고 장성접주인 친

구 이방언에게 소개했던 것이다. 장성전투에서 장태를 고안해 낸 것
도 실은 구선우의 임기응변의 아이디어였었다.

농민군이 용산 자울재(眠峙)에서 패하고 순천 쪽에서 이두황 군이
바싹 뒤쫓고 있을 때 이방언과 구선우는 둘이만 산 속에서 말을 달
리고 있었다. 이방언은 달리던 길을 멈추고 말에서 내렸다. 영문을
모르는 구선우도 말을 멈추었다.

"선우야, 말에서 내려라."

"네?"

"어서 말에서 내리라는데."

"말에서 내려서 어쩌시려구요?"

구선우가 영문을 모르고 말에서 내리자 이방언은 구선우가 탔던
말의 엉덩이를 채찍으로 갈겼다. 말이 무슨 영문인줄 모르고 흠칫하
고 서있자 또 한 번 힘껏 채찍으로 엉덩이를 후려갈겼다. 그 때에야
말은 전속력으로 숲 속으로 뛰어 달아나 버리고 말았다. 영문을 몰
라 어리둥절하는 구선우에게 "너는 죽기가 아까운 인물이다. 말을
타고 가면 눈에 띄기 쉽다. 요령껏 피신하여 꼭 살아남아라."는 말
만 남기고 세워진 말에 뛰어올라 쏜살처럼 달려 가버리고 말았다.
이방언은 보성 땅 회령면 새터에 사는 이 의원의 집에 숨어 지내다
가 새로 부임한 전라감사 이도재의 감영군에게 붙잡혀 그의 외아들
성호와 함께 효수 당하였다. 구선우는 고향 배바우로 가면 잡히기
때문에 걷고 걸어서 장흥의 소재(牛峙里) 뒤 산, 일명 호랑이 소굴이
라고 하는 각시바우(角秀峯)가 보이는 주역꾼 집으로 잠입하여 목숨

을 부지한다. 거기는 집이 두 채밖에 없는 산상의 심심 솔숲인데 한 달에 몇 번씩 묏자리 보러 다니는 주역꾼이 들리는 주막이었다.

호남평야의 3거두 중 가장 먼저 잡힌 것은 김개남이었다. 갑오년 12월 1일, 파란만장한 한 해의 마지막 달 첫 날이었다. 관군이 이름만 들어도 벌벌 떨던 김개남은 전주에서 남원 방면으로 퇴각하였다가 회문산의 깊은 산골 태인 너듸마을(산내면 장금리)의 매부인 서영기 집에 부하 3인과 함께 숨어들었다. 너듸마을 아랫마을인 종송리에는 옛 친구 임병찬이 살고 있었다. 김개남은 임병찬에게 구원을 요청했었다. 임병찬은 "자네가 숨어 있는 곳보다 우리 집이 더 안전하니 우리 집으로 오게." 김개남은 심부름으로 온 김종섭의 말을 듣고 우정으로만 생각하고 임병찬의 집으로 거처를 옮겼다. 그날은 몹시 추워 싸락눈이 어지럽게 흩날리고 있었다. 김개남이 임병찬의 집에 도착하자 임병찬은 마을 사람 김송현, 임병욱, 송도용을 시켜 급히 전라 관찰사 이도재에게 고발하도록 하였다.

3거두에게는 '현상금 1천 냥과 일등 군수직 제수'라는 커다란 미끼가 걸려 있었다. 임병찬으로부터 정보를 들은 이도재는 즉시 황헌주와 박승규를 시켜 체포하라 하였다. 강화병 병방 황헌주와 전초대관 박승규가 이끄는 관군 80명과 포교 3명은 득달같이 달려가 임병찬의 집을 포위하였다. 군사가 김개남을 나오라고 소리 지를 때 김개남은 마침 측간에서 뒤를 보고 있었다. 김개남은 올 것이 왔다는 것을 알고 일갈하였다.

"야, 이놈들아 뭐가 그리 급하냐. 늬놈들이 올 줄 알았다. 뒤나 좀 보고 나가자."

김개남은 허리춤을 올리고 나오자마자 앞장선 서너 놈을 맨주먹으로 때려눕히고 두들겨 패고 있었다. 뒤에서는 관군이 김개남에게 사정없이 몽둥이찜질을 하고 있었다. 김개남은 오라를 받으면서 산천이 떠나갈듯이 너털웃음을 웃었다. 그렇게 맞고도 쓰러지지 않고 웃고 있는 '거괴'를 보고 졸개들은 무서워 벌벌 떨었다. 그런데 김개남이 잡힌 종송리는 다음날 전봉준이 잡힌 피노리와 불과 20리 밖에 떨어져 있지 않았다. 거리를 두고 먼발치로 전봉준을 호위하고 있던 신영식의 발 빠른 정보탐색에 의하여 김개남의 거처를 알아냈었고 전봉준과 김개남은 곧 상봉하여 재기를 도모하기로 되어 있었다.

임병찬은 옥구사람으로 전에 낙안군수를 지낸바 있는데 이번 공로로 임실 군수를 제수 받았으나 이를 사양하였다. 이 일이 있고 모든 사람들이 임병찬이 벼슬과 황금에 눈이 멀었다고 힐난했으나 임병찬은 그 나름대로 주견을 갖고 있었다. 그는 관직에 나가지 않았고 대신 강화 병방 황헌주가 포상을 받았다. 전라감사가 다시 임병찬에게 쌀 20석을 포상으로 보냈으나 "전곡에 뜻이 있었으면 어찌 군수직을 사양했으리."하며 역시 사양하였다. 그는 친구를 고발한 양심의 가책이 있었고, 또한 진심에서 동학농민군과 같은 그런 방법으로는 사회를 개혁할 수 없다고 생각하고 있었다.

김개남의 신변을 인도받은 감사는 일단 초벌 심문을 하였다.

"너희들의 한 짓은 모두 대원군의 사주를 받은 것이 아니냐?"

"대원위 대감의 은밀한 협조를 받은 것은 사실이다. 그러나 대원위 대감이 무슨 상관인가? 순순히 우리의 뜻에 의하여 봉기하였던 것이고, 나라의 간신배들을 몰아내고 나라를 바로 세우려는 일념뿐이었다."

감사는 대원군과의 관계를 확인하고 그의 의연한 태도에 오금이 저려서 짚둥우리를 씌웠다. 또 일단 도망가지 못하도록 김개남의 손톱과 발톱에 죽침을 박았다. 그러고도 불안하였다. 가까운 읍에는 아직도 그의 잔당이 많이 남아 있을 것이기 때문이었다. 서울로 압송하는 것이 옳은 처분인줄 알면서도 압송 도중에 빼앗길 가능성이 많다고 생각하여 한 시라고 빨리 처단하기로 작정하였다.

3일에 짚둥우리를 씌운 채로 서교장으로 데려가서 참형해 버리고 말았다. 누구의 입에서 나왔는지 벌써 김개남에 대한 민요가 널리 불러지고 있었다.

개남아 개남아 김개남아!
수 천 군사 어데 두고
짚둥우리가 웬 말이냐

개남아 개남아 김개남아!
수 천 군사 거느리더니
끌려가다니 웬 말이냐

개남아 개남아 김개남아!

수많은 군사는 어데 두고

전주야 숲에서 유시(遺屍)했노

김개남에게 살해되었던 남원부사의 졸개들과 김개남에게 죽은 유족들은 김개남의 간을 꺼내서 씹기도 하고 사지를 찢어발기기도 하는 무지몽매한 짓을 하였다. 김개남의 머리는 잘라서 순무영으로 보내졌으며 나머지 3명은 죄의 경중을 감안하여 처리하였다. 그를 심문하여 대원군과 왕과의 관계를 캐려했던 계획이 틀어지자 이노우에 공사는 조선정부에 정식으로 항의하였으며, 이에 외무대신 김윤식이 해명하고 전라감사 이도재는 2등 감봉의 처벌을 받았다. 서울로 이송된 김개남의 수급은 12월 25일부터 사흘간 서소문 밖에 효시했다가 다시 전주로 내려 보내 풍남문에 사흘간 효시하였다.

전봉준은 김개남이 잡힌 바로 다음날 12월 2일(양 12. 28) 체포되었다. 전봉준은 김개남과 만나기 위해 거리를 좁혀 순창 피노리에 잠입했다가 한신현, 김영철, 정창욱이 끌고 온 민정들에게 체포되고 말았다.

전봉준은 마지막 태인전투에서 패하고 성황산으로 집결하면서 극비로 자기 직속부대 500여 명을 급히 선발하여 서울로 잠입시켰다. 서울에서는 당촌 마을의 박성남과 접선하여 대원군의 협조를 얻으라 하였다. 청학동 별무사 민노영을 영도로 하여, 무장, 고부, 태인의 날래고 사격술과 검술이 뛰어난 자들로 구성하였다. 이들이 변복하여 서울잠입에 성공한 것은 5일이었다. 이들은 일본이 경복궁을 점령했던 수법대로 전격적으로 경복궁을 점령하고 왕을 불모로 관군을 동학농민군 쪽으로 합세시켜 왜적을 물리치고 쿠데타를 성공시킴과 동시에, 동학군 위주의 비상정권을 탄생시켜 대폐정개혁을 단행하려는 것이 목적이었다.

민노영과 박성남의 은밀한 내방을 받은 대원군은 흔쾌히 그들을 맞이하고 적극협조를 약속하였다. 그러나 대원군은 동학농민군의 계획과는 좀 차이가 있는 다른 쿠데타를 계획하고 있었다. 전에 대원군이 김개남에게 정석모와 김태정, 고영근의 세 사자를 밀파할 때의 계획이 바로 동학농민군을 이용한 대원군의 정변 계획이었다. 대원군은 명성황후의 손에 놀아나는 무능한 고종을 폐위하고 왕의 자질을 가장 잘 갖추고 있다고 생각되는 손자 이준용을 즉위시키려 하는 것이 원안이었다. 이준용도 대원군 못지않게 적극적으로 이 계획에 찬동하고 있었다. 대원군과 이준용의 계획은, 동학농민군이 금강에 이르러 그 기세가 놀랄 만하면 이준용을 시켜 이들을 토벌한다는 명분으로 병력을 일으켜 갑자기 개화정부를 타도하고 정권을 잡으려는 것이었다. 이것은 동학농민군과 사전에 계획을 짠 뒤, 이준용이 토벌을 목적으로 군대를 움직이면 동학농민군은 빠진다는 계획이었다. 이준용은 미국인 법률고문 크레이트하우스(C. Creathouse) 및 리젠들(C. W. LeGendre)과 접촉하여 반일친위대의 편성을 도모하는 한편, 대원군의 지원 하에 밀사를 지방으로 파견하여 과격파 김개남 군과 손을 잡고, 또한 평양부에 일부 주둔 중인 청나라 군대에 직접 연락하여 도움을 요청하여 일본군을 축출하고 친일내각을 전복하고 정권을 인수하는 것이었다. 만약 청국이 강성해져서 밀고 내려오면 가장 좋은 상황이 전개된다. 일본군대는 북진할 것이고 그로 인해 일본 병력이 허약해진 틈을 타서 한성을 점령하면 되는 문제였다. 대원군과 이준용의 계획은 아주 구체적이었다. 이준용이 이끄는 통위영 병대로써 왕실을 장악하고 다른 한편으로는 심복을 지휘하여 김홍집, 조희연, 김가진, 김학우, 안경수, 유길준, 이윤용 등을 살해하고 정부를 전복하여 정권을 장악한 후, 고종을 상왕으로 모시고, 명성황후와 태자는 폐하고 이준용이 왕위에 오르는 것이었다. 대거 올라오는 동학농민군은 서울 근방에 배치하고, 다른 한편으로는 일부 농민군을 서울로 끌어들여 종로에 도회시켜 '만인소청'을 설치하고 상소문을 정부에 올리게 하여 이를 각국공관에 조회시킴으로서 이는 어느 개인이 아니고 거대한 조선인민의 요구라는 것을 상기시키려 하였다. 그리고는 대원군파 사람으로 비상정부를 건립하여 박준양을 영의정에, 어태용과 김승욱을 각각 좌의정과 영의정에 앉히고, 고운정을 충청감사나 영남감사에 앉히고, 대원군의 심복 고종주를 전라감사에 임명하려 하였다.

그 전에 자객을 풀어 개화파 두목들의 암살 계획을 짜고 있었다. 먼저 개화파의 모사로 알려진 법무협판 김학우를 암살하였다. 김학우는 기사년(1869) 함경도 대기근 때 경흥에서 작은아버지 김인승(金麟昇)을 따라 러시아 니콜리스크(秋風)로 월경 탈주한 이주민이었다.

김인승은 일본외무성 외국인 고문이 되어 구로다 기요타카(黑田淸隆)를 도와 강화도조약을 체결하는데 큰 공로를 세웠고, 김학우는 그 다음 해에 일본에 가서 일본의 발전상을 보고 탄복한 바 있었다. 그는 러시아어, 중국어, 일어가 능통한 개화파의 선두주자였다. 그런데 대원군의 계획에 허점이 드러났다. 즉 김학우 암살을 취조하는 과정에서 대원군과 이준용의 정권찬탈 계획이 모두 탄로 나고 말았던 것이다.

전봉준의 야심찬 마지막 쿠데타계획은 일본공사관이 매수하여 풀어놓은 조선첩자 구완희에 의하여 그물망에 걸려들고 만다. 구완희는 광교건너 바우네 장국집에서 일본공사관 직원을 불러내어 은밀히 식사를 하며 이야기하고 있었다.

"오늘 뵙고자 한 것은 다름이 아니라, 지금 동학당들이 몇 백 명 한양으로 잠입하였습니다. 무슨 사단을 일으키려는 것이 틀림없습니다. 급히 공사님을 만나게 해주세요."

"알았소. 나와 같이 공사관에 들어가서 공사님께 자세한 사실을 보고 합시다."

이 말을 바우네 아주머니가 듣고 서울의 동학도 박동진, 정인덕에게 살짝 귀띔해준 것이었다. 박동진 정인덕은 무당골 박성남의 부탁을 받고 서울의 동정을 발 빠르게 살피고 돌아다니다가 바우네 장국집에 들렀고, 그들의 신분을 대개 눈치 채고 있는 바우네 아주머니가 슬그머니 말을 전해주었다. 이 사실을 들은 민노영, 박성남은 모든 동학농민군의 행동을 일단 정지하라 조치를 취하였다.

일본공사관에서는 초긴장상태에 들어갔고 조선정부에 초강경한 태도로 이를 조회하였다. 더 청천벽력과 같은 소식은 전봉준이 피포되었다는 소식이었다. 민노영, 박성남, 정백현, 김홍섭 등은 서울에 잠입한 동학농민군 간부들을 급히 모이게 하여 서울 당지에서 해산하여 뿔뿔이 잠적하도록 조치를 취하였다.

전봉준은 청류암을 떠나면서, 이제부터는 신영식더러 외곽에서 호위하라 하고 부하 3인을 대동하고 총총히 길을 떠났었다. 3인은 양해일, 윤정오, 최경선(농민군 지도자 최경선과는 동명이인)의 세 사람이었다. 해질 무렵에 순창군 쌍치면 계룡산 밑 피노리에 도착하였다. 피노리에는 지난날의 전봉준의 부하였던 김경천이 살고 있었기 때문이다. 김경천은 전봉준이 고부 접주로 있을 때에 그 아래에서 접사 일을 맡았었다. 김경천은 원래 고부 덕천면 달천 사람으로 갑오농민전쟁이 패배로 끝나가자 동학에서 탈퇴하여 자기 동네에서 숨어살고 있는 중이었다. 이곳 장터는 순창읍내와 태인과 담양을 잇는 삼거리에 있었다. 장터 한 가운데는 주막이 있었다.

전봉준과 세 사람은 이 주막에서 하룻밤을 묵으면서 김경천에게 연락하였다. 김경천은 겉으로 반갑게 전봉준을 맞이하고는 이웃마을에 사는 한신현에게 이 사실을 밀고하였다. 한신현은 전에 전주감영의 아전을 한 바 있는 간사한 인간이었다. 한신현은 마침 민보군을 조직하여 동학농민군을 수색하고 있는 중이었다. 한신현은 민보군 800명과 마을사람 김영철, 정창욱을 데리고 주막을 에워쌌다. 전봉준은 어쩐지 낌새가 이상하여 문밖을 엿보니 사립문에는 벌써 민보군들이 구름처럼 막아서고 있었다. 전봉준은 즉시 천보총을 들고 뒷문을 박차고 나가 나뭇단을 밟고 담을 뛰어넘었다. 한신현은 그것을 미리 예견하고 담 뒤에도 민보군을 배치해 두고 있었다. 달려드는 민보군을 천보총 개머리판으로 두 놈을 쓰러뜨리고 뛰기 시작하였다. 그러나 스무 걸음도 달리기 전에 민보군이 내리치는 몽둥이에 발목을 사정없이 얻어맞고 말았다. 악 하고 쓰러졌으나 다시 일어나서 덤비는 두 놈을 태껸으로 때려 눕혔다. 그 사이에 뒤에서 도리깨질을 하듯이 내려치는 민보군의 몽둥이를 맞고 완전히 쓰러지고 말았다. 방에 있던 세 명의 동지들도 한참 육박전을 벌이다가 모두 잡히고 말았다. 한신현은 전봉준과 그의 부하 3인을 마을 공회당에 가두고 순창관아에 보고 하였다. 순창관아에서는 이들을 전주 감영으로 압송하려 하였다. 그 때 소위 동학당 토벌대로 조선에 파견 된 후비보병 제19대대장 미나미 고시로 소좌가 동학군을 쫓아 순창에 와 있었다. 미나미는 전봉준의 신변인도를 순창 군수에게 요구하였다.

"이런 중죄인은 대일본군에 인도함이 마땅하외다."

"조선의 죄인을 조선 관아에서 나포했는데 어찌 일본군의 손에 넘길 수 있단 말이오?"

"지금 무슨 소리를 하고 있는 게요? 이번 동학당 토벌의 지휘권이 대일본국에 있는지를 몰라서 하는 말이오?"

"그것은 안 될 말이오."

"본관이 예까지 내려온 것은 오로지 이 한 놈을 잡으려는 것이었다. 대일본국 영사관에서 국문함이 너무나 당연하다. 더 이상 잔소리 하지 말라. 알았나?"

말이 떨어지기가 무섭게 피스톨을 꺼내 순창군수의 이마에 바싹 대고 노리쇠를 당겼다. 주위에 둘러 서 있던 일군도 일제히 군수를 향해 '덜커덕!' 스나이더 소총의 노리쇠를 잡아당겼다. 그 소리는 너무나 위협적이어서 오금이 저려 주저앉을 판이었다. 순창 군수는 기가 죽어 "알았소. 알았소. 인계하여 가시오." 하면서 일단 살아야 되겠다는 태도로 물러서고 만다. 미나미는 만약 전봉준이 감영으로 끌려가면 김개남처럼 즉결처분 당할 것을 두려워하여 기어코 범인 인도를 강행할 필요가 있었다.

미나미는 전봉준과 양해일, 최경선은 송치하면서 윤정오는 순창에 놔두고 떠났다. 윤정오는 덜 중요한 인물이기 때문이기도 하였지만 한편 조선병들에게 너무 분풀이를 못하게 하면 일본을 원망할 것 같아서 취한 어처구니없는 선심이었다. 순창 민보군들은 아니나 다를까 윤정오를 감영으로 보내지 않고 현장에서 총살시켜버리고 말았다.

후비보병 제19대대는 삼로 분진대의 주요인원이 모두 담양에 모여 주둔하고 있었다. 전봉준은 이곳 담양으로 끌려갔다가 다시 나주로 끌려갔다. 나주는 당시 호남 농민군 토벌의 총본부가 되어 있었다. 나주는 호남에서 반동학적 색갈이 가장 짙은 지역으로서 집강소 시절에도 이곳만은 집강소를 설치할 수 없었고 2차 봉기 이후에 손화중의 맹공격에도 이겨낼 수 없는 지역이었다. 개화정부에서는 나주에 '동학당 초토영'을 설치하고 동학농민군 토벌의 본부로 삼고 나주 목사 민종렬을 초토사로 삼아 토벌책임을 맡겼다.

미나미 소좌가 거느리는 일본군은 원평, 태인 전투 이후에 남쪽으로 패주하는 동학농민군을 쫓아왔는데 남원, 순천 지방은 일본군과 이두황 군이 맡고 나주, 함평, 무안, 해남 지방은 미나미가 직접 일본군과 이규태 군을 인솔하고 있었다. 그 덕에 생각치도 않은 생포한 전봉준의 신변을 확보하게 된 것이다. 미나미 소좌는 제19대대를 '대일본제국 동학당 정토군'이라 이름 붙이고 그 본부를 나주에 두었다. 벌써 미나미는 조선 국왕의 명령이나 조선법의 테두리를 벗어난 초법적 존재가 되어 있었다. 나주에는 죄인을 많이 수용할 수 있는 새로운 감옥을 만들었는데, 일본군들은 자기들이 가둘 감옥을 따로 만들었다. 동시에 나주에 일본 임시재판소를 설치하고 잡혀온 농민군을 먼저 초벌심문을 하였다. 나주는 일개 목사가 있는 지방이 아니라 마치 제2의 감영이 된 듯하였다. 미나미는 잡혀온 전봉준을 향해 질문하였다.

"그대는 누구의 사주를 받았으며 무엇 때문에 난을 일으켰는가?"

"네가 누구 길래 감히 조선인을 조사하느냐?"

"우리는 조선의 대군주 폐하의 허락을 받고 군사활동을 하고 있는 대일본제국의 군대이다."

"네 이놈! 왜놈이 어디서 감히 대일본 운운하느냐?"

"묻는 말에나 대답을 하여라."

"오냐, 말해주마. 우리 위에서 우리를 사주하는 자는 없다. 내가 원래 군사을 일으킨 것은 경성으로 올라가 정부의 간악한 무리를 없애기 위한 것이었는데 우리의 상경에 앞서 일본병이 많이 경성에 들어갔기 때문에 그 뜻을 이룰 수가 없었다."

미나미가 조선왕을 '대군주 폐하'라 한 것은 개화정부가 개정한 공식명칭이다. 일본의 지시를 받은 개화정부는 명분을 좋아하는 조선인을 구슬려서 실속 없는 명분을 주고 실리를 빼내기 위하여 대군주 폐하라는 명칭을 달아준 것이었다. 주상 전하를 대군주 폐하로, 왕대비 전하는 왕태후 폐하로, 왕비 전하는 왕후 폐하로, 왕세자 저하는 황태자 전하로 각각 명칭을 바꾸어 주었다. 일본군은 또 나주에 '순사청'을 두어 모든 동학농민군이 잡히면 현지에서 처형하지 말고 모조리 나주의 순사청으로 넘기라고 호남의 수령들에게 하달하였다. 전봉준도 나주의 일본 순사청 감옥에 수감되었다. 전봉준은 부상 때문에 들것에 실려 왔고, 먼저 군의(軍醫) 다카하시 슌안(高橋春庵)의 치료를 받게 했다. 그 뒤에야 겨우 이승우의 군대에 의하여 전주감영으로 이감되었다. 들것에 실려 전주감영으로 가는 연도에 시골사람답지 않게 교양이 있어 보이는 한 부인이 동공 가득히 눈물을 머금고 전봉준을 바라보고 있다. 아는 채 해서는 절대 안 된다는 아들 신영식의 당부를 몇 번이고 들었건만 벽송댁은 울컥 치밀어 오르는 충동을 참지 못하고 쏜살처럼 전봉준을 향하여 달려간다.

"장군!"

"벽송댁!"

"부디 죽지 말고 꼭 살아 계세요."

"감사하오. 이제 내가 무슨 여한이 있어서 더 살기를 바라겠소. 벽송댁! 부디 강녕하세요."

"안 됩니다. 장군!"

이 때 관군이 "비켜라, 비켜!"하면서 벽송댁을 떼어 내어 땅바닥에 내팽개쳤다. 전봉준이 아픈 몸을 들썩이며 "너 이놈!"하고 몸을 일으키려 하자 군졸들이 사정없이 짓눌러 앉는다. 관군 몇 명이 벽송댁을 발길로 걷어차서 길가로 끌어내버리자 군중사이에서 신영식이 나타나 어머니를 부축하며 불타는 눈으로 군졸을 쏘아본다. 전봉준은 신영식을 보고서야 겨우 안심을 하였다.

전라관찰사 이도재는 전봉준을 다시 일본군에 넘겨주었고 일본군이 경성으로 호송하였다. 경성에서도 일본영사관 감옥에 들어갔다. 동학의 거두 전봉준이 잡혀온다는 소문이 서울에 퍼지자 구경꾼들이 몰려들어 일본영사관 앞은 흰 옷 입은 백성으로 인산인해를 이루었다.

"저 분이 녹두장군이셔?"

"이 사람아 말조심 해. 녹두장군이 뭐여? 동학당 괴수래, 괴수."

"괴수는 무슨 괴수여. 장군은 틀림없는 장군이구만. 저 당당한 모습을 좀 보라구. 저 눈빛을 좀 보라구. 우리 조선에 언제 저런 인물이 있었단 말인가? 자랑스럽구만!"

"허어, 이 사람."

전봉준이 경성으로 호송된 이 날이 12월 18일이었다.

최후의 대둔산 전투

12월 1일은 김개남이 체포되었고, 2일에는 전봉준이 체포되었고, 이어서 3일에는 최경선이 체포되었다.

최경선은 전봉준의 모주(謀主)였으며 사발통문 때도 주동적으로 참여했던 인물이다. 황토현 전투, 황룡강 전투에서 모두 선봉장으로 참여하여 영군, 경군을 상대로 승리를 거두었던 용장이다. 전봉준이 재차 봉기를 준비할 때에는 광주지방에서 군수전, 군수미를 조달해 주고 농민군을 모집하여 보내주는 중요한 일을 맡았었다. 전봉준이 삼례에서 재차 봉기의 작전을 짤 때는 뒤늦게 달려와 참여하였다. 이 때 전봉준은 일본군이 바다를 통해 남쪽으로 상륙할 것이라는 정보를 입수하고 손화중, 최경선을 광주로 내려 보내 그들을 방어하라는 책임을 주었다.

손화중과 최경선은 나주공략에 실패하고 다시 광주로 돌아왔다. 일군과 관군은 연이어 광주로 진격하였고 손화중과 최경선은 이를 버티지 못하고 분산하여 후퇴하여야만 하였다. 최경선은 화순의 동복으로 가서 다시 힘을 모아 남평을 점령하였다. 이 급보를 받은 나주 초토영에서는 포군 3백 명과 민병을 파견하였다. 최경선 군은 능주 쪽으로 물러났다가 200여 명의 군사만 거느리고 다시 동복으로 내려갔다. 3일 새벽에 남면 벽송(碧松)과 사평(沙坪)의 두 마을에 이르러 유숙하게 되었다. 이 사실을 알게 된 전 오위장 오윤술은 이교와 민포군 300여 명을 데리고 초토영에서 파견한 군사와 함께 벽송, 사평을 맹공격하였다. 최경선은 220명의 동학농민군과 함께 체포되고 말았다. 무지한 관군은 그 중 157명을 즉결처분하여 버리고 나머지만 생포하여 끌고 갔다. 무자비한 보복이었다. 최경선은 순창에 수감되었다가 일본군에 인도되었고 7일에 나주로 압송되었다.

손화중은 11일에 체포되었다. 광주, 나주의 최후의 항전에서 실패하자 옛 연고지인 흥덕현 안현리 이씨 재실에 처남 유용수와 또 한 명의 부하와 함께 숨어 있었다. 사민 이봉우는 이를 알고 다른 고을인 고부, 순창의 민병 10여 명을 인솔하고 급습하여 싸움이 벌어졌다. 총격전에서 유용수와 한 명의 부하가 사망하자, 이봉우는 손화중에게는 총격을 가하지 않고 생포하였다. 손화중은 고창현에 갇혀 있다가 일본군에 인계되어 나주의 초토영에 수감되고, 먼저 수감된 전봉준과도 만난다. 손화중을 잡는데 공을 세운 이봉우는 그 대가로 황해도 증산 현령이 된다.

그런데 손화중이 나주목사 민종렬과 대화하면서 두 손을 마주 잡고 공손한 태도로 존대 말을 쓰는 것을 보고 전봉준은 발끈하여 대성일갈하였다.

"이봐 화중이! 누가 누구한테 그 따위 비굴한 태도를 보이는가? 저 따위 일개 목사에게 그런 저자세를 취하다니 참으로 축생과 같은 인간이로군. 내가 사람을 잘못 보고 함께 대사를 도모하였으니 실패할 수밖에 없었구먼."

하며 부르르 주먹을 쥐었다. 그 때에야 손화중은 정신을 차리고 말한다.

"내가 비굴한 태도를 보였는가? 내 원래 생겨먹은 것이 그래서 그렇지 다른 뜻이 있었던 것은 아니네. 자네가 볼 때 한심스럽게 보였다면 미안하이. 알았네. 다시는 저런 군수 따위에게 고개를 숙이지 않겠네."

동학의 두 거두가 이렇게 말하는 것을 옆에서 들으면서도 민종렬은 감히 아무 말도 못하고 두 지도자의 얼굴만 번갈아 보다가 슬그머니 자리를 뜬다. 손화중이 이렇게 나오자 전봉준이 사과한다.

"미안하이. 방금 내 말이 좀 지나쳤나 보네. 이해하게."

"아니네, 내가 그렇게 보였다면 내 잘못이지. 일깨워 줘서 고맙네."

두 거두는 금방 옛날의 동지로 환원한다. 손화중의 태도는 비굴해서도 아니요 배신을 해서도 아니었다. 원래 성격이 온화하고 외유내강의 스타일이어서 그랬던 것뿐이었다. 손화중은 전봉준만큼 하늘을 찌르는 기개는 없었지만 의기는 누구보다도 강하고 냉철한 성품을 가진 덕장이었다. 전봉준도 실은 가장 든든하게 생각했던 동지가 손화중이었던 것이다. 그런 동지가 약해보이는 모습을 보고 일시적으로 흥분한 것뿐이었다.

남접의 3거두가 모두 체포되었는데도 북접의 최시형, 손병희는 격전을 계속하고 있었다. 손병희는 공주공략이 실패로 돌아간 이후도 전봉준과 손을 잡고 원평, 태인 전투까지 치루고 헤어졌다. 손병희는 1만여 명의 동학농민군을 이끌고 북상하여 임실에 피신해 있던 교주 최시형과 만났다. 최시형과 손병희는 장수, 무주를 장악하고 영동, 황간을 점령하고 영동의 용산으로 나아갔다. 이 소식을 듣고 충청 병영에서는 진남영병 박정빈을 시켜 상주 소모영 유격병을 인솔하고 출진하라 했고, 청주 병영과 대구감영의 영병, 거기에 경상도의 민보군과 낙동강 병참부의 일본군까지 약 1,000여 명을 동원하였다. 12월 11일과 12일 이틀간에 걸쳐 그들은 영동의 용산에서 치열한 격전을 벌렸다. 이 싸움에서는 동학농민군이 승리하여 청산을 함락하고 보은을 확보하였다. 이들 농민군이 속리산 줄기 아래 보은 북실(鍾谷)에 들어가서 휴식을 취하고 있을 때 추격해 온 상주 소모영 유격병, 용궁 민보군, 함창 민보군, 일본군 270명이 합동으로 기습작전을 감행하였다. 최시형, 손병희 군은 다음 날 아침 북실 북쪽 고지에 올라가서 공방전을 벌이다가 많은 사상자를 내고 퇴각하지 않으면 안 되었다. 12월 18일과 19일의 이틀간의 싸움에서 동학혁명군 사망자 2,700명이라고 하는 엄청난 희생을 치루고 물러난다. 공식적인 대규모 전투는 이 북실 전투가 마지막이었다. 그 뒤

최시형이 손병희, 임학선, 이종훈 등과 함께 충주 외서촌 무극리를 지날 때 일본군 가흥병참부에서 파견한 정찰대와 제16대대 이시모리 중대의 지대를 만나서 한차례 격전을 벌렸고, 이 전투에서 다시 60여 명의 사상자를 내고 사방으로 흩어졌다.

갑오년에서 해가 바뀐 1895년 정월 초하루 설날, 원평의 접주 김덕명이 체포되었다. 김덕명은 젊어서 원평에서 상두재 하나를 넘기만 하면 김개남의 집이 있었고 또 십리도 못 된 거리에 전봉준이 한동안 살았었던 황새마을이 있었기 때문에 젊어서부터 서로 친구로 지내던 사이였다. 백산집회 때는 총대장 전봉준과 총관령 손화중, 김개남의 총참모가 되어 패기 넘치는 젊은 지도자로 부상했었다. 원평, 태인 전투에서 관군과 일군과 전투를 벌이고 전봉준과 헤어져, 안정 절골에 있는 산지기의 집으로 몸을 숨겼다. 그는 이곳에서 같은 성바지 김씨 문중의 원로들에게 구원을 요청했다. 그러나 그들은 구원은커녕 당장 관가에 고발하고 말았다. 태인의 수성군들이 산지기 집을 둘러싸고 항복할 것을 종용하자 김덕명은 번개처럼 뛰쳐나와 칼로 수성군 세 놈을 베고 옆에 서있던 같은 성바지 원로의 배를 찔렀다. 원로는 배를 찔려 칼끝이 등 뒤로 삐쭉이 나왔다. 김덕명은 꽂힌 칼을 잡고 한참을 같이 서 있다가 그대로 개울 밑으로 밀어버리고 만다. 이왕 죽을 바에는 결연한 의지나 보이고 죽자는 계산이었다. 짚둥우리를 씌우고 상투와 양쪽 팔을 묶어 끌고 가는데도 김덕명의 발걸음은 힘차고 당당했다.

전봉준을 들것에 메고 온 미나미는 한양의 진고개에 있는 일본영사관 순사청에 감금하였다. 순사청은 영사경찰이 업무를 보는 곳이다. 전봉준은 감옥이 정해지자 먼저 간수직이에게 청수 한 사발을 부탁하였다. 전봉준은 벽을 향해 꿇어앉아 몇 시간이고 간절히 청수 기도를 드렸다. 전신이 천만근이나 되게 무거워지고 온몸에 땀이 배이더니 드디어 하늘에서 외치는 소리가 들렸다.

"물공물구(勿恐勿懼)하라! 나는 너의 상재님이니라. 잊지 말라, 너는 가장 옳은 일을 하였느니라. 내가 네 편인데 너는 무엇을 걱정하느냐. 하늘의 일은 눈앞의 결과로 결정되는 것이 아니다. 너의 죽음은 결코 헛되지 않을 것이다. 한 알의 씨알은 땅에 떨어져 죽어야 새 싹을 틔우나니 후천개벽의 세상은 그렇게 탄생하는 것이다. 너는 천만년 조선인민의 칭송을 받을 것이고 지상 만인의 표상이 될 것이다. 잊지 말라, 조선은 일시적인 수난은 당할지언정 반드시 독립국가가 될 것이다. 그뿐이랴. 조선은 지상의 모든 나라의 중심축이 될 것이다. 내가 처음부터 그렇게 점지하였거늘 오직 너희가 그것을 깨닫지 못하고 있었느니라. 담대하라. 담대하라."

"상재님, 상재님!…" 전봉준은 손을 휘저으며 하느님을 부르다가 눈을 떴다. 아직 해도 다 넘어가지 않은 늦은 오후였다.

전봉준에 대한 공식적인 신문은 이듬해인 1895년 2월 9일부터 시작되었다. 장장 31일 동안에 연속으로 6차에 걸쳐 신문을 했는데 그 중 일본영사 우치다 사다쓰치(內田定槌)의 단독 신문이 두 차례였고, 6차에 걸친 총 질문 문항은 275개 항이었다.

일본은 전봉준을 설득하여 자기편으로 만들어보려 갖은 노력을 다

하였다. 만약 전봉준만 넘어오면 일본으로서는 조선통치에 더할 수 없는 대어를 낚는 것이었다. 전봉준이 공사관에서 다리 부상을 치료하는 중에 공사대리 스기무라 후카시(杉村濬)가 전봉준을 설득해 보려 시도하였다.

"그대의 죄상은 조선국 법률에 비추어 보면 어떻게 적용될지 모르나 우리 일본 법률로 본다면 상당한 국사범인 것은 사실이나 사형에까지는 이르지 아니할 수도 있다. 그대는 마땅히 일본인 변호사에게 위탁하여 재판하여 보는 것이 어떤가? 일본정부의 양해를 얻어 살길을 찾음이 좋지 않겠는가?"

"일본은 조선의 원수의 나라이다. 내 구차한 생명을 위하여 적국에 살 길을 도모하는 일은 없을 것이다."

"살 길이 있다면 일단 노력을 해 보는 것이 당연하지 않습니까?"

"이 간사한 놈 같으니라고! 너희는 나의 원수요 나는 너희들의 원수이다. 너희들은 마땅히 나를 죽이면 되는 것이다. 다른 여러 말할 필요 없다. 내가 구차한 삶을 위해 살 길을 찾을 것 같으냐. 이제와서 어찌 그런 비열한 마음을 가질 수 있단 말이냐. 나는 죽음을 기다린 지 이미 오래다."

일본영사는 이번에는 영사경찰의 양해 아래 전에 전봉준을 만난 적이 있는 천우협의 다나카 지로를 죄인으로 가장해서 잠입시켜 설득하였다.

"장군! 제가 도와드릴 수 있습니다. 감옥에서 탈출하여 일본으로 망명하도록 합시다."

전봉준은 비긋이 웃으며 말했다.

"고맙다. 그러나 내 형편이 여기에 이른 것은 필경 천명이니 굳이 천명을 거슬려서까지 탈출하려는 의사는 없다. 근일에 사형에 처해 질 터이니 그 뒤로는 천우협의 힘으로 다른 동학당이나 구해 주었으면 한다."

너무나 태연자약하고 의연한 전봉준의 태도에 다나카는 전봉준에게 큰 절을 하고 물러나왔다. 전봉준은 감옥에서 유시(遺詩)를 남겼다.

때를 만나서는 천하도 힘을 합하더니
운이 다하니 영웅도 어쩔 수 없구나
백성을 사랑하고 정의를 위한 길이 무슨 허물이랴
나라를 위한 붉은 마음을 그 누가 알까

개화정부에서는 이전처럼 죄인을 의금부에서 처리하지 아니하고 법무아문 산하에 임시로 재판소를 만들었다. 이름하여 권설재판소라는 것인데, 권설재판소에서는 전봉준을 인계받는 형식을 취하여 재판을 실시하였다. 재판장은 법무대신 서광범이었으며 회심(배심원)이란 명목으로 우치다 영사가 매번 재판에 참석하였다. 재판장 산하에는 협판 이재정, 참의 장박이 참여하고 있었다. 이재정이 '부대시참(不待施斬. 지체 없이 처형)'의 판결문을 낭독하자 전봉준은 의분을 참지 못하고 무릎을 치고 벌떡 일어나 법정이 쩌렁쩌렁 울리도록 소리를 질렀다.

"정도(正道)를 위하여 죽는 것은 조금도 원통할 바 없다. 단 역적의 이름을 받고 죽는 것이 원통하구나. 역적은 바로 너희들이란 것을 잊지 말라."

판결이 끝나자 참의 장박은 전봉준에게 마지막으로 말을 하였다.

"이제 선고는 끝났다. 나는 법관된 자로서 그대와 말하지 않을 수 없다. 한 마디 묻겠는데 너는 목숨이 아깝지 않느냐?"

"국법이란 이름으로 처한다니 어쩔 수 없는 것 아니냐? 그러나 참으로 한심스러운 국법이로다."

"조선에는 너희들이 저지른 것과 같은 범죄에 대하여 아직 규정한 바가 없다. 문명제국에서는 국사범으로 취급해 사형을 면할 수 있을 텐데 어떡하겠느냐. 그러나 너희들 스스로 생각해 보라. 오늘의 죽음은 매우 유감스럽지만 네가 전라도에서 한 번 일어남으로써 일청 전쟁의 원인이 되었고 조선도 크게 개혁되었다. 너희가 탐관오리로 지목한 민영준 등도 국법에 처해졌고 나머지는 흔적을 감추었다. 따라서 너희의 죽음은 오늘의 공명적 정사를 촉진한 것이므로 결코 헛되지는 않다. 삼가 명복을 빈다."

사형이 집행될 때 교수대에 올라선 전봉준에게 법관 장박이 물었다.

"마지막으로 가족에게 할 말이 있으면 말하라."

"나는 다른 말은 없다. 나를 죽일진대 종로 네거리에서 목을 베어 오고가는 사람들에게 내 피를 뿌려주는 것이 옳거늘 어찌 컴컴한 도둑 굴속에서 남몰래 죽이느냐?"

전봉준의 당당하고 의연한 모습을 본 당일 집행총순 강석규는 집행관들에게 말하였다.

"나는 전봉준이 처음 잡혀오던 날부터 형을 받는 날까지 그의 전후 행동을 잘 살펴보았다. 그는 과연 보기 이전에 풍문으로 듣던 것보다 훨씬 돋보이는 인물이었다. 그는 외모에서부터 천인 만인 중에서 한 명 나올까 말까하는 사람이었다. 그는 청수한 얼굴과 정채 있는 미목으로 엄정한 기상과 강장한 심지를 가지고 있는 사람이었다. 세상을 한 번 크게 놀라게 할 대위인이었다. 과연 그는 평지돌출 한 인물로, 죽을 때 까지도 그의 뜻을 굴하지 아니하였다."

이 때 벌써 전국적으로 누구의 입에서 나왔는지 팔왕(八王. 즉 全, 전봉준)새 노래가 불리워지고 있었다.

새야 새야 팔왕새야
네 무엇 하러 나왔느냐
솔잎 댓잎이 푸릇푸릇
하절인가 하였더니
백설이 펄펄 흩날리니
저 강 건너 청송녹죽이 날 속인다

판결이 끝나는 그 날(1895. 3. 29)로 고종의 재가를 얻어, 다음 날(30일) 밤중(새벽 2시)에 무악재 아래서 전봉준, 손화중, 최경선, 김덕명,

성두환의 5인은 교수형에 처해졌다. 이 중 성두환은 충청도 청원 일
대에서 용감히 활동하던 동학농민군 지도자로서 처음에는 정부 측
에서 별로 중시하지 않았던 인물이었으나 조사과정에서 많은 것이
드러나면서 거두들과 함께 사형에 처해졌다. 이들의 사형은 개화정
권에서 발표한 새로운 형법에 적용한 것이 아니고 우리의『대전회
통』형전의 '군복기마 작변관문자 부대시참(軍服騎馬 作變官門者 不待施
斬. 군복을 입고 말을 타고 관문에서 작변하는 자는 기다리지 않고 즉시 목을 벤다)'
율에 의한 사형선고였다.

교수형이라는 새로운 사형재도가 생겨난 것은 갑오개혁 때 제정
한 법에 의한 것이었다. 전에는 역적죄인은 참형을 하여 목을 관아
의 문 위에 달아놓거나 여러 사람이 볼 수 있게 조리를 돌렸다. 서울
에서는 대개 여러 사람이 모이는 서문시장에서 집행하여 경우에 따
라서는 잘린 머리를 지방으로 돌려 경종을 울리기도 하였다. 이번은
사형하는 형태만은 새로운 형법에 의한 것이었다.

판결 하루 만에 급히 교수형을 집행한데는 이유가 있었다. 개화
정부는 형법을 개정하여 "모든 재판과 소송은 2심으로 한다."란 조
항을 만들었고 4월 1일부터 시행한다고 되어 있었다. 요는 이들 5명
의 중죄인에 대하여 2심의 기회를 주지 않기 위하여 그 법의 시행 이
틀 전에 형을 집행한 것이었다. 이외 나머지 동학농민군은 죄의 경
중에 따라서 처리되었다. "전봉준, 최경선, 손화중, 김덕명, 성두환
사형. 허엽 유배 15년. 민나호, 송욱항, 김순영 곤장 100대, 징역 3
년. 권풍식 곤장 100대. 김계보 곤장 80대. 장경현 곤장 80대. 백낙

중, 박봉양, 유제관 곤장 60대…"

일본은 5명만 사형에 처하고 나머지는 유죄 20명, 무죄방면 33명이라는 비교적 관대한 처벌을 함으로써, 우리 일본제국은 조선처럼 미개하지 않다는 것을 과시하고 자기들은 동학농민군을 충분히 이해 한다는 것을 암시함으로써 백성을 자기편으로 끌어들이려는 간계를 부렸다. 그런데 동학농민군은 신문을 받으면서 총 58명 중 단한 사람도 목숨을 구걸하는 사람 없이 당당하고 의젓하게 재판에 응했다. 가히 조선 혁명군이라고 하기에 전혀 손색이 없었다.

한편, 한신현은 전봉준을 잡은 공로로 황해도 금천 군수 직을 제수 받고 상금 1,000냥을 받았다. 김영철은 300냥을 받고 정창욱은 200냥을 받았다. 기타 전봉준을 체포하는데 공을 세운 9명의 동민에게는 각각 100냥씩을 상금으로 주고, 200냥은 피노리 마을 사람들에게 나누어 주었다. 그런데 막상 인간적인 배신을 하면서까지 가장 큰 공을 세운 김경천에게는 군수자리는커녕 서리 자리 하나도 돌아가지 않았다. 엉뚱한 놈이 공을 가로채 버리고 주위로부터 배신자라는 낙인만 찍히자, 그는 피노리에서 살지 못하고 떠돌아다니며 반걸인이 되었다. 그가 밤중에 이평면 어느 한적한 노상을 걷고 있을 때 그의 뒤를 따르는 검은 그림자가 나직한 목소리로 그를 불러 세웠다.

"어이, 김경천!"

김경천은 깜짝 놀라 뒤를 돌아보았다.

"너는 누구냐?"

"설마 네가 나를 모를 리는 없겠지?"

"너는 양간다리에 사는 신, 영…"

"그렇다 신영식이다. 너는 민족을 배반하고 상전을 배반한 천하에 못된 놈이다. 천도의 이름으로 너를 응징하겠다."

말이 끝나기가 무섭게 아랫도리를 힘껏 걷어차더니 또 한 번 그 자리를 힘껏 걷어찬다. 김경천은 쓰러질듯 하면서 허리춤에서 단도를 꺼내든다. 신영식은 앞으로 나가며 뛰어서 양다리로 허리를 감고 돌리자 김경천은 공중에서 한 바퀴 돌아서 땅에 텁석 떨어진다. 신영식은 땅에 쓰러진 김경천의 배에 올라타고 앉더니 품속에서 비수를 꺼내 가슴을 겨누고 깊이 꽂아버리고 만다.

전봉준을 체포하고 공을 가로챈 한신현에 대해서도 황해도 금천에서 기습보복이 행해졌다.

대낮에 한신현의 신관사또 부임행차가 요란하게 금천 거리를 누비며 관아를 향해 행진하고 있었다. 청도(淸道)의 길라잡이를 시작으로 행차기, 청도기, 영기, 주작기, 백호기, 청룡기, 현무기, 금고기 등 양쪽에 열개의 깃발을 든 푸른 옷 입은 들러리들이 걷고 있다. 가운데에 사또수레가 가고 있는데 수레를 든 수레꾼은 붉은 옷을 입고 한 쪽에 세 명씩 모두 여섯 명이다. 수레 위에 거만스럽게 앉은 한신현은 공작 깃과 패영(貝纓)으로 장식한 전립(戰笠)을 썼다. 전립은 위에 굵은 비단실 새끼줄을 두르고 꼭대기 기둥에 위엄 있는 붉은 술을 늘어트렸다. 전립에서 가슴까지 내려오는 패영의 호박 구슬줄이 위엄 있게 철렁거린다. 노랑 바탕의 빨간 소매가 찬란한 철릭(天翼)에다가 푸른 외투를 걸치고 흑피(黑皮)를 신고 손에는 등채(藤鞭)가 들려져 있다. 세상을 살다보면 이런 일도 있을 수 있나 하는 표정으로 거들먹거리며 군중을 보았다 먼 산을 보았다 하는 한신현은 만면에 희색이 철철 넘쳐흐른다. 그 뒤에 취타대가 따르며 경쾌한 음률로 피리젓대를 불고 날라리를 불어댄다. 그런데 "쉬이~ 물렀거라, 신관사또 행차시다!"하는 군중 사이에서 이를 노려보고 있는 심상찮은 눈동자들이 번득이고 있었다.

그날 저녁, 퇴청할 때는 깃발이며 취타대는 없고 여섯 명의 수레꾼들만 사또를 태운 수레를 들고 가고 청도의 길 잡는 소리만 들려온다. 저녁은 내아로 들지 않고 벌써 수작을 부려놓은 앳된 기생집으로 먼저 가고 있는 중이었다. "쉬이~ 물렀거라, 신관사또 행차시다! 쉬이~…" 그런데 붉은 석양을 배경으로 나타난 사또수레의 어두운 안개 속에서 갑자기 길을 막는 대여섯 명의 농민군이 있었다. 그들의 머리에는 하나같이 흰 천을 질끈 동여매고 손에는 모두 장검이 들려 있다. 수레꾼들이 주춤주춤 하며 뒤를 돌아보자 뒤에도 같은 인원의 같은 행색을 한 농민군이 따라오고 있다. 동학농민군은 아무 소리도 없이 앞뒤에서 번개처럼 달려들어 수레꾼들을 베고 수레에서 내려 도망치는 한신현을 쫓아 빈 논에서 벌떼처럼 달려들어 찔러댄다. 농민군 결사대는 이마에 두른 흰 천을 벗어 그 자리에 던지고 사면팔방으로 흩어져 어둠이 깔린 금천 들판을 가로질러 산속으로 뛰고 있었다.

그들은 한양 쿠데타를 마지못해 포기하고 돌아온 별무사 민노영과 정백현, 김홍섭 일행이었다. 그들은 한양에서 징계맹개로 돌아와서 전봉준에 대한 자세한 소식을 신영식으로부터 듣는다. 민노영이 주먹을 움켜쥐고 말했다.

　"반드시 응징하여야 하네. 김경천은 자네가 맡게. 우리는 한신현을 맡겠네."

　"알았습니다. 응징해야 하고말고요. 꼭 성공해 주세요. 저도 실수 없이 하겠습니다."

　이렇게 하여 신영식은 김경천을 맡았고 민노영 일행은 한신현을 목표로 멀리 황해도까지 뒤따라 왔던 것이다.

　그런데 동학농민전쟁은 이제 끝이 났나 했더니 또 한례 처절한 소규모 전투가 대둔산에서 벌어지고 있었다. 원래 우금치 전투에서 패한 동학농민군은 대체로 두 갈래 길로 후퇴하게 되는데 하나는 논산, 김제 등 평야를 지나는 길이고, 또 하나는 금산, 무주, 진안 등 산간지역을 거치는 길이었다. 논산, 김제 등을 지나는 전봉준의 주력부대가 원평, 태인에서 패전하자 이제 재기의 희망이 사그라지고 있었다. 산간지역으로 피신한 농민군도 몇 번 소규모 전투를 벌이다가 종국에는 종적을 감출 수밖에 없었다.

　그런데 한편 이들과는 별도로 우금치에서 패한 동학농민군의 일부가 소백산맥을 따라 동부산간지역으로 숨어들어 끝까지 항전하고 있었다. 그들이 바로 대둔산 석두골(798m) 골짜기의 맞은쪽 8부 능선의 깎아지른 바위 위에 거처를 마련하고 항전한 25열사이다. 석두골 바위요새는 그 오른 쪽에 형제바위가 있고 왼쪽에 장군바위가 있고 뒤쪽에 허둥절터가 있다. 이들은 석두골에 진지를 구축하고 일군 및 관군과 70여일을 항전하다가 마지막으로 궁지에 몰리자 어린아이 하나만 제외한 25인 전원이 투신자살을 한다. 그 날이 1895년 1월 24일(양 2. 18)로 전봉준, 손화중, 최경선, 김덕명 등 동학수뇌부들이 서울주재 일본영사관에 인도되던 날이었다.

처음 인원은 약 1천여 명이었지만 중간에 모두 다른 곳으로 피신하고 최공우, 최사문, 이석순 등 25인(어린이 포함 26명) 만이 끝까지 항거한다. 이들의 배후근거지로 알려진 곳은 '염정동'(충남 금산군 진산면 행정리와 논산군 벌곡면 도산리 일대)이었고 이 지역과 가까운 고산, 금산, 연산, 진잠 지역 동학농민군이 가세하였다.

양호소모사 문석봉은 전라감영군과 금산의병을 인솔하고 1월 9일 저녁에 전주 광두점에 도착하여 유숙하였고, 10일 새벽에 출발하여 정오경에 대곡동에 도착하여 마천대를 바라보게 된다. 거기서 동학군 요새를 올려다보니 구멍은 가히 새가 아니면 통과할 수 없을 정도로 좁아서 마치 하늘 위로 꼬불꼬불한 길이 이어지는 것 같았다. 그 좌우로는 여러 겹의 바위병풍이 가로막혀 있고, 그 골짜기의 바위 위에 겨우 두 칸짜리 집이 들어앉아 있었는데, 돌벽으로 둘러싸여 있고 다만 처마 끝이 약간 노출되어 있었다. 동, 서, 북 3면은 깎아지른 절벽이어서 장비를 갖추지 않고는 새의 날개를 달고도 가기 어려운 곳이었다. 들어갈 수 있는 길은 오직 전면(남쪽) 한 길 뿐인데

이 또한 3층 높이의 잔도(널빤지를 늘어놓아 선반처럼 달아놓은 길)가 걸쳐 있을 뿐이었다. 여기 매달려 올라감은 가히 한 사람이 만 명의 장부를 당해 낼 수도 있는 곳이었다.

문석봉은 조방장 김학림과 함께 병기를 소지한 병정들을 거느리고 몸을 굽혀 산을 올랐으나 바위가 가파르고 정상에는 눈이 쌓여 허리까지 잠겨 앞뒤로 협력하며 걸어도 10보 중 아홉 번을 넘어지면서 15리를 가니 겨우 그 봉우리가 보였다. 그 때부터는 서너 마지기나 되는 죽순 밭이 나오는데 그 죽순 밭만 빠져나가는데 30분 이상이 걸렸다. 밑에서 연달아 양포(洋砲)를 쏘았으나 거기에 미치지는 못하였다. 이 때 조일연합군의 1지대가 당도한 것이다.

다케우치 신타로(武內眞太郎)가 오전 7시 30분에 고산현에서 일본군 3개 분대와 조선병 30명으로 조직된 연합군 1지대를 데리고 대둔산에 도착한 것은 오후 4시 30분이었다. 동학농민군은 일본 병대가 온 것을 알고 일제사격을 몇 번씩이나 퍼부었다. 이들은 작년 11월 중순부터 바위 요새지 바로 밑의 암굴 속에 살고 있었는데, 공주의 군대가 이것을 알고 15-16일 전에 와서 3일 동안 공격했지만 함락할 수 없어 공주로 되돌아갔으며, 그 후 민병이 와서 공격했지만 그 중 한 사람이 농민군의 총을 맞고 부상하자 크게 겁을 먹고 금방 달아나고 말았다. 그리고는 지금 바위 위 요새지로 올라 간 동학농민군을 문석봉 군이 와서 공격을 하다가 다케우치 군과 합류한 것이다.

다케우치는 18일 새벽 5시에 일등 하사관 오마츠 족켕(小松直軒)에게 2개 분대를 인솔케 해 농민군의 배후로 40리 남짓을 우회하게 하였다. 그리고 다케우치가 직접 새벽 6시 30분 일본군 1개 분대와 장위영병 30명을 인솔하여 농민군의 정면을 공격하기 위해 길이 4m 남짓 되는 사다리를 만들어 겨우 암석을 기어오르고, 혹자는 나무에 매달려 겨우겨우 농민군 요새 밑 약 100m까지 당도하였다. 이 때 동학농민군은 적이 가까이 온 것을 알고 쌓아 두었던 돌을 굴리고 큰 나무토막을 투하하였다. 그 울림소리는 벼락을 치는 것 같았다. 그래서 정면 바로 밑에서는 도저히 공격할 수 없으므로 돌바위를 포복해서 농민군의 왼쪽으로 겨우 기어올랐다. 이때가 9시 15분경이었다. 그러나 그날은 안개가 짙게 끼어 피차간의 사람을 분간할 수 없었고 아래쪽에서 까마득한 사람의 말소리가 들릴 뿐이었다.

오전 11시 10분 갑자기 큰 바람이 불어 짙은 안개가 모두 걷히므로 비로소 동학농민군의 소재를 분별할 수 있었다. 그래서 조일연합군은 세 방향에서 일제히 맹사격을 가하였다. 그러나 농민군의 요새는 삼면이 큰 바위로 뒤덮여 있어서 겨우 지붕만 보이고 전면은 큰 돌을 쌓아올려 여기에 총구멍을 냈으며 그 위에 거목을 올려놓아 일본군이 가까이 오는 것을 기다려 굴려 떨어뜨릴 준비를 하고 있었다. 이처럼 그 요새가 매우 견고하고 또한 연합군의 사격이 아무런 효과가 없자, 오후 1시 40분에 다케우치 스스로 일본군 1개 분대와 조선병 사관 윤세영, 김광수 등을 이끌고 농민군 배후의 요새 뒤쪽 아래까지 기어올랐다.

농민군은 일본군 두 명이 용감하게 몰래 요새로 기어오르는 것을 보고 있다가 바위를 들어 위에서 내리치니 두 일본병은 비명을 지르며 낭떠러지로 떨어져 즉사한다. 조일연합군은 방법이 없어서 사람 사다리를 만들어서 한 사람씩 옆으로 올라가게 했으며 15분을 소비해서 겨우 전 대원을 기어오르게 했다. 그런데 농민군은 오직 산의 험준함만 믿고 배후에 대해 조금도 고려하지 않았으며 계속 전면의 조선병 머리 위에만 맹렬한 사격을 가하였다. 다케우치 분대는 전부 올라와 두 번 일제 사격을 가하고, 당황하는 틈을 타서 '도츠게키'를 감행하였다. 그러자 농민군은 허둥지둥 당황하여 어떤 자는 바위굴 속에 숨고 어떤 자는 목검과 맨주먹으로 덤벼들었다. 그 중 최공우는 일본군 하나와 관군 하나를 맞아 싸웠다. 다리 정강이를 차고, 주먹으로 턱을 올려치고 날아 차기를 하며 맹공격을 하자 일본군은 낭떠러지로 굴렀으나 나무뿌리를 잡고 겨우 다시 기어오르고 조선병은 천 길 낭떠러지로 돌처럼 떨어진다.

다케우치는 살아남은 동학농민군을 모두 생포하려 했는데 일본군의 사다리를 타고 올라온 조선병이 무차별 사격을 가하자 한 소년만 남겨두고 전원이 천애절벽으로 달려가 몸을 던져 투신자살한다. 툭! 툭! 툭! 몸뚱이가 하늘에서 땅으로 떨어지는 소리는 차마 눈 뜨고 볼 수 없는 처참한 광경이었다. 참으로 불타는 동학농민군의 기개를 아낌없이 보여주고 있었다. 너무나 장렬한 전투였고 너무나 비장한 최후의 동학혁명군이었다.

소년에게 물어보니 마지막까지 남은 사람은 자기를 포함하여 26명이었으며 대개는 접주 이상의 위치에 있는 지도자들이었다고 했다. 그 안에는 28세쯤 되는 임신한 부인이 있었는데 총에 맞아 죽었다고 했다. 접주 이석순은 한 살쯤 되는 여아를 안고 천 길이나 되는 계곡으로 뛰어내려 암석에 부딪혀 박살이 나 즉사하였다고 했다. 압수한 서류에 의하여 확인된 최후의 동학농민군은 최공우, 최사문, 장치삼, 장문화, 최학연, 장지홍, 최고금, 이광의, 이광우, 이시탈, 조한봉, 김재순, 강태종, 전판동, 이석순 등이었다.

대둔산 최후의 격전이 있기 전, 벌써 공주 우금치 전투가 농민군의 패배로 끝나고 이어서 원평, 태인 전투에서 패하고 전봉준, 김개남, 손화중의 3거두가 체포되면서 1년여에 걸친 갑오농민전쟁은 사실상 끝이 났다. 일본공사 이노우에와 내무대신 박영효의 권고에 의하여 고종은 개화정부에서 제정한 청국으로부터의 독립선언서인 소위 홍범 14조를 열성조 앞에서 선포하기로 했다.

갑오년 12월 12일(양 1895. 1. 7) 고종은 대원군과 왕세자 그리고 종친과 군신을 거느리고 난을 평정한 사실을 열성조에게 고하기 위하여 종묘를 향해 어가행진을 하였다. 요란 법석한 임금행차는 경복궁의 광화문을 출발하여 종로를 거처 종묘에 이르렀다. 종묘 정문을 들어선 임금은 영녕전 앞에서 가마를 내려서 계단을 오른다. 면류관을 쓰고 곤복(袞服)을 입은 왕을 옆에서 두 명의 종자가 발걸음을 거든다. 편경과 복고가 울리고 도창(導唱)이 영신(迎神)의 희문(熙文)이라는 보태평(保太平)을 구성지고 길게 목을 빼서 창한다.

세(世)−덕(德)−계(啓)−아(我)−후(後), 어(於)−소(昭)−상(想)−형

(形)−성(聲),

숙(肅)−숙(肅)−천(薦)−명(明)−인(禋), 수(綏)−아(我)−뢰(賚)−사
(思)−성(成).

조상님 덕이 우리 후손을 열어주시리

아아 그 모습과 베푸심을 생각하오면 빛이 나나이다

삼가 정결한 제사를 올리오니

우리를 편하게 하시옵고 소원을 이루게 하소서

무원(舞員)들은 손에 약(籥. 황죽으로 만든 구명이 셋인 악기)과 적(翟. 나
무에 꿩털로 장식한 무구)을 갈라 쥐고 남실남실 팔일무(八佾舞. 64명이 추
는 춤)를 춘다. 왕은 홍범 14조를 열성조에게 고한다. 제1조, 청에 의
존하는 생각을 버리고 자주독립의 기초를 세운다 에서부터 제14조,
문벌을 가리지 않고 널리 인재를 등용한다까지 전알하여, 이제부터
는 청나라의 간섭을 배제하고, 왕권을 강화함과 동시에 외척을 배제
하며, 세금제도를 개선하고, 훌륭한 인재의 유학을 장려하며, 군사
제도를 개선하고, 능력에 따라 인재를 등용한다고 탁하고 볼멘 목소
리로 아뢰었다. 동시에 서고문(誓告文)을 낭독하여, 안으로는 비적을
토벌하고 밖으로는 자주독립을 선언하며 이제부터는 청국에 의존할
염려를 끊고 자주독립의 기초를 공고히 한다고 비장한 목소리로 낭
송하였다. 그러나 왕 자신도, 신하도, 백성도 누가 '비적'이며 무엇
이 '자주독립'인지 새겨듣는 사람은 아무도 없었다. 더구나 옆에서
이 광경을 보고 있는 대원군이야말로 안에서 피멍울이 맺혀 터지고

있었다.

　그러나 고종은 고종대로 이 과정에서 무엇인가를 골똘히 다짐하고 있었다. 지금은 일본 덕분에 청국으로부터의 독립은 달성하였지만, 청국으로부터의 독립뿐만 아니라 일본으로부터도 독립을 해야 한다. 아니, 일본으로부터의 독립뿐만 아니라 세계만방에 독립국임을 선포해야 한다. 그리고 우리도 황제의 나라가 되어야 한다.

　고종이 왕이 되기 전, 열 살 때의 일이다. 어느 날, 고종의 먼 당숙벌이 된다는 이대망이라는 아저씨가 찾아왔다. 전에도 몇 번 얼굴을 뵌 적이 있는 아저씨였다. 들기로는 아버지가 그 분을 좋아하지 않는다고 하였다. 어느 한가한 날, 그 아저씨는 글방에서 공부하고 있는 어린 고종 앞에 불쑥 나타나 충격적인 이야기를 들려주었다.

　"희야, 너는 아느냐? 우리 조선이 옛날에는 중국보다도 더 큰 나라였느니라."

　"네? 조선이 중국보다 컸다고요?"

　"그렇단다. 우리가 중국보다 크고 역사도 더 깊으니라. 일본은 우리 선조들이 세운 나라였고."

　"그것이 사실입니까? 그런데 왜 우리는 이렇게 작은 나라가 되었습니까?"

　"그것은 고려에 와서 김부식이란 자가 역사를 기록하면서 사대를 주장해서 이렇게 쪼그라들기 시작했단다. 우리 조선조는 김부식의 '삼국사기'처럼 우리가 중국보다 못났고 역사도 짧다는 서적만 남겨두고 진짜 사서는 모두 강제 수거하였단다. 중국은 자기가 세계 제

일이라고 기록을 해서 점점 커지게 되고, 일본도 자기가 세계 제일이라고 기록을 하여 점점 커지고 강해지고 있단다. 우리는 중국 일본보다도 더 크고 역사가 긴 나라였는데도 그 기록을 찾을 길이 없구나."

"만약 정말 그렇다면 어딘가 그런 기록이 꼭 있을 것 아닙니까?"

"그렇다. 있고말고. 어딘가에 반드시 있을 것이다. 그런데 희야, 너는 아느냐, 우리 조선조는 시작이 잘못되었느니라. 태조께서 부당하게 정권을 잡은 이후에 중국을 거스르는 것을 호랑이보다 더 무서워했느니라. 그래서 우리가 중국보다 더 크고 역사가 길다고 기록된 책은 모두 불순서책으로 간주하여 수거령을 내렸다. 수거령에 저촉된 자는 절대 용서하지 않았단다. 얼마 전에도 영남의 한 선비가 신라 때 안함로 선생이 쓴 '삼성기'라는 책을 소유하고 있다가 밀고 당하여 참형을 받았단다."

"네? 그 말씀이 참말입니까?"

"그렇고 말고. 내 말은 모두 참말이니라."

이 말은 그 뒤로 다시는 들을 기회가 없었다. 이대망 아저씨도 그 뒤로 집에 들르지 않았다. 그래서 희는 다시 물어볼 기회도 갖지 못하고 그런 말을 들었는지 조차 까마득하니 잊어버리고 말았다. 열두 살에 왕이 되면서부터는 더구나 이대망 아저씨를 뵌 적도 없고 들은 적도 없다. 그런데 오늘 문득 당숙벌 된다는 그 아저씨의 말이 힘차게 가슴을 때리고 있는 것이었다.

2월 28일(음 2. 4), 마지막으로 일한 양국의 비적토벌대란 군대가 그 임무를 무사히 마치고 용산 만리창 연병장에서 소위 '개선식'을 가졌다. 이날은 새벽부터 근래에 드물게 거센 눈보라가 휘몰아치고 있었다. 오후에 '개선군'이 입성할 예정이었다. 용산가도에는 강제로 동원된 주민들의 환영객이 길을 가득 메우고 있었다. 조선정부로부터는 군무대신 조의연이 황제의 칙사로 출영하기로 되어 있었고, 일본공사관으로부터는 공사대리로서 스기무라 1등 서기관이 나왔다. 경성수비대장 우마야하라(馬屋原) 소좌는 수비대 2개 중대와 조선영의 장위영과 교도중대(농민군 진압부대와는 별개)를 데리고 출영하였다. 기타 귀빈으로 한일 환영객이 제법 자리를 메우고 있다.

그들 '개선군'이라고 하는 자들은 2월 28일의 '개선식'에 참가하기 위하여 27일에 삼로분진하여 전원이 서울 근교에 도착하여 숙박하였다. 동로분진대인 독립 제19대대 제1중대와 장위영병 2개 중대는 광주(廣州)에서 투숙하고, 서로분진대인 독립 제19대대 제2중대, 제18대대의 1개 부대, 교도중대, 독립 제19대대의 본대는 수원에서 투숙하였으며, 중로분진대인 독립 제19대대 제3중대와 장위영병 300명은 용산 가까이에서 투숙하였다. 28일 새벽을 기하여 각각 소위 '개선의 길'에 올라, 선두는 오후 2시 반에 벌써 용산진에 들어오고, 오후 4시 반이 되어서는 전군이 용산에 도착하였다.

전군이 모두 도착하자 한일 양군은 각각 지휘관의 명령에 따라 만리창 평야에 정렬하여 점검을 끝냈다. 어둡게 눈발이 휘날리는 가운데 대형이 모두 정리되고 나자 조선의 칙사가 일어나 연단 앞으로 나아갔다. 후비보병 독립 제19대대장 미나미 소좌는 우렁찬 구령소리로 '받들어 총'을 외쳤다. 칙사는 군무대신 조의연이 나오기로 했는데 갑자기 사정이 있어 군무협판 권재형이 대신 참가하였다. 권재형이 조선왕의 '칙어'를 대독하였다.

오로지 인방(隣邦)의 우의를 위하여, 이 호한(冱寒)의 날씨에도 남도의 험준한 산곡을 발섭(跋涉)하며 기다(幾多)의 고난을 거쳐 아국을 위하여 동학비도를 초토함으로써 일국의 치안을 보전하고 지방 민생을 도탄에서 구해 주었으니 짐은 깊이 그 고의(高誼)를 가상히 여기며 그 공로에 감사하는 바이다. 한일 양국은 세세무궁토록 우의를 돈독히 하기를 바라는 마음 간절하며, 일본국은 깊은 우정으로 조선의 독립을 보전해 주기를 간절히 소망한다. …

자기의 백성을 살육해 주어서 고마우며, 이제 청국으로부터 독립시켜서 아무의 방해자도 없이 일본 혼자 마음대로 요리할 수 있게 됨을 축하한다는 내용이었다. 미나미 총지휘관은 다시 전군에게 일동 '받들어 총!'을 힘차게 외친 다음 단상으로 올라가서 조선왕의 축사를 수령하고 즉석에서 준비해간 답사를 읽어 내려갔다.

대조선국 군주폐하께서 특히 불초 등이 동학당 토멸의 공을 올리고 개선한 것을 가상히 여기시고, 각별히 우악(優渥)한 칙어를 내려주시니 일동과 함께 공구(恐懼)함을 금할 길 없습니다. 이에 대일본제국 후비보병 독립 제19대대장이며 동학당 정토군 지휘관이며 육군보병 소좌인 종6위 훈4등 미나미 고시로는 대일본제국을 대신하여 삼가 답사를 드립니다. 일한 양국은 고래로 동원동조(同源同祖)의 나라로서 조선의 애로는 바로 대일본제국의 애로이므로 조선이 조난을 당할 시 대일본국은 지체 없이 도울 것이며 다시는 타국이 조선을 넘볼 수 없게 신명을 다할 것입니다.…

조선국의 왕과 일본의 일개 육군 소좌가 동급이 되어 축사와 답사를 교환하고 있었지만 이것이 불평등하다고 감히 이의를 제기하는 사람은 아무도 없었다. 이 식전에는 조선경군도 참가하고 있었지만, 경군은 조선 정부당국으로부터도 일본군으로부터도 시종일관 무시당하고 있었다. 이 예식이 끝나자 미나미 총지휘관은 연단에서 그대로 '대조선국 대군주 만세!'를 선창했고 전군은 여기에 화(和)하여 일제히 '만세! 만세! 만세!'를 삼창하였다. 이어서 '대일본국 황제폐하 만세!'를 고창하자 다시 일제히 '만세! 만세! 만세!'를 삼창하였다. 만세삼창 소리는 어지럽게 흩날리는 눈발 속에서 용산 만리창 평원 멀리까지 처량하게 울러 퍼지고 있었다.

이때까지 동학농민군 지도자로 체포되지 않은 자는 최시형과 손병희 정도였다. 그 후 몇 년 뒤, 최시형은 1897년 손병희에게 제3대 교주 자리를 물려주고 다음 해 3월에 원주 호저면 고산리 송골에서 교도 송경인의 밀고로 체포되어 6월 2일에 교수형을 당한다. 손병희는 1901년 일본으로 망명하였다가 귀국하여 1919년에 3.1 독립운동을 주동한다. 김창수(김구)는 중국으로 망명하여 상해임시정부를 주도하며 살아남은 동학농민군과 그의 후예들은 이어지는 의병과 독립군에 투신하여 항일투쟁을 계속한다.

제6회 김만중문학상 소설 부문 심사평

2015년 제6회 김만중문학상 소설 부문에 응모한 작품은 단편 93편, 중편 24편, 장편 33편이었다. 응모작품이 적은 숫자가 아닌데 전체적으로 빼어난 작품과 개성을 찾아볼 수 없어 많이 아쉬웠다. 응모자들의 창작 열기에 비해 소설 창작의 기초가 몹시 부실해 외로운 밀실작업의 한계를 절감하지 않을 수 없었다. 창작이 홀로 진행하는 고단한 작업이라는 건 누구나 아는 바이지만 습작을 하는 동안에는 최대한 자기 작품을 남들에게 읽히고 의견을 구하며 정진하는 게 좋다. 아울러 소설의 플롯 작성부터 구성과 문장력에 대한 기초적인 지도도 구하는 게 좋을 것이다. 혼자 굳혀 버린 자기 스타일은 시간이 많이 흐르면 불치의 병처럼 고치기가 어려워지기 때문이다.

예심에서 본심으로 넘어온 작품은 모두 네 편이었다. 『고요한 종소리』, 『묵(墨), 칼을 베다』, 『칼춤』, 『떠도는 기류』는 모두 역사적 사료를 바탕삼은 장편소설들이라는 공통점을 지니고 있었다. 사료에 충실하다는 것은 작가적 진지함과 성실성을 표방하지만 자칫 자료소설의 한계를 넘어서지 못한 채 소설적 상상력과 재미를 고사시킬 위험이 존재한다. 바로 그 지점에서 『고요한 종소리』, 『묵(墨), 칼을 베다』,『칼춤』은 소설적인 한계를 노출했다. 아무리 역사적 배경을 지닌 소설이라 해도 그것은 소설이지 역사 그 자체가 아니기 때문에 사료에만 충실하게 되면 소설적 승화가 이루어지지 않는다.『묵(墨), 칼을 베다』 같은 경우 문체적 개성이 엿보였으나 '시인 이순신'이라는 부제에도 불구하고 2600매가 넘는 방대한 서사를 펼치면서도 시인으로서의 이순신을 낯설게 창조하는 데에는 결국 실패하고 말았다. 역사적 자료 확충과 확장만으로는 소설에서 반드시 요구되는 덕목인 '낯설게 만들기'가 이루어지지 않는다는 의미이기도 하다.

대동소이한 결점을 놓고 논의한 결과 소설적 구성과 서사, 그리고 재미를 두루 갖춘『떠도는 기류』를 금상으로 결정하고, 자료 충실형임에도 불구하고 미래적 가능성을 인정해『칼춤』을 은상으로 결정했다. 금상수상작인『떠도는 기류』는 김만중의 선천 유배 시절부터 남해 노도에서의 유배생활까지를 배경으로 삼은 작품인데 정치적 측면에서의 인간적 고뇌와 함께『구운몽』이 생성되는 과정을 독특한 개성과 상상력으로 형상화한 점이 큰 장점으로 꼽혔다. 이 작품의 선정은 김만중문학상이라는 타이틀과 무관하다는 걸 밝히고, 내년에는 역사를 배경으로 하지 않는 21세기적 면모의 작품들이 많이 응모돼 김만중문학상이 한국소설의 미래 지평에 이바지하는 계기가 되길 빌고 싶다. 당선자들의 힘찬 정진도 아울러 빈다.

심사위원: 김주영, 구효서, 박상우

...

제6회 김만중문학상 소설 부문 은상 수상작

칼춤

초판 1쇄 인쇄일 2016년 1월 10일
초판 1쇄 발행일 2016년 1월 15일

지은이 구양근
저작권자 남해군 · 김만중문학상운영위원회
펴낸이 양옥매
디자인 이윤경
교 정 조준경

펴낸곳 도서출판 책과나무
출판등록 제2012-000376
주소 서울특별시 마포구 월드컵북로 44길 37 천지빌딩 3층
대표전화 02.372.1537 **팩스** 02.372.1538
이메일 booknamu2007@naver.com
홈페이지 www.booknamu.com

ISBN 979-11-5776-145-6(03810)

이 도서의 국립중앙도서관 출판시도서목록(CIP)은 서지정보유통지원 시스템
홈페이지(http://seoji.nl.go.kr)와 국가자료공동목록시스템
(http://www.nl.go.kr/kolisnet)에서 이용하실 수 있습니다.
(CIP제어번호 : CIP2015036280)